越狱者

LIFE OR DEATH

Michael Robotham

〔澳〕迈克尔·罗伯森 著

施霁涵 译

 湖南文艺出版社
HUNAN LITERATURE AND ART PUBLISHING HOUSE

 博集天卷
CS-BOOKY

图书在版编目（CIP）数据

越狱者 /（澳）迈克尔·罗伯森（Michael Robotham）著；施霁涵译.—长沙：湖南文艺出版社，2017.11
书名原文：Life or Death
ISBN 978-7-5404-8260-2

Ⅰ.①越… Ⅱ.①迈…②施… Ⅲ.①侦探小说—澳大利亚—现代 Ⅳ.① I611.45

中国版本图书馆 CIP 数据核字（2017）第 188338 号

著作权合同登记号：图字18-2016-249

上架建议：畅销·外国文学

YUEYUZHE
越狱者

著　　者：[澳] 迈克尔·罗伯森
译　　者：施霁涵
出 版 人：曾赛丰
责任编辑：薛　健　刘诗哲
监　　制：吴文娟
策划编辑：许韩茹
特约编辑：李甜甜
版权支持：辛　艳
营销支持：李茂繁
封面设计：韩　捷
版式设计：李　洁
出版发行：湖南文艺出版社
　　　　　（长沙市雨花区东二环一段 508 号　邮编：410014）
网　　址：www.hnwy.net
印　　刷：三河市鑫金马印装有限公司
经　　销：新华书店
开　　本：875mm×1270mm　1/32
字　　数：354千字
印　　张：13.75
版　　次：2017 年 11 月第 1 版
印　　次：2017 年 11 月第 1 次印刷
书　　号：ISBN 978-7-5404-8260-2
定　　价：39.80 元

质量监督电话：010-59096394
团购电话：010-59320018

献 给 伊 莎 贝 拉

生活可以是宏大而势不可挡的——这就是它的全部悲剧。没有了美、爱和危险，生活几乎就会变得容易了。

——阿尔伯特·加缪

生存，还是毁灭，这是个问题。

——威廉·莎士比亚

Chapter 1

第一章

奥迪·帕尔默一直没学会游泳。还是个小男孩的时候，他曾和父亲一起去康罗湖上钓鱼。父亲对他说，做一个游泳健将是很危险的，因为那会给人一种虚妄的安全感。大多数人会被淹死都是因为他们相信自己可以自救，于是奋力朝岸边游去，而那些最终活下来的人都是紧紧抱着船只残骸，等人来救。

"你就像后面那类人，"父亲说，"像帽贝那样抱得紧紧的。"

"什么是帽贝？"奥迪问。

父亲想了一会儿："好吧，想象一个独臂的人在被人挠痒痒的情形下死命扒住峭壁不放。"

"可我怕痒。"

"我知道。"

于是父亲开始挠他，直到整艘船都开始摇晃，附近的鱼都游进幽暗的洞穴里，他的尿漏在了裤子上。

这事后来成了他们父子之间一个开了很久的玩笑——不是尿裤子，而是用来形容抱得有多紧的那些例子。

"你要像大王乌贼缠住抹香鲸那样，"奥迪说，"要像受惊的小猫咪抓住毛衣那样。"父亲则回答:"你要像正在吃梦露的奶的宝宝那样。"

对话就这样继续下去……

午夜过后的某一刻,奥迪独自站在一条土路中间,深情地回忆起和父亲一起垂钓的日子,意识到自己有多思念父亲。浑圆洁白的月亮在夜空中熠熠生辉,在湖面上铺出一条银色的小路。他望不到小路的尽头,但他知道它肯定有尽头。他的未来系于遥远的对岸,而在湖的这一边,死亡正在朝他迫近。

车头的灯光扫过道路转弯处,加速向他靠近。奥迪纵身跳进一道壕沟,脸贴着地面,以免反射光线。卡车从他身旁疾驰而过,带起一大团尘土。尘土慢慢在他身边沉降下来,直到他的牙齿感觉到它们的存在。他身后拖着几个塑料瓶,手脚并用地爬过一片带刺灌木,随时准备听到叫喊声和子弹滑入枪膛的咔嗒声。

终于,他来到了湖边。他挖了些泥巴涂在脸和胳膊上。几个空瓶子撞击着他的膝盖,发出空洞的声响,其中八个已经被他用破绳子和床单撕成的布条捆在一起了。

他脱掉鞋,把两只鞋的鞋带系在一起,挂在脖子上,然后把那只印花洗衣袋在腰上拴好。他的手被铁丝网割了好几道口子,所幸出血不是很厉害。他把衬衣撕成布条,缠在手掌上,用牙齿打好结。

更多汽车从他头顶的公路上驶过,渐次传来了汽车的灯光和说话声。很快,他们就会把警犬牵来。奥迪把那几个空塑料瓶抱在胸前,朝着更深的水域蹚去。他开始蹚水,尽量不弄出太大声响,直到他离岸边越来越远。

在星光的指引下,他尽力游成一条直线。丘克峡谷水库此刻距离他大约三点五英里,游到差不多一半时他会经过一座小岛,前提是他能活着游到那儿。

几个小时过去了,奥迪失去了对时间的判断。有那么两次,他的身体翻了过来,感觉自己就快淹死了,直到他把塑料瓶更紧地抱在胸前,又翻了回去,再次浮上水面。有几个瓶子漂走了,还有一个裂开了,他手上缠的布条也早就被水泡松了。

他的思绪飘荡着，从一个回忆跳到另一个回忆——他想起一些人，一些地方，有些是他喜欢的，有些则让他害怕。他想起了小时候和哥哥一起打球的日子。十四岁时，他和一个叫菲比·卡特的女孩坐在电影院后排分享一杯沙冰。她让他把手伸进了她雪白的内裤。他们看的是《侏罗纪公园》，一只暴龙刚刚吃掉了一个想要躲进移动厕所的黑心律师。

至于那部电影还演了些什么，他已经记不太清楚了，但是菲比·卡特一直留在他的记忆里。菲比的老爸是当地一家废旧电池回收厂的老板。在别人开的都是锈比漆多的破老爷车的时候，他已经开着一辆奔驰在西达拉斯到处晃悠。卡特先生不喜欢自己的女儿和奥迪这样的男生混在一起，但他不会告诉菲比。话说，菲比现在会在哪儿呢？结婚。怀孕。过得很幸福。然后离婚。打两份工。染了头发。身材走样。喜欢看奥普拉秀。

另一个记忆碎片出现了。母亲站在厨房的水槽边，一边刷盘子一边唱着《跳跃的灵魂》①。母亲经常自己编歌词，像什么"酪奶里的苍蝇""毛线里的猫咪"之类的。父亲则会从修车铺里走进来，用刷盘子的肥皂水洗掉手上的污垢跟油渍。

乔治·帕尔默现在已经死了。他生前是个熊一样的男人，两只手有棒球手套那么大，鼻子周围散布着许多斑点，就像一团黑苍蝇飞过他脸上，然后被困在了那里。英俊帅气。然而在劫难逃。奥迪家的男人一向活不长——大多死于矿难或钻井事故，比如塌方、甲烷爆炸、工业事故等。他的祖父在一场爆炸中被一根三米多长、飞了六十米远的钻杆砸碎了脑壳，他的叔叔托马斯则和另外十八个人一起被塌方的矿井活埋，人们甚至都懒得把他们的尸体挖出来。

奥迪的父亲活到了五十五岁，算是打破了这种诅咒。他还凭借自己在钻井上干活儿存下来的钱买了一间汽车修理铺，里面有两个气泵、一个车

---

① *Skip to My Lou*，著名英文歌曲。

间和一部液压升降机。二十年来，他每个礼拜工作六天，靠着辛苦赚来的钱供三个孩子念完了书，或者说本应如此，要是卡尔肯努力的话。

乔治的声音是奥迪见过的人里面最深沉、最温柔的——就像砾石在一桶蜂蜜中晃荡发出的声响。但是，随着日子一年年过去，乔治的话越来越少，胡子也越来越白。癌症在一点一点地蚕食他的内脏。他去世以后，奥迪没有参加他的葬礼。他生病的时候，他也没在身边照看。有的时候，奥迪会想，他父亲过世其实不是因为抽了一辈子烟，而是因为心碎。

他又一次仰面沉入了水中。湖水既温暖又苦涩，从四面八方涌来，灌进他的嘴巴、喉咙和耳朵。他挣扎着想要呼吸，却有心无力。他的腿在抽筋，手臂酸痛。他可能游不到对岸了。就这样结束了。他睁开眼睛，看见一个穿着白袍的天使，袍子在她周围起伏荡漾，仿佛她不是在水里游，而是在天上飞。她张开双臂抱住了他，半透明的衣服下什么都没穿。他能闻到她身上的香味，感觉到她压在自己胸前的身体的热量。她眼睛半睁，嘴唇微张，仿佛在等待一个吻。

接着，她狠狠给了他一记耳光，叫道："游啊，你这个浑蛋！"

他奋力扑腾到水面上，大口大口地喘着气，把几个塑料瓶紧紧抱在怀里，免得它们再次漂走。他的胸口剧烈起伏着，水从口鼻中喷出来，让他忍不住咳嗽、眨眼，然后再次集中注意力。他看到倒映在水面上的星星和月光映衬下枯死的树的枝丫。他又开始蹬水，向前游去，想象着那个幽灵般的形体沉在身下的水里，像没入水中的月亮那样跟随着他。

几小时之后，奥迪的脚终于触碰到了岩石。他拖着疲惫的身体爬上岸，把那些塑料瓶子踢开，瘫倒在一片狭长的沙滩上。夜晚的空气中弥漫着浓烈的野地的气味，白天的热气还没有散尽。一团团雾气在水面上飘荡，也许是溺死的渔民的鬼魂。

奥迪仰面躺着，看着月亮消失在云朵后面，而云朵仿佛是在深邃的太空中漂流。他闭上眼睛，感觉到那个天使跨坐在他大腿上。她俯下身，呼吸扫过他的胸膛，嘴唇凑近他耳边，呢喃地说："记住你曾许下的承诺。"

Chapter 2

第二章

　　警铃大作。莫斯努力想要回到刚才的梦境，但金属楼梯上传来重重的警靴踏步声。　双双手抓着楼梯的铁栏杆，急促的脚步激起地上的尘土。可现在还早啊。早点名通常八点才开始，现在拉警铃是怎么回事？就在这时，牢房的门开了，朝旁边滑去，发出一声沉闷的金属撞击声。

　　莫斯睁开眼睛，嘴里嘟囔着。他本来正梦到他的老婆克里斯特尔，身上的四角短裤因为晨勃顶起了一个小帐篷。"我还真是宝刀未老。"莫斯心想。他知道克里斯特尔看到他这样子会怎么说："你是打算给你那话儿派点用场，还是打算就这样整天看着它？"

　　犯人们挠着肚皮，兜着裤裆，抠着眼屎，全都被从牢房里叫了出来。有些人很自觉，有些则需要狱警用警棍给点鼓励。这座牢房一共有三层，围着一片长方形的空地，每层楼外面都装有安全网，以防犯人自杀或者被人从走廊上扔下去。天花板上盘着一堆乱七八糟的管道，发出汩汩的声响，还有爆裂声，仿佛里面住着什么邪恶的东西。

　　莫斯猛地坐起身来，赤脚走到牢房外，面朝墙壁站在过道上，嘴里嘀咕着，一边放着屁。他是个大块头，虽然肚子有些松软的趋势，但肩膀那儿的肌肉依然健硕，因为他每天都会做好几次俯卧撑和引体向上。他的肤色是巧克力牛奶般的棕色，眼睛相对于脸庞来说大得有些不成比例，这让他看起来比实际年龄四十八岁要年轻。

莫斯朝自己左边看了看。"六月虫"正把头靠在墙上，试图站着睡觉，小臂和胸口的文身呼之欲出。他之前是个吸冰毒的瘾君子，长着一张瘦长的脸，两撇修剪成翅膀状的胡子横在脸颊中间。

"这是怎么回事？"莫斯问。

"六月虫"睁开眼睛："听起来像是有人越狱。"

莫斯又转头朝另一边看去。沿着走道的这一头，有几十个犯人站在自己的牢房外面。所有人都站出来了。哦，不，不是所有人。莫斯向右探过身，想要一窥隔壁房间的情形。狱警正朝这边走过来。

"嘿，奥迪，该起床了，老兄。"他压低声音说。

没有人回答。

这时，莫斯听到一个声音从楼上传来。有人在争吵，然后变成了扭打，直到狱警从楼梯冲上去，把两方都揍了一顿。

莫斯又朝奥迪的房间挪了几步："该起床了，老兄。"

依然没有任何动静。

他再次转头看向"六月虫"。两人四目相对，眼神默默问着同一个问题。

莫斯知道狱警可能正盯着他们，但还是又朝右边走了两步，探头向奥迪的房间里看去。黑暗中，他能看到用螺栓固定在墙上的小床的轮廓，还有洗脸池和马桶，却不见奥迪的踪影，不论是活人还是尸体。

一个狱警在楼上喊道："全体都在。"

说完，楼下也传来同样一声大喊："全体都在。"

狱警们朝这边拥来。犯人们纷纷把身体贴在墙上。

"是这儿！"一个狱警叫道。

然后是一阵皮靴踩踏的声音。

两名狱警开始搜查奥迪的房间，好像他藏在什么东西后面似的——枕头下面，或除臭剂后面。莫斯壮着胆子转过头去，看见副典狱长格雷森正满头大汗地爬上楼梯。他比阿尔伯特更胖，肚皮从他光亮的皮带上垂下来，脖子后面的肉褶更多，快把他的衣领淹没了。

格雷森走到奥迪的牢房门口，朝里面看去，深吸了一口气，嘴唇发出吮吸的声响。他从腰带上解下警棍，轻轻地敲着手掌，转向莫斯。

"帕尔默人呢？"

"我不知道，长官。"

警棍挥向莫斯的膝盖窝，他立马跪倒在地上，就像一棵被砍倒的树。格雷森站在他面前。

"你上次看见他是什么时候？"

莫斯愣了一下，努力想回忆起点什么。警棍顶在他的右腹部，正戳着他的肋骨下方，他顿时疼得眼冒金星。

"吃饭时间。"莫斯喘着粗气说。

"他现在人在哪儿？"

"我不知道。"

格雷森的脸上似乎浮现出一丝笑容："把这里全部封锁，挖地三尺也要把他找出来。"

"早饭怎么办？"一个狱警问道。

"他们可以等。"

莫斯被拖回自己的牢房，门又被锁上了。接下来的两小时，他都躺在小床上，听着整座大楼微微震动，叮叮咣咣。他们现在搜到了工作间，刚才已经搜过了洗衣房和图书馆。

这时，他听到了隔壁"六月虫"拍墙的声音。

"嘿，莫斯！"

"干吗？"

"你说他是不是越狱了？"

莫斯没有回答。

"他明天就能出狱了，你说他现在越狱是为啥？"

莫斯仍然不说话。

"我就说过那家伙是个疯子。"

狱警又朝他们走过来。"六月虫"躺回床上。莫斯凝神听着外面的动静，感觉自己喉咙旁的括约肌正一开一合。狱警的脚步声在他牢房门外停了下来。

"站起来！靠墙站好！两腿分开！"

三个人走了进来。莫斯的手被铐了起来，扣在一根链子上，链子另一头拴在他的腰上，脚上也上了脚镣。这样一来，他只能拖着脚走路。他的裤子还没穿好，来不及扣纽扣，只好一只手提溜着裤子。其他犯人纷纷在牢房里叫嚷起哄。莫斯走过阳光斑驳的天井，瞥到监狱大门外停着几辆警车，光亮的车身反射着斑斑点点的阳光。

莫斯被带到了行政办公区。有人叫他坐下来。两旁的守卫都没说话。莫斯可以看到他们的侧影、头上的贝雷帽、墨镜和有着深棕色肩章的黄褐色衬衫，他还能听到隔壁会议室里传来的说话声，偶尔会有一个声音高过其他声音。有人在指责，有人在承受指责。

有人端来了食物。莫斯感觉胃在翻腾，嘴里溢满了唾沫。又一个小时过去了，然后是更长时间的等待。有人走了。现在轮到莫斯进去。他低垂着眉眼，拖着脚镣，迈着碎步走进屋子。典狱长斯帕克斯坐在里面，穿着一件黑色西装，只是坐着的地方已经被他压出了褶皱。他个子很高，一头银发，长着窄长的鼻子，走起路来四平八稳，仿佛头上顶着一本书。他示意狱警们回来，于是他们回身站在房门两侧。

房间一侧靠墙放着一张桌子，上面堆满了半空的餐盘：油炸软壳蟹、肋条、炸鸡块、土豆泥和沙拉。煎过的玉米上还留着平底煎锅的黑色印子，沾着发亮的黄油。典狱长拿起一根肋排，把肉从骨头里吸出来，然后用一张湿纸巾擦了擦手。

"你叫什么名字，小伙子？"

"莫斯·杰里迈亚·韦伯斯特。"

"莫斯算是哪门子的名字？"[①]

"呃，这个，我妈本来想给我取名叫'摩西'，结果她填写出生证明的时候不会写那个词。"

一个守卫笑出声来。典狱长捏了捏鼻梁。

"你饿了吗，韦伯斯特先生？去拿个盘子吧。"

莫斯朝桌上的大餐瞄了几眼，胃开始咕咕作响。"你们这是要处决我吗，长官？"

"你为什么会这么想？"

"这顿饭说不定就是上路饭啊。"

"没有人要处决你……要处决也不会选在星期五。"

典狱长笑了，但莫斯却不认为这句话有多好笑。他一动不动。

也许这些饭菜都是下过毒的。可是典狱长自己也在吃。也许他知道哪些有毒，哪些没毒。去他的，我不管了！

莫斯拖着脚镣往餐桌走去，开始往一只塑料餐盘里堆放食物：肋排、蟹脚、土豆泥，最后还试图在最上面放一根玉米。随后，他两手并用，趴在盘子上埋头吃了起来。食物的汁水糊了他一脸，顺着下巴往下淌。与此同时，斯帕克斯典狱长拈起另一根肋排，在他对面坐了下来，脸上隐隐露出些许厌恶。

"勒索、诈骗、贩毒——你被警察抓到的时候身上携带了价值两百万美元的大麻。"

---

① "莫斯"原文 Moss，意为"苔藓"。

"只是大麻叶子。"

"后来你又在监狱里打死了一个人。"

莫斯没有回答。

"那个人该死吗？"

"反正我揍他的时候觉得他该死。"

"那现在呢？"

"如果让我重新来过，很多事我都会和之前做得不同。"

"你来这儿多久了？"

"十五年。"

莫斯吃得太快，一块肉卡在了他的食道里。他用拳头捶了捶胸口，手铐跟着咔嚓作响。典狱长递给他一罐饮料，他一口气灌了下去，生怕他们会将它拿走。喝完，他擦了擦嘴，打了个饱嗝，又吃起来。

斯帕克斯典狱长已经把手里的那根肋排啃干净了。他往前欠了欠身，把那根肋骨插进莫斯盘里的土豆泥里，让它立在那里，像一根光秃秃的旗杆。

"现在让我们从头说起。你和奥迪·帕尔默是朋友，对吗？"

"我和他认识。"

"你最后一次见到他是什么时候？"

"昨天晚上，吃饭的时候。"

"你和他坐在一起。"

"是的，长官。"

"你们都聊了些什么？"

"一些老话题。"

典狱长面无表情，静候他给出更多回答。莫斯可以感觉到烤玉米上的黄油在他舌头上化开的味道。

"小强。"

"什么？"

"我们在讨论如何赶走小强。我告诉奥迪可以用 AmerFresh 的牙膏，把牙膏挤在墙壁的缝隙里。小强不喜欢牙膏的味道。别问我为什么，反正它们就是不喜欢。"

"它们叫蟑螂。"

莫斯一边说一边往嘴里塞吃的，他转着圈吃土豆泥："我听说一个女的睡着的时候耳朵里爬进去一只蟑螂，那蟑螂就在她耳朵里产卵，后来孵出的小蟑螂钻进了她的脑子。人们发现她的时候她已经死了，还有小强从她的鼻孔里钻出来。我们对付这东西可是费了老大劲了。有些糊涂蛋会告诉你用刮胡膏，但那玩意的效力根本过不了夜。AmerFresh 的牙膏才是最好用的。"

斯帕克斯典狱长瞪了他一眼："我管辖的监狱里没有害虫防治问题。"

"我可不知道那些蟑螂有没有收到这个通知，长官。"

"我们每年都会用烟熏两次。"

对他们那套病虫害防治的工作流程，莫斯熟得不能再熟了：先是那些狱警出面，命令犯人们都在自己的小床上躺好，然后往他们的牢房里喷洒一些气味刺鼻的化学药物。那玩意能让每个闻到的人都不舒服，但对付蟑螂却一点用都没有。

"你们吃完饭又干吗了？"斯帕克斯继续问道。

"我就回我的牢房了。"

"当时你见到帕尔默了吗？"

"见到了，他在看东西。"

"看东西？"

"看一本书。"莫斯说，以免典狱长要他做出更多解释。

"什么书？"

"厚厚的一本书，里面没有图。"

斯帕克斯并没有觉察这个情境的幽默之处："你知道帕尔默本该今天

出狱吗？"

"知道，长官。"

"那他为什么会在自己出狱的前一天晚上越狱逃跑？"

莫斯抹了抹嘴巴上的油，说："我也不知道。"

"你肯定有点模糊的感觉。那个人在牢里待了十年，只要再待一天，他就可以恢复自由，但是他却选择当一个逃犯。如果这次被捕，他将再次面临审判，很可能还要再坐二十年牢。"

莫斯不知道该说什么。

"你在听我说话吗，年轻人？"

"在听，长官。"

"你可别跟我说什么你和奥迪·帕尔默不熟，想都不要想。我不是头一遭出来混了，什么人耍什么花招我都一清二楚。"

莫斯朝他眨了眨眼。

"你在帕尔默隔壁那间住了多久来着——七年？他没跟你透露过点什么？"

"没有，长官，我向上帝发誓，他一个字都没说。"

莫斯的胃里突然一阵反酸。他打了个嗝，然而典狱长还没说完。

"我的职责是让所有犯人都保持在押状态，直到联邦政府说可以放他们出来。帕尔默先生在今天以前都不能予以释放，但是他决定早一天离开。为什么？"

莫斯耸了耸肩。

"你揣摩一下。"

"我都不知道你说的那个词是什么意思，长官。"

"告诉我你的看法。"

"你想知道我的看法？我的看法就是，奥迪·帕尔默这样做简直比在一块饼干上拉屎更蠢。"

莫斯打住了话头，朝自己盘子里还没吃完的食物看了一眼。斯帕克斯典狱长从他的外套口袋里掏出一张照片，放在桌上。照片上的奥迪·帕尔默瞪着一双无辜的眼睛，留着凌乱的刘海，就像一杯牛奶一样健康无害。

"你对德莱弗斯县的运钞车抢劫案知道多少？"

"就是报上看到的那些。"

"奥迪·帕尔默肯定跟你提起过。"

"没有，长官。"

"你也没问过？"

"问过啊，肯定问过。这里每个人都问过。每个狱警、囚犯、探监的、家人、亲戚、朋友。这里每个阿猫阿狗都想知道那笔钱去哪儿了。"

莫斯没必要撒谎。他甚至怀疑得克萨斯境内没有哪个人或动物不知道那桩抢劫案——不仅是因为那笔钱不知去向，还因为那天有四个人死了，一个人逃跑，还有一个被抓了。

"那帕尔默是怎么说的？"

"他啥都没说。"

斯帕克斯典狱长深吸了口气，两颊像吹气球那样鼓了起来，然后缓缓把气吐了出来。

"所以你就是为这才帮他越狱的？他答应分你一部分钱了？"

"我可没帮他越狱。"

"你是在逗我吗，年轻人？"

"没有，长官。"

"所以你指望我相信你说的，你最好的朋友越狱了，而他之前一个字都没跟你提过？"

莫斯点点头，目光在典狱长头顶上的空气里寻找着什么。

"奥迪·帕尔默以前是不是有过一个女朋友？"

"他说梦话的时候曾经提到过一个女孩，但我觉得她早就不在了。"

"他的家人呢？"

"他有一个妈妈和一个姐姐。"

"每个人都有个妈妈。"

"她经常给他写信。"

"还有什么人？"

莫斯耸耸肩。他刚才说的典狱长都能在奥迪的档案里找到。他们两人心里都清楚，今天的问话是问不出什么要紧的东西了。

斯帕克斯站起身来，开始在房间里来回踱步，鞋子将地上的油布踩得吱吱作响。莫斯不得不把头转来转去，好跟上典狱长的脚步。

"你给我听好了，韦伯斯特先生，你刚来这儿的时候是有一些纪律问题，但那只是小毛病，你也把它们都改掉了。后来你赢得了一些特权，当然它们都来之不易。我知道你的良知在困扰着你，使你不肯告诉我他去哪儿了。"

莫斯茫然地看着他。典狱长停了下来，两只手往桌上一撑。

"来跟我解释一下吧，韦伯斯特先生，你们这些犯人之间的缄默法则①，你觉得它能改变什么？你们像动物一样活着，像动物一样思考，像动物一样行动：狡诈，暴力，自私。你们互相偷窃，互相杀戮，互相交媾，你们拉帮结派。有一个法则对你们来说到底有什么意义？"

"这是第二个能把我们团结在一起的东西。"莫斯说，一边告诫自己不要再说了，但他没有遵从自己的建议。

"第一个是什么？"典狱长问。

"憎恨像你这样的人。"

典狱长一下掀翻了桌子，桌上的食物全都砸在了地上，肉汁和土豆泥顺着墙壁往下淌。门外的狱警应声而入，莫斯被拖了起来。狱警把他往门外推，他不得不一阵快走才没被推倒。几个狱警半架着他下了两层楼梯，

---

① Code of silence，黑手党之间的规矩，不管是谁都不能向警察告密。又叫乌默它（Omertà）。

然后穿过几扇需要从另一面才能打开的门。他们不是要送他回牢房，而是要带他去"特殊单元房"。关禁闭。不见天日。

又一把钥匙被塞进锁里。门的铰链几乎没怎么响动，莫斯就被交接给了另外两名守卫。他们命令他把衣服脱掉。鞋子。裤子。上衣。

"你犯了什么事被送到这儿来，你这个浑蛋？"

莫斯没有回答。

"他帮别人越狱。"另一个守卫说。

"我没有，长官。"

第一个守卫指了指莫斯的结婚戒指："取下来。"

莫斯朝他眨巴着眼睛："监狱规定说我可以戴着。"

"给我取下来，不然我就打断你的手指。"

"这是我唯一的家当了。"

莫斯握紧了拳头。守卫用警棍打了他两下，然后叫来了更多人。他们把他压在地上，继续拿着警棍朝他身上挥去，发出听起来有些古怪的钝响，莫斯肿起来的脸上呈现出一种诡异的震惊。在警棍的击打下，他倒在了地上，一个守卫抬脚踩在他头上。他喉咙里发出含混不清的声音，嘴里呛着血水，鼻子里钻进了皮靴光亮剂和汗水的气味。他的胃抽搐着，刚才吃下的肋排和土豆泥还在胃里。

之后，守卫们把他扔进了一个用钢丝网编成的小铁笼。他躺在水泥地上，浑身动弹不得，喉咙里有液体咕哝作响。他伸手抹掉鼻子下面的血迹，用指尖搓了搓，感觉像油一样黏腻。他不知道自己应该从这次教训中学到什么。

然后他就想起了奥迪·帕尔默，以及那不知所终的七百万美元。他希望奥迪这次是去取那笔钱了。他希望奥迪的余生都能在坎昆[①]或者蒙特卡罗喝着当地风味的特调鸡尾酒。让那些浑蛋去死！最好的报复就是好好活着。

---

① 墨西哥著名旅游城市。

Chapter 3
第三章

　　拂晓前，星星似乎比在深夜时还要亮一点，奥迪能认出好几个星座。有些是他叫得出名字的，比如猎户座、仙后座和大熊座，还有一些则太过遥远，发出的光来自亿万年前，仿佛跨越了时空，将历史投射到现在。

　　有人相信，人的命运可以从星象里找出端倪。如果那是真的，那奥迪出生时的星象肯定不怎么好。奥迪并不相信命运、宿命或是因果这一类东西，也不相信任何事情的发生都是有原因的，或是一个人一生的运气有什么定数，就像一片雨云里的水一样，这里洒一点那里洒一点。他心里清楚，死神随时可能找上门来，要活下去，接下来的每一步都不能出差错。

　　奥迪解开那只洗衣袋，从里面掏出一套换洗衣服：一条牛仔裤和一件长袖衬衫，这是他从一个守卫那儿偷来的，他把健身装备落在了没锁的车里。奥迪穿好袜子，把脚伸进湿漉漉的靴子，系好了鞋带。

　　奥迪埋好自己的囚衣之后，等到东方的地平线被映照成橘色的时候，他才开始往前走。狭长的碎矿带上，一条小溪缓缓淌过，流入水库。低洼的地方水汽氤氲，两只苍鹭站在浅水里，像是草坪上的装饰品。泥岸上散布着燕子筑巢留下的洞，这些燕子飞来掠去，几乎贴着水面。奥迪沿着小溪一直往前走，来到一条尘土飞扬的乡间小路上，这条路还连着一座只有一条车道的小桥，他沿着小路继续走，同时留意着汽车靠近的声音和车辆扬起的尘土。

太阳升起来了，挂在一排矮树上方，又红又亮。四小时后，水对奥迪来说成了一种回忆，这个炙热的天气像焊枪一样烤着他的后颈。他皮肤上的每一处褶皱和缝隙都塞满了灰尘，整条路只有他一个人。

晌午过后，奥迪爬上了一片高地，想弄清楚自己的方位。四周的景象看上去就像某个史前文明留下的废墟。树木像成群的野兽一样聚集在古老的河道两旁，热气从平原上升腾起来，地上散布着摩托车驶过和火鸡奔跑留下的痕迹。奥迪的工装裤松松垮垮地挂在腰上，腋下已经汗湿了一片。之前有两辆卡车从这里经过，但他立即沿着松散的页岩一路滑下去，藏在树丛或是巨石后面，躲了过去。奥迪在一块平坦的岩石上坐下来，打算休息一下，却想起了小时候因为偷了别人家放在门门台阶上的牛奶钱被父亲撵得满院跑的情景。

"这是谁教你的？"父亲拧着他的耳朵问道。

"没人教我。"

"说实话，不然有你好受的。"

奥迪什么也没说。他像个男人一样接受了自己的惩罚。然而，当他揉着自己大腿上的鞭痕时，他看到了父亲眼里的失望。他哥哥卡尔则在房间里默默注视着这一切。

"你做得很好，"卡尔事后对他说，"但你应该把钱藏起来。"

奥迪又回到路上，继续赶路。下午的时候，他经过一条四车道的封闭马路，沿着它走了远远一段，有车经过的时候就躲起来。走了一英里，他看见一条转向北方的土路，路面满是车辙，远处停放着几个泥浆罐和水泵。顺着望过去，一台起重机的轮廓勾勒在天空中，轮廓后燃着一团火焰，在空中散发着微光。到了晚上，这点微光将位处这片灯光的最高点，方圆数英里应该都能看见，就像一颗遥远星球上初建的殖民地。

奥迪入神地看着这台起重机，没有注意到不远处有一个老人正在看他。老人体形敦实，皮肤棕黑，穿着连身裤，戴一顶宽边帽，站在一道道闸旁边，那箱体漆过，尾端很沉。他旁边是个只有三面墙和一个屋顶的棚屋，一辆道奇皮卡停在一棵孤零零的大树底下。

老人脸上布满痘疮，额头平坦，双眼的间距很宽，臂弯里夹着一杆猎枪。

奥迪努力挤出一个微笑，脸上板结的尘土纷纷裂开。

"你好啊？"

老人略带迟疑地点了点头。

"可以给我点水喝吗？"奥迪说，"我快渴死了。"

老人把猎枪扛上肩膀，走到小屋旁边，打开水桶盖子，指了指钉子上挂着的金属水瓢。奥迪把水瓢伸进桶里，打破水面的平静，然后把勺子举到鼻子下方，几乎是用鼻子把第一口水吸了进去。他咳嗽了几声，接着喝水。这水比他预期的更凉。

老人从工装裤的口袋里掏出一盒皱巴巴的烟，点上一根，深吸了一口，仿佛要把自己肺里的新鲜空气全部换掉。

"你到这儿来干吗？"

"和女朋友吵了一架，那个贱人自己开车走了，把我一个人留在这里。我还以为她会回来接我——结果没有。"

"如果你想让她回来接你，或许你现在就不该骂她。"

"也许吧。"奥迪说，一边用勺子往自己头上浇水。

"她是在哪儿把你扔下的？"

"我们之前在露营。"

"在水库旁边？"

"是的。"

"那离这儿有十五英里远。"

"对，我是一步一步走过来的。"

一辆油罐车沿着土路轰鸣而至。老人朝道闸吃重的一端压了下去，闸杆翘了起来。他和油罐车司机互相招了招手。卡车继续往前，车后的尘土慢慢落下来。

"你又是在这儿干吗？"奥迪说。

"守着这块地。"

"这块地有什么好守的？"

"这是一个石油钻井区，里面有很多贵重的设备。"

奥迪伸出手，做了自我介绍。他用的是自己的中间名——斯潘塞，因为警察不太可能把他这个名字公布出去。老人没再问什么。他们握了握手。

"我叫埃内斯托·罗德里格斯。人们喜欢叫我厄尼，因为这听起来没那么像西班牙佬的名字。"① 老人说完，自己先笑了。又 辆车朝他们开了过来。

"你觉得这些卡车司机里会有人愿意载我一程吗？"奥迪说。

"你想去哪儿？"

"任何能让我搭上大巴或是火车的地方。"

"那你女朋友怎么办？"

"我猜她可能不会回来了。"

"你住在什么地方？"

"我小时候住在达拉斯，但是后来在西部待了一段时间。"

"在那里干吗？"

"什么都干。"

"所以你现在随便去哪儿都行，什么活儿都干？"

"差不多吧。"

---

① 罗德里格斯是一个西班牙姓氏。

厄尼朝南面的平原望去，那里沟壑纵横，间或有岩层露出地面。一道篱笆绕过它们向远处延伸，似乎一直伸向世界尽头。

"我最远能把你带到弗里尔①，"他说，"但我还要等一个小时左右才收工。"

"那就要谢谢你了。"

奥迪在树荫里坐下，脱掉靴子，手指小心翼翼地摩挲过脚上的水泡和手上的口子。越来越多的卡车从道闸下开过，全都满载着离开，空着回来。

厄尼很爱聊天。"我原来是一个快餐店的厨师，一直干到退休。"他说，"但我现在赚的钱是原来的两倍，就因为这场大开发。"

"什么大开发？"

"石油和天然气。这可是大新闻，你没听说过鹰堡页岩田？"

奥迪摇了摇头。

"就是一块正好位于得克萨斯州东南部的地下沉积岩，里面全是古时候的海洋留下来的水生动物化石，也就是石油，还有天然气，在沉积岩下面。他们要把它开采出来。"

这些东西在厄尼说来是如此简单。

临近天黑，一辆皮卡从另一个方向开了过来，开车的是负责值夜班的守门人。厄尼把道闸挂锁的钥匙留给了他。奥迪坐在道奇皮卡里等着厄尼，一边想着这两人会说些什么，同时努力让自己不要慌乱。厄尼回来了，爬上了驾驶座。他们碾过土路上的泥泞车辙，然后往东开上了一条州级公路。厄尼一路开着车窗，用胳膊肘控制着方向盘，埋下头去点了一根烟，然后迎着车窗里灌进来的风大声跟奥迪讲述自己和女儿及外孙一起生活的情况。他们在普莱森顿郊外买了一栋房子，普莱森顿在厄尼嘴里被叫作"普来登顿"。

西边，一大簇云团把太阳下山之前的光芒包裹了起来，看上去就像一

---

① 美国得克萨斯州杜瓦尔县下辖的一个小城。

团火在一张湿漉漉的报纸背后燃烧。奥迪把手撑在窗沿上，时刻注意着前方是否有路障或是巡警。他现在应该已经甩掉他们了，但他不知道他们还会追捕他多久。

"你今晚打算干吗？"厄尼问道。

"还没想好。"

"普莱森顿市里有几家汽车旅馆，但我一家都没住过。从来没这需要。你身上带着现金吗？"

奥迪点点头。

"你该给你女朋友打个电话——跟她道个歉。"

"她早就走了。"

厄尼用手指敲打着方向盘："我只能给你提供一张放在谷仓里的行军床，但是会比住汽车旅馆便宜，并且我女儿做饭很好吃。"

奥迪嘟囔着推辞，但他清楚自己不能冒险住进汽车旅馆，因为旅馆的人会让他出示身份证。警方现在应该已经把他的照片贴得到处都是了。

"那就这么定了。"厄尼说，一边伸手去开收音机，"你要听点音乐吗？"

"不，不要，"奥迪忙说，"我们还是接着聊聊天吧。"

"也行。"

从普莱森顿向南开出几英里之后，他们在一栋破旧的房子跟前停了下来，旁边是一个谷仓和一丛丛低矮的棉花树。卡车的引擎缓缓安静下来。一条狗穿过院子里的泥地慢慢朝他们走过来，对着奥迪的靴子闻个不停。

厄尼下了车，走上门口的台阶，嘴里喊着："我回来了。"

"今天有个客人要和我们一起吃晚饭，罗西。"

一条露天走廊的尽头，一道光从厨房里透出来，映出一个女人站在灶台旁边的身影。她有着奶棕色的皮肤和宽大的髋部，圆脸，眼睛细长，长得颇为好看，只是更像印度人而非墨西哥人。她穿着一条褪了色的印花连衣裙，脚上没穿鞋。

女人朝奥迪看了看，转头对父亲说："你告诉我这个是什么意思？"

"因为他会想吃东西，而你负责做饭。"

女人转身回到灶台边，一块烤肉正在煎锅里发出滋滋的声音。"是，我负责做饭。"

老人朝奥迪咧嘴笑了笑："你最好先去洗个澡，我去给你找件干净衣服，待会儿我让罗西把你的脏衣服拿去洗。"说完，他又扭头问他女儿："你把戴夫的旧衣服都放在哪儿？"

"我床底下那个箱子里。"

"能不能从里面找件衣服给这位老弟？"

"随便你。"

老人把奥迪带到浴室，还给了他一套干净衣服。奥迪在温热的花洒下面站了很久，任凭热水把他的皮肤烫成粉红色。这感觉就像做梦一样，舒服得不真实。在监狱，淋浴是一项被压制、被管束而且伴随着危险的活动，它从来没有让奥迪觉得自己干净过。

他穿上另一个男人的衣服，用手指梳理着头发，在门廊上来回踱步。奥迪能听到电视机里发出的声音，一个记者正在报道这次越狱。他小心翼翼地透过门缝往里看，看到了电视屏幕上的画面。

"奥迪·斯潘塞·帕尔默曾因在得克萨斯州德莱弗斯县抢劫一辆运钞车而获刑十年，在那起劫案中有四人身亡，越狱时他已临近出狱。当局认为，他先用一张口香糖的包装纸让监狱的警报系统短路，然后利用他从监狱洗衣房偷来的床单爬过了两道围墙……"

一个小男孩坐在电视前的地毯上，手里正玩着一盒玩具士兵。他抬起头，朝奥迪看了一眼，然后又看了看电视。屏幕上的画面已经变成了指着地图的天气播报员。

奥迪蹲了下来："你好啊。"

男孩点了点头。

"你叫什么名字？"

"比利。"

"你在玩什么，比利？"

"士兵。"

"谁赢了？"

"我。"

奥迪笑了起来，比利不明白他在笑什么。罗西在厨房里喊着晚饭准备好了。

"你饿了吗，比利？"

比利点点头。

"那我们最好赶紧走吧，免得晚饭被人吃光了。"

罗西最后检视了一遍餐桌，然后往奥迪面前放了一把餐刀、一把叉子和一个餐盘。她的手臂不经意间碰到了奥迪的肩膀，随即也坐了下来，示意比利做饭前祷告。比利含混地念了一串祷告词，然后清楚地说了一声"阿门"。接下来就是盘盏交错，大口吃喝。厄尼不停地问奥迪各种问题，直到罗西说："闭嘴吧，让人家吃点东西。"

她时不时会偷瞄奥迪一眼。吃饭前她换了一条裙子，比之前那条更新，也更贴身。

吃完饭后，厄尼和奥迪来到阳台上，罗西则负责收拾餐桌、洗碗、打扫，以及为第二天早上准备三明治。奥迪可以听见比利背诵字母表的声音。

厄尼吸着烟，把脚搁在阳台的栏杆上。

"所以你接下来打算怎么办？"

"我有亲戚在休斯敦。"

"你要给他们打电话吗？"

"我大概十年前去了西部，和他们早就断了联系。"

"现在这世道想和人断了联系可不容易——你肯定是很努力才做到的吧。"

"可能是吧。"

　　罗西收拾完一直站在门廊里听他们说话。厄尼打了个哈欠，又伸了个懒腰，说他要去睡了。他把奥迪带去谷仓里看了看睡觉的地方，然后跟他道了晚安。奥迪走到门外，看了一会儿星星。正当他要转身离开的时候，他注意到罗西正站在一个雨水池旁边的阴影里。

　　"你到底是什么人？"罗西严厉地问。

　　"一个感谢你款待的陌生人。"

　　"如果你想要打劫，我们没钱。"

　　"我只想要一个睡觉的地方。"

　　"你跟我爸说的那一堆什么你女朋友跑了之类的全是谎话。你到这儿已经三个小时了，还没跟我们借电话用。所以，你来这儿的真正目的是什么？"

　　"我只想遵守对一个人的承诺。"

　　罗西不屑地哼了一声。她身体没有动，一半隐在阴影里。

　　"这些衣服是谁的？"奥迪问。

　　"我老公的。"

　　"他在哪儿？"

　　"他遇到了一个他更喜欢的女人。"

　　"我很抱歉。"

　　"为什么抱歉？这又不是你的错。"她的目光穿过他，看向黑乎乎的远处，"他嫌我长胖了，说他不想再碰我。"

　　"我觉得你很美。"

　　她抓起奥迪的一只手，放到自己胸部。奥迪能感觉到她的心跳。然后，她仰起脸，嘴唇贴上了奥迪的嘴唇。这个吻非常用力，饥渴，让人感觉几近绝望。奥迪能从这个吻里尝到她受过的伤。

　　他挣脱她的拥抱，抓住她的手臂，直直地看着她的眼睛，然后吻了吻她的额头。

　　"晚安，罗西。"

Chapter 4
第四章

　　每日每夜，监狱生活都试图将奥迪·帕尔默置于死地。他醒着的时候。睡着的时候。吃饭的时候。洗澡的时候。沿着操场跑圈的时候。每一个季节，夏天想把他晒死，冬天想把他冻死，几乎从不间断，这所监狱一直都想杀死奥迪·帕尔默，但他最终还是活了下来。

　　在莫斯看来，奥迪似乎生活在一个平行宇宙里：最恶劣的言行都不能改变他的举止风度。莫斯曾经看过一些电影，里面的主角在经历了人生的大起大落之后仍然选择归来，因为他们的生命里还有一些未完成的使命。莫斯很好奇，奥迪被从地狱里送回来，是否也是因为魔鬼的记事本出了点差错或是发生了弄错身份这样的事。假如是那样，他可能会觉得监狱生活也还不错，因为他经历过远比这更糟的。

　　莫斯最早注意到奥迪是在他和其他新来的囚犯一起走进狱井的时候。狱井有一个足球场那么长，是一块洞穴般的空地，两侧都是牢房，地板打过蜡，荧光灯在头顶嗡嗡作响。监狱里大部分囚犯都在牢房里打量他们，不时发出嘘声和口哨声。忽然，牢房的门打开了，犯人们都走了出来。这样的情景每天只会发生一次，就像是地铁上的高峰时段。犯人们会在这段时间摆平旧怨、确定位次、收买禁品或是寻找目标。这是一个下手后容易逃脱的好时段。

没过多久，就有人发现了奥迪。通常，像奥迪这样的人出现在监狱都会成为新闻，因为他既年轻又帅气，但是这里的人对那笔失踪的钱更感兴趣。他们有七百万个理由接近奥迪，或是把他揍得口鼻开花。

"莅临"这里几个小时后，奥迪的名字已经在监狱的情报网里传开了。他这时本该担心得要死，或是祈求狱警把自己关进小黑屋，而他却在那个有上千人踱着上百万步的操场上镇定地散步。他不是黑帮成员，不是自作聪明的人，不是杀手，也没有装作自己是这些人中的一员，而这也是他的问题所在。他没有小弟，没有大哥。要在一座监狱里生存，一个人必须和其他人结盟，加入帮派，或是找到一个保护自己的大哥。你绝对不能长得好看、性格温和或是有钱。

莫斯远远地观望着，对所发生的一切既感到好奇又觉得和自己没有丝毫关系。绝大多数新来的犯人都会早早摆出姿态，划定地盘或是吓退那些想在他们身上打主意的人。友善在这里被视作一种懦弱。同情和善良也一样。在这里，你要在一个人把你的食物抢走以前把它们扔进垃圾桶，排队的时候绝对不要把位置让给别人。

"骰子佬"率先做出了尝试。他跟奥迪提出要帮他弄一些私酒。奥迪礼貌地拒绝了，于是"骰子佬"换了个方式。从奥迪就座的餐桌旁经过时，他掀翻了奥迪的餐盘。奥迪看了看打翻的肉汁、土豆泥和鸡肉，又抬起头看着"骰子佬"。旁边几个犯人笑了起来。笑声似乎助长了"骰子佬"的气焰。然而奥迪一个字都没说。他蹲下身，把食物从地上捧起来放回餐盘。

周围的人纷纷沿着长凳往后退去，仿佛在等待着什么事情发生，就像一辆停下的火车上的乘客。奥迪仍旧蹲在地上，继续往餐盘里捡食物，他无视那些人，仿佛身在一个自己创造出的空间，这个空间超出了其他所有人的认知，那些比他低劣的人只有在梦里才能抵达。

"骰子佬"看了看自己的鞋子，肉汁溅在了上面。

"给我舔干净。"他说。

奥迪疲惫地笑了:"我知道你在干什么。"

"什么意思?"

"你想激怒我,好让我跟你打一架。但是我不想跟你打。我甚至不知道你叫什么。你挑了事,所以你觉得自己不能退缩,但其实你可以的。没有人会因此看不起你。没有人会嘲笑你。"

说完,奥迪站了起来,手里拿着那个餐盘。

"有谁觉得这个人说的笑话好笑吗?""骰子佬"喊道。

他问得如此真诚,莫斯看到有人开始认真思考这个问题。"骰子佬"朝四周看了看,仿佛突然丧失了自己的立场,挥拳朝奥迪打了过去,这是他惯用的撤退姿势。然而就在这一瞬间,奥迪手中的餐盘砸中了他的脑袋。当然,这一举动只是更加激怒了他。他怒吼着朝奥迪扑过去,但是奥迪比他更快。眨眼间,奥迪已经把餐盘的一角用力插进了"骰子佬"的喉咙。当他收回手的时候,"骰子佬"已经跪在了地上,蜷缩成一团,奋力地喘着气。狱警赶了过来,把"骰子佬"带去了监狱医院。

莫斯一度以为奥迪当时怀着死亡的冲动,但事实不是如此。监狱里满是相信这个世界只存在于自己脑海中的人。他们不能想象高墙之外的生活,只好把想象中的世界变成现实。一个人在监狱里会变得什么都不是。他只是别人鞋底下的一粒沙,狗身上的一只跳蚤,或是肥佬屁股上的一颗疹子,而他在监狱里所能犯的最大错误就是相信自己活着还有意义。

每天早晨,类似的故事都会重演一遍。第一天,他应该打了十几场架,第二天又打了十几场。被丢进禁闭室的时候,他已经被打得吃不了东西,两只眼睛都肿得像紫色的李子。

到了第四天,"骰子佬"从监狱医院里放出话来,说要把奥迪做掉,于是他的手下开始张罗。那天晚上吃饭时,莫斯端着餐盘坐到了奥迪一个人坐的那桌。

"我能坐在这儿吗？"莫斯说。

"这是个自由的国度。"奥迪咕哝道。

"并不是，"莫斯回答，"等你在监狱里待到像我这么久，你就知道了。"

两个人沉默地吃着饭，直到莫斯开口说出来意："他们打算在明天早上做掉你。或许你应该叫格雷森把你关禁闭。"

奥迪抬眼朝莫斯头顶看过去，仿佛在读飘在空中的什么东西，然后他说："我不能那样做。"

莫斯觉得奥迪在犯蠢，或是在逞愚勇，又或许他就想找死。那些人并不是在争抢那笔失踪的钱。在监狱里，没人可以花得了七百万美元——即便他有最严重的毒瘾或需要保护。这也并不是关乎几根巧克力棒或是一块额外的肥皂这类玩意的小事。在监狱里，你惹了祸，你就会死。比如你看一个人的眼神不对，你就会死；你在吃饭的时候坐了不该坐的桌子，你也会死；你在走廊或操场上走到了不该走的一侧，或是吃饭的时候发出了太多声音……你也会死。无足轻重。愚蠢倒霉。再也不能复活。

监狱有监狱的规矩，但是不要把它当作同志间的情谊。牢狱之灾让犯人聚在一起，但是并没有让他们凝聚在一起。这并不是连接他们的纽带。

第二天早上八点半，牢房的门开了，狱井里站满了人。"骰子佬"的手下正伺机而动。他们把任务交给了一个新来的喽啰，这个人的袖子里藏了一根玻璃纤维棒，其他人则负责望风或是在他事成之后帮忙丢掉凶器。奥迪将会像一条鱼一样被开膛破肚。

莫斯并不想卷进这场纷争，但是奥迪身上有一种东西让他非常好奇。换作其他任何人，这个时候都应该举手投降、服软或是哀求着被关进禁闭室了；换作其他任何人，这个时候都应该在门栏上拴好了床单以示投降。所以，奥迪要么是有史以来最傻的浑球，要么是最勇敢的浑球。他到底在这个世界上看到了什么其他人都没看到的东西？

犯人们从牢房里拥了出来，装作干活儿的样子，但大多数人是在等着看戏。奥迪没有从牢房里出来。或许他已经自我了断了，莫斯想着，但是接着就从奥迪的房间里传出《邪恶力量》①那铿锵起伏的旋律，并且声音越来越响。

奥迪从里面钻了出来，赤裸着上身，只穿着四角短裤、长袜和被鞋油染黑的运动鞋。他的两只手上各套了一只袜子，里面塞满了卫生纸，好让它们看起来像两只巨大的拳击手套。奥迪踮脚跳着，时不时挥出几记空拳。他脸上还带着之前被暴打留下的瘀青，看起来像是正要出场和阿波罗打第十五轮比赛的洛奇②。

那个揣着手柄的小子此刻不知道是该哭还是该笑。奥迪戴着那两只滑稽的手套，前后左右地腾挪，弹跳，出拳，闪躲。然后，一件奇怪的事情发生了。那些黑人开始拍手大笑，唱起歌来。等那首曲子放完，他们已经把奥迪抬了起来，举到头上，仿佛他真的赢了一场世界重量级拳王比赛。

那是莫斯一想到奥迪·帕尔默就会想起来的一天——看着他从牢房里跳出来，对着空气挥舞拳头，迂回躲闪。那并不是任何事情的开始，也不是任何事情的结束，但是奥迪已经找到了在监狱里生存下来的办法。

当然，还是有人想知道那笔钱的下落，连那些狱警也不例外，因为他们其实和自己看守的这帮人来自同样贫穷的背景，也免不了会接受贿赂或是往监狱里走私一些禁品。一些女教导员甚至曾暗示奥迪，让他给她们的银行户头里打钱，以换取一些床笫间的好处。这些女人一个个肥得要命，但是在监狱里待上几年之后，她们也变得可以入目了。

奥迪拒绝了她们的邀约。接下来的十年里，他从未提起过那次抢劫，从未以此引诱过任何人，或是对人许下任何承诺。相反，他一直给人一种泰然自若的感觉，就像已经把所有肤浅的感受、欲望和对琐碎之物的耐心都从生活中驱离了。他就像尤达③、佛祖和神鬼战士的合体。

---

① *Eye of the Tiger*，1982 年史泰龙主演的电影《洛奇》（*Rocky Ⅲ*）中的插曲。

② 电影《洛奇》里的主角，打败了拳王阿波罗。

③ 电影《星球大战》里的重要人物，德高望重的绝地大师。

Chapter 5

第五章

一缕阳光照在奥迪的眼睑上。他想像弹一只昆虫那样把它弹走，然而阳光又回到原处。他听到一阵咯咯的笑声。那是比利正拿着一面小镜子在谷仓门外反射进来的阳光。

"我看到你了。"奥迪说。

比利把头缩回去，又咯咯地笑了起来。他穿着一条破破烂烂的短裤和一件对他来说过于肥大的 T 恤。

"现在几点了？"奥迪问他。

"早饭后。"

"你现在难道不应该去学校上课吗？"

"今天星期六。"

难怪，奥迪想着，一边从地上坐起来。昨天晚上他不知道什么时候从行军床上滚了下来，在地上缩成一团。和床垫比起来，地面更让他感到熟悉。

"你昨晚从床上掉下来了吗？"比利问。

"我猜是的。"

"我以前也老爱从床上掉下来，但是现在不会了。妈妈说我长大了。"

奥迪走出谷仓，来到外面阳光普照的院子里，在一口抽水井那儿洗了把脸。昨天他到这儿的时候天已经黑了，现在他能看到一排没有粉刷过的矮房子，旁边锈蚀的汽车零件，还有一条水槽、一座风车和一堆靠着快要垮掉的石墙堆起来的木头。一个黑人小男孩正在院子里骑一辆对他来说过大的自行车，他只有跨坐在车杠上才能够到脚踏板，还要时不时避让那些在地上扑腾着翅膀的鸡。

"这是我的朋友克莱顿，"比利说，"他是个黑人。"

"我看出来了。"

"我没有什么黑人朋友，但是克莱顿跟我还挺要好。他个子很小，但他比自行车跑得还快，除非你是在骑车下坡。"

奥迪紧了紧裤带，免得裤子往下掉。他注意到隔壁的阳台上有个瘦瘦的、身穿条纹衬衣和黑色皮背心的人正看着他。奥迪挥了挥手，那个人没有回应。

罗西走了出来："早餐做好了，在炉子上。"

"厄尼去哪儿了？"

"干活儿去了。"

"他开工挺早的。"

"但收工很晚。"

奥迪在餐桌旁坐下，开始吃早饭。玉米饼。鸡蛋。豆子。咖啡。炉台上的储物架里有玻璃瓶装的面粉、豆子和大米。他透过窗户看到罗西在外面往一根绳子上晾衣服。他不能待在这儿。这些人对他很好，但他不想给他们惹麻烦。他要想活下来，就必须遵照计划，尽可能地销声匿迹，越久越好。

罗西再次出现的时候，奥迪问她能不能顺路捎他进城。

"我中午可以带你进城，"她说，一边在水槽里洗他用过的餐盘，一边拨开垂在眼前的一绺头发，"你要去哪儿？"

"休斯敦。"

"我可以把你送到圣安东尼奥市①的灰狗大巴车站。"

"那样你需要绕路吗？"

罗西没有回答。奥迪从口袋里掏出钱来，说："我在这儿的食宿应该付多少钱？"

"把你的钱收起来。"

"这些钱是干净的。"

"好吧，随便你。"

从他们那儿到圣安东尼奥市需要沿着三十七号州际公路向北开三十八英里。罗西开的是一辆日产小车，没有空调，排气装置也坏了。他们一路开着车窗，收音机调得很大声。

整点的时候，一个新闻播报员报道了一些重要新闻，提到了一场越狱。奥迪开始跟罗西聊天，想让自己的声音听起来自然一点。然而罗西打断了他，调大了收音机的音量。

"这是在说你吗？"

"我没打算伤害任何人。"

"那就好。"

"如果你不放心可以就在这儿把我放下来。"

罗西没有理他，继续开车。

"你犯了什么事？"她问道。

"他们说我抢劫了一辆运钞车。"

"那你到底抢没抢？"

"这个问题现在已经不重要了。"

罗西朝他瞄了一眼："你要么就抢了，要么就没抢。"

---

① 美国得克萨斯州南部城市。

　　"有的时候你没做错事却受到惩罚，有些时候你做了坏事却能全身而退。或许到最后，我们身上的因果会扯平吧。"

　　罗西变了个道，开始寻找高速路的出口。"我现在已经不去教堂了，所以我在道德方面并没有多少权威，但我还是认为，如果你做了什么错事，你不应该一走了之。"

　　"我没有一走了之。"奥迪说。

　　罗西相信了他。

　　她把车停在大巴车站外面，看向奥迪身后那一排即将开往远方的大巴。

　　"如果你哪天被抓了，别跟别人提起我们为你做过的事。"她说。

　　"我不会被抓的。"

Chapter 6

第六章

德西蕾·弗内斯特工穿过开放式办公室，正要去见她的老板。任何人从电脑屏幕前挪开眼睛，都只能从办公桌上方看到她的头，于是会认为这是一个小孩误打误撞闯进这栋大楼来找她的父母，或是来兜售童子军饼干。

德西蕾一生都在努力长高：即便物理身高没指望了，那也要让感情、社会地位和职业高度一直往上长。她的父母都是矮个子，作为他们的独女，德西蕾长高的可能性从基因的角度来看微乎其微。根据驾照上的数据，德西蕾身高为一米五七，但事实上，她需要穿上高跟鞋才能达到这个高度。她在大学里一直穿着同一款差点没让她变瘸的高跟鞋，因为她想被人严肃对待，还想跟篮球运动员约会，而那恰巧是命运对她的另一个残酷的捉弄，她尤其容易被高大的男生所吸引——又或许这是她内心潜藏的对高个基因与生俱来的渴望，好让她的子女有机会在基因上翻盘。即便已经三十岁了，德西蕾去一些酒吧和餐厅时还是会被要求出示身份证明。对大多数女士来说，这或许会被看作一种恭维，但对德西蕾来说，这是一种挥之不去的羞辱。

青春期的时候，父母会跟她说什么"浓缩才是精华"之类的，以及"人们喜欢生活中的'小东西'"。这些说法虽然出自好意，但是对一个仍然只能在百货商店儿童区购买衣服的少女来说，听上去却不那么好受。进入大学以后，她的专业是犯罪学，身高问题一直让她极为尴尬。到了警校之后，那儿的情况更让她备感屈辱。但她没有让身高成为自己前进路上的阻碍：她在匡提科①证明了自己比其他学员更能干，更聪明，更有决心，最后还以全班最优秀的成绩毕业。她背负的诅咒成了她的动力所在，她的个头让她实现了更多成就。

她敲了敲埃里克·沃纳的门，等候他的召唤。

沃纳有着一头与他的实际年龄并不相符的花白头发。自从德西蕾六年前被分配到这里（也就是她的家乡城市）起，他就一直是 FBI 休斯敦办公室的头儿。在德西蕾见过的所有有权势的人当中，沃纳算得上一个真正有威严和魅力的人，他脸上带着一种自然的愁容，这让他的笑容里也带着些有讽刺意味的悲哀，或者只是些悲哀。他不会拿德西蕾的身高开玩笑，也不会因为她是女性就对她予以优待。人们愿意听他说话，并不是因为他嗓门大，而是因为他即便低声细语也能吸引人们的注意。

"发生在三河监狱的那起越狱——逃走的人是奥迪·帕尔默。"德西蕾说。

"谁？"

"德莱弗斯县那起运钞车抢劫案的劫犯。二〇〇四年的案子。"

"就是那个本来该判死刑的家伙？"

"就是他。"

"他本该什么时候出狱？"

"今天。"

两个人对视了一眼，脑子里想着同一件事。什么样的白痴会在本该出

---

① Quantico，美国军事基地兼情报人员培训基地，属于美国海军陆战队。

狱的前一天越狱？

　　"他是我的犯人，"德西蕾说，"从帕尔默因为法律方面的原因被移交到三河监狱起，我就一直在关注这个案子。"

　　"什么法律方面的原因？"

　　"新来的检察官对他当初获刑的年限很不满意，想把他重新送审。"

　　"在判决执行了十年之后？！"

　　"比这更奇怪的事也不是没发生过。"

　　沃纳把一支笔叼在嘴里，就像叼着一支烟。"有没有出现什么有关那笔钱的线索？"

　　"没有。"

　　"开车到那儿去一趟，看看那里的典狱长有什么想说的。"

　　一小时后，德西蕾已经在西南高速公路上开车经过了霍顿农场。农场上一片碧绿，地势平坦，蔚蓝的天空十分辽阔。德西蕾一边开车一边听西班牙语教学磁带，时不时跟着重复一些短语。

　　¿Dónde puedo comprar agua?

　　¿Dónde está el baño?[1]

　　她的思绪飘到了奥迪·帕尔默身上。奥迪的资料她是从另外一位外勤特工弗兰克·西诺格勒斯手上接过来的，因为弗兰克准备要高升了，于是就把手上的一些边角料抛给了德西蕾。

　　"这个案子比隔夜的黄花菜都要凉。"弗兰克在移交案件笔记时对德西蕾说。他说这话的时候看着德西蕾的胸部，而非她的脸。

　　通常情况下，过往的悬案都会分派给活跃的探员，新人尤其容易分到那些最老也最冷的案子。接过奥迪的案子之后，德西蕾时不时会查一下有

———————

① 这两句西班牙语意思分别是"我在哪里可以买到水？""洗手间在哪里？"。

没有新线索，但在那起劫案发生后的十年里，那些被劫走的钱一分都没有找回来。七百万用过的美钞，没有标记，没有任何可追踪的记号，就这样消失了。没有人知道那些钱的序列号，因为那都是老旧残币，当时正要被拿去销毁，但在法律上仍然是可以流通的货币。

奥迪·帕尔默在那起劫案中头部中了一枪，但仍然活了下来；抢劫团伙的第四名成员——人们相信那是帕尔默的哥哥卡尔——则卷款逃跑了。过去十年间，不断有误报和未经证实的报告说有人见到了卡尔。据说墨西哥南科罗拉多的警方曾在二〇〇七年逮捕过卡尔，但是他们在 FBI 拿到引渡他的批文之前又把他放了。一年之后，一位在菲律宾度假的美国游客称他在马尼拉北部的圣马利亚看见卡尔·帕尔默经营着一家酒吧，还有人宣称在阿根廷和巴拿马看到了卡尔——但大部分密报都是匿名的，毫无用处。

德西蕾关掉了西班牙语教学磁带，朝窗外的农场望去。一个人得有多蠢才会在本该出狱的前一天越狱逃跑？她考虑过，也许奥迪是在逃避接待委员会，但他也不应该急在这一天啊。按照得克萨斯州的重犯政策，如果他再次被捕可能要再坐二十五年牢。

德西蕾之前去三河监狱见过奥迪，问了他一些关于那笔钱的问题。那是两年前，奥迪给她留下的印象并不是蠢蛋。事实上，他的智商高达 136，上过大学，念的是工程专业，只是中途辍学了。头上挨枪子这件事倒有可能让他的性情有所改变，但奥迪给德西蕾的印象一直是礼貌、聪明，甚至有点谦卑。他称她为女士，不曾对她的身高说三道四，甚至在被她指责说谎的时候也没有生气。

"那天发生的事我记不大清楚了，"奥迪说，"有人打了我一枪，打在头上。"

"那你还记得些什么？"

"我就记得有人朝我头上打了一枪。"

德西蕾又试了一次："你是在哪儿遇到那帮人的？"

"在休斯敦。"

"怎么遇到的？"

"我的一个远房表亲介绍的。"

"你表亲叫什么名字？"

"他跟我们不是很亲近。"

"是谁把你招去给他们干活儿的？"

"维恩·凯恩。"

"他是怎么联系到你的？"

"电话。"

"你负责做什么？"

"开车。"

"你哥呢？"

"他没有参加。"

"那你们这伙人的第四个成员是谁？"

奥迪耸了耸肩，没有回答。在德西蕾问到那笔钱的下落时，他也以相同的动作回应，还把两臂张开，仿佛准备好了随时被搜身。

德西蕾问了更多问题——足足问了一个小时，但他们只是在各种圈子里兜来兜去，直到这起抢劫案的细节扭成了一团乱麻。

"我来跟你梳理一下，"德西蕾说，她的挫败感已经无可掩藏，"你是在劫案发生前一小时才遇到你们一行的其他几个人，在劫案发生之后才知道他们的名字，并且他们当时都戴着面具？"

奥迪点了点头。

"那些钱你们本来打算怎么处理？"

"再碰头的时候把它们分掉。"

"在哪儿碰头？"

"他们没说。"

德西蕾叹了口气，又换了一种说法："你在这儿的日子并不好过，奥迪。我知道每个人都想从你身上分一杯羹——那些恶棍，这里的犯人。把这些钱还回去难道不会让你生活得相对轻松些吗？"

"我做不到。"

"那你想到有人在外面挥霍那笔钱，而你却在这里坐牢，心里不难受吗？"

"那笔钱本来就不是我的。"

"你一定觉得自己被骗了，你很生气，对吧？"

"为什么？"

"你不怨恨他们抛下你跑掉吗？"

"怨恨别人就像是你自己吞下毒药，却期待别人被毒死。"

"我相信你一定觉得这话很有深意，但是在我听来它就是狗屁。"她说。

奥迪苦笑了一下："你曾经爱过什么人吗，特工？"

"我到这儿不是来跟你聊……"

"对不起，我不是想让你难堪。"

现在回想起这个场景，德西蕾还能感受到和当时同样的情绪。羞愧。她之前从没遇到过一个人像奥迪这样自信，对自己的命运泰然处之，更不要说他还是个犯人。他不关心前路是否艰难，或者是否根本无路可走。甚至当她指责他说谎时，他都没有生气，还向她道歉。

"你能别再说对不起了吗？"

"好的，女士，对不起。"

德西蕾来到三河监狱。她把车停在访客区，从车窗往外看去，目光沿着草地穿过缠绕着铁丝网的双层围墙，扫过塔楼和监狱主楼里的狱警。她穿好靴子，从车上下来，理了理身上的夹克，准备好接受监狱接待访客那一套繁文缛节——填写表格，交出武器和手铐，搜包。

　　已经有好几个女人等在那儿，等探访时间开始——这些女人都爱上了不该爱的男人，或者说罪犯——那些被抓住了的罪犯。真是些可怜虫。糊涂蛋。骗子。低等生物。要遇到一个好的罪犯，或者说一个好人是很难的，德西蕾想着。在她看来，最好的男人通常不是同性恋就是已婚人士，或是只存在于小说中。二十分钟后，她被带进典狱长的办公室。她没有直接坐下，而是让典狱长先坐下来，自己在房间里来回踱步，眼看着典狱长越来越不自在。

　　"奥迪·帕尔默是怎么越狱的？"

　　"他用从监狱洗衣房偷来的床单和洗衣机桶做成一个爪钩，靠那个爬过了围墙。越狱之前几小时，他说他要去洗衣房拿落在那儿的东西，一个尉官就让他去了，也没发现他没从那儿回来。我们觉得他应该是一直躲在洗衣房里，直到晚上十一点塔楼的守卫换班，才跑了出去。"

　　"警铃都没响？"

　　"有一个在快十一点的时候响了一下，但看起来像是线路出了问题。我们重启了系统，花了大概两分钟。他应该就是利用那点时间翻过了围墙。我们带着警犬一直追踪到丘克峡谷水库，但这可能是他用来甩掉我们的计谋。到目前为止，还没有人能从那片水库逃脱。最有可能的情况是，他在围墙外面安排了什么人接应他。"

　　"他身上有现金吗？"

　　典狱长在椅子里不安地动来动去，这种盘问对他来说并不容易应付。"我们已经查过，帕尔默每两周会以一百六十美元的最高额度从犯人信托账户里取钱，但是几乎没在物资供应处花过什么钱，所以我们估计他身上最多可能有一千二百美元。"

　　现在距离越狱已经过去十六小时了，还没有人报告说看到过奥迪。

　　"昨天你们的停车场有没有出现过陌生车辆？"

　　"警察正在查看监控录像。"

"我要一份过去十年内所有探视过帕尔默的人员的清单，还有他的信件和电子邮件的所有细节。他在监狱里能不能接触到电脑？"

"他在监狱图书馆里干过活儿。"

"那里有互联网吗？"

"有，但是有监控。"

"谁负责监控？"

"我们有个图书管理员。"

"我想和这人谈谈。我还想和负责帕尔默的社会工作者、监狱的心理医生，以及所有和他有过密切接触的监狱工作人员谈谈。还有那些犯人——帕尔默有没有跟哪个犯人走得很近？"

"这些人我们都审过了。"

"可我还没审过。"

典狱长拿起电话，打给他的副手，说话的时候嘴里像叼着一根铅笔般咬牙切齿。德西蕾听不清楚他们在说什么，但从他的语气里倒是很容易听出些端倪。她在这里的受欢迎程度大概就像一只出现在草坪派对上的臭鼬。

德西蕾在斯帕克斯典狱长的陪同下来到监狱图书馆，随后，典狱长称说自己要打几个电话，之后就离开了。现在他嘴里有一股难闻的味道，让他等不及想用一杯威士忌漱漱口。他不像今天这么倒霉的时候，或许会喝过头，称自己犯了偏头痛，把窗帘都拉上，会议也随之取消。

他从一个文件柜的抽屉里拿出一瓶酒，往咖啡杯里倒了一杯。他出任三河监狱的典狱长已经两年了。他是从一个安全级别较低的小型监狱被提拔上来的，因为那座监狱在他管辖期间只发生过很少几件值得汇报的事故。这让人们对他的能力抱有一种错误的印象。如果这里的犯人也能这么容易被控制住，他们就不会关在这里了。

斯帕克斯典狱长从没思考过犯罪行为到底是犯人的本性引发的还是后

天遭遇促成的，但他的确认为这是全社会的失败，而不只是矫正体系的失败。这个想法和当时的得克萨斯州政府并不十分契合，因为得州是一个把罪犯当牲口对待的地方，因此制造出了不少"沉默的野兽"。

奥迪·帕尔默的监狱档案正摆在典狱长的书桌上。他没有滥用麻醉剂或酗酒的历史，从没受过处罚，也没被取消过权利。入狱第一年，他因为和别的犯人发生冲突进了几次医院。被捅过（两次）。被砍过。被打过。被勒喉。被下毒。犯人们之后消停了点，但时不时还会有些人想要他的命。一个月前，还有一个犯人隔着牢房门把打火机里的液体洒进奥迪的房间，想把他烧死。

不过，即便受到这么多的攻击，奥迪·帕尔默也从来没有想着把自己和监狱里其他犯人隔绝开来。他没有要求过特殊待遇或特别庇护，也从来没有试图篡改规则以改善自己的境遇。和大多数监狱档案一样，这份档案几乎没有提供任何关于奥迪的背景信息。也许他小时候的成长环境一团糟。也许他父亲是个酒鬼，也许他母亲是个吸毒的妓女，又或者他出身寒微。从档案里看不出任何对他越狱行为的解释或是预警，但是他的案子里确实有一点东西让斯帕克斯典狱长坐立不安，就像他身上有个地方隐隐发痒，但他就是够不着。或许问题出在他今早在访客停车区看到的那两部陌生的汽车上，其中一部是深蓝色的凯迪拉克，另一部是带有保险杠和射灯的敞篷小货车。坐在凯迪拉克里的那个人都没进访客大厅的大门，只是时不时从车上下来伸伸懒腰。那人穿着黑色的紧身西装和皮靴，又高又瘦，没戴帽子，脸色白得异乎寻常。

另一辆车的司机早上八点就到了，但是直到三个小时之后才出现在接待区。他身材壮硕，肚子有点隆起，头发在耳朵上面修剪得整整齐齐，身穿地区治安官的制服，上面能看见熨得笔直的折缝。

"我是德莱弗斯县的瑞安·瓦尔德斯警长。"他一边说一边伸出手来，那只手握上去又干又冷。

"你来这儿可开了好一段路吧，警长。"

"是啊。你今天早上似乎很忙。"

"但现在时间也还早。我有什么能帮你的吗？"

"我是来帮你追缉奥迪·帕尔默的。"

"谢谢你的好意，但是联邦调查局和本地警方已经掌握了情况。"

"那些联邦调查局的人什么都不懂！"

"你说什么？"

"你们现在对付的是一个根本就不该被关进中等安全等级监狱的冷血杀手。他本该直接被送上电椅。"

"我不负责对他们进行判决，警长，我只负责把他们关起来。"

"那你在这方面做得怎么样？"

典狱长脸上的血色一点点退去，眼睛里开始冒出炭火一样的红血丝。十秒。二十秒。三十秒。他感到血管里的血在太阳穴附近突地涌动。最终，他还是开口了："一名犯人在我的看管下越狱了，我对此负全部责任。这是一个学习谦卑的好机会。希望你有时间也学习一下。"

瓦尔德斯摊开手掌向他道歉："我很抱歉，我们的谈话进行得不是很顺利。但是奥迪·帕尔默对德莱弗斯县治安官办公室来说有特殊的意义。最开始就是我们把他抓住并对他提出指控的。"

"这我知道，但是他现在已经不归你管了。"

"我觉得他可能会逃回德莱弗斯县，在那儿跟他以前的同伙取得联系。"

"你有什么证据？"

"这当中的信息我不能告诉你，但我向你保证，奥迪·帕尔默是一个极其危险并且牵涉甚广的人物，更不要说他还欠得克萨斯州政府七百万美元。"

"那笔钱属于联邦政府。"

"你这就是在跟我抠字眼了，典狱长。"

斯帕克斯仔细端详起眼前这个比他年轻的男人。他的脸色说明他缺乏睡眠，脸颊上散布着青春痘留下的印记。

"你来这儿到底是为了什么，治安官？"

"我已经解释过了。"

"我们今天早上七点才刚刚对外宣布奥迪·帕尔默越狱的消息，而那时你已经把车停在外面至少一小时了，所以我猜，你要么早就知道他打算逃跑，要么就是有什么别的打算。"

瓦尔德斯站起身来，把两手的大拇指插进皮带。"典狱长，你对我有什么意见吗？"

"如果你没有表现得这么自以为是，或许我对你的印象会好一点。"

"有四个人在那起劫案中被杀了。不管是不是他开的枪，帕尔默都要对他们的死负责。"

"那是你的看法。"

"不，这是事实。案发当天我就在现场。我跨过那些残缺的身体，踩过一摊摊血迹。我看到一个女人在自己的车里被活活烧死，她的尖叫声直到现在还在我脑海里回响……"

假惺惺的同志情谊像脱钩的鱼儿一样消失了。警长笑了笑，没有露出牙齿，说："我来这儿是向你提供帮助的，因为我了解帕尔默，但是现在看来你似乎并不感兴趣。"

说完，他把帽子戴到头上，压了压帽檐，转身离开了。出门的时候，他没有拉门把手，而是直接推开门，嘴里还嘀咕着什么。典狱长站在办公室的窗户旁静静地看着下面，瓦尔德斯从办公楼大门走了出去，穿过停车场，走向他那辆敞篷小货车。为什么一个县治安官会驱车两百英里来对一个典狱长指手画脚，告诉他怎么做自己的工作？

Chapter 7

第七章

    莫斯在禁闭室度过了一个不眠之夜，更让他难受的是他的自尊，而不是身上的伤痕。他不怪那些守卫修理他。既然他没控制住自己的脾气，他们就有理由打他。就像他的心理医生说的，是他"促使他们"。对莫斯来说，对愤怒情绪的管理一直都是个问题。每当他感到有压力，他总觉得脑袋里仿佛困着一只小鸟，叽叽喳喳地叫着想冲出去，而他只想把它压扁，让那些叫声消失。

    脾气完全失控的那一刻，莫斯几乎感到了一阵狂喜。他所有的憎恶和恐惧、愤怒和骄傲、胜利与失败都汇聚在一起，他的生活也仿佛突然有了意义。他从一个充满黑暗和无知的世界中解脱，感觉到自己真切地活着。如痴如醉。无法掌控。然而现在，他知道了这股力量有多大的破坏力。他一直努力控制自己的脾气，摆脱过往的桎梏，成为一个全新的人。

    莫斯摩挲着手上原本应该戴着银婚戒的地方，想着克里斯特尔下次来探视时看到这里空着会怎么说。他们已经结婚二十年了——他也已经蹲了十五年的监狱，但缘分真的是命中注定……有缘无分也是。他们是在圣安东尼奥市的斗牛场认识的，那时她才十七岁。那天，她挽着一个男孩的手臂，龇着龅牙，脸圆得像一张意大利香肠比萨，看起来像在寻找某个更有趣的人，虽然她想要的有趣未必是莫斯这种。

克里斯特尔的母亲一直警告她要提防莫斯这样的男生，但那只会让她对他们更加好奇。后来，莫斯发现她还是个处女。有那么一两次，她希望会有男生把她扔到床上，让她领会两性之间的奥义，但她脑子里老是会响起她母亲的声音，淫欲罪大恶极，青少年时期怀孕会毁掉她的一生。

莫斯那次去斗牛场是为了看那儿的安保措施严不严，能不能偷点门票钱。当他看到那里执勤的州警数量之后就打消了这个念头。接下来，他给自己买了一个玉米汉堡，在射击游乐场里射了好几只金属鸭子，还赢了一只粉红豹玩偶。随后，他看到了正目不转睛地观看斗牛表演的克里斯特尔。她没有他之前认识的一些姑娘漂亮，但她身上有一种东西，让他的血液为之沸腾。

克里斯特尔当时的男朋友去给她买饮料了，而她一边听着音乐一边被莫斯的奉承话逗得哈哈大笑，最后她开始跟着莫斯往别处走。莫斯想要显摆一下自己的能耐，在射击游乐场玩打椰子游戏时给她赢了一只达菲鸭、两只氢气球和一个木棍玩偶。后来他俩坐在一起看完了那场斗牛表演。莫斯知道这种表演会对克里斯特尔起到什么作用——看着牛仔们在她眼前骑着牛马颠簸翻腾。在他看来，牛仔竞技激发的怀孕几乎比其他任何一种娱乐表演都多，或许只有男性脱衣舞表演除外。看着克里斯特尔兴奋得手舞足蹈，莫斯知道他已经搞定了她。她会为他做任何事。接下来，他会把她带去自己的住所，或者直接在车上，甚至就在鬼屋后面来一发。

然而莫斯想错了。克里斯特尔完全无视他最关键的那些话，吻了吻他的脸颊，然后给了他自己的电话号码。

"明天晚上七点整打给我。不要早一分钟也不要晚一分钟。"

然后她就走了，臀部左右摇摆，就像一只节拍器。莫斯这才明白，是他被玩了，就像玩一架廉价的四弦琴，然而就在同时，他突然意识到，他不介意这样被玩。她聪明，性感，又有趣。一个男人哪还能企求更多。

一个狱警使劲敲门。莫斯站起身来，面朝墙壁。狱警再次把他铐起来，带到淋浴房，然后又带到接待区——不是主访客区，而是一间律师会见客户时用的小接待室。

三河监狱的心理医生海勒小姐已经等在门外。这里的犯人都叫她"普里蒂金小姐"①，因为她是监狱里唯一一个体重在两百磅以下的女性。莫斯坐了下来，等着她发话。

"是要我先说话吗？"莫斯问。

"你到这儿来不是为了见我。"她回答。

"不是吗？"

"联邦调查局的人想和我们谈谈。"

"关于什么？"

"奥迪·帕尔默。"

直以来，海勒小姐都让莫斯想起高中那会儿教他朗诵法的那位语言治疗师。莫斯那时发不出卷舌的"r"和"th"。那位治疗师当时才二十多岁，治疗的过程中，她会把手指放进他嘴里，以便向他展示在说某些词语的时候应该把舌头放在哪儿。有一天她这样做的时候，莫斯不知怎的勃起了，但是那位治疗师并没有生气，只是朝他害羞地一笑，用一张纸巾擦了擦手指。

门开了，一个社会工作者走了出去，朝海勒小姐点了点头，于是她也跟着出去了。莫斯又开两腿，闭着眼睛，头靠着墙，默默等着来客。犯人们对于消磨时间都很有一套，因为他们有的是时间。他们可以翻来覆去地读一本书或杂志，看一部电影，说一个笑话，让时间不知不觉地流走。

莫斯想起了奥迪，试图在脑海中勾勒出他一边享受自由一边和好莱坞

① 美国著名减肥餐疗法创始人。

小明星睡觉，或是在一艘游艇上随手把喝光的香槟酒瓶朝后扔进大海的模样。这其实不大可能，莫斯心里知道，但这幅想象中的画面还是让他不由自主地笑了。

从他的"扬名之战"中活下来以后，奥迪吃饭的时候便开始跟莫斯坐在一起。他们很少说话，除非是在吃完以后，即便开口也是谈一些无关紧要的话题，对生活的观察多于对人生的感悟。奥迪仍然是其他犯人攻击的目标，因为他既年轻又干净，那些钱也让他们心里直痒痒，仿佛有什么东西在那里啃噬。总会有人想来攻克奥迪，只是时间早晚的问题。

一个名叫罗伊·芬斯特的犯人就曾经在淋浴间外面把奥迪逼到墙角，对他拳脚相向，这人自称"金刚狼"，因为他脸上长着金刚狼一般茂盛的毛发。后来，莫斯跳上罗伊的后背，像套捕阉牛那样把他压倒在地上，然后用膝盖抵住他的脖子。

"我需要那笔钱，"罗伊抹着眼睛说，"如果我不做点什么，我的莉齐就要失去她的房子了。"

"那和奥迪有什么关系？"莫斯说。

罗伊从衬衫口袋里掏出一封信。莫斯把它递给奥迪。莉齐在信中说，银行打算把他们在圣安东尼奥市的那所房子收回去，她和罗伊的几个孩子将不得不搬回弗里波特市，和她的家人住在一起。

"如果他们搬去弗里波特，我就永远见不到他们了。"罗伊抽泣着说，"她说她不爱我了。"

"那你还爱她吗？"奥迪问他，一边大喘气。

"什么？"

"你还爱着莉齐吗？"

"是的。"

"你告诉过她吗？"

罗伊有些不满："你的意思是说我很不像个男人？"

"如果你跟她说过，或许她会坚持得久一点。"

"那要怎么说？"

"给她写封信。"

"我不大会写。"

"我可以帮你，如果你愿意的话。"

奥迪帮罗伊写了封信，那封信的内容肯定非同寻常，因为莉齐不但没有把孩子带去弗里波特，还尽力保住了他们的房子，并且每隔一周就会来探望一次罗伊。

一扇门开了，一个狱警踢了踢莫斯的椅背，让他清醒过来。莫斯站起身，拖着脚链慢慢朝屋里走去，故意缩着肩膀，好让自己看起来没那么高大，也显得更卑微一点。采访室里有一个小姑娘在等他。哦不，不是小姑娘，是个剪了短发、戴着耳钉的女人。她朝他亮出证件。

"我是德西蕾·弗内斯特工。我应该叫你莫斯还是杰里迈亚？"

莫斯没有回答。他还在对她的身高惊奇不已。

"有什么问题吗？"她问。

"你是不是被人扔进过滚筒式烘干机？我向上帝发誓，你看起来像缩水了五个码。"

"没有，这就是我的正常大小。"

"你太袖珍了。"

"你知道长得矮最大的问题是什么吗？"

莫斯摇了摇头。

"那就是我不得不整天面对一些蠢货。"

莫斯朝她眨了眨眼，笑了，然后坐了下来："这是个好笑话。"

"这样的笑话我还有很多。"

"是吗？"

"威利·旺卡①打电话来叫你回家一趟。叮咚,你没听说女巫已经死了吗?②你是不是演过《指环王》? 如果你是中国人,他们可能会叫你'土地婆'……"莫斯在椅子里笑得前仰后合,手铐被带得咔嚓作响。"……我矮到只能在儿童泳池里踩水。我需要一把梯子才能爬到上铺。我一打喷嚏头就会撞到地上。我坐上马桶前需要先来一段助跑。以及,我和汤姆·克鲁斯没有亲戚关系。"说完,她停了下来,"你笑够了吗?"

莫斯擦了擦眼睛:"我没想要惹你生气,女士。"

德西蕾没理他,重新打开了手头的文件夹。

"你的脸怎么了?"她问道。

"出了一场车祸。"

"你真有趣。"

"在监狱这样的地方,有点幽默感是好事。"

"你和奥迪·帕尔默是朋友?"

莫斯没有回答。

"为什么?"她又问道。

"什么为什么?"

"你们为什么会成为朋友?"

这真是个有趣的问题,但莫斯之前从来没有认真考虑过。我们到底为什么会和一个人成为朋友呢?或许是有共同的爱好,或许是有相似的背景,又或许就是相互来电。但是所有这些原因都不适用于他和奥迪。他们除了都在蹲监狱这点没有任何共同之处。但德西蕾特工仍然在等他的答案。

"因为他拒绝屈服。"

---

① 电影《查理和巧克力工厂》里的一个角色,这里是把德西蕾比作主角查理·巴克特,一个小朋友。

② 1939 年版的电影《绿野仙踪》的插曲,这里意在嘲讽德西蕾是矮人国的人。

“什么意思？”

“有的人到了这儿就会烂掉，变得越来越老气，越来越刻薄。他们让自己相信这一切都是社会造成的，而他们只是童年不幸或是其他什么不幸遭遇的受害者，把时间都花在诅咒上帝或寻找上帝上面。有些人会画画、写诗或研究古典著作，还有些人会打铁、玩手球或是给他们变成亡命之徒以前爱慕过他们的女孩写信。但是这些事情奥迪都没做过。”

“那他做了什么？”

“他默默地忍受。”

德西蕾还是不太明白他在说什么。

“你信上帝吗，特工？”

“我出生在一个基督徒家庭。”

“你觉得上帝是不是给我们每个人都安排好了一个宏伟的计划？”

“我不知道。”

“我爸爸以前不信上帝，但是他说世界上有六个天使——分别是苦难、绝望、失望、无助、残忍和死亡。‘你终有一天会遇到它们每一个的，’他曾经告诉我，‘但是最好不要同时遇上好几个。’奥迪·帕尔默就一下遇到三个，并且每天都会遇到。”

“你觉得他很不幸？”

“他只要不倒霉就算幸运了。”

莫斯低下头，手在头皮上捋了一把。

“奥迪·帕尔默有宗教信仰吗？”德西蕾问他。

“我没听到过他祈祷，但他的确和监狱里的传教士进行过高深的哲学讨论。”

“关于什么？”

“奥迪不相信自己是独特的，或带着某种宿命，他也不认为基督徒享有特权。他曾经说，有些基督徒可能嘴上说得好听，但实际做的事情更像是约翰·韦恩①而不是耶稣。你懂我的意思吗？"

"我想是的。"

"这就是我们花了两千年来推行《圣经》里那一套的后果。虽然《圣经》叫你爱你的邻居，如果他打了你，你还要把另外半边脸伸过去让他打，但是我们现在却在寻找理由来轰炸别的国家。"

"他为什么要越狱，莫斯？"

"我真的不知道，女士。"

莫斯用手揉着脸，感受着脸上的瘀青和肿胀："监狱这种地方是靠走私和八卦运转的。这里的每个犯人都会跟你说一个不同的关于奥迪的故事。他们会说他挨了十四枪还活了下来。"

"十四枪？"

"反正我是这样听说的。我还见过他头皮上的伤疤，就跟汉普蒂·邓普蒂②被摔碎了再拼起来似的。"

"那笔钱去哪儿了？"

莫斯狡黠地笑了笑。"有人说他贿赂了法官，才没被送上电椅。现在他们肯定又会说他买通了监狱的守卫来帮他逃跑。你随便去问——每个犯人口中都会有一个不同的版本。有人说这笔钱老早就没了，还有人说奥迪·帕尔默在加勒比海买了一个岛，或者他把现金都埋在得州东部的油田里，还有人说他哥哥卡尔娶了一个电影明星，现在正在加利福尼亚的某个地方吃香喝辣。监狱这样的地方充满了故事，没有什么比一笔无法追踪的巨款更能点燃他们血液里的冲动了。"说完，莫斯欠了欠身，脚链在金属椅角上碰得哐当作响，"你想知道我是怎么想的吗？"

德西蕾点了点头。

"奥迪·帕尔默根本就不在乎那笔钱。我甚至觉得他连自己进了监狱

---

① 美国连环杀手。

② 童谣里从墙上摔下来跌得粉碎的蛋形矮胖子。

也不在乎。别人都度日如年，他却可以呆呆地看着远方，就像眺望大海，或看着一堆篝火上面跳动的火星。他可以让一间牢房看起来像是没有围墙。"莫斯犹豫了一下，又说，"如果没有那些梦……"

"什么梦？"

"我曾经躺在床上听着他房间里的动静，想着他某天晚上或许会在梦中突然吐露那笔钱的下落，但他从来没有。我只听到过他的哭声，就像一个小孩在玉米地里走丢了，哭着叫妈妈。我很好奇是什么让一个成年男人哭成这样。我问他，但他没告诉我。他并不为自己的哭泣感到羞愧，也不怕这会暴露自己的弱点。"

德西蕾特工看了看自己的笔记本："你们两个人都在监狱图书馆里帮过工。奥迪那时都做些什么？"

"学习。看书。整理书架。自我教育。他还会写信。他会帮其他人准备上诉材料，但是从来不为自己准备。"

"为什么？"

"这我问过他。"

"他怎么说？"

"他说自己罪有应得。"

"你知道他本该今天出狱吗？"德西蕾说。

"我听说了。"

"那他为什么会越狱？"

"我也在想这个问题。"

"然后呢？"

"你就不该问这个问题。"

"那我应该问什么？"

"这里的人多半都以为自己很厉害，但是现实每天都会提醒他们事实刚好相反。奥迪在这十年里只想着要活下来，但几乎每周都有狱警造访他的房间，像后妈打小孩一样把他痛打一顿，问他像你现在问的这类问题。白天，那些墨西哥黑手党、得州辛迪加 ①、雅利安兄弟会 ② 以及其他什么蠢蛋和懦夫也都想从他身上分一杯羹。

"还有一些人怀着特殊的冲动，跟贪婪和权力无关。也许他们在奥迪身上看到了他们想要摧毁的东西——比如乐观和内心的平静。那样的人渣不只想伤害别人，还想把人开膛破肚，吃掉他们的心脏，直到别人的血液顺着他们的脸往下流，牙齿被染成红色。

"不论出于什么动机，自从奥迪来到这里的第一天起，就一直有人想加害于他，这些行动在上个月翻了一倍。奥迪被人捅过，勒过，打过，用玻璃割过，用火烧过，但他从来没有显露过仇恨、后悔或软弱。"

莫斯抬起头，直直地看着德西蕾的眼睛。

"你想知道他为什么逃跑，这个问题并不成立。你应该问的是他为什么没有早点那样做。"

---

① 得克萨斯州的一个监狱犯罪分子团伙，主要成员是西班牙裔。
② 美国最暴力、扩张最快的白人种族主义黑帮。

Chapter 8

第八章

　　奥迪没有上第一班大巴，而是来到圣安东尼奥市的街道上，对那些移动着的模糊身影和噪声也渐渐习惯了。那些大厦比他记忆中的更高，女孩们的裙子更短了，人们普遍比以前胖了，手机变得更小，各种东西的颜色也更暗了。人们不再有目光接触，匆匆擦肩而过，似乎急着赶去什么地方：推婴儿车的妈妈、生意人、小白领、逛街的行人、导游、小学生、快递司机、售货员和秘书，都是如此。每个人似乎都在努力去往什么地方，或者离开什么地方。

　　奥迪注意到一栋办公楼上挂着一个广告牌，上面并排印着两幅图：第一幅是一个穿西装戴眼镜的女性，头发往后束着，正在电脑前认真工作；第二幅仍旧是她，但是穿着比基尼，站在一片白色的沙滩上，碧蓝的眼睛映着大海的颜色。两幅图的下面写着一行字："到安提瓜岛来迷失自己。"

　　奥迪喜欢那些小岛。他可以想象自己躺在沙滩上，一边慢慢晒黑，一边帮某个美女往肩膀上涂防晒油，任油滴顺着美女的脊背淌过她身上的沟壑。有多久了？整整十一年，他没有碰过一个女人。一个都没有。

　　每次奥迪决心登上一辆大巴，总会有什么东西分散他的注意力。不知不觉，一个小时过去了。他买了一顶帽子和一副墨镜，还有一套换洗衣服、一双跑鞋、一块廉价手表、一条宽松腿的裤子和一个剪发器。在一家出售电话的小店，一个店员向他推销一种玻璃和塑料做成的光滑的长方形物体，还一个劲地说什么应用程序、数据包和 4G 之类的东西。

"我只想要一个能打电话的。"奥迪说。

除了手机，奥迪还买了四张先充钱才能使用的 SIM 卡，然后把他刚刚购置的这些东西塞进一个小帆布背包的口袋里。随后，他走进了灰狗大巴车站对面的一个酒吧，坐下来，看着来来往往的身影。有穿着军装、提着行囊的士兵从得克萨斯这个地区散布着的军事基地入驻或移出，他们当中有些人会跟从附近汽车旅馆里出来拉客的站街女搭话。

奥迪一边研究新买的手机，一边想着要不要给他妈妈打个电话。她现在应该已经知道他越狱的消息了。警察应该已经去过她家，说不定正在监听她的电话，或监控整座房子。奥迪的父亲去世以后，她就搬去休斯敦和她姐姐艾娃一起住。那里是她长大的地方，也是她曾经迫不及待想要逃离的地方，现在她又回到了原点。

奥迪的思绪飘远了。他还记得自己六岁的时候曾经悄悄从沃尔夫烟酒店的窗户挤进去，偷了几包香烟和口香糖。他哥哥卡尔负责把他举到窗口，之后等他跳出来的时候再把他接住。卡尔那时十四岁，在奥迪眼中是世界上最酷的哥哥，虽然他有时候很凶，很多小朋友都很怕他。卡尔的微笑是那种你一辈子也看不见几次的笑容。在某一瞬间，这微笑让人觉得可爱又可亲，那一瞬间过后，这个微笑就消失了，他看上去就像变了个人。

卡尔第一次坐牢的时候，奥迪每周都会给他写信。他并没有收到多少回信，但他知道那是因为卡尔不喜欢看书或写字。后来，当别人跟奥迪说起卡尔的事情的时候，奥迪也尽量不去相信他们。他想记住那个作为他偶像的哥哥，那个会带他去逛得州集会还给他买漫画的哥哥。

他们还会去特里尼蒂河边钓鱼，但是不能吃自己钓到的任何东西，因为那儿的河水受到了多氯联苯和其他化学物质的污染。大多数时候，他们钓上来的都是购物车或废弃轮胎。卡尔会一边吸大麻一边跟奥迪讲一些土里埋尸的故事。

"他们会用水泥让尸体沉到水底，"卡尔语气平淡地说，"这些尸体现在还在那儿，埋在泥里。"

他还跟奥迪讲了一些有名的黑手党和杀人犯的故事，比如克莱德·巴罗和邦妮·帕克[①]小时候就生活在距离奥迪的出生地不到一英里的地方。邦妮上的是水门汀城高中，但是到了奥迪上学的时候，这所高中已经改名了。奥迪坐在邦妮坐过的教室里，外面的工厂虽然变了，但房子还是那些房子。

"邦妮和克莱德在一起生活了不到两年，"卡尔说，"但是他们把每一分钟都过得像最后一分钟。这真是个爱情故事。"

"我不想听你说他们接吻的事。"奥迪说。

"有一天你会愿意听的。"卡尔笑着回答。

卡尔往前探过身，开始讲述他们最后被围捕的情景，仿佛是在篝火边讲鬼故事。奥迪可以想象当时的情景：一九三四年五月二十三日，在路易斯安那州赛勒斯市区外一条孤单的小路上，天还没亮，警察和得克萨斯游骑兵在没有任何预警的情况下开枪围捕了这对情侣。邦妮·帕克当时才二十三岁。她死后被葬在菲什特拉普公墓，距离奥迪和卡尔长大的地方只有不到一百米远（人们后来又把她的尸体移到了冠山公墓，和她的祖父母埋葬在一起）。克莱德则葬在一英里外的西高地公墓，直到现在还有人去那儿祭拜。

卡尔第一次进监狱是因为邮件诈骗和取款机诈骗，但真正毁掉他的是毒品。他在布朗斯维尔的得克萨斯州立监狱里染上了毒瘾，从此再也没能

---

① 美国电影《雌雄大盗》（*Bonnie and Clyde*）的原型人物。

摆脱。他出狱的时候奥迪十九岁，正在读大学。奥迪开车到布朗斯维尔去接他。卡尔从监狱里出来的时候穿着一件绿色条纹的衬衣和一条聚酯纤维裤子，身上披着一件就当时的天气来说过于厚重的皮夹克。

"你穿那个不热吗？"

"我宁愿穿着也不想拿在手上。"卡尔说。

奥迪那段时间还仍然坚持打棒球，也坚持去健身房。

"你看起来气色不错，小伙子。"

"你也是。"奥迪说，但那不是真的。卡尔看上去疲惫不堪、枯瘦憔悴、充满愤怒，仿佛渴望着某种他无法企及的东西。人们都说奥迪是他们家最聪明的——说得好像智力是由联邦快递送来的，而你那天必须在家迎接，否则就会被退回去一样。然而这一切跟头脑并没有什么关系，只关乎勇气、经验、欲望和其他一些东西。

奥迪载着卡尔在他们以前住的街区兜了一圈。那儿比卡尔记忆中的繁华，但是仍然有低档的沿街零售店、连锁店、烂尾楼、毒窟和辛格尔顿大街上从车里拉客的妓女。

在一家 7-11 便利店，卡尔盯着两个进来买思乐冰饮料的高中女生。她们穿着毛边牛仔短裤和紧身 T 恤，她们认识奥迪，朝他笑，还跟他打情骂俏。卡尔在旁边说了一句什么，那两个女孩瞬间止住了笑容。奥迪惊讶地凝视着他哥哥，从他身上看出了一些新的东西：一种刻骨的、几乎让人恐惧的自我厌恶。

他们买了半打啤酒，来到特里尼蒂河边的铁路桥下，坐了下来。火车在他们头上疾驰而过，朝着联合车站开去。奥迪想问卡尔在监狱里的情况。里面的生活是什么样的？那些故事有一半是真的吗？然而卡尔问他身上有没有大麻。

"你现在可是在假释期间。"

"它们能帮我放松。"

兄弟俩静静地坐着，看着棕色的河水打着旋涡流淌而过。

"你真的相信河底埋着尸体吗？"奥迪说。

"我相信。"卡尔回答。

奥迪告诉卡尔，他申请到了休斯敦莱斯大学的奖学金，可以拿来支付学费，但是他得自己挣生活费，所以他在保龄球馆打了两份工。

卡尔一直喜欢拿奥迪是"这个家里最有脑子的人"打趣，但是奥迪觉得哥哥私下其实很为他骄傲。

"你今后打算干什么？"奥迪问道。

卡尔耸了耸肩，把手里的啤酒罐捏扁了。

"老爸说他可以在建筑工地上给你找个活儿。"

卡尔没应声。

后来，当他们终于开车回到家，卡尔和家人的团聚自然少不了拥抱和眼泪。他们的母亲不停地从后面抓住卡尔，好像他会逃走似的。他们的父亲也一改平日的习惯早早从修车场回了家。虽然他没说多少话，但是奥迪看得出来，他非常开心。

一个月后，奥迪在休斯敦开始了大学第二学年的学习，直到圣诞节才回了一趟达拉斯。那时，卡尔已经躲在一间高地上的房子里做着各种不知名的杂活儿。他和之前那个女朋友也早已分道扬镳，骑着一辆他"帮一个朋友照看"的摩托车。他看起来很不安分，有点神经质。

"我们来玩牌吧。"卡尔提议。

"我在努力存钱呢。"

"说不定你可以赢些钱。"

卡尔最终还是说动了奥迪，只是在玩的过程中老是改变游戏规则，说他们在监狱里就是这么玩的，所有的改动似乎都有利于卡尔。最后，奥迪把他为上大学存的钱都输光了。卡尔出去买了几瓶啤酒，还有一些冰毒。他想一醉方休，他不理解为什么奥迪会选择回家。

接下来那个夏天，奥迪在保龄球馆和修车场打了两份工。卡尔有时会来找他，问他借钱。他们的姐姐贝尔纳黛特开始跟一个在市区银行工作的男生约会。那个男生有一辆新车，平时也都衣着光鲜，卡尔对此不以为然。

"他以为他是谁？"

"他没做错什么啊。"奥迪说。

"他自以为比我们厉害。"

"为什么这么说？"

"就是看得出来，他总是显出高人一等的样子。"

卡尔不想听任何人跟他说什么有人是通过努力工作住进大房子或开上好车的。他更倾向于怨恨他们的成功，就像站在别人举办派对的屋外，鼻子贴在窗户上，看着屋子里旋转摇摆的裙子和随音乐起舞的女孩们。他的注视不仅带着嫉妒，还有质疑、愤懑和饥渴。

又过了一阵，一天晚上十点左右奥迪接到一通电话。卡尔说他正在东达拉斯的一家酒吧里，他的摩托车坏了，想找人接他回家。

"我不会去接你。"

"我被人抢了，身上一分钱都没有。"

于是奥迪开车穿过小城，停在酒吧门口。那家酒吧有一个迪克西啤酒形状的霓虹灯招牌，地板上满是烟头灼痕，像是被人踩扁的蟑螂。酒吧里还有摩托车手在打台球，母球撞击的声音就像有人在抽鞭子。酒吧里唯一的女人看上去四十多岁，穿得却像个十几岁的少女，在点唱机前胡乱跳着舞，一帮男人在旁边看着她跳。

"喝杯酒再走吧。"卡尔说。

"你不是说你没钱了吗？"

"我赢了些钱，"卡尔指了指台球桌，"你想喝什么？"

"什么都不想喝。"

"来瓶七喜吧。"

"我要回家了。"

说完，奥迪开始往外走。卡尔跟着他来到停车场，对于弟弟在他新朋友面前对他甩脸的行为很是不满。他的瞳孔有些散开，两次想去抓车门把手都没抓到。回家的路上奥迪一直开着车窗，免得卡尔想吐。他们一路无话，奥迪一度还以为卡尔睡着了。后来卡尔开口了，声音听起来像一个走丢的小孩。

"没有人会给我重新做人的机会。"

"耐心点。"奥迪对他说。

"你不知道这是什么滋味，"卡尔在车里直了直身，"我现在只需要干一票大的，那样我就可以安心了。我可以离开这个鬼地方，到别的地方重新开始，那里没有人会戴着有色眼镜看我。"

奥迪不太懂他的意思。

"帮我抢一家银行。"卡尔说，语气仿佛这事再应该不过了。

"什么？"

"我可以分你五分之一，你只要帮我开车就行，不用进银行，就待在车上。"

奥迪笑了："我才不会帮你抢银行。"

"你只要开车就行。"

"如果你想挣钱，那就去找份工作。"

"你说得容易。"

"这话什么意思？"

"你是咱们家的骄傲，宠儿。我也不介意做那个浪子——只要早点把我应得的那份财产给我，你这辈子都不用再见到我了。"

"家里没什么财产。"

"那是因为好事全都被你占了。"

他们回到父母家。卡尔睡在自己以前的房间。奥迪半夜渴醒了，起来找水喝。黑暗中，借着半开的冰箱透出的那缕光线，他发现卡尔正坐在厨房里，光映在他脸上。

"你吃了什么？"

"只是一点帮我入睡的东西。"

奥迪洗了一只杯子，转身打算离开。

"我很抱歉。"卡尔说。

"为什么这么说？"

卡尔没有回答。

"全世界闹饥荒、全球变暖、生物进化，你为哪样道歉？"

"我让你们失望了。"

奥迪回到莱斯大学，第二年，他就已经成了班里成绩最好的学生。他每天在一家二十四小时营业的面包店值晚班，第二天再带着满身面粉去上课。一个看着像啦啦队队长、走路像 T 台模特的女孩给他取了一个外号，叫"面团男孩"，这外号后来还流传开了。

接下来那个圣诞节，奥迪回家后发现自己的车不见了。卡尔借走了，还没来得及还。另外，卡尔也不在家里住了，而是在汤姆朗德里高速路旁的一家汽车旅馆和一个看起来像妓女的人住在一起，还生了个小孩。奥迪找到他的时候，卡尔正坐在游泳池边，穿着那件他离开布朗斯维尔时穿的皮夹克，目光有些呆滞，椅子下面散落着压扁的啤酒罐。

"我需要我的车钥匙。"

"我待会儿给你送过去。"

"不，我现在就要。"

"车没油了。"

奥迪并不相信他的话。他坐上驾驶座，转动钥匙，引擎响了两声又熄火了。他把钥匙扔回给卡尔，坐大巴回家了。然后，奥迪抓起棒球棍，走进球场，连击八十个投球才消了气。

直到后来，奥迪才琢磨出那天晚上到底发生了什么。他离开汽车旅馆之后，卡尔给车加满了油，开到哈利海恩斯大街上的一家烟酒店。他从冰箱里拿了一包六听装的啤酒，又拿了几袋玉米片和几包口香糖。售货员是一个来自中国的老头，穿着一件带名牌的制服，只是谁也不认识那上面刻的到底是什么名字。

店里当时除了卡尔只有一个顾客。那人远远地蹲在货架另一头，正为他怀孕的太太找着某种特殊口味的多力多滋玉米片。这个人名叫皮特·阿罗约，是个警察，他刚下了班，太太黛比就等在门外，吃着冰激凌，因为她特别想吃又香又甜的东西。

卡尔朝售货员走过去，从外套里掏出一把布朗宁点二十二自动手枪，抵在老头的头上，让他把收银机里的钱都取出来。老人用中文说了很多求情的话，但卡尔一句也听不懂。

皮特·阿罗约应该是从过道上方悬挂的圆形凹面镜里看到了卡尔。他悄悄地向卡尔靠近，同时从身后掏出配枪，弓着身子，把枪口对准了卡尔，然后让他把手举到空中。就在这时，黛比推门走了进来，她的肚子已经大得像万圣节的南瓜灯。她看到了手枪，开始尖叫。

皮特没有开枪，但卡尔开了。警官倒了下去，同时射出了一串子弹。卡尔朝门外停着的汽车跑去，背上挨了一枪，但最终还是爬上车开走了。医务人员对皮特·阿罗约抢救了四十分钟，但他还是在去往医院的路上去世了。那个时候，目击者已经向警方描述了枪击者的外貌，说他车上可能有同伙专门负责开车。

Chapter 9

第九章

开往休斯敦的大巴晚上七点半发车。奥迪直到开车前一刻才上了车，坐在紧急出口旁边的位置。他假装睡着了，但是一直注视着外面的人流，随时提防着警铃大作、警灯闪烁。

"这里有人吗？"一个声音问道。

奥迪没有回答。一个胖子把一个行李箱放上了奥迪头顶的行李架，然后往小桌板上扔了一袋吃的。

"我叫戴夫·迈尔斯。"他说着伸出一只布满红色斑点的大手，他看起来六十多岁，溜肩，长着硕大的双下巴，"你叫什么名字？"

"史密斯。"

戴夫笑了："是个好名字。"

他开始吃那袋东西，发出很大的声响，对手指上沾的盐和酱汁又吸又舔。吃完之后，他打开头上的阅读灯，摊开一沓报纸，翻了起来。

"他们又要削减边境巡逻了，"他说，"这样一来怎么把那些犯罪分子挡在外面？要知道那些人可都是给点颜色就开染坊的。"

奥迪没有说话。戴夫又翻了一页，嘴里发出不屑的声音："这个国家的人已经忘了该怎么打仗了。看看伊拉克（他说的是'艾拉克'）。要我说，就该用核武器炸平那些乱七八糟的国家，你懂我的意思吗？但我们现在的总统是个黑人，中间名还是'侯赛因'，所以这铁定是不可能的了。"

奥迪把脸转向窗户，看着外面渐暗的风景，努力想分辨出农场上星星点点的灯光和远方山峰上的导航灯塔。

"我知道我在说什么，"戴夫说，"我在越南打过仗。我们应该把韩国、日本和菲律宾都用核武器给灭了，橙剂①对他们来说太仁慈了。但是他们的女人要留着。那些女人可是好货。她们可能看起来只有十二岁，但是在床上可会浪了。"

奥迪发出不满的声音。那人停下了话茬："我招你烦了吗？"

"是的。"

"为什么？"

"我老婆就是越南人。"

"真的假的？真对不住，老兄，我不是故意这么说的。"

"你就是故意的。"

"我怎么知道你老婆是越南人？"

"你刚刚侮辱了一个民族、一个宗教和广义上的所有女性。你说你想干她们或者用核武器炸他们，这说明你是一个种族主义者兼人渣。"

戴夫涨红了脸，皮肤也紧绷起来，仿佛被皮肤包裹着的头颅在不断涨大。他站起身，伸手去拿自己的行李箱。有那么一会儿，奥迪觉得他可能是在找枪，但他只是沿着过道往前走，另外找了个座位坐下来，开始抱怨坐长途大巴会遇到一些"讨厌的浑蛋"。

经过了塞金和舒伦堡两站之后，他们在临近午夜时分抵达了休斯敦。虽然有点晚了，但车站里仍稀疏地散布着几群人。有人睡在地板上，有人

---

① 一种含有毒性杂质的除草剂，在越南战争中被用来促使森林地区的树木落叶，以暴露藏身其中的人。

横躺在椅子上。车站里的大巴分别标记着开往洛杉矶、纽约、芝加哥和它们中间的一些地方。

奥迪去了一趟洗手间。他打开水龙头，往脸上泼了几捧水，挠了挠下巴上长出来的胡楂。他的胡子长得太慢，还不足以作为伪装，被太阳灼伤的皮肤在鼻子和额头处开始脱皮。在监狱的时候，他每天早上都要刮胡子，因为这可以占用他五分钟，让他觉得自己还没有完全放弃。现在，他看着镜中的自己，那已经是一个男人而非男孩，比以前老了，瘦了，脸上有了之前所没有的坚毅。

一个女人带着一个小女孩走进了洗手间。两人都是金发，穿着牛仔裤和帆布鞋。女人看上去二十五六岁，头发在脑后高高地扎了一个马尾，穿着一件滚石乐队的 T 恤，胸脯高耸。小女孩看起来六七岁的样子，缺一颗门牙，背着一个芭比系列的背包。

"不好意思，"女人说，"他们关了女洗手间的门做清洁。"

她把洗漱包放在洗手池边上，从里面拿出牙膏牙刷，然后把纸巾打湿，脱下女孩的衣服，给她擦洗腋下和耳朵，又让小女孩凑到水龙头下，淋湿她的头皮，然后叫她把眼睛闭起来，用自动分配机里流出的洗手液给她洗头。

洗完之后，她转身看向奥迪："你在看什么？"

"没看什么。"

"你是个变态吗？"

"不是的，夫人。"

"别叫我夫人！"

"抱歉。"

奥迪在牛仔裤上擦了擦湿着的手，匆匆走了出去。大巴车站外的马路上有人在抽烟，有人在闲逛。有些是毒贩子，有些是皮条客，还有些是瞄准了逃亡者和流浪汉的歹徒；有些女孩会被搭讪，有些女人会被枪杀，还有些人会被扼住喉咙再也发不出声音。"或许是我太累了。"奥迪心想，他并不经常以恶意来揣测别人。

在这一带闲晃的时候，他发现了一家麦当劳，里面灯火通明，装修得鲜艳明亮。他要了一份套餐和一杯咖啡。过了一会儿，他注意到他刚才在洗手间里遇到的那对母女也坐在一个卡座里，正在用一块面包和一罐草莓酱做着三明治。

正当奥迪看着她们时，餐厅经理走了过去。

"不买东西的话不能坐在这里吃。"

"我们又没招惹别人。"那女人说。

"你们把这儿弄得一团糟。"

奥迪端起自己的餐盘，向她们的卡座走去。"快点，姑娘们，你们想好要点什么了吗？"奥迪说。他在她们对面的椅子上坐了下来，抬头看着餐厅经理："有什么问题吗？"

"没有，先生。"

"那就好，你能帮我们再拿几张餐巾纸吗？"

餐厅经理嘟囔了句什么，转身走开了。奥迪把自己的汉堡切成了四块，朝桌子那头推过去。小女孩伸手就要拿，却被她妈妈在手腕上狠狠打了一下。"不要吃陌生人给的食物。"说完，她警惕地看着奥迪，"你在跟踪我们吗？"

"没有，夫人。"

"我看着像一个老妇人吗？"

"不像。"

"那就别叫我夫人！我比你还年轻，我们也不需要你的施舍。"

小女孩失望地叫了一声。她看了看桌上的汉堡，又看了看妈妈。

"我知道你要做什么。你想先赢得我的信任，然后就对我们做坏事。"

"你想多了。"奥迪说。

"我不是瘾君子，也不是妓女。"

"很高兴听你这么说，"奥迪喝了口咖啡，"如果你希望的话，我可以坐回那边去。"

女人没有说话。明亮的霓虹灯照亮了她鼻子上的雀斑，可以看出她的眼睛是蓝色或绿色的，又或是介于二者之间。小女孩趁他们不注意，偷偷拿起一小块汉堡，用一只手挡住开始吃，然后又伸手拿了一根薯条。

"你叫什么名字？"奥迪问她。

"斯嘉丽。"

"你掉的那颗牙齿换到牙仙①的礼物了吗，斯嘉丽？"

女孩点点头，拿出一个布娃娃，看上去很旧但是很宝贝。

"她叫什么名字？"

"贝蒂。"

"这是个好名字。"

斯嘉丽用袖子捂住鼻子说："你好臭。"

奥迪笑了，说："我也迫不及待想洗澡了。"他伸出一只手，"我叫斯潘塞。"

斯嘉丽看了看他伸出的手，又看了看她妈妈，终于还是伸手和奥迪握了握，她的整只手只有奥迪的掌心那么大。

"请问你叫什么名字？"奥迪问她的妈妈。

"卡西。"

卡西没有跟奥迪握手。她长得还算漂亮，但奥迪还是能在她身上看到一层坚硬的外壳，就像一层包裹在旧伤口外面的疤痕组织。他可以想象她在一个贫民窟长大，可能做过一些利用自己的性别实现目的的事，比如，用一窥她的裙下风光为诱饵骗那些男孩子给她买冰激凌，却不了解其中的危险。

"你们两位女士这么晚出来干什么？"奥迪问。

"不关你的事。"卡西回答。

---

① 牙仙源于美国的民间传说：孩子们相信，如果把脱落的牙齿藏到枕头下，牙仙就会趁他们晚上睡觉时把牙齿拿走，并留下他们希望得到的礼物，不然就会遭遇厄运。

"我们晚上在车里睡觉。"斯嘉丽说。

她妈妈急忙止住她的话茬。斯嘉丽低头看向地板，搂紧了布娃娃。

"你知道这附近有什么便宜的汽车旅馆吗？"奥迪问她。

"要多便宜？"

"非常便宜。"

"都要打车才能到。"

"那没问题，"奥迪说着从座位上站了起来，"我最好现在就动身。认识你们很高兴。"说完，他顿了一下："你们俩上次洗热水澡是什么时候？"

卡西瞪了他一眼。奥迪伸出手说："抱歉，这话听上去有点不妥。我的意思是，我的钱包在大巴上被偷了，去汽车旅馆开房的话，没有身份证恐怕会有点问题，但是我有很多现金。"

"那跟我有什么关系？"

"如果你可以用你的身份证开房——我来付钱，我会付两个房间的钱，你和斯嘉丽可以住其中一间。"

"你为什么要这样做？"

"因为我需要一张床睡觉，并且我们都想洗个澡。"

"说不定你是个强奸犯或是连环杀手。"

"说不定还是个逃犯。"

"对。"

卡西盯着奥迪的脸看了一会儿，仿佛在掂量自己是否正在做一个愚蠢的决定。"我身上有电击枪，"她突然说，"你要是敢有任何不轨，我就电你。"

"我对此毫不怀疑。"

卡西的车是一辆破烂的本田 CRV，停在一个可口可乐广告牌下方的空地上。她从雨刷下面抽出一张罚单，揉成一团。斯嘉丽被奥迪抱在怀里，已经靠在他胸口睡着了。她看上去那么小，那么脆弱，他生怕把她弄坏了。

他想起自己上一次怀抱小孩的时候——那次抱的是个小男孩，男孩的眼睛是很纯正的棕色，仿佛"棕色"这个词就是为他的眼睛而定义的。

卡西探身钻进车里，把睡袋推到角落里，又把衣服塞进箱子，重新整理了一下她们的东西。奥迪把斯嘉丽轻轻放在后座，又在她脑袋下面垫了一个枕头。引擎发动了好几次才点燃。电机启动器估计快坏了，奥迪想，他记起了在修车铺里看老爸干活儿的那些日子。快开上废弃马路的时候，车的底盘还在马路牙子上刮了一下。

"你们在车里住了多久了？"奥迪问道。

"一个月，"卡西说，"我们本来住在我姐姐家，但是她把我们赶出来了。她说我勾引她老公，但明明是她老公对我言语挑逗，还经常动手动脚。我敢发誓，这座该死的城市里就没一个好人。"

"斯嘉丽的父亲呢？"

"特拉维斯在阿富汗战死了，但是军队不会给我一分钱，也不肯承认斯嘉丽，因为特拉维斯和我还没结婚。我俩订婚了，但是那不算数。他是被一个 IED 杀死的——你知道那是什么吗？"

"一颗简易炸弹。"

"是的，还是别人告诉我，我才知道的。你知道得还真多。"她用手腕揉了揉鼻子，"他父母对我就像对待来讨债的巫婆，好像我抱着一个小孩跳出来就是为了跟他们抢政府救济。"

"那你父母怎么想？"

"我妈妈在我十二岁的时候就死了。我爸爸发现我怀孕就把我赶出来了。我和特拉维斯本来打算结婚这回事对他来说也无关紧要。"

她不停地说着，想战胜自己的焦虑。她告诉奥迪，她是个有资格认证的美容师，"该有的证书都有"，还伸出指甲给奥迪看。"看看这些。"她说，那些指甲被她涂得像是七星瓢虫。

他们开上了北高速。卡西高高地坐在驾驶座里，两手握着方向盘。奥迪可以想象她曾经想成为什么样的人——去上大学，在佛罗里达过春假，穿着比基尼喝鸡尾酒，沿着海岸线滑板冲浪，然后找工作，嫁人，买房……然而现在，她却睡在一辆汽车里，在公共洗手间的洗手池里给女儿洗头。理想和现实总是有差距的，奥迪想。一次事故或一个错误的决定就能改变一切。那次事故可能是一次汽车爆胎，可能是在错误的时间走下人行道，又或者是开车经过一颗简易炸弹。奥迪不相信什么"一个人的运气是由他自己决定的"，甚至对"公平"的概念都不屑一顾，除非它指的是人的皮肤或头发的颜色。①

开了大约六英里之后，他们从机场大道的出口下了高速，把车停在了星城旅馆门口。旅馆大门两旁种着一排棕榈树，停车场上散落着亮闪闪的玻璃碎片。几个穿着宽松牛仔裤和连帽衫的黑人在一间底楼的房间外面流连，像一群狮子盯着一只受伤的羚羊那样盯着卡西。

"我不喜欢这个地方。"卡西压低声音对奥迪说。

"他们不会来找你麻烦的。"

"你怎么知道？"说完，她做了一个决定，"今晚我们住一个房间，双床间。我不会跟你上床。"

"明白。"

这家旅馆一楼的单间四十五美元一晚。奥迪把斯嘉丽放到双人床上，她很快就吮着手指睡着了。卡西把行李箱拖到洗手间，往浴缸里放满了水，再往里面撒了些洗衣粉。

"你应该休息一下。"奥迪说。

"我想让这些衣服明早就干透。"

奥迪闭上眼睛，听着洗手间里的水声和搓衣服的声音打起了盹。不知道过了多久，卡西爬上床，睡在女儿旁边，直直地看着奥迪。

"你到底是谁？"她低声说。

"你不用怕我，夫人。"

---

① 单词 fairness 兼有"公平"和"浅肤色或发色"两种意思。

Chapter 10
第十章

舞池里大概挤了一千个人——男士都西装革履，佩戴黑领结，女士则高跟鞋搭配小礼服，有的小露香肩，有的大方露背。这当中有职场伉俪，有风投资本家、银行家，还有会计、商人、房地产开发商、企业家和政治说客。他们来这儿都是为了见见新当选的参议员爱德华·道林。当然了，他对他们的支持也铭记在心，并将在得克萨斯州的参议院用行动来表达他的感谢。

爱德华议员在房间里穿梭，像一个久经考验的职业政客：他和人们坚定地握手，时不时触碰一下他们的手臂，对每一位客人都说几句关怀的体己话。人们在他周围似乎都会屏住呼吸，仿佛沐浴在他散发的光辉之中。然而，即便有着光鲜的外表和过人的魅力，他身上仍然有一种二手汽车销售员的气质，仿佛他那无穷的自信是来自心灵鸡汤电影和成功励志书籍。

维克托·皮尔金顿无视那些侍者盘子里的香槟，给自己找了一杯冰茶。凭着一米九三的身高，他可以俯瞰这一片攒动的人头，注意到谁跟谁结成了联盟，谁跟谁互不搭理。

他的太太米娜此刻也在人群中，穿着一件飘逸的丝质长裙，美丽的褶皱优雅地垂在背心和双乳之间。米娜已经四十八岁了，看起来却比实际年龄要小十岁，这得益于她每周三次的网球运动和加利福尼亚一个自称"身体雕塑师"的整形医生。米娜在安格尔顿镇长大，曾经是当地高中的网球队成员，后来她去外地上了大学，结婚，离婚，又结婚。二十年过去了，她看起来还是风姿绰约，在网球场上场下、在混合双打赛场上和舞厅里同比她小的男人调情。

皮尔金顿怀疑她有外遇，但至少她懂得遮掩。他努力想和她一样。他们早就分房睡了，各过各的，但有时候还是要装装样子，否则对两人来说代价都太大了。

一个男人从他身边经过。他抬手抓住了这个人的肩膀。

"情况怎么样，罗兰？"他说，被他抓住的这个人是道林参议员的幕僚长。

"我现在有点忙，皮尔金顿先生。"

"他知道我想见他吗？"

"知道。"

"你有没有跟他说这事很重要？"

"我说了。"

罗兰消失在人群之中。皮尔金顿又给自己拿了一杯饮料，和几个熟人有一搭没一搭地聊天，但是目光一直没有离开过道林参议员。他其实并不怎么喜欢这些政客，虽然他们家也出了好几个。他的曾祖父奥古斯塔斯·皮尔金顿曾在柯立芝①当政期间担任过国会议员。那时，他们家族拥有贝尔摩教区一半的土地，对石油和船运行业也有所涉猎，直到二十世纪七十年代皮尔金顿的父亲在石油危机中把它们输光。他们家族六代人积累起来的财富，糟蹋光只花了六个月——这正是资本主义的奇幻之处。

自那以后，维克托就一直在努力重塑家族名望——一亩一亩、一块一

① 卡尔文·柯立芝（Calvin Coolidge），美国第30任总统，在任时间为1923年至1929年。

块、一砖一瓦地把家族的农场再买回来。这过程当中当然少不了个人的牺牲。有些人能成功是因为他们的父母，而有些人即便有那样的父母也还是不能成功。皮尔金顿的父亲后来蹲了五年的监狱，最后沦落到去医院洗厕所的地步。维克托看不起他父亲的软弱，却很欣赏他的繁殖能力。要不是他父亲一九五五年在他那辆复古的戴姆勒轿车（专程从英国运过来的）后座上强奸了一个十几岁的女售货员，维克托也不会来到这个世界上。

在这个世界上，有的家族可以用能追溯到得克萨斯建州元勋的族谱和官场势力、家族企业以及强强联姻来庆祝自己的伟大，而其他一些家族的主要成就可能仅仅是存活下来，没被消灭，这不能不让人感到惊讶。在维克托看来，他是在经历了家族破产以及父亲入狱以后才知道要成为人上人有多难，而今晚，待在这幢房子里，他仍然觉得自己是个失败者。

在宴会厅遥远的另一头，道林参议员正被支持者、谄媚者及职业政客们簇拥着。他很受女士们欢迎，尤其是有权势的女性。那些"名门望族"今天都来人了，包括布什家族的一名年轻成员，带来一堆大学足球队的趣闻逸事。他的故事讲完之后，每个人都笑了。这些故事不必很好笑，只要你是布什家族的年轻一员就行。

几道通向厨房的门开了，四名侍者抬着一个插着蜡烛的双层生日蛋糕走了进来。迪克西兰爵士乐队适时地演奏起了《生日快乐歌》，参议员把手叠放在胸口，向宴会厅的每个角落鞠躬。摄影师们等候这一刻已经多时。闪光灯把参议员洁白的牙齿照得发亮，他太太出现在他身边，身穿一件轻薄的黑色晚礼服，戴着一条镶了蓝宝石和钻石的项链。她吻了吻丈夫的脸颊，在他脸上留下一道唇印。这个镜头立刻被摄影师们捕捉到了，并将出现在星期天的《休斯敦纪事报》的社会版面。

有人欢呼。有人鼓掌。有人拿蛋糕上蜡烛的数量开玩笑。道林参议员调侃了回去。皮尔金顿离开人群，朝吧台走去。他需要喝点什么来给自己加把劲。威士忌，加冰。

"他有多大年纪？"吧台上另一个男人朝皮尔金顿凑过来，脖子上的领结散开了，垂在胸前。

"四十四岁，五十年来最年轻的州参议员。"

"但你似乎不太把他当回事啊。"

"他是个政客，是政客就终究会让人失望。"

"说不定他会与众不同呢。"

"希望不会。"

"为什么？"

"因为那就像是发现这个世界上没有圣诞老人。"

皮尔金顿不愿意再等下去了。他穿过人群，挤到正在讲着什么逸闻趣事的道林跟前，打断了他："抱歉，特迪，有人想在别的地方见你。"

道林的脸上露出不悦的神情，但他还是从包围他的人群中出来了。

"我觉得你现在应该叫我参议员。"他对皮尔金顿说。

"为什么？"

"因为我是参议员。"

"我从你对着你妈妈的彭尼百货商品目录打飞机时就认识你了，所以让我习惯叫你参议员可能需要花点时间。"

两人说着，推开一道门，乘着货运电梯来到楼下的厨房间。那里有人在洗刷不锈钢锅，一盘盘甜点在工作台上摆放开来。他们从这里走了出去。空气里充满了刚下过雨的味道。黄色的月光从一摊摊雨水里反射出来。大街两边的交通都拥挤不堪。

道林参议员伸手解开了他的领结。他的手很匀称，有点女性化，跟他的颧骨和小嘴很相称；深色的头发精心修剪过，左侧打了不少发胶，梳成偏分的发型。皮尔金顿拿出一支雪茄，舔了舔烟屁股，但是没打算点燃。

"奥迪·帕尔默前天越狱了。"

参议员试图不给出任何反应，但皮尔金顿还是从这个比他年轻的男人的肩膀上看出了紧张。

"你说过这事尽在你掌握中。"

"是尽在掌握。追踪犬追寻他的踪迹到了丘克峡谷水库。那儿的水面有五千米宽，他很可能已经淹死了。"

"媒体怎么说？"

"还没有人报道这个新闻。"

"他们问起来怎么办？"

"他们不会问的。"

"万一问起来呢？"

"你担任地区检察官的时候起诉过多少人？你只是在执行公务罢了。这样说就可以了。"

"万一他还没死呢？"

"他会被再次抓起来，送回监狱。"

"在那之前我们怎么办？"

"我们静观其变。这个州的所有黑帮都会开始寻找帕尔默。为了弄清那笔钱的下落，他们会把他绑起来，一片一片地拔掉他的指甲。"

"但他仍然有可能对我们不利。"

"不会，他脑子受过伤，记得吗？你对外也要这么说。告诉人们，奥迪·帕尔默是一个危险的逃犯，他本该被判死刑，但是联邦政府的人把事情搞砸了。"皮尔金顿把雪茄叼在牙齿间，吮吸着嚼烂的烟叶，"与此同时，我希望你能动用几条人脉。"

"你不是说一切尽在掌握吗？"

"这是为了更加保险。"

Chapter 11

第十一章

　　三名狱警把莫斯从床上拽起来，让他半裸着跪在冰冷的水泥地板上。其中一名狱警朝莫斯背上甩了一警棍，并没有什么特别的原因，可能就是对他不满，看他不爽，或出于其他任何让负责看管犯人的人产生虐待行为的心理。

　　莫斯被拖着站了起来，狱警往他怀里扔了一堆衣服，然后押着他往过道走去。他们穿过两道门，走下一道楼梯。莫斯的廉价棉质内裤失去了弹性，他只能用一只手提溜着不让它滑下去。为什么每次他被请出去的时候都没穿着一条像样的内裤呢？

　　一名狱警让他穿好衣服，然后把他的手腕和脚踝铐了起来，再用一条拴在他腰上的铁链连在一起。没有人对莫斯做什么说明，他就被带下扶梯，来到操场中央，那儿停着一辆监狱大巴，上面已经坐着几个狱友，被分别锁在不同的笼子里。看样子，他们是要把他转去别的监狱。转狱总是这样——安排在夜深人静、不大可能出什么岔子的时候。

　　"我们这是要去哪儿？"他问另外一个犯人。

　　"别的什么地方。"

"这我看出来了。"

车门关上了。一共八个囚犯，分别关在几个大型金属笼子里，里面有地面排水管，有监控摄像头，还有边座。一位联邦法警背靠驾驶室坐着，腿上放着一把霰弹枪。

莫斯忍不住喊道："我们这是要去哪儿？"

没有人回答。

"我有权利知道，你们得通知我老婆。"

没有回应。

大巴开出监狱大门，往南驶去。其他几个犯人打起了瞌睡。莫斯看着外面的路牌，想弄清楚他正被带去哪儿。安排在半夜的转狱多半是跨州的。或许这就是对他的惩罚。他们要把他送往蒙大拿州离家一千五百英里远的什么鬼地方。一个小时以后，大巴驶进了比维尔市附近的西加沙转运中心。除了莫斯，其他犯人都被带下了车。

大巴开走了。莫斯现在是车上唯一的犯人。那位联邦法警也不见了，车上另一个人就是司机，莫斯只能透过脏兮兮的塑料隔板看到他的背影。他们沿着59号公路往东北方向开了几个小时，来到休斯敦郊区，然后又朝东南方向开去。如果他们要把他转去别的州，这辆车就该把他送去机场。莫斯隐隐觉得哪里不对劲。

天快亮的时候，大巴驶下四车道高速路，转了好几个弯，停在一个废弃的服务区里。莫斯透过金属笼子往外看去，只看到一些树的阴影，根本没有监狱的灯光或警戒塔，以及用刺钢丝做成的铁丝网围墙。

穿制服的司机沿着大巴中间的过道走到莫斯的笼子跟前。

"站起来。"

莫斯转过身，面朝车窗，听到钥匙插进笼子的门锁，然后门被打开了。他的头被罩上一个有股洋葱味的麻袋，接着，一个不知是警棍还是枪管的东西顶住了他的后背，推搡着他往前走。他跌跌撞撞地下了楼梯，一下子跪在了地上，沙石嵌进了他的手掌。空气闻起来既清新又凉爽，仿佛新的一天就要开始了。

"待在这儿，别动。"

"你们想干吗？"

"闭嘴！"

莫斯听到脚步声渐行渐远，耳朵里的血管突突地跳着。接下来的几分钟就像几个小时。他透过麻袋稀疏的线缝依稀能看到几个人影。车头灯的光柱从他身上扫过。两辆车。围着大巴开了一圈，在远处停了下来。

车门打开又关上。两个男人走上碎石路，来到了莫斯跟前。透过麻袋，他能看到他们身体的轮廓。其中一个人穿着光亮的黑色皮鞋，正装，偏胖。当他挺直身板的时候，看起来要比实际上瘦一点。另外那个和他站在一起的男人身材更匀称，可能也更年轻，穿着一双牛仔靴和一条棕色的裤子。两人似乎都不急着说话。

"你们这是要杀掉我吗？"莫斯说。

"我还没想好。"年纪大一点的那个人说。

"我能说句话吗？"

"那要看情况。"

莫斯听到一把手枪子弹上膛、保险栓打开的声音。

"除非我明确地问你一个问题，否则你一个字都不许说，你听清楚了吗？"

莫斯没有回答。

"这就是一个明确的问题。"

"是，好的，听清楚了。"

"奥迪·帕尔默去哪儿了？"

"我不知道。"

"那真是可惜了。我本来还想和你做笔交易。"

手枪顶在莫斯头上，指着他右耳下面凹陷的地方。

"我愿意和你做交易。"莫斯说。

"告诉我奥迪·帕尔默在哪儿。"

莫斯听到手枪扳机往后移动的声音。

"可我没法告诉你我不知道的东西啊。"

"你已经不在监狱里了，不用再嘴硬。"

"我要是知道，早就告诉你了。"

"你也可能是在为你的朋友守口如瓶。"

莫斯摇了摇头。他眼前似乎有各种颜色在跳动。或许这就是人们说的临死之前会看到的光或是自己一生的画面回放吧。莫斯很失望。既然这样，那他睡过的那些女人、参加过的那些派对和享受过的那些好时光怎么没有出现？为什么他不能在脑子里看见它们？

年轻点的那个男人转身朝莫斯的肚子打了一拳。这一拳又狠又猝不及防，直接打中了莫斯胸骨下面一处柔软的地方。他张开嘴，疼得半天都喘不过气。说不定他这辈子都没法再好好呼吸了。可还没等他缓过劲来，又有一脚踹在了他背上。莫斯往前栽去，脸埋进地上的落叶堆里，口吐白沫，口水顺着脸颊淌了下来。

"你的刑期是多久？"

"终身监禁。"

"终身，嗯？你蹲了多少年了？"

"十五年。"

"有可能获得假释吗？"

"我抱着希望。"

年老一点的男人在莫斯身旁蹲了下来。他的嗓音和腔调听起来像乐曲一般，几乎快让人睡着了。这应该是一个来自南方的绅士。老派的那种。

"我们打算和你做笔交易，韦伯斯特先生。这是笔不错的交易。你甚至可以说它是一次此生难得的机会，因为如果你不答应的话就会看到一颗子弹从你眼窝里射出来。"

停顿持续了很长一段时间。麻袋向上缩起，莫斯能看到眼前几厘米的草地。一只毛毛虫正朝他的嘴巴爬过来。

"什么交易？"莫斯问。

"我给你考虑的时间。"

"可我都不知道你说的是什么交易。"

"你有十五秒。"

"你还没告诉我……"

"十，九，八，七，六，五……"

"我愿意，我愿意！"

"这就对了。"

莫斯被拽着坐了起来。他的鼻孔里充斥着尿的味道，同时感觉到裤裆那里湿湿黏黏的。

"我们从这里离开以后，你要从一数到一千再把你头上的袋子拿掉。你会看到一辆皮卡停在离这儿不远的地方，钥匙插在点火器上。你会在皮卡的杂物箱里找到一千美元现金、一部手机和一本驾照。那部手机装有GPS追踪设备。如果你把它关掉或扔掉，或者它响的时候接电话的人不是你，当地警方就会向联邦调查局通报你从布拉佐里亚县的达灵顿监狱农场越狱的消息，我也会派六个人去你老婆住的地方——是的，我知道她住哪儿——让他们和她玩玩你在过去十五年里都不能和她玩的一种游戏。"

莫斯没有回答，他能感觉到自己的拳头正在握紧。穿西装的男人又一次蹲下身，裤脚往上缩去，露出黑色袜子上面苍白而光滑的脚踝。莫斯看不见这个人的眼睛，但他知道他正死死盯着自己，就像一个准备接球的棒球手盯着可能从任意方向快速飞来的任何东西。

"作为对我们让你重获自由的回报，你要帮我们找到奥迪·帕尔默。"

"怎么找？"

"利用你们犯罪分子的地下网络。"

莫斯不得不努力憋住笑声。"我都在牢里蹲了十五年了。"他说。

这句话招来了一记猛踢。莫斯真是受够了这种拳打脚踢。

"这跟他抢的那笔钱有关吗？"他忍住痛问道。

"那笔钱可以归你。我们只对奥迪·帕尔默这个人感兴趣。"

"为什么？"

"他要对好几个人的死负责。他没有因为谋杀罪被处死的唯一原因是他脑袋上挨过一枪。"

"如果我找到他要怎么办？"

"联系我们。号码已经存在那部手机里了。"

"那奥迪会怎样？"

"那就不关你的事了，韦伯斯特先生。你本来已经被三振出局了，现在我们又给了你一个重新上场的机会。去找到奥迪·帕尔默，我保证你余下的刑期都会被减掉。你会成为一个自由人。"

"我怎么知道能不能信你？"

"小伙子，我刚刚把你从一所联邦监狱里弄出来，送到一个州立监狱农场，这里的人甚至不知道你会来。好好想想我还能做些什么吧。如果你找不到帕尔默，你将会在得克萨斯州看管最严、条件最恶劣的监狱度过余生。你懂我的意思吗？"

那个人朝莫斯靠近了些，在莫斯脸边不停地晃着一支湿答答的、没有点燃的雪茄烟屁股。

"你只有一个选择，韦伯斯特先生，你越早认识到这一点事情就越好办。记住关于那部手机的事。把它弄丢的话，你的名字就会出现在通缉令上。"

Chapter 12

第十二章

每次闭上眼睛，奥迪都会再次坠入爱河。十多年来一直如此——从他第一眼看到贝丽塔·希拉·维加以及她在他脸上狠狠扇了一巴掌那时起。

当时，贝丽塔正提着一罐从厨房接来的凉水，沿着炙热的水泥小路朝一只鸟笼走去。鸟笼里养着两只非洲灰鹦鹉，她要把鸟笼里的水槽装满。水罐很沉，里面的水晃来晃去，洒在她薄薄的棉质裙子前面，再顺着裙裾往下滴。她看起来不过十几岁的样子，留着长长的头发。她的发色很深，带着些许紫色，就像黑光灯 [①] 下的丝缎。她把头发像编马尾一样编了起来，从脑后一直垂到背心，她的裙子恰巧在那个地方打了一个蝴蝶结。

奥迪从屋子那头走过来的时候根本没想过会遇见什么人，贝丽塔也是一样。水泥路非常烫，她的脚上却没穿鞋，只好把重心在两脚之间来回转换，好让脚底不那么灼热。溅出来的水越来越多，裙子的前面都贴到了皮肤上，两颗乳头像棕色的橡果那样在衣服下面挺立起来。

"让我来帮你吧。"奥迪说。

---

① 一种发射长波紫外线和少量可见光的灯，打开时有紫色的光。

　　"不用了，先生。"

　　"水看起来挺沉的。"

　　"我很强壮。"

　　她说的是西班牙语，不过奥迪听得懂。他把水罐从她的手指下面抠出来，一路扛到鸟笼跟前。贝丽塔双手抱在胸前，挡住自己的胸部。她离开了热辣的水泥地，站在树荫下面，静静地等着。她的瞳孔是棕色的，里面有着金色的反光，就像有时在一个男孩手里玩的鹅卵石上见到的那种反光。

　　奥迪沿着花园和泳池朝远处望去，望到了视野尽头陡峭的悬崖。天气好的时候，从这里甚至能看到太平洋。

　　"这儿风景真好。"他边说边小声吹着口哨。

　　在奥迪转头的同一时间，贝丽塔也抬头往前看去。奥迪的目光从她的脸颊往下滑到她的喉咙，最后来到了她的乳房。贝丽塔抬手在他的左脸上狠狠地扇了一巴掌。

　　"我又不是说你胸前的风景好。"他说。

　　她鄙夷地看了他一眼，转身走进了屋里。

　　奥迪用结结巴巴的西班牙语又说了一次："Lo siento, señorita. No quería mirar... um... ah... your..."他不知道西班牙语里的"胸部"怎么说，是 tetas 还是 pechos 来着？

　　她没有说话，仿佛他根本不存在，她从他身旁走过，黑色的头发气势汹汹地从一侧甩到另一侧。纱门砰地关上了。奥迪等在外面，手里拿着他那顶卡车司机帽。他感觉到刚才有什么事情发生了，犹如某种天启，但他尚未理解其中的含义。他回头看了一眼那条水泥小路，刚才洒在上面的水已经蒸发殆尽，除了在他的记忆中，刚才发生的事情没有留下任何痕迹。

　　贝丽塔再次出现的时候换上了另一条裙子，比刚才那条更加轻薄。她站在纱门后面，用蹩脚的英语和他说话。

　　"厄本先生不在家。你过会儿再来。"

"我是来取东西的，一个黄色的信封。"奥迪一边说一边比画着大小，"他说放在书房的边桌上。"

贝丽塔轻蔑地看着他，又一次消失在屋里。他看着她的裙子随着髋部的摆动优雅地起伏，就像水纹在一片玻璃下荡漾。

贝丽塔再次回到他面前。他从她手中接过信封。

"我叫奥迪。"他说。

贝丽塔没有搭话，只是给纱门上了锁，转身消失在房间阴凉黑暗的角落里。已经没有什么好看的了，但奥迪还是站在原地，呆呆地看着。

电子钟上的红色数字显示，现在刚过八点，但在一个小时之前，外面的光线就从窗帘的缝隙里透了进来。卡西和斯嘉丽还在熟睡。奥迪悄悄地站起身，朝洗手间走去。经过小书桌的时候，他注意到了胶合板桌面上放着的那把车钥匙，钥匙圈上套着一只粉色的兔子脚。

奥迪穿好牛仔裤和 T 恤，放下马桶盖，坐在上面用汽车旅馆的便笺纸写了一个便条。

"我借用一下你的车，过几个小时就回来。请不要报警。"

放下便条，他来到屋外，钻进驾驶座，把车开上 45 号州际公路，朝着休斯敦北面开去。这是一个周日的早晨，高速路上非常安静。半小时后，他已经远离了城市，中途经过了高尔夫球场、湖泊和一些名字听起来很有乡村色彩的街道，比如廷波磨坊路、母鹿车道路和荣誉凉亭路，最后从 77 号出口开下了高速。他在脑子里回忆着那幅地图——就是他在三河监狱里用电脑查出来、然后铭记在脑子里的那幅。

奥迪把车开进了拉马尔小学的停车场，换上了短裤和新买的跑鞋，开始沿着橡树、枫树和栗子树下的自行车道慢跑。这里每个十字路口都有"停车"的标识，房屋距离道路有一段距离，中间隔着浇过水的草坪和花坛。一个送报纸的男孩骑着自行车从他身边经过，自行车后面还挂着一辆小拖车。每份报纸从他手中被扔出去的时候都像一枚战斧巡航导弹，在空中翻转，直到"啪"的一声落在阳台或门前的小路上。奥迪十多岁的时候也送过报纸，但是从来没在这样高档的小区里送过。

阳光透过树叶间的缝隙照射下来，在柏油路上形成斑驳的光影。奥迪注意到高尔夫球场上的那些人，他们胖得像古代的法老，坐在闪着白光的四轮马车上。这里是他们的领地，又白又干净——一个半隐蔽的休闲胜地，聚集着带旗杆和露台秋千的豪宅，永远不用和邻居来往。

奥迪停下脚步，把脚抬到一根消防水龙头上做腿部拉伸，同时朝一栋两层楼高、有着三角墙屋顶和三面门廊的房子里偷瞄。一个少年正在那栋房子的车库门外的水泥地上玩滑板。他皮肤黝黑，头发呈深棕色，玩滑板的动作带着一种天然的优雅。他已经用一块胶合板跟两个水泥砖搭起了一个坡道。只见他踩上滑板，猛地蹬了几下，滑上坡道，用脚一踩，滑板在空中翻转了几圈，然后他踩着滑板落在了地上。

男孩朝这边看了过来，一边用手挡住刺眼的阳光。奥迪感觉自己有点喘不过气来。他本该继续往前跑的，但现在他就站在那里，迈不开步。他弯下腰，直到自己的额头几乎要碰到小腿。在他身后，一辆汽车开进了车道，轮胎碾过地上的山核桃壳。男孩用脚挑了一下滑板，然后用手接住了。车库门缓缓打开，他退到一边，让车开了进去。一个女人从车上下来，手里抱着一个牛皮纸袋，里面是她刚采购的杂物。她穿着一条蓝色的牛仔裤、一双平底鞋和一件白衬衫。女人把牛皮纸袋递给那个男孩，然后沿着车道朝奥迪走过来。有那么一瞬间，奥迪感觉到一阵突如其来的恐慌。女人弯下腰捡起报纸，朝奥迪瞄了一眼，看到了他腋下的汗渍和黏在额头上的一缕头发。

"跑步的好天气。"女人说。

"是啊。"

她把一缕金色的鬈发拨到一边，露出绿色的瞳孔和耳垂上闪亮的钻石耳钉。

"你住在这附近吗？"

"我刚搬来不久。"

"我好像从来没在这儿见过你。你住哪儿？"

"里弗班克大道。"

"噢，那儿不错。你在这一带有什么亲戚吗？"

"我太太前一阵去世了。"

"我很抱歉。"

她用舌头舔了舔自己细白的牙齿。奥迪朝远处的大草坪望去，那个男孩在滑板上做起了转体，但很快就失去了平衡，差点滑倒。他爬起来再次尝试。

"你为什么会搬到伍德兰兹来？"女人问道。

"我来这儿为一家公司做审计，应该只会待几个月，但他们还是给我找了一套房子，有点太大了，好在是他们付钱。"奥迪说着，感觉背上的汗水正慢慢干去，他朝面前这栋房子点了点头，"不过还是比不上你们这儿。"

"你应该加入我们的乡村俱乐部。你会打高尔夫球吗？"

"不会。"

"网球呢？"

奥迪再次摇了摇头。

女人笑了，说："那你就没的可选了。"

男孩远远地朝她喊了一声，说了句他饿了之类的话。她回头看了一眼，叹了口气："即便我把一头牛放在冰箱里，马克斯也还是找不到牛奶。"

"他叫马克斯吗？"

"是的。"女人说着伸出手来，"我叫桑迪。我丈夫是这里的治安官。欢迎入住我们小区。"

Chapter 13

第十三章

莫斯拍了拍自己的衬衣口袋，看那只信封里装的现金还在不在那儿。确认之后，他开始研究起手上的塑封菜单来，口水冒个不停，让他吞了好几次。莫斯看着菜单上的价格。一个汉堡从什么时候开始要六美元了？

服务员是一个有着深色眼睛和蜜色皮肤的女孩，穿着白色短裤和红色上衣。她身上有一种学生般的热情，那肯定帮她拿到了很多小费。

"您想点些什么？"她说，手上拿着一个小小的黑盒子，而不是一本点单便笺。

莫斯说出了他的选择："煎饼、华夫饼、培根、香肠、煎鸡蛋、煮鸡蛋和炒鸡蛋。还有，这个浓浓的酱汁是什么？"

"蛋黄酱。"

"那也给我来点，还要炸土豆饼、豆子、饼干和肉汤。"

"您是在等什么人吗？"

"没有。"

她又看了看莫斯点的菜："您是在逗我吗？"

莫斯看了看她的名牌："没有，安珀，我不是在逗你。"

"你点这么多吃得完吗？"

"吃得完，我打算从这里扶着墙出去。"

安珀皱了皱鼻子："那您还想来点什么喝的？"

"咖啡和橙汁。"莫斯顿了顿，又说，"你们有葡萄汁吗？"

"有。"

"那也给我来点。"

安珀往厨房走去。莫斯拿出那部手机，它小小的个头让他惊叹不已。他入狱之前，手机还是间谍和一些西装革履的人才会用的砖头一样大的东西，而它们现在看起来就像是首饰或打火机。他曾在电影和电视上见过它们——他像任性的小孩一样软磨硬泡才争取到这种机会——人们用手指敲击手机键盘，就像在用摩尔斯电码发送讯息。

他应该打给谁呢？首先当然是他的老婆克里斯特尔，但是他又不想把她扯进眼前这摊事里。现在距离他上次好好地抱她已经过去十五年了。通常他们都是隔着一层有机玻璃讲一小时的话，甚至不能牵一下手，然后克里斯特尔就开车回到圣安东尼奥市，在那儿安心当一个牙科护士。

万一他们监听他的电话怎么办？他们会那样做吗？如果他找到奥迪·帕尔默，他们会信守承诺吗？多半不会。不管找到找不到，他们都会杀掉他——说一套做一套，同时脸上还带着笑。

不过，如果他能弄清楚那笔钱的下落，或许他能想出另外的办法来脱身。七百万美元足以买下一个王国、一个小岛、一个新的身份或是一段新的人生了。如果他认识魔鬼开的旅行社，他甚至可以买一张从地狱逃走的车票。

他和奥迪的确做了很久的朋友，但是当你命悬一线的时候，那又算什么？监狱里的友谊是为了互惠和生存，而不是出于尊重和忠诚。为什么奥迪不告诉他自己要逃跑？他能在监狱里活下来全靠莫斯对他的照应。是莫斯帮他照顾打点。是莫斯帮他在监狱图书馆里找了一份活儿，还找人把他俩安排在相邻的房间，以便他们每晚都可以下棋——把每步棋的走法写在一张字条上，贴着水泥地板扔给对方。奥迪应该把他越狱的计划告诉他的。是奥迪欠他的。

厨子从厨房里钻了出来。他是一个矮胖的墨西哥人，皮肤黝黑，脸上布满痘印，看起来就像一支被人嚼过的铅笔。服务员指了指莫斯，厨子点了点头，似乎很满意，然后安珀就给莫斯端来了咖啡和橙汁。

"刚才那是什么意思？"莫斯问。

"老板想让你先把钱付了。"

"为什么？"

"他觉得你会在账单送来之前开溜。"

莫斯从口袋里掏出那只信封，数出三张二十美元。

"看看这些够不够。"

安珀盯着那个信封，睁大了眼睛。莫斯又抽出十美元，说道："这是给你的小费。"

安珀把钱塞进裤子后袋。她的声音变得低沉了一些，近乎沙哑。莫斯感觉自己身体里有一股原始的冲动在萌发。论年纪，他已经可以做她爸爸了，但有时候感觉来了就是来了。这个女孩身上没有一点苦难或怨怼的气质，一副没有被生活欺负的样子，也没有文身、穿孔或任何凋谢、颓废、疲倦的痕迹。他可以想象她迈着轻快的步伐走过高中校园，被男生们追捧，在球场上做啦啦队队长，挥舞着彩色线球，做着侧空翻，不经意地露出底裤和最明媚的笑容。现在她可能已经进了大学，一边打着零工，一边让父母骄傲不已。

"你们有付费电话吗？"莫斯问道。

安珀看了一眼他的手机，但没有多说什么："在那后面，男女洗手间的中间。"

她给了莫斯一些零钱。莫斯输入号码，听着那头的铃声响起。克里斯特尔接起了电话。

"嘿，宝贝，是我。"他说。

"莫斯？"

"没错。"

"你通常不会在周日打电话。"

"你绝对猜不到我现在在哪儿。"

"这是一个有陷阱的问题吗？"

"我正坐在一家餐厅里，打算好好吃个早饭。"

电话那头沉默了两秒："你是不是喝多了？"

"没有，宝贝，我清醒着呢。"

"你越狱了？"

"没有。"

"那到底是怎么回事？"

"他们放我出来了。"

"为什么？！"

"说来话长——等你过来我再告诉你。"

"你现在在哪儿？"

"布拉佐里亚县。"

"你要回家来吗？"

"我要先搞定一件事。"

"什么事？"

"我要找一个人。"

"找谁？"

"奥迪·帕尔默。"

"他越狱了！新闻里说的！"

"他们觉得我知道他在哪儿。"

"那你知道吗？"

　　莫斯笑了："完全不知道。"

　　然而克里斯特尔并不觉得这有什么好笑的："那些让你找他的人是谁？"

　　"我的老板。"

　　"你信任他们吗？"

　　"不信任。"

　　"天哪，莫斯，你都干了些什么？"

　　"放松点，宝贝，我心里有数。现在我真的很想见你，我的小弟弟已经硬得不行了，小飞象现在都要嫉妒我，你懂我的意思吗？"

　　"说话没个正经。"克里斯特尔嗔怪道。

　　"我是认真的，宝贝，我的小弟弟已经胀得我连眼皮都快合不上了。"

　　"别说了。"

　　莫斯告诉了她自己的手机号，让她到达拉斯来找他。

　　"为什么要去达拉斯？"她问。

　　"奥迪·帕尔默的母亲住在那里。"

　　"我不能就这样丢下一切跟你去达拉斯。"

　　"你在听我说话吗？我的小弟弟……"

　　"好吧，好吧。"

Chapter 14
第十四章

在他可可卡尔朝那个下了班的警察开枪那天，奥迪直到过了晚饭时间才回到家。他先在一所中学的网球场练了一会儿网球，又去他朋友家借了割草机，打算在回去上学之前帮别人修剪草坪来赚点零花钱。

奥迪推着那台除草机沿着破旧的人行道往前走，转了一个弯，拐进他家所在的街道，然后穿过马路以躲开亨德森家那条不管谁从他们家门前走过都一通狂吠的狗。就在这时，他突然看到街上停着几辆警车，警灯正在闪烁。奥迪那辆破旧的雪佛兰也停在路边，车门和后备厢都开着。

邻居们都站在屋外——普雷斯科特家、沃克家，以及梅森家的双胞胎，都是奥迪认识的人——怔怔地看着一辆拖车把那辆雪佛兰拖走了。

奥迪朝他们喊着"住手"，却看见一个外勤警察蹲在车头旁边，举着枪，一只眼睛闭着，正对着他瞄准。

"举起手来，快点！"

奥迪犹豫了一下。一道亮光晃得他什么也看不到了。他把手从割草机上拿开，举在空中。更多警察从阴影后面冒了出来。

"趴在地上！"

奥迪跪了下来。

"全身趴倒!"

奥迪照做了。有人骑坐在他背上,另一个人用膝盖抵住了他的脖子。

"你有权利保持沉默和拒绝回答任何问题,你听懂了吗?"

奥迪不能点头,因为那人的膝盖还顶在他的后颈窝上。

"你所说的任何话都可能成为呈堂证供,你听懂了吗?"

奥迪试图说点什么,却什么也说不出来。

"如果你请不起律师,法庭将为你免费指派一个。"

奥迪的手被铐了起来,然后整个人被翻了过来,警察们搜查了他的口袋,拿走了他身上的钱,然后把他塞进一辆警车的后座。一位治安官也上了车,坐在他旁边。

"你哥哥去哪儿了?"

"你是说卡尔?"

"你还有别的哥哥?"

"没有。"

"他在哪儿?"

"我不知道。"

他们把奥迪带到南拉马尔街上的杰克埃文斯警察总局,让他在审讯室里等了两个小时。他想要一杯水喝,想上厕所,想打电话,然而没有人理他。终于,一个警探走了进来,自我介绍说他叫汤姆·维斯孔特。他长着一头二十世纪七十年代的电视剧里的警察那样的鬈发,头发上还顶着一副墨镜。他在奥迪对面坐下,闭上了眼睛。几分钟过去了,奥迪开始好奇这位警探是不是睡着了,然而他又睁开眼睛,嘴里含混地说:"我们想要一份你的DNA采样。"

"为什么?"

"你这是在拒绝吗?"

“没有。”

另一位警官走进来，拿出一根棉签在奥迪嘴里刮了一圈，然后把棉签放入一根玻璃试管，盖上盖子。

“你们为什么抓我？”

“你涉嫌参与一桩谋杀。”

“什么谋杀？”

“今天下午发生在沃尔夫烟酒店的谋杀。”

奥迪朝他眨了眨眼睛。

“你这表情倒挺无辜啊，或许在陪审团面前能管点用。案发当时有人看见你的车从那家烟酒店门口开过去。”

“不是我在开车。”

“那是谁？”

奥迪没有说话。

“我们知道你当时和卡尔在一起。”

“我没去过那家烟酒店。我下午在网球场打球。”

“如果你在打球，那你的球拍呢？”

“在我朋友家里——我后来又去他家借割草机了。”

“这就是你编的故事？”

“这是事实。”

“我不相信。”维斯孔特说，“我觉得你自己也不相信你说的，所以我再给你一分钟时间回想一下。”

“那并不能改变什么。”

“卡尔在哪儿？”

“你问过我好几次了。”

“他为什么朝阿罗约警官开枪？”

奥迪摇了摇头。两人不停地兜着圈子。维斯孔特警探给奥迪讲述了事情的经过，那语气就像他们已经根据监控录像和目击证人的证词把案情真相全都掌握了一样，奥迪则摇头表示他们弄错了。忽然，奥迪想起他之前在路上遇见了一个中学同学，叫阿什莉·奈特。他还在加油站帮她给车胎打了气，她又问了他一些关于大学的事。阿什莉在沃尔玛工作，同时还在上美容培训班。

"那是什么时候的事？"

"六点左右。"

"我会去核实一下。"维斯孔特说，虽然他并不相信奥迪的说法，"不过我还是想告诉你，奥迪，你有很大嫌疑。枪杀警察是要被判死刑的，即便你只是从犯。陪审团不会区分你们当中是谁扣的扳机——除非你跟警方合作，告诉我们另一个人在哪儿。"

奥迪觉得自己就像一张破损的唱片，不管他把自己的情况重复多少次，他们都会曲解他的意思，试图让他认罪。他们说卡尔已经中枪，流血不止，如果不送医院的话就会死，说奥迪可以救他一命。

三十六个小时后，审讯结束了。维斯孔特在那之前已经对阿什莉问过话，也查看了加油站的监控录像。奥迪从警察局出来，身无分文，只能走回家。他父母已经两天没出门了，家门口站满了举着话筒往人们脸上送的记者，草坪上扔满了咖啡杯。

吃晚饭时，全家没有一个人说话，大家默默地互相递着食物，屋里只听得见刀叉在餐盘上碰撞的声音和时钟发出的嘀嗒声。奥迪的父亲看起来更瘦小了，仿佛他皮肤下面的骨架也坍缩了。贝尔纳黛特一听到新闻就从休斯敦开车赶了回来。她已经完成了护士培训，在一家大型城市医院找到了工作。到了第四天，守在他们家门口的记者少了些，但是仍旧没有卡尔的消息。

那个周日，奥迪去保龄球馆上班的时候迟到了，因为他不得不换乘两辆公交再步行半英里。他那辆雪佛兰还在警察那里，它是那起枪杀案的头号证物。

奥迪因为迟到向老板道歉。

"你可以回家了。"老板说。

"可我今天值班。"

"我替你值了。"

说完，老板打开收银机，给了他二十二美元，那是他欠奥迪的工资。"你还要把这件衬衣还给我。"

"可我没有别的衣服可以换。"

"那不关我的事。"

说完，老板等在那里。奥迪只好脱下衬衫，打算步行七英里回家，因为他没穿上衣，公交车司机不会让他上车。当他走到辛格尔顿大街的加里汽车大卖场对面的时候，一辆皮卡在他旁边停了下来。开车的是个女孩，叫科琳·马斯特斯，是一个常跟卡尔一起嗑药的朋友。科琳长得很漂亮，头发漂染过，化着很浓的眼妆，但总是一副紧张兮兮的样子。

"上车。"

"我没穿上衣。"

"我又不瞎。"

奥迪钻了进去，坐在副驾驶座上，为自己袒露着的胸脯感到有些尴尬。科琳把车开上了主路，还从反光镜里不停往后看。

"我们这是要去哪儿？"

"去见卡尔。"

"他在医院吗？"

"你能不能闭嘴？"

之后他们再没说话。科琳开着这辆哐当作响的货车来到贝德福德街，那儿靠近铁路的地方有一处垃圾场。奥迪注意到汽车后座上放着一只牛皮纸袋，里面有绷带、止疼药和威士忌。

"他伤得有多重？"

"你自己看吧。"

科琳把车停在一棵繁茂的橡树底下，把纸袋递给奥迪："我不会再帮他跑腿了。他是你哥，不是我哥。"

说完，她把卡车钥匙扔给奥迪，转身走了。奥迪在一间办公室里找到了卡尔，他正蜷缩在一张行军床上，血从绷带里渗出来。房间里的气味让奥迪一阵反胃。

卡尔睁开一只血红的眼睛："哎，我的小弟弟，你给我带了什么喝的吗？"

奥迪放下纸袋，往一只杯子里倒了些威士忌，然后把杯子凑到卡尔嘴边。卡尔的皮肤呈现出一种病态的黄色，似乎要把奥迪的指尖也染黄了。

"我要叫救护车。"

"不！"卡尔呻吟着说，"别叫。"

"不叫的话你会死的。"

"我不会。"

奥迪朝四周看了看，说："这是什么地方？"

"曾经是个垃圾处理场，现在就只是个垃圾堆。"

"你怎么会知道这里？"

"我有一个兄弟以前在这儿工作。他老是把钥匙藏在同一个地方。"

卡尔说完这句就咳嗽起来，身体剧烈起伏，面部也开始扭曲，牙齿上沾着血迹。

"你得让我帮你才行。"奥迪说。

"我说过了，不用。"

"我不会就这样看着你流血而死。"

卡尔从枕头底下抽出一把枪，对准了奥迪的脑袋："我也不会就这样回去蹲监狱。"

"你不会开枪的。"

"你确定吗？"

奥迪坐了下来，膝盖抵在行军床边。卡尔伸手去拿那瓶威士忌，又朝牛皮纸袋里看了看。

"我的货呢？"

"什么货？"

"那个不讲信用的婊子！她答应了我的！给你一个忠告，弟弟，永远不要相信一个瘾君子。"

卡尔的手不停地颤抖，汗水从额头上冒了出来。他闭上眼睛，泪水流过眼角的皱纹。

"求你了，就让我帮你叫辆救护车吧。"奥迪说。

"你想减轻我的痛苦吗？"

"是啊。"

"我告诉你买什么东西管用。"

"我不会去帮你买毒品的。"

"为什么？你不是有钱吗？你一直在存的那笔钱去哪儿了？把那笔钱给我啊。"

"我不给。"

"我比你更需要那笔钱。"

奥迪摇了摇头。卡尔叹了口气，又深吸了一口。过了很久，两人都没说话。奥迪看着一只苍蝇爬上卡尔身上腐臭的绷带，吸食上面的脓汁和血迹。

后来还是卡尔开口了："你还记得我们从前去康罗湖钓鱼的事吗？"

"记得。"

"我们住在野树林河滩边那栋小木屋里。那儿的风景没什么特别的，但你每次都能在码头那里抓到鱼。还记得你抓到一条十五磅的鲈鱼那一次吗？老弟，我当时觉得那条鱼都快把你从船上拖下去了，所以只好抓住你的裤腰带。"

"你还朝我喊，叫我拉紧鱼线。"

"我不想让你丢掉那条鱼。"

"我以为你会生我的气。"

"为什么？"

"那条鱼本来应该是你的。你把你的钓竿给了我，让我帮你拿一会儿，因为你要去冰箱那儿帮老爸拿一罐啤酒。鱼就是那时咬钩的。"

"我没生你的气。我为你自豪。那条鱼创了我们州的一个小纪录，他们还把你写进了新闻。"说完，卡尔笑了，也可能是痛苦造成的面部扭曲。"唉，那时候可真好啊。水那么清，不像特里尼蒂河的水，只适合死尸和雀鳝。"说完，他深吸了一口气，"我想到那儿去。"

"康罗湖？"

"不，特里尼蒂河，我想去那儿看看。"

"我哪里都不会带你去，除非是去医院。"

"带我去一趟特里尼蒂河，我保证之后一切都听你的。"

"我要怎么带你去？"

"我们有辆卡车。"

奥迪向窗外看去，看到了外面的铁路站场和废弃生锈的货车。这些车恐怕得有二十年没人动过了，那些破烂的窗帘像幽灵一样在风中抖动。他该怎么办？

"我带你去特里尼蒂河，但是去过之后你要跟我去医院。"

奥迪的思绪回到了现在。他站在一棵柳树飘荡的树枝下，悄悄盯着那栋房子，心里想着那个男孩。他的母亲说他叫马克斯，看起来十五六岁，体格匀称，有着棱角分明的脸和棕色的大眼睛，正在念八年级。现在十五岁的男孩都喜欢什么？女孩。动作片。爆米花。超级英雄。电子游戏。

现在是周日的中午，阴影都收缩在了树下，仿佛在躲避一天中最热的时段。马克斯从家里出来，踩着滑板在人行道上一路前行，时不时跳过几道路缝，绕过一个遛狗的女人，然后穿过伍德兰兹大道，朝北来到市场街和梅夫斯超市，在那儿买了一罐苏打水，最后在中央公园里一条沐浴着阳光的长椅上坐下，把滑板夹在板鞋中间，两腿前后晃悠着。

他朝前后左右都看了一圈，这才掏出一支烟放进嘴里，划着一根火柴，用手挡着风把烟点燃，然后在烟雾缭绕中把火柴扔了出去。奥迪顺着他的目光看过去，看到一个正在一家商店里整理橱窗的女孩。女孩正往一个塑料模特身上套一条裙子，沿着塑料模特的光头、肩膀和沙漏一般的腰身把裙子拉下去。女孩看起来和马克斯年纪差不多，可能比他稍微大一点。她弯下腰的时候，裙子后摆跟着翘了起来，奥迪几乎能看到她的内裤。马克斯捡起滑板，把它放到了大腿上。

"你太小了，不应该吸烟的。"奥迪说。

"我已经十八岁了。"马克斯说着转过头来，努力把声音压低了一个八度。

"你今年十五岁。"奥迪在他身旁坐下来，打开了一听巧克力牛奶。

"你怎么知道？"

"我就是知道。"

马克斯把烟掐灭了，仔细打量着奥迪，想弄清楚他是不是自己父母的某个熟人。

奥迪伸出一只手，用真名做了自我介绍。马克斯睁大眼睛盯着奥迪伸出的手掌："你今早跟我妈妈聊过天。"

"是的。"

"你会告诉她我吸烟的事吗？"

"不会。"

"你为什么坐在这儿？"

"我走累了，想休息一下。"

马克斯回过头去继续看着那家商店的橱窗。女孩正在给塑料模特戴一根粗重的项链。她转过头，朝橱窗外望了望，然后朝他们挥了挥手。马克斯也紧张地朝她挥了挥手。

"她是谁？"

"学校同学。"

"叫什么？"

"索菲娅。"

"她是你的女朋友？"

"不是！"

"但是你喜欢她，对吗？"

"我可没说。"

"她很漂亮。你跟她说过话吗？"

"我们有时会在一起。"

"那是什么意思？"

"我们在同一个学习小组——类似这样。"

奥迪点了点头，又喝了一口巧克力牛奶。

"我在你这个年纪只喜欢过一个女孩，她叫菲比·卡特。我总是不敢约她出来，因为我觉得她只想跟我做朋友。"

"后来呢？"

"我带她去看了《侏罗纪公园》。"

"每个人都看过那部电影。"

"当时这部电影刚刚上映，还挺吓人的。菲比吓得钻进了我怀里。关于那部电影我就只记得这个。"

"那可真够逊的。"

"我敢说，要是菲比·卡特钻到你怀里，你就不会觉得逊了。"

"我敢说，我还是会这么觉得，因为菲比·卡特现在肯定已经老了。"

奥迪笑了，马克斯也笑了。

"或许你应该请索菲娅去看场电影。"

"她有男朋友了。"

"那又怎样？你又不会损失什么。我曾经认识一个女人，她的男朋友真的很糟糕。我尝试帮助她离开他，但她觉得自己不需要被拯救。可事实上她的确需要。"

"她的男朋友怎么糟糕了？"

"他是个恶棍，而她是他的奴隶。"

"这世上已经没有奴隶了。他们在一八六五年就被解放了。"

"噢，那只是奴役的一种，"奥迪说，"这世界上还有很多种奴役。"

"那后来呢？"

"我只好从他身边把她偷走了。"

"他是个危险人物吗？"

"是的。"

"那他后来报复你了吗？"

"可以说有，也可以说没有。"

"那是什么意思？"

"我每天只能给你讲一个故事。"

这时，一个穿制服的警察站在五十米外，一边吃着三明治一边看着他们。吃完最后一口，他慢悠悠地朝长椅走过来，一边拍掉自己身上的面包屑。

马克斯抬起头，说："嘿，杰拉德警官。"

"你爸爸呢？"

"他今天值班。"

杰拉德警官好奇地看着奥迪，说："这是哪位？"

"我只是在和马克斯闲聊。"奥迪说。

"你住在附近吗？"

"我刚搬到马克斯家附近，今天早上才遇到过他母亲。"

"桑迪？"

"是的，她看起来非常友善。"

警官表示同意，然后把手上的三明治包装纸扔进了垃圾桶。他用手指触了下自己的帽檐，示意告辞。奥迪和马克斯看着他远去的背影。

"你怎么知道我的名字？"马克斯说。

"你母亲告诉我的。"奥迪回答。

"那你为什么老是盯着我看？"

"因为你让我想起一个人。"

马克斯再次回过头去看了一眼商店橱窗，索菲娅已经走了。

"记住我说的话。"奥迪说，然后站起身来。

"什么话？"

"约她出来。"

"哦，好吧。"马克斯不屑地回答。

"另外，给我个面子，别再吸烟了，这对你的哮喘不好。"

"你怎么知道我有哮喘？"

"我就是知道。"

Chapter 15

第十五章

卡西朝着奥迪的肚子狠狠打了一拳。

"你偷了我的车！"

"只是借用。"奥迪喘着气说。

"少米糊弄我，先生，没事先说好的都不叫借。"

"我想跟你说来着，可你当时还在睡觉。"

"那我们就到法庭上看看他们怎么说。你觉得我看起来很蠢吗？"卡西活动了一下手指，"该死，可真够疼的！你是什么做的，水泥吗？你上午去哪儿了？"

"我去换了新的信用卡。"

"今天是星期天，银行不开门。"

"我得去见一些人。"

"见谁？"

"我姐姐住在休斯敦。"

"你姐姐？"

"是的。"

"那你为什么不住她家？"

"我有一段时间没见过她了。"

然而卡西并不相信他说的话。她举起防狼喷雾，说："你想尝尝这东西的滋味吗？"

他之前在她身上见过的柔软此刻都消失了，取而代之的是一层由愤怒和抵触构成的外壳，那是她的本能防御。她转过身，把行李箱扔在床上，斯嘉丽正趴在那里看着电视里的迪士尼频道。

"起来，我们要走了。"

"可我喜欢这儿。"斯嘉丽说。

"照我说的做！"

卡西从洗手间里取下那些还没干透的衣服，扔进了行李箱。

"车的事我真的很抱歉，"奥迪说，"我保证不会再那样做了。"

"这还用你说。"

"让我请你们吃晚饭吧——我们去吃顿好的。"

斯嘉丽满眼祈盼地看着她妈妈。

"你把我车里的汽油都用光了？"卡西问他。

"我把油加满了。"

"好吧。我们去吃饭，吃完我们就走。"

餐厅是卡西选的。他们开车来到丹尼餐厅，那里的塑封菜单上印着所有菜式的照片。"我喜欢看到我想点的食物的样子。"她解释说，然后点了一份牛排和烤马铃薯。斯嘉丽则要了一份意面和肉丸。每吃一口，她都会用一盒破旧的蜡笔往一幅画上涂几笔。他们吃完主菜，开始讨论吃什么甜点，到这时卡西对他的态度似乎不再那么强硬了。

"如果你有一百万美元，你会做什么？"她问奥迪，仿佛他俩一直在聊这个话题似的。

"我会给我妈妈买一个新的肾。"

"她的肾怎么了？"

"不太好。"

"买一个肾要多少钱？"

"不知道。"

"但是应该还能剩下些钱吧？应该要不了一百万——只买一个的话。"

奥迪表示同意，然后问她如果有一百万美元会干什么。

"我会买栋房子，还要买些漂亮衣服和一辆新车，再开一家美容沙龙——说不定还会开成连锁店。"

"你会去看望你爸爸吗？"

"去的话也是为了让他知道我发达了。"

"人一激动就会说出很多并非出自本意的话。"

卡西沉默了，手指划过杯底留在桌面上的圆形水痕："她是谁？"

"你说什么？"

"昨天晚上你睡着以后一直念着一个女人的名字。"

奥迪耸了耸肩。

"她肯定是你什么人。你女朋友？"

"不是。"

"老婆？"

奥迪岔开了话题，开始和斯嘉丽讨论她的涂色画，还帮她挑选颜色。吃完饭后，奥迪买了单，然后跟着她们在夜市里闲逛，时不时拿起一个小玩意，看看又放下。

他们回到了汽车旅馆。奥迪走进洗手间，锁上门，对着镜子仔细检查自己的形象。随后，他从包里掏出理发器，在头皮上来回推，仿佛是在修剪一小块草地。一缕缕头发飘进洗手池里。完事后，奥迪站在花洒下面，伸开手臂，把脸对着水流。他从浴室里出来的时候，整个人看上去就像个新兵。

"你为什么把头发剪了？"斯嘉丽问。

"我想做点改变。"

"能让我摸一下吗？"

斯嘉丽站在床上，手掌抚过他短短的发楂，咯咯地笑了。然后她突然停了下来："这是什么？"

她看到了那些伤疤，他把头发剪短以后更明显了。卡西走过来，抱住他的脑袋，凑到台灯下面仔细端详。奥迪的头骨就像一个打碎之后又被粘在一起的花瓶，他小臂上的疤痕更多，就像一些被压扁的灰虫子缠在他的肌肉上。这是他在监狱里自卫时留下的伤痕，也是那段岁月留给他的纪念。

"是谁把你弄成这样的？"

"我没有留他的电话。"

卡西一把推开他，走进了洗手间。她给斯嘉丽放了一缸水，让她洗了个澡，直到斯嘉丽开始在浴缸里玩了起来，她才从浴室里出来。她坐到奥迪对面的床上，双手夹在大腿中间，死死地盯着他。奥迪这时已经穿上了一件长袖衬衣，遮住了手臂。

"这是怎么回事？"

奥迪抬起头看着她，想要理解她这句话的意思。

"你总是戴着深色墨镜和棒球帽，每次经过摄像头都会低下头。现在你还把头发剪了。你是个逃犯吗？"

奥迪长舒了一口气，几乎感觉到释然："有人在找我。"

"谁在找你？毒贩？黑帮？要债的？还是警察？"

"说来话长。"

"你是不是伤害过什么人？"

"没有。"

"你是不是犯了十诫里的某条戒律？"

"没有。"

卡西叹了口气，像个小女孩那样把一只脚放到另一只脚上。她的发色很浅，以至于颜色略深的眉毛看起来有些突兀，就像画上去的一样，随着她说话的声音扬起又落下。

"你对我撒谎，还偷我的车，这已经够坏了……"

"我不是一个罪犯。"

"但你看起来很像。"

"那不是一回事。"

这时，斯嘉丽裹着一条毛巾出现在浴室门口，水汽让她的鬈发变直了。

"我不想睡在车里，妈妈，我们就睡在这儿好吗？"

卡西犹豫了。她一把拉过女儿，用双手和双脚环住她，就像一个在洪水中沉浮的人紧紧地抱住一棵树。她越过斯嘉丽裸露的肩膀看了奥迪一眼："那就再住一个晚上。"

Chapter 16
第十六章

瑞安·瓦尔德斯通常不会把他那辆警车开回家。他更喜欢开皮卡，因为不那么显眼，对他所住的伍德兰兹小区来说，这辆车很廉价，他的邻居们大多开的是奔驰、宝马或是高档 SUV。

桑迪说他开皮卡的时候就像个乡巴佬。

"说不定我就是个乡巴佬。"

"别那样说。"

"为什么？"

"因为那样的话你永远融入不了这里。"

融入社区在桑迪看来很重要，有时候瓦尔德斯甚至觉得他的制服比他开的车更让他妻子感到尴尬。这并不是说他的邻居们不尊重警察或不认可他们的工作，但他们绝不会想跟一个县治安官有多少往来，因为这是一个容易产生特殊关系的群体——就像是跟你的直肠科医生一起吃饭。

瓦尔德斯花了近一年的时间才取得乡村俱乐部的会员资格，就这还是他的姨父维克托·皮尔金顿找了好几层关系才促成的。在那之前，瑞安和桑迪在家里举办过露天烧烤派对和"品酒之夜"，桑迪还发起了一个读书俱乐部，但是这些都没能让他们交到朋友或是收到邀请。住在伍德兰兹就像回到了高中，只是这里没有书呆子、校运动员、搞乐队的家伙和啦啦队队长，而是换成了社会名流、空巢人士、乡村俱乐部常客、共和党人（爱国志士）和民主党人（社会主义者）。瓦尔德斯不知道自己怎样才能融入进去。

他把车开进自家车道，一边等着车库开门，一边看着眼前这栋花了他一百万美元的漂亮的砖石小楼。高大的拱形窗户反射着夕阳，阴影像油一样漫过草坪。

进屋之后，他喊了一声，以为家里没人，就从冰箱里拿出一罐啤酒，来到露台上。这时，他才看到马克斯正在泳池里游泳。只见他轻松一跃，跳入水中，然后翻过身来，开始对着天空仰泳。水流从他肩膀上拂过。游到对岸之后，他停了下来，从水里站了起来。

"嘿。"瑞安说。

马克斯没有应声。

"你妈妈呢？"

马克斯耸耸肩。

瑞安努力想要再找出一个问题。从什么时候开始，他和马克斯的交谈变得这么困难了？少年从泳池里爬上来，腰间围了一条毛巾，像裹纱笼一样给它打了个结。夕阳在草坪上洒下一片金黄。马克斯在一张躺椅上坐下，开始喝一杯色彩鲜艳的饮料。

"她说了晚饭吃什么吗？"瑞安说。

"没有。"

"那我来做点东西吃吧。"

"我待会儿要出去。"

"去哪儿？"

"托比家。我们要一起做生物课作业。"

"为什么不让托比上我们家来？"

“那些材料在他家。”

“我认识你说的这个托比吗？”

“我不知道啊，爸爸。你认识托比吗？我得去问问他。”

“别用那种口气跟我说话。”

“什么口气？”

“你知道我的意思。”

马克斯耸耸肩，仿佛他完全摸不着头脑。瑞安心里有根弦“啪”的一声断了。他一把抓住马克斯的头发，把他从躺椅上拽了起来。他的视野一下就变窄了，仿佛是在透过一扇彩色玻璃窗看这个世界。

“你觉得你配那样跟我说话吗？我把你养大，供你吃，供你住，你用的手机、穿的衣服和你房里那台电脑都是我给你买的，所以你给我放尊重点，不然我就把你淹死在这该死的泳池里面。你听明白了吗？”

马克斯点点头，眼泪在眼眶里打转。

瑞安一把推开他，但立即为自己刚才的言行感到不安；他想向儿子道歉，但是马克斯已经朝泳池边的小屋走去，关上门，打开了淋浴。瑞安一边在心里咒骂自己，一边把手上那罐啤酒狠狠地朝草坪上扔去。啤酒罐在草地上蹦了两下，落在了地上，口吐白沫。刚才是马克斯先挑衅他的，他没有权利这样做！可他一定会把这事告诉他母亲，然后惹出更多麻烦。桑迪会站在马克斯那一边，她一直都是这样。为什么这个男孩就不能放松一点，对他更尊重些呢？他们之间再也没有共同话题了。不再一起看棒球比赛，不再一起玩电视游戏，或者一起拿桑迪的厨艺逗趣。

瑞安想起了马克斯小时候——那时的他是一个戴着牛仔帽、牵着瑞安的手的小男孩。他们曾经是最好的朋友，是父亲和儿子，是闯祸的拍档，是亲密无间的人。瑞安的怒气渐渐消散了。这不是马克斯的错。他才十五岁。十多岁的孩子就是这样——故意挑衅父母，以测试自己行为的边界。瑞安在他这么大的时候和父亲的关系也不怎么友好，而他老爸那时也不能容忍他的反唇相讥或自作聪明。

　　就像桑迪说的，这是年轻人必经的一个成长阶段。荷尔蒙作怪。青春期问题。来自同学的压力。女孩带来的困扰。可是马克斯为什么不能像别的青春期男生那样干脆每天打四次飞机呢？或者，瑞安甚至可以带他去趟妓院——当然是去一个干净点的地方——帮他一了百了地解决这一段痛苦。桑迪老说他应该和马克斯多些父子之间的互动。想到这儿，瑞安不由得笑了。要是知道他理解的父子互动就是带马克斯去破处，桑迪肯定会大发雷霆。

　　这时，瑞安听到了推拉门打开的声音。桑迪从屋里走了出来，张开手臂抱住了他。她的头发有些蓬松，身上有股既性感又带点汗味的味道。

　　"你去哪儿了？"瑞安说。

　　"去了趟健身房。"

　　空中传来一声老鹰的鸣叫，也可能是一只鱼鹰。瑞安抬起头，用手挡在眼睛上方朝空中望去，但是只能看到一个隐约的轮廓。

　　"我今天给你打过电话，但你手机没开机。"他说。

　　"我昨晚把手机放在家里，今天找不到了。"

　　马克斯从淋浴小屋里钻了出来，穿过草地，在桑迪脸上亲了一下，桑迪理了理他湿漉漉的头发。"今天在学校怎么样？""有什么作业吗？""你要去托比家？""好的，别回来太晚。"

　　过了一会儿，瑞安坐在厨房里，看着桑迪准备晚餐。她长着一头金发，现在剪短了，末梢烫了些卷。她那蓝绿色的眼睛有一种神奇的魔力，让男人的目光会不由自主在她身上多停留一会儿。他当初是怎么说服她嫁给自己的？他希望是因为爱情。他希望他们之间仍然有爱情。

　　"我下个周末想带马克斯去露营。"

　　"他对户外活动不感兴趣，你知道的。"

　　"你还记得我们一起去约塞米蒂国家公园度假那次吗？马克斯那时大概七岁，高兴得不得了。"

桑迪在他头上亲了一下，说："别总是用力过猛了。"

瑞安朝露台外面看去，两只鸭子飞进了他们的游泳池。他不想停止做出这样的努力。要是他能让时间倒转，回到踢个球或玩个捉迷藏就能让马克斯无比高兴的时候就好了。

"给他些时间吧。"桑迪说，"他现在不太喜欢自己的身份。"

"你觉得他是什么身份？"

"他是我们的儿子。"

吃过晚饭，瑞安和桑迪并肩坐在露台的秋千上。桑迪蜷起腿，膝盖顶在腋窝下面，用食指和拇指捏着一个小刷子往脚上涂指甲油。

"今天的工作怎么样？"她问。

"很平常的一天。"

"你总该告诉我你为什么大老远开车去了莱夫奥克县吧？"

"我去查一个人。"

"查谁？"

"一个本来要出狱的犯人。他在出狱的前一天越狱了。"

"为什么？"

"这不重要。"

桑迪放下腿，转身对着瑞安，等着他解释。

"你还记得当年那起运钞车抢劫案吗——有个劫犯活了下来？"

"就是你开枪打中的那个？"

"是的。我本想一直把他关在监狱里，但是假释委员会决定让他提前出狱。如果他没越狱的话，现在也应该被放出来了。我去了趟他服刑的监狱，跟典狱长谈了谈，典狱长说帕尔默是越狱逃走的。"

桑迪坐直了身体，眼睛眯了起来："他是个危险人物吗？"

"说不定他现在已经逃到墨西哥去了。"

瑞安伸手搂住了桑迪，她靠进他怀里，把他的手臂抱在胸前，头倚在他肩膀上。瑞安本打算先把这事放下，但转念一想还是掏出了手机，开始翻找照片。

"这就是那个帕尔默。"他给桑迪看了一张他最近拍的照片。

桑迪睁圆了眼睛："我见过他！"

"你说什么？"

"今天，就在我们屋外。"她结结巴巴地说，"他当时正在跑步，说自己刚搬到附近，我还以为他搬进了惠特克一家以前的房子。"

瑞安立刻站起身来，穿过屋子，朝窗帘外面看了看。他的脑袋嗡嗡作响。他又检查了一下窗户和门锁。

"你看到他开车了吗？"

桑迪摇了摇头。

"他还说了些什么？"

"他说他刚刚丧偶……到这儿来是做什么审计。他到底为什么来这儿？"

"我给你买的那支枪呢？"

"在楼上。"

"拿下来。"

"你吓到我了。"

瑞安朝手机里输入一串数字，拨通了接线员，交代了大致情况，发出了一张奥迪·帕尔默的追缉令，然后要求给他们小区增派几辆巡逻车。

"你刚才说他应该已经在墨西哥了，"桑迪说，"为什么他会到这儿来？"

瑞安从她手里拿过枪，装上弹夹："从现在起，你去哪儿都带着它。"

"我才不要带一把枪在身上。"

"照我说的做。"

说完，他抓起钥匙。

"你要去哪儿？"

"去接马克斯。"

Chapter 17

第十七章

　　橡荫汽车旅馆就在汤姆朗德里高速公路下来不远的地方——它建于二十世纪七十年代，现在仍在使用，就像一件猎装，很实用，但毫无美感。莫斯把那辆破烂的蓝色皮卡停在他房间门口，进去洗了个澡，然后躺在床上等着克里斯特尔。终于，她出现在门口，戴着一副深色墨镜，穿着一件黑色雨衣，就像在躲狗仔。莫斯打开门，克里斯特尔飞扑进他怀里，两腿缠在他腰上，一边让他把自己抱进屋里，一边和他热吻起来。

　　进屋以后，克里斯特尔四下扫了一眼："这就是你能找到的最好的地方？"

　　"这儿还有按摩浴缸呢。"

　　"你想让我得霍乱吗？"

　　莫斯抓住她的手说："不，我想让你摸摸这个。"

　　克里斯特尔睁大了眼睛："你这是要把我惯坏。"

　　"黄油的硬和面包的软是相辅相成的，所以你的面包也软了，宝贝。"

　　克里斯特尔笑了，随即抖掉身上的大衣，开始解莫斯的裤带。"你在哪儿搞的这身衣服？"

“这是他们给我留在车里的。”

“你还有辆车？”

“是的。”

克里斯特尔把莫斯往后一推，他倒在了床上，然后她跨坐了上去。两人都没有说话，直到汗水涔涔，精疲力竭。之后，克里斯特尔起身去了浴室，莫斯则躺在床上，腰上盖着一条毛巾。

“你可别在里面待太久。”他朝浴室喊道。

“为什么？”

“我想着再睁开眼睛的时候就能再来一次。”

克里斯特尔冲完厕所，来到床上和他并肩躺着。她从自己的雨衣口袋里摸出一根烟，点燃，放到莫斯唇间，然后给自己也点了一根。

“我们分开多久了？”

“十五年三个月八天十一小时。”

“你还一直在算日子啊。”

“没算，但粗略估计一卜大概也有这么久了。”

克里斯特尔想知道奥迪·帕尔默的事，以及那失踪的几百万美元；莫斯讲的时候，她静静听着，虽然有时也皱眉或发出嗯哼声来表示她不是涉世未深。

“这些人到底是谁？”

“不知道，但是他们能把我弄出来，这说明他们还真有点能耐。”

“他们会让你留下那笔钱吗？”

“他们是这么说的。”

“你相信他们的话？”

“不信。”

克里斯特尔把头埋在他臂弯里，大腿压在他腰上。

“那你想怎么办？”

莫斯深吸了一口烟，吐出一个烟圈。烟雾往上升腾，直到空调喷出来的冷气把这团鬼影一样的雾气冲散。

"找到奥迪·帕尔默。"

"怎么找？"

"他母亲住在威斯特摩兰高地——距离这里不到一英里。"

"万一她也不知道奥迪的下落呢？"

"那就问他姐姐。"

"然后呢？"

"天哪，你这个女人，我已经在努力了，不要想太多！对我有点信心好吗？如果说这世界上有什么人能找到奥迪，那个人就是我。"

克里斯特尔仍然未被说服："他是个什么样的人？"

莫斯对这个问题想了一会儿："奥迪很聪明。会读书的那种聪明，不是街头混混那种小聪明。我教会了他怎么在监狱里眼观六路，他也教会了我一些东西。"

"什么东西？"

"哲学之类的。"

克里斯特尔笑出声来："你还懂哲学？"

莫斯嗔怪地捏了她一下，说："有一天，我正在烦恼不知道怎么样给上诉委员会写信，于是我对奥迪说：'我唯一知道的就是我什么都不知道。'然后奥迪告诉我，我刚刚引用了一个著名哲学家的话——这个人叫苏格拉底。奥迪说，一个人对所有事情都抱有怀疑，敢于质疑一切，说明他是个聪明人。我们唯一能够知道的就是我们对什么事都知道得不够确切。"说完，他看着克里斯特尔，"这句话说得通吗？"

"说不通，但是听起来很聪明。"

克里斯特尔翻过身，把烟在烟灰缸里摁灭了。一缕青烟从压扁的烟屁股下面升腾起来。她抓起莫斯的手，注意到他没戴他们的结婚戒指。她坐起身来，把他那根手指使劲往后掰，直到他痛得叫了起来。

"它去哪儿了？"

"什么去哪儿了？"

"结婚戒指。"

"关禁闭的时候被他们摘了下来，还没还给我。"

"你跟他们要了吗？"

"我都快跟他们打起来了，宝贝。"

"你可别跟我演什么假装单身的戏码。"

"绝对不会。"

"如果我发现，你有半点不忠，我就把你的小弟弟扯下来喂狗。你听清楚了吗？"

"一清二楚。"

Chapter 18

第十八章

　　手机在厨房里一个劲地振动。在它就要从桌上掉下去的那一瞬间，德西蕾·弗内斯特工一把将它抓了起来。来电的是她的上司，声音沙哑，听起来半梦半醒，显然不是个习惯早起的人。

　　"昨天早上有人在伍德兰兹看见奥迪·帕尔默了。"

　　"谁看见的？"

　　"一个治安官的老婆。"

　　"帕尔默到伍德兰兹去干什么？"

　　"跑步。"

　　德西蕾抓起外套，把手枪塞进肩挂式枪套，嘴里衔着一片吐司跑下楼梯，中间还向她的房东萨克维尔先生挥了挥手。萨克维尔先生就住在她公寓楼下，平日里喜欢透过窗帘的缝隙窥探她的行踪。她逆着早高峰的车流一路往北，二十分钟后，把车停在了一栋掩在树荫后的大屋跟前。一辆警车停在停车道上，车里坐着两个穿制服的警察，都在埋头玩手机游戏。

　　德西蕾习惯性地挺直了背，好让自己显得高大一点，朝他们亮了下警徽，然后朝屋子大门走去。她的刘海有点短，用发夹也夹不上去，老是掉下来遮住一只眼睛。她警告过她的理发师不要剪太短，但那人还是剪成了这样。

桑迪·瓦尔德斯开了门，却没有打开安全门闩，只透过十五公分的门缝对着外面说话。她穿着紧身上衣和弹力短裤，脚上是短袜和运动鞋。

"我丈夫送马克斯上学去了。"她说，口音听起来是典型的受过教育的南方女性。

"我想见的人是你。"

"我已经把情况都跟警察说了。"

"如果你对我也这么体贴，我会非常感激的。"

桑迪打开门，把德西蕾领进屋里，然后穿过客厅来到阳光房。她体形适中，有着金色的头发和光滑的皮肤，是个漂亮的女人。整个屋子的装修很有品位，但似乎稍微有点过了头，仿佛主人为了表现自己很有品位，把设计杂志上的所有风格一股脑塞进了自己家里。

桑迪端出零食招待客人，德西蕾谢绝了。有那么一会儿，两人都没说话，德西蕾环顾四周，仿佛在考虑要不要买下这栋房子。

这时桑迪注意到了德西蕾脚上的鞋。

"它们肯定让你的脚和背很不舒服。"

"我习惯了。"

"你有多高？"

"刚好合适的身高。"德西蕾说完切入了正题，"你和奥迪·帕尔默都聊了些什么？"

"这个小区的情况，"桑迪说，"他跟我说他刚搬到这附近，我告诉他应该加入这里的乡村俱乐部。我还替他感到难过。"

"为什么？"

"他说他妻子去世了。"

"他还跟你说了些什么？"

桑迪努力回想："他说他在为一家公司做审计工作。我以为他搬进了惠特克一家原来住的那栋房子。你们会抓住他的，对吗？"

"我们正在尽最大努力。"

桑迪点点头，看起来还是有些担忧。

"还有什么人见过他吗？"

"马克斯，我们的儿子。"

"他当时在哪儿？"

"在车库门口玩滑板。我从超市回来就看见帕尔默站在我们的停车道旁边做伸展。"

"马克斯跟他说过话吗？"

"当时没有。"

"这话是什么意思？"

"他后来又在梅夫斯超市遇到他了——那里离这儿不远。马克斯当时正在滑滑板，帕尔默就坐在公园的一张长椅上。我跟其他警官也都说了这个情况。"桑迪的两只手在腿上不停地绞着，"瑞安今天本来不想让马克斯出门的，他待在学校不会出什么事的，对吗？我的意思是，我们表现得一切正常是对的，我不想让马克斯在成长的过程中觉得这个世界上充满了怪物。"

"我相信你做的决定是正确的。"德西蕾说，她不太习惯这种充满女性色彩的交谈，"昨天以前你遇到过奥迪·帕尔默吗？"

"没有。"

"你觉得他到你们家来的目的是什么？"

"这难道不是很明显吗？"

"对我来说不是。"

"当年开枪打伤他的人就是瑞安——每个人都知道这件事。奥迪·帕尔默的脑袋上挨过一枪。或许他本该就那样死掉，那就省了大家好多麻烦。要么被一枪打死，要么被送上电椅——当然我并不赞成随便把人处死，但是看在老天的分上，那次劫案死了四个人！"

"你觉得奥迪·帕尔默是想报复？"

"是的。"

"那你会怎么描述他的言行举止？"

"什么？"

"他看起来是不是很焦躁？压力很大？很愤怒？"

"他当时流了很多汗——但我估计那是因为他之前跑了一会儿步。"

"除此之外呢？"

"他看起来很放松……就像他在这个世界上了无牵挂一样。"

不到两英里之外，瑞安·瓦尔德斯把车开进了学校大门，随手关掉了车载收音机。这玩意一直让他觉得很神奇，尤其是那些拨打热线电话倾诉自己偏见的人，好像生怕别人不知道他有多无知似的。难道这些人除了愤世嫉俗就没有其他事情可做了吗？为什么在他们眼里，"从前的好时光"比现在的什么事都好，就好像时间让他们的记忆变得温柔了，把醋酿成了葡萄酒？

"所以我们说定了，你放学以后等我来接你，不要擅自离开学校，也不要和陌生人说话……"

马克斯从耳朵里拿下一只耳机："所以这个人到底做过什么？"

"这不重要。"

"我觉得我有权利知道。"

"他偷了一笔钱。"

"多大一笔？"

"很大一笔。"

"是你把他抓起来的？"

"是的。"

"你开枪打了他？"

"他的确挨了一枪。"

马克斯这会儿真的有些吃惊了："那么他现在回来是想找你报仇？"

"不是。"

"那他为什么要到我们家来？"

"这个问题就让我来操心吧。对了，你也别去问你妈妈，免得她担心。"

"这个奥迪·帕尔默是个可怕的人吗？"

"是的。"

"可他看起来并不是很吓人。"

"外表具有欺骗性。他是个杀人犯，记住这一点。"

"那你是不是应该给我配一支枪？"

"我不会让你带枪进学校的。"

马克斯厌恶地叹了口气，打开车门，汇入了拥向学校大门的学生人潮。瑞安看着他向大门走去的背影，猜测他是否会回头看他或朝他挥手。然而并没有。

马克斯消失以后，瓦尔德斯拿出手机，给德莱弗斯县治安官办公室打了一个电话。接电话的是他最资深的副手汉克·波利亚克。瓦尔德斯让他跟休斯敦以及周边地区的每个警察都取得联系。

"如果有人在任何地方看到奥迪·帕尔默，我要第一个知道。"

"还有什么事吗？"汉克问道。

"有，我今天不来办公室。"

Chapter 19

第十九章

　　出租车在骄阳的舔舐下从高速公路上飞驰而过。奥迪透过车窗向外望去，尽是一眼望不到头的商场、红砖瓦房和廉价的预制房仓库，房顶上张着铁丝网，窗户里安装着防盗栏。休斯敦是什么时候开始变得如此剑拔弩张的？不过它一直以来都是一个奇怪的城市——聚集了一众社区，就像洛杉矶；那儿的人每天乘公交上班，几乎不和别人往来。这两个地方唯一的区别在于休斯敦是个目的地，而洛杉矶只是去往更好的地方的中转站。

　　这个出租车司机是个外国人，奥迪完全猜不出他来自哪里。或许是哪个悲惨的国家吧，奥迪想，一个被独裁者、狂热分子或者饥荒困扰的国家。他有着深色的皮肤，与其说是棕色不如说是橄榄色；发际线有些后退，仿佛他的头发正要从脑袋上溜走似的。他打开前后座中间的推拉窗，想和奥迪聊天，然而奥迪并不感兴趣。他的思绪回到了卡尔被他留在特里尼蒂河边那一天。

　　一个人一生中总会遇到几个必须做出重大抉择的时刻。幸运的话，我们会是做出决定的那个人；然而更多时候，我们只能被动地接受别人替我们做出的决定。当奥迪带着警察和救护车回到特里尼蒂河边时，卡尔已经不在了。岸边没有带血的绷带，没有留下口信或道歉。奥迪知道发生了什么，但他没告诉任何人。他的沉默更多是出于对父母的尊重，而不是对卡尔的。警察想指控奥迪浪费警力，把他关了十二个小时才放回家。

几个礼拜过去了，卡尔的名字从新闻标题里消失了。第二年的一月，奥迪回到学校，被学院院长召见。院长对他说，他的奖学金被取消了，因为他是一起杀警案件中的"利害关系人"。

"可我没做错什么事。"奥迪说。

"我相信你说的。"院长说，"在案情大白、你哥哥也被找到之后，你还可以重新申请，审核官也会重新评估你获取奖学金的资格。"

奥迪收拾好自己的东西，取出所有存款，买了一辆廉价汽车，往西部开去。他想在过去和不知道会怎样的将来之间拉开足够的距离。那辆老旧的凯迪拉克一口气驶出了一千五百英里，一路上咔咔作响，像是随时都可能熄火，却又总是表现出人们通常以为有知觉的生物才有的求生意志坚持了下来。在那之前，奥迪从未见过海上落日，也从未在现实生活中见过人们冲浪，而在南加州，他两者都见到了，还有贝莱尔、马利布、威尼斯海滩——这些经常出现在电影和电视里的知名景点，他也都看过了。

西海岸给人的感觉很不一样。这里的女人闻起来有股太阳油和润肤霜的味道，而不是薰衣草或爽身粉。她们喜欢谈论自己，对唯物主义、灵性、特别疗法和时尚着迷不已。西海岸的男人们肤色黝黑，有着浓密发亮的头发或油光闪亮的脑壳，身穿上百美元一件的衬衣和三百美元一双的皮鞋。他们当中有毒贩，有妓女，有瘾君子，有梦想家，有演员，有作家，还有有权势的大佬。

奥迪一直往北把车开到了西雅图。一路上，他做过酒保、保镖、包装工、水果采集工和送货员，住便宜的汽车旅馆和小客栈，有时也会跟一些看上他的女人回家。在路上旅行了六个月后，他走进了厄本·科维克在圣地亚哥北面二十英里开的一家脱衣舞馆。除了打着射灯的舞台，这里面比洞穴还昏暗。舞台上，一个肤色苍白的女孩穿着紧到勒肉的内裤，正在用大腿摩擦着一根银色的钢管。一群穿着西装的男人有的在给她喝彩，有的装作没注意到她。这些人大多是大学男生，或是来这儿招待日本生意伙伴的职场人士。

这些南加州的女孩似乎很喜欢自己的工作，在舞台上卖力地旋转、扭动，做出各种这一行当的经典动作，把塞进丁字裤和胸罩的钱收入囊中。

酒吧经理的衬衣口袋里露出一把梳子，头发往后梳得光溜溜的，就像刚被犁过的地。

"你们这儿有什么活儿吗？"奥迪说。

"我们不需要伴奏的。"

"我不是伴奏的。我可以在吧台工作。"

经理掏出他的梳子，从脑门往后梳了一遍头发，说："你多大了？"

"二十一岁。"

"有工作经验吗？"

"有 些。"

他给了奥迪一张表格让他填好，然后告诉他可以先干一个轮班作为试用期，试用期没有工资。奥迪用这个轮班证明了自己是个好员工。他不抽烟，不喝酒，不吸毒，也不赌博，甚至没有试图去勾搭那些女孩。

除了这家酒吧和酒店，厄本·科维克的资产还包括隔壁那家墨西哥餐厅和对面的加油站。这些地方吸引了很多家庭旅行的旅客，他借此帮自己另外一些不那么合法的生意洗钱。奥迪每天晚上八点开始上班，第二天凌晨四点下班。上班前，他们会让他在那家墨西哥餐厅吃饭。这家餐厅有个后院，里面有一个葡萄架和几面泥灰墙，靠墙堆放着一瓶瓶葡萄酒。

在新岗位上工作两周以后，有一天，奥迪在停车场注意到一辆车牌号被挡起来的汽车，里面坐着三个男人。奥迪立刻报了警，把抽屉里的备用现金收了起来，藏到水槽下面。这时，那三个男人戴着头套冲了进来，手里都端着短管霰弹枪。奥迪认出了其中一个人身上的文身，那是一个脱衣舞娘的男友，经常会来店里，以防有人会对他女朋友动手动脚。

奥迪举起了双手。人们纷纷钻到桌子下面，舞台上的钢管舞女郎也遮住了自己的胸脯，闭紧了双腿。

那三个男人打开收款机，被里面少得可怜的战利品惹得勃然大怒。那个文身男把枪对着奥迪挥舞，却没能吓到他。这时，外面传来了警笛声。然后是枪声。一颗子弹打碎了吧台上面的镜子，但是没有人受伤。

厄本·科维克第二天一大早赶到了现场，脸上还带着枕头的压痕。酒吧经理跟他说了事情的经过，之后他把奥迪叫进了办公室。

"你是哪儿人，小伙子？"

"得克萨斯。"

"你想去哪儿？"

"还没想好。"

厄本挠了挠下巴："像你这个年纪的年轻人已经到必须做出决定的时候了，是要逃离什么还是要追求它。"

"或许吧。"

"你有驾照吗？"

"有，先生。"

"从现在起，你就是我的司机了。"说完，他扔给奥迪一串黑色大切诺基的钥匙，"每天早上十点，你准时到我家来接我，除非我说不用你接。如果我有什么差事需要跑腿，你就替我去办。我叫你送我回家的时候你再送我回家。你的工资会翻倍，但是你必须每天二十四小时待命。如果那意味着需要睡在车里，你就给我睡在车里。"

奥迪点了点头。

"现在，我想让你开车送我回家。"

奥迪开启了一段新的职业生涯。老板在酒吧的楼上给他找了间房子，就在房梁下面，比一条走廊宽不了多少，但是不用付房租，算是新工作的福利。房间里有个天窗，还有张棕榈床。奥迪把自己带的书和一张行军床堆在房间的角落里。他一直留着工程学的教科书，隐约觉得自己有一天可能会回去完成学业。

在那之后，奥迪就开车载着厄本去开会，去机场接人，或者替他取干洗的衣服或快递。他就是在那时遇见了贝丽塔——有一次他去厄本家里取一个信封。他那时并不知道贝丽塔是厄本的情妇。他也不在乎。但是，从见到贝丽塔的那刻起，他就生出一种奇特的感觉，他的血液开始倒流，冲过心脏瓣膜，瀑布般倾泻，到达他身体各处的尽头，再奔涌回来。

有的时候，当你遇到那个注定会改变你一生的人，你能感觉到。

Chapter 20

第二十章

　　莫斯开始留意鸟儿的鸣叫和自行车欢快的铃声。过去十五年，他每天早上醒来听见的都是铁链的撞击声、打嗝声、咳嗽声和放屁声，能见到的天光就来自头上那一方小小的天窗。莫斯决定了，像现在这样醒来更好，即便他旁边的床已经空了。克里斯特尔一大早就走了，她还要开车回圣安东尼奥。莫斯仍然可以记起她骑在他大腿上，跟他说要小心行事，然后跟他吻别时身体的重量。

　　莫斯跳下床，把窗帘撩开一道缝，研究起了外面的停车场。达拉斯城那些闪闪发光的高楼矗立在远处，镜面一般的边缘反射着阳光。莫斯暗自思忖，那些富人是不是想修一道阶梯直通天堂，因为那肯定比一只骆驼穿过针眼容易得多。[1]

　　他洗了澡，刮了胡子，穿好衣服，开车前往北面的威斯特摩兰高地。这里的街道两边多是木头盖的小屋，说不定还没停在屋前的汽车值钱。那些汽车有的在水泥砖上被千斤顶顶起，有的则被火烧坏了。街道虽然荒凉，

---

[1] 《圣经》上说富人进入天堂要比骆驼穿过针眼还艰难。

还是有些小小的亮点，比如一栋新的大楼，或一间新的预制房仓库。不过，每一面空荡荡的墙壁似乎都在向涂鸦喷雾罐发出邀请，每一扇完好的窗户都可能会招来石块的袭击。

莫斯把车停在辛格尔顿大道上的一家便利店门外。店面二楼的窗户用木板封了起来，一楼的窗户则装着粗大的金属护栏，玻璃窗里贴的海报根本看不清楚。

伴着"叮"的一声铃声，莫斯推门走了进去。店里堆着几大堆箱子，从地板一直摞到天花板。墙上钉着包着塑料纸的纸板托架，上面放着一罐罐豆子、玉米和小胡萝卜，有的标签还是外文。收银台后面，一个女人坐在宽大的扶手椅里，身上盖着一条格纹毛毯，正在收看一档电视购物节目。屏幕上，一对笑眯眯的情侣正往搅拌机里放蔬菜。

"把你那些旧的厨房工具都扔掉吧，用这一款就够啦。"面带笑容的男主人说。

"这真是个奇迹，史蒂夫。"女人说。

"没错，布里安娜——这是厨房里的奇迹。这就是上帝在天堂里会用的榨汁机。"

看节目的女人突然笑了起来。莫斯不知道她在笑什么。

"你想要什么？"女人说，眼睛并没有从电视屏幕上移开。她约莫五十岁，五官轮廓分明，而且都挤在脸的中间。

"我想问个路，我有个朋友曾经住在这里，我想他妈妈应该也还住这儿。"

"她叫什么名字？"

"艾琳·帕尔默。"

莫斯看不见这个女人的下半身，但是能看出来她的手在伸出去拿什么东西。门铃又响了一下。

"你要找艾琳·帕尔默？"

"是的。"

"我不认识叫这个的人。"

"我知道你在撒谎，你知道我是怎么看出来的吗？"莫斯说，"你在回答之前先重复了一遍我的问题，这是人们在编故事之前的常用伎俩。"

"你觉得我在撒谎？"

"你看，这是另一个伎俩，用一个问题来回答另一个问题。"

女人的眼睛眯得几乎看不见："别逼我叫警察。"

"我不想找任何人的麻烦，太太。你只要告诉我在哪儿可以找到艾琳·帕尔默就行了。"

"别去打扰那个可怜的女人了。一个母亲不能对她儿子做的所有事情负责。"

她扬起下巴，仿佛要刺激莫斯来反驳她。这时，一个男人出现在门口，二十出头的年纪，身上只穿了一条运动裤，露出几处文身。他身强力壮，气势汹汹。

"有人找你麻烦吗，妈？"

"这个人想找艾琳。"

"让他滚远点。"

"我跟他说了。"

男人的裤腰里别着一把自动手枪，这是莫斯首先注意到的。

"我是奥迪·帕尔默的朋友，"莫斯说，"我想帮他给他妈妈带个话。"

"你可以让我们转达。我们保证她会收到。"

"奥迪让我一定要当面跟她说。"

门铃又响了，一个上了年纪的黑人妇女走了进来，脸上的皱纹就像一朵干枯的玫瑰。莫斯帮她把门打开，她谢了他。

"你要买点什么，诺艾琳？"女店主问。

"让这个年轻人先买。"她说，指了指莫斯。

"他已经买好准备走了。"

莫斯决定不和他们吵。他走了出去，在树荫下找了块地方，等着那个黑人老太太再次出现。终于，她从超市里出来了，手里推着一辆硬塑料轮格格纹购物小推车。

"我来帮你推吧，夫人。"

"我自己可以。"

她绕过莫斯一颤一颤地往人行道上走，路上有的地方裂开了。莫斯跟着她走了大约三十米。老太太停下了脚步。

"你想要打劫我吗？"

"没有，夫人。"

"那你为什么老跟着我？"

"我想找艾琳·帕尔默。"

"那你找错人了，我不是她。"

"我知道，我是她儿子的朋友。"

"哪个儿子？"

"奥迪。"

"我记得奥迪。他帮我剪过草坪，还帮我整理过院子。他的学校巴士就从我家门前经过。他是个聪明的孩子，脑瓜机灵，也很有礼貌，从不惹是生非……不像他哥。"

"卡尔？"

"你也认识卡尔？"

"不认识，夫人。"

她摇了摇头，头上的银发打着小卷，就像顶着一团钢丝球。

"卡尔打娘胎里出来走的路子就不对，你懂我的意思吗？"

"不太懂。"

"他总是惹是生非，他父母也尽力了。他爸爸以前在辛格尔顿大道上开了一家修车铺，现在也关门了。这里很多工厂都垮了，包括冶铅厂，不过那倒是件好事，这样就不会祸害这里的孩子。你知道铅会让小孩怎样吗？"

"不知道，夫人。"

"会让他们变笨。"

"这我真不知道。"

老人费劲地拖着小推车走过一段破损的水泥路。莫斯一把把它提起来，就像提一个行李箱，然后一路帮她拎着。

"卡尔后来怎么样了？"

诺艾琳皱了皱眉。"你不是说你是奥迪的朋友吗？"

"他没怎么提过他哥哥。"

"那也轮不到我来告诉你。我可不是八婆，不像某些人。"说完这句话，她开始跟莫斯细数这一带他应该避开的人。她管那些人叫"人渣"。

"我们这儿有些个人渣，都是些又丑又危险的家伙。你有没有听说过'鳄鱼兄弟'？"莫斯摇摇头。"他们招募了一些十多岁的孩子帮他们卖毒品。他们的老大上街会带着一条鳄鱼——真的鳄鱼，脖子上拴着根链子，就像宠物狗似的。我真希望那条鳄鱼哪天把他的腿咬下来。"

她顿了一会儿，喘了口气，然后靠在了莫斯的手臂上。这时，她注意到了莫斯手上的文身。

"你蹲过监狱。你和奥迪是在监狱里面认识的？"

"是的，夫人。"

"你是在找那笔钱吗？"

"不是。"

她怀疑地打量着他。这时，他们已经来到一栋没有漆过的小木屋门前，屋前还有一小片整洁的花园。老人接过小推车，沿着小路朝屋里走去。小推车的轮子时不时会撞到通往阳台的楼梯。她拿出一把钥匙，打开纱窗门。就在门要关上的时候，她转过身来。

"艾琳·帕尔默已经搬到休斯敦去了，和她姐姐住在一起。"

"你有她的地址吗？"

"可能有。你在这儿等一会儿。"说完，老人消失在黑黢黢的屋里。莫斯一边想着她会不会报警，一边打量自己站的这条街道。远处有一排松树，下面是一处废弃的游乐场。秋千已经坏掉了，还有人在攀爬架下面丢了一块脏兮兮的床垫。

纱窗门又开了，一只手伸了出来，捏着一张带香味的便笺纸。

"艾琳给我寄过一张圣诞贺卡。这是那张卡上的回信地址。"

莫斯接过便笺纸，点头致谢。

Chapter 21

第二十一章

出租车把奥迪送到得克萨斯儿童医院门外。奥迪付了钱。司机看了看，表示他应该再付点小费。奥迪对司机说，他应该对他妈妈好点，但司机用妈妈们肯定不乐意听到的话骂了奥迪一句，开车走了。

奥迪在街对面的一家小店买了一杯咖啡和一个丹麦面包，然后在一根水泥护柱上坐下来，盯着医院人来人往的入口。护士们三三两两地从门里出来，多半是下了夜班赶回去睡觉，接替她们的人才刚到，顶着湿漉漉的头发，穿着熨烫整齐的蓝色工作裤和佩斯利印花衬衣。奥迪舔着手指上的面包屑，从他端着的咖啡纸杯上方瞄到了贝尔纳黛特的身影。她看上去朴素又标致，衬衣上别着两枚徽章，走路有一点驼背，因为她比自己想要的身高高出了一截。

小时候，奥迪和他这个姐姐并没有多少相似之处。贝尔纳黛特比他大十二岁，表现得像一个万事通。他还记得，他上学的第一天，她送他去学校，给他流血的膝盖贴上创可贴，还编了一些谎话让他不要调皮，比如跟他说，如果他玩弄自己的小鸡鸡，小鸡鸡就会掉下来，如果他同时打喷嚏、放屁又眨眼，他的头就会爆炸。

　　奥迪往下拉了拉棒球帽的帽檐，远远地跟着贝尔纳黛特走进医院。她挤进一部拥挤的电梯到了九楼，他则低着头，装作在看手机的样子。随后，贝尔纳黛特消失在一个护士站里，奥迪则等在走廊尽头，担心自己会不会已经暴露了。他旁边有一扇门，上面写着"闲人勿进"。他推门溜了进去，发现这是一个更衣室。他摘下棒球帽揣进兜里，从一个衣架上取下一件医生的白大褂，又往脖子上套了一根听诊器，心里默默祈祷着不要碰上什么人让他做心肺复苏或呼吸道清理。他从一张病床上取下一个笔记板，沿着走廊往前走去，仿佛对自己的目的地心知肚明。

　　贝尔纳黛特此时正在一间空病房里铺床。她使劲把床单四角塞进床缝，好把床单绷得像鼓面一样平。这是他们的妈妈教会她的，奥迪还记得小时候家里的上下两层床单几乎要用撬棍才能分开。

　　"你好啊，姐姐。"

　　贝尔纳黛特直起身，眉头皱了起来，抓过一只枕头抱在胸前。她的脸上流露出各种各样的情绪，头左右摇晃着，仿佛不愿意相信眼前的景象。她对奥迪似乎有些畏惧，但也可能是在畏惧自己。到最后，她心里还是有什么东西融化了，她向奥迪走去，紧紧抱住了他。奥迪闻到她头发的味道，他的整个童年如潮水一般向他涌来。

　　贝尔纳黛特摸了摸奥迪的脸颊，说："假扮医生是犯法的，你知道的。"

　　"我觉得这可能不是我现在最大的问题。"

　　贝尔纳黛特把奥迪从敞开的门边拉开，一把关上了门。她用手指抚摸着他剪成板寸的头发下面那显眼的疤痕。"真是太神奇了，"她说，"老天爷啊，你到底是怎么活下来的？"

　　奥迪没有回答。

　　"警察来找过我了。"她说。

　　"我猜到了。"

　　"你为什么要越狱啊，奥迪？你只要再待一天就可以出狱了。"

　　"我最好还是不要把理由告诉你。"

　　两人都沉默了，空气里只有空调运转的嗡嗡声。空调吹出的冷气拨动了贝尔纳黛特发髻上散落的一缕碎发。奥迪注意到了她头上的一缕斑驳。

　　"你打算自暴自弃了？"奥迪说。

　　"只是没再用染发剂了。"

　　"你今年才多少岁来着？"

　　"四十五。"

　　"那还不老。"

　　"你试试。"

　　奥迪问她现在过得怎样，贝尔纳黛特说她还好。两个人都不知道该从何说起。贝尔纳黛特的离婚手续已经办完了。她的前夫是一个深情、聪明的成功人士，只可惜也是一个会打人的酒鬼。值得庆幸的是，酒精影响了他的准头，而贝尔纳黛特也知道应该如何躲避。她现在又交了个男朋友，在钻井架上工作。他们同居了，但是不会考虑要小孩。"就像我说过的，我已经太老了。"

　　"妈妈怎么样？"

　　"生病了。在做透析。"

　　"为什么不做移植？"

　　"医生说她撑不过手术。"说完，贝尔纳黛特又开始整理床铺，但她的目光突然黯淡下来，"你到这儿来是要做什么？"

　　"我还有事情没完成。"

　　"我不相信你抢劫了那辆运钞车。"

　　奥迪握住她的手："我需要你的帮助。"

　　"别跟我要钱。"

　　"那要辆车怎么样？"

　　贝尔纳黛特双手抱在胸前，眼里写满了疑惑："我男朋友有辆车。如果那辆车不见了，我可能过个把星期才会注意到。"

"车在哪儿？"

"停在路上。"

"钥匙呢？"

"你在监狱里就没学会一两招管用的技能吗？"

"我不会偷车。"

贝尔纳黛特在一张纸上写下了自己的地址，递给奥迪，说："我会把钥匙放在轮胎上。"

这时，另一位护士来到病房门口，她是贝尔纳黛特的上司。"都还好吗？"她问道，一边看了眼奥迪，奇怪为什么门会关起来。

"很好。"奥迪说。

她点了点头，仍然站在那里。奥迪同她对视着，直到她开始有点不好意思，转身走开了。

"你会害我丢掉工作的。"贝尔纳黛特低声说。

"我还需要一件东西。"

"什么？"

"我留给你的那些文件——你都打印出来了吗？"

贝尔纳黛特点点头。

"再过一两天，我会给你打个电话，告诉你怎么处理它们。"

"我会因此惹上麻烦吗？"

"不会。"

"我还能再见到你吗？"

"可能不会了。"

贝尔纳黛特转身走了几步，又返回来，张开双臂把弟弟紧紧地抱在怀里，紧得他几乎无法呼吸。

"我爱你，弟弟。"

Chapter 22
第二十二章

卡西已经把行李打了包，然而还是没有离开这家汽车旅馆。她盯着两张床中间的那台电子钟，仿佛能在脑子里听到它的嘀嗒声，而那声音仿佛在催她做出决定。

斯潘塞的背包就塞在他床下。说实在的，她还不知道斯潘塞是不是他的真名。他头上那些伤疤又是怎么来的？她想象着那股暴烈的力量，感觉心里有什么东西松动了。

斯嘉丽正趴在床上，两手捧着下巴，看着电视里的《爱探险的朵拉》。这部动画片的每一集她都看过，但仍看得津津有味。或许小孩子都喜欢知道接下来会发生什么的感觉。

卡西从床下一把拽出背包，拉开拉链，查看每个口袋里的东西。她找到了一本笔记本。她把笔记本拿到洗手间，关上门，坐在马桶盖上，用裙子盖住膝盖，然后打开笔记本。一张照片从里面滑落到瓷砖地板上。她把它捡起来。照片上是一个年轻女孩，有着深色的肌肤和姣好的容貌，手里捧着一束鲜花。卡西感到一股如匕首般插进心脏的嫉妒，但她不明白这是为什么。

她把照片塞了回去，直到它抵住书脊，然后从头开始翻看那个笔记本。封面内侧写着一个名字：奥迪·斯潘塞·帕尔默，名字下面是一个价格标签和商标，上面印着：三河联邦监狱。

笔记本内页布满了蛛丝般难以辨认的小字。卡西费了好大力气才认出了几行，里面有"对真理的看法"和"缺席悲情"这样的短语，听起来和看起来都像是诗句，且不管它们到底是什么意思。

卡西拿出手机，查阅她从一本电话簿上撕下来的黄页。一个女人拿起了话筒，听起来像在照本宣科：

"您好，您已接通了得克萨斯州犯罪举报热线，我们对所有来电都将予以保密。我的名字叫爱琳，有什么能帮助您的？"

"有赏金吗？"

"如果您提供的信息能帮助我们逮捕并指控一个重罪嫌疑人，我们会给予相应的经济奖励。"

"有多少？"

"那要视犯罪的严重程度而定。"

"最高是多少？"

"五千美元。"

"那如果我知道一个在逃犯的下落呢？"

"他叫什么名字？"

卡西犹豫了一下："我想他应该是叫奥迪·斯潘塞·帕尔默。"

"你想？"

"是的。"

卡西瞥了一眼上了锁的浴室门，改变了主意。

"可以告诉我们你的名字吗？"

"不行。"

"联邦政府已经对奥迪·帕尔默发出了通缉令。告诉我你的地址，我好让警察去找你。"

　　"你说过这通电话是保密的。"

　　"如果连你的名字都不知道，我们怎么把赏金给你呢？"

　　卡西犹豫了一会儿。

　　"有什么问题吗？"爱琳问道。

　　"我在思考。"

　　"你有危险。"

　　"我待会儿再打给你。"

　　"别挂电话！"

Chapter 23

第二十三章

　　莫斯把车开到了休斯敦。一路上他都开着车窗，把收音机的音量拧得很大，但他不爱听乡村音乐，他喜欢的是经典的南方监调里那些关于痛苦、救赎和让你伤心的女人的曲子。下午晚些时候，他来到一座刷了白墙的浸信会教室外面；教堂正面的墙上竖着一个木头十字架，下面有一句标语："耶稣不需要发推特。"

　　莫斯把车停在了一棵歪脖子榆树下面。这棵榆树树干上长满了木瘤，树根顶起了水泥浇灌的人行道，看着就像进程十分缓慢的地震。教堂关着大门，莫斯沿着一条小路来到一座修在煤渣砖上的小木屋跟前。这里周围长着更多树，花坛里的花苗也长势喜人，花床的边缘都用铲子修整过。

　　莫斯敲了敲门。一个身材高大、挂着拐棍的女人出现在纱门背后。

　　"我什么都不买。"女人说。

　　"你是帕尔默夫人吗？"

　　女人伸手去摸她挂在脖子上的眼镜，戴上之后开始打量莫斯。莫斯往后退了几步，免得吓到她。

　　"你是谁？"

“我是奥迪的朋友。”

“那另外一个呢？”

“谁？”

“他比你更早来敲门，也说他认识奥迪。我不相信他，也不相信你。”

“我叫莫斯·韦伯斯特，奥迪说不定在信里提到过我。我知道他以前每周都会给你写信。”

女人犹豫了一下：“我怎么知道那就是你？”

“奥迪说过你身体不大好，夫人。他说你需要换一个肾。你曾经用粉色的信纸给他写过信，信纸边缘还有花纹。你的手真漂亮，夫人。”

“你现在只是在恭维我罢了。”她说，让莫斯绕到屋子后面去。

莫斯绕过一个转角，在那里，晾在一根晾衣绳上的床单被风吹得噼啪作响。女人在厨房里招呼莫斯，让他把一罐柠檬汁和两只杯子端到屋外一张散落着山核桃壳的桌子上。女人忙着清理桌子，莫斯注意到她的手臂上有一个形状丑陋的瘀青色大包，仿佛有一团血被困在她的皮肤下面。

“这是一个瘘管，”女人说，“我现在每周做两次透析。”

“那可真糟糕。”

女人淡定地耸耸肩：“自从我生了小孩，身体就一天不如一天。”

莫斯喝了一口柠檬水，被酸得直噘嘴。

“你是在找那笔钱吗？”女人说。

“不是，夫人。”

她奚落地笑了一下：“你知道过去十一年有多少人来找过我吗？有的拿着照片，有的拿着信件，说那是奥迪签过名的，还有人威胁恐吓我。有一次，我逮到一个人就在那边挖我的后院。”她指了指院里那棵山核桃树的树根。

“我不是来找那笔钱的。”

“你是想领那笔悬赏费？”

“也不是。”

"那你为什么坐牢？"

"我做了一些我并不引以为傲的事。"

"好吧，至少你还敢承认。"

莫斯又给自己倒了一杯柠檬水。杯子上凝结的水汽在木质桌面上留下一圈水痕。他在桌上另外画了一个圆，然后蘸着水汽在两个圆中间画了一条线。

帕尔默夫人告诉莫斯奥迪是如何赢得上大学的奖学金的，以及他在大学念书时打算成为工程师的理想是如何被卡尔搅黄的。说到这儿，她的眼睛有些湿润了。

"卡尔现在在哪儿？"莫斯问说。

"死了。"

"你是说他真的死了，还是说他在你心里已经死了？"

"别跟我说这些不着调的，"她责备道，"一个当妈的当然知道她儿子死没死。"

莫斯举起双手："我知道你跟警察谈过了，帕尔默夫人，但还有没有什么是你没告诉他们的？比如奥迪可能会去的地方，他有哪些朋友之类的？"

女人摇摇头。

"那他女朋友呢？"

"谁？"

"他有一张女孩的照片，不论去哪儿都带着。那女孩长得很漂亮，但他从未提起过她——除了在梦里。'贝丽塔'，她叫这个名字。我在监狱里唯一一次见到奥迪发火就是因为有人想把那张照片偷走。"

帕尔默夫人努力回想了一会儿。有那么一阵，莫斯以为她可能想起了什么，但最终还是没有下文。

"我十四年来只见过他两次——一次是他昏迷着躺在床上的时候，那些人说他活不了了，后来又说他脑袋挨过一枪，所以脑子以后会有问题；但他证明了他们是错的。另一次是在他被宣判的那天。他叫我不要担心。但是哪个母亲会不担心自己的孩子呢？"

"那你知道奥迪为什么越狱吗？"

"不知道，但我相信他没拿那笔钱。"

"可他招供了。"

"即便招供，他也一定有他的理由。"

"什么理由？"

"奥迪做事从来不会一时冲动。他是个有头脑的人，聪明得跟个人精似的。他才不用靠抢劫过活。"

莫斯仰头看向天空，天光正在消退，三只在空中展翅飞翔的小鸟就像挂在白墙上的鸭子一样轮廓分明。帕尔默夫人还没说完："如果你哪天见到我的奥迪，告诉他我爱他。"

"我想他知道，夫人。"

就在他准备从教堂附近离开时，他注意到一个男人远远地站在道路另一头。那人穿着一身尺码过小的黑色西装，留着乱糟糟的棕色头发，头发沿着脸颊向下长成了鬓角，然后继续往下形成一圈络腮胡，看起来就像头盔的系带。他肩上背着一只老旧的塑料袋，拉链敞开着，里面好像藏着一个黑洞。

他蹲在一棵树下，一只手搭在膝盖上，另一只手弹着一根快要燃尽的香烟。莫斯朝马路对面走去。那人抬起头看了他一眼，又把脸埋了下去，看着地上的一队蚂蚁从他脚边爬过。他时不时会伸出一根手指在泥地上犁出一道小沟，蚂蚁们于是散乱开来，然后重新组合。他又抽了一口烟，然后把燃着的烟头朝那一队蚂蚁摁了下去，看着这些虫子在炙热中挣扎。有些蚂蚁直起身来，试图反抗，另一些则蹒跚奔走，试图修复被损坏的身体。

“我们认识吗？”莫斯问。

那人再次抬起头来，任由嘴角吐出的烟圈漫过眼睛，那里面呈现出一种冷酷乃至邪恶的深邃。“我不这么认为。”他说。

“你在这儿有何贵干？”

“和你一样。”

“我不这么认为。”

“我们都在找奥迪·帕尔默。我们俩应该联手，信息共享。两颗脑袋总比一颗脑袋管用，朋友。”

“我不是你朋友。”

那人咬了咬自己大拇指的指甲。莫斯朝他走了几步。那人站了起来。他比莫斯预想的更高，右脚跨在左脚后面，形成一个夹角，这是受过武术训练的人会摆出的姿势。他的瞳孔开始放大，仿佛要占满整个角膜，鼻孔也开始张大。

“你有没有去打扰帕尔默夫人？”

“我打扰得不比你多。”

“我希望你别去打扰她。”

“我记住了。”

莫斯不打算在气势上压过他。他知道自己压不过。事实上，他想走得越远越好，永远不要再想起这个人。不过，他感觉那不太可能。这就像是看完一页报纸快要翻页时，虽然你知道接下来的新闻只会更糟，但你不得不一直读下去。

Chapter 24

第二十四章

　　厄本·科维克是个慷慨的老板。他对奥迪以礼相待，开的工资也不薄。走到南加州的任何地方，那儿的人几乎都认识他。餐厅会帮他预留最好的位置，去市政厅办事也是一路绿灯，做什么事都不费劲。然而，虽然拥有显而易见的财富和影响力，厄本却似乎觉得人们都认为他面目可憎。他长得不好看。上帝给了他矮胖的身材、内八字的步态和暴突的眼睛。"我本来可以生得英俊而愚蠢，但现实中我却是丑陋而明智的，"他曾这样对奥迪说，"我喜欢我现在这样。"

　　厄本年轻时欺负过他的人后来都消失了，不然就是受到了相应的惩罚。为了做到这一点，他身边养了几个信得过的小弟，大部分是他的侄儿或表亲。这些人负责那些力气活儿，他们虽然没有厄本的脑子，却知道如何用体格吓唬别人。

　　厄本有一整队不同牌子的汽车，全都是美国产的，因为他把这看作一个爱国者支持本土就业率的义务。奥迪每天早上都会开车去接他，他会告诉奥迪当天要把哪辆车送去洗，或者把哪辆车从修车铺取回来。厄本总是坐在后排，要么接电话，要么看一些讲希腊神话的书，还喜欢引用一些报纸的标题——不是《洛杉矶时报》和《圣地亚哥论坛报》这类报纸，而是那些超市自印的宣传小报，里面尽是外星人绑架地球人、名人流产以及有人收养了猿猴幼崽之类耸人听闻的故事。

"这个国家真是糟透了，"他会说，"但愿它一直这样。"

他跟奥迪讲过他为什么离开拉斯维加斯——内华达州博彩管理局让生意变得"太他妈难做了"，那些黑帮成员大多被逼得走投无路，只能靠拉皮条和开展非法赌博过活。

"所以我才来到这儿，凿出了我自己的壁龛。"

奥迪当时觉得，这真是一种描述厄本手下各种生意的有趣说法，他的生意包括农场、俱乐部、餐厅，还有汽车旅馆。

一个月过去了。尽管奥迪每天早晚都要接送厄本，他却再也没有见过贝丽塔。有一天，厄本在车上放下电话，转头问奥迪："你会玩扑克牌吗？"

"我知道那些玩牌的规则。"

"我家今晚有个牌局，还缺一个人。"

"您太抬举我了。"

"如果玩过了头，你退出就行，没人会宰了你。"

奥迪想着他也许可以再见到贝丽塔，于是答应了。那天晚上，他穿了一件新衬衣，把皮鞋擦得锃亮，还在头上打了啫喱。

牌桌上除了奥迪和厄本还有三个人，一个是圣地亚哥的市政顾问，一个是生意人，还有一个像是意大利黑帮成员，长着一嘴破墓碑似的牙齿，上面还沾着红酒和食物残渣。

牌桌设在一间饭厅里，在那里可以直接观赏外面的峡谷，但是餐厅的灯低矮又明亮，奥迪除了玻璃上自己的影子什么也看不见。他闻到了厨房里正在准备的食物的气味，还听到有人在那里走来走去。

九点过后，厄本建议他们休息一下。他按了下餐具柜上的铃铛，贝丽塔便端着一盘子食物出现了，有炸鸡翅、五香坚果和被叫作得克萨斯鱼子酱的玉米片配鳄梨酱。她穿着一条连衣裙，腰上紧紧地裹着一条长围裙，头发编成辫子沿着后背垂下来，一直垂到股沟——如果她没穿衣服的话。

奥迪这一个月以来对她有过种种幻想，所以，当她站在他眼前的时候，他忍不住红了脸。然而，她并没有跟任何人有目光接触。她走后，那个黑帮大佬一边舔着手指上的烧烤酱汁，一边问厄本是在哪儿发现她的。

"她原来在我的农场里摘果子。"

"所以她是一个湿背佬①咯。"

"我们不应该再这样称呼他们了。"市政顾问说。

"那应该叫他们什么？"生意人问。

"惊喜彩罐，"黑帮大佬回答，"狠狠地操她们，她们就会朝你身上扑过来。"

其他几个人都笑了。奥迪什么也没说。他们接着玩牌，喝酒，吃饭，奥迪滴酒未沾。贝丽塔端来了更多食物。突然，黑帮大佬把手放到她腿上，开始顺着大腿往上摸。她缩了一下，然后第一次看向奥迪。她的眼神里满是尴尬和羞耻。

那人把她拉到自己腿上坐着，她抬手想打他耳光，被他一把抓住手腕，捏得叫出了声，然后被猛地推倒在地上。奥迪推开椅子，紧握拳头，准备打架。

厄本出面干涉，让贝丽塔回厨房去。大佬闻了闻自己的手指，说："她就这么开不起玩笑？"

"你应该向她道歉。"奥迪说。

"你他妈的才应该坐下来闭上你的臭嘴。"大佬反驳道。说完，他转头看向厄本："你睡过她吗？"

厄本没有回答。

"如果没有，我建议你睡她。"

---

① wetback，特指从墨西哥非法入境到美国的农业劳工。

“我们还是来玩牌吧。”厄本说，又发了一圈牌。

凌晨两点，市政顾问和生意人都回家去了。奥迪面前的筹码不少，但是黑帮大佬赢得最多。厄本这时已经喝醉了。“我讨厌这个游戏。”他说着把牌扔在桌上。

“我给你个机会把钱全赢回来，怎么样？”黑帮大佬说。

“这话什么意思？”

“最后一把，全押。”

“我今晚运气可不好，没赢到什么钱。”

“那就赌那个女孩。”

“什么？”

“你的那位管家。”说完，他推倒一沓筹码，任由它们散落在桌上，“如果你赢了，钱全都归你。如果我赢了，我要那个女孩今晚来陪我。”

奥迪瞥了一眼厨房大门，看到贝丽塔在往洗碗机里摆放餐具、擦洗杯子。厄本看了一眼牌桌。他已经输了五六十美元。

“要不今天就玩到这儿吧。”奥迪说。

“我还想再玩一盘，”大佬回答，“不过你可以不参加。”他的嘴唇微微张开，露出里面支离破碎的牙齿。

“这简直是疯了，”奥迪说，“她又不是你的奴隶。”

他是在跟厄本说话，但是后者立马怒了：“你说什么？”

奥迪想挽回局面，说：“我的意思是她没有做错什么，我们今天也玩得挺开心的，不如就这样结束吧。”

大佬把他所有的筹码都推到牌桌中央：“最后一把，一把定输赢，赢家通吃。”

厄本开始洗牌。奥迪只想一把掀翻牌桌，把牌掀飞在空中。厄本切了牌。“在得州打牌就该一把定输赢。”他瞥了一眼奥迪，“你要像个娘们一样退出，还是像个爷们一样加入？”

"我加入。"

厄本朝着厨房喊了一声。贝丽塔又出现了。她一直低垂着眼睛，手不停地在围裙上搓着，头发在低矮的灯下灼灼发亮，仿佛她头上顶着一道光环。

"这几位先生想赌桌上所有的东西，但是我没筹码了，"厄本说，他看起来精神得有点过头，"他们建议我把你押上去。"

贝丽塔不明白他说的话。

"如果我输了，你今晚得陪着他们中的一位，但是我相信那位先生不会吝于把他今晚赢的其他战利品打赏给你。"说完，他又用西班牙语重复了一遍。

贝丽塔睁大了眼睛，眼里露出惊恐的神色。

"好了，现在你知道我们的约定了。如果我是你，我不会急着拒绝。"

贝丽塔摇着头向他恳求，但厄本回答她的语气让她冷到了骨头里。

"想想你儿子！"

奥迪知道 niño 的意思是"男孩"，但分辨不出这一句是威胁还是陈述。贝丽塔用手背抹了抹眼睛，拭去了一颗泪珠。

"我们这是在干吗？"奥迪说。

"我只是想玩牌，"厄本说，"是你们俩想睡她。"

奥迪简直不敢看贝丽塔。她挺直了肩膀，想维持一点尊严，转身离开牌桌，向厨房走去，他看到她的腿一直在发抖。

"我想让她看着我们赌这一把。"黑帮大佬说。

厄本又把她叫了回来。然后发牌。奥迪拿到一张七和一张 K 作为面牌，"翻牌"则抽到一张九、一张 Q 和又一张七。现在出的牌是一对七。"转牌"和"河牌"都已经翻过了。① 奥迪闭上眼睛，摸牌，再睁开：他摸到了一个

---

① "翻牌""转牌""河牌"均为德州扑克术语。

老 A 和另外一张七。

厄本没有让他们等太久。他出了两个对子。他俩看着奥迪：三个七。黑帮大佬笑了："这些女士①可真好看呀——尤其是当她们三个一起出现的时候。"

奥迪看着大佬扔在牌桌上的三个 Q，胃里一阵翻腾。让他难受的并不是输了钱，而是贝丽塔脸上的表情——不是震惊、诧异或愤怒，而是顺从，仿佛这只是长久以来的又一次羞辱罢了。

厄本站起身来，伸了个懒腰，没扣好的衬衫里露出半截肚皮。对于输掉的钱，他看得很开。以后有的是机会翻本。

"我希望你那话儿不是盘在腰上。"他说，一边套上外套，"我也不希望你伤到她或者虐待她。你听清楚了吗？"

黑帮大佬点点头："我今晚住在凯悦酒店。"

"明天中午以前把她送回来。"

"我喝多了，开不了车。"

厄本看了一眼奥迪："你开车送他们。你要保证把她送到家。"

下山的一路上，贝丽塔都紧挨车窗坐着，仿佛想让自己缩小一点或者干脆消失不见。黑帮大佬想跟她聊天，但是她没有搭话。

"我知道你会说英语。"大佬含混不清地说。

贝丽塔低垂着头。她可能是在祈祷，也可能是在哭泣。奥迪把车停在酒店门外，先从车上下来，然后像一个真正的司机那样帮他们打开后门。

"我有点事要和贝丽塔说一下。"他说。

"什么事？"黑帮大佬问。

"明天中午来接她的事。"

说完，奥迪把贝丽塔带到车的另一侧。她惴惴不安地看着他，酒店大

---

① 扑克牌中的 Q 牌面图案是位女士。

堂的灯光映在她眼睛里。

　　"给他倒杯喝的，把这些放进去。"奥迪把四片安眠药放进贝丽塔手里，然后把她的手指卷起压紧，低声对她说，"装出你已经跟他睡过的样子，给他留一张便条，说他在床上很厉害。我就在这里等你。"

　　一小时之后，贝丽塔从酒店大堂走了出来，对那些出租车司机的招徕视而不见，径直走到奥迪的车旁。奥迪帮她打开后座的车门，但她却坐在了副驾驶座上。他们把车往山上开去。最开始的十英里她一直没有说话，只是把双臂抱在胸前，然后她开口了，讲的是西班牙语。

　　"如果是你赢了，你会做什么？"

　　"什么也不做。"

　　"为什么？"

　　"因为总感觉哪里不对。"

　　"你今天输了多少钱？"

　　"不知道。"

　　"我不值得你这样对我。"

　　"为什么这么说？"

　　她的眼睛湿润了，然后摇了摇头，说不出话来。

Chapter 25

第二十五章

　　位于麦舍尼街的休斯敦公共图书馆就像一个水泥搅拌机和立体派画家生出来的私生子建筑。即使外墙刚刚清理过，露天的地方也栽上了树木，这座建筑还是无法给人一丝温暖和迷人的感觉。

　　坐在桌子后面的中年女人直到莫斯说完话才抬起头来。她在一张表格上盖了个章，把它放进托盘，然后才抬起她那涂着深蓝色眼影的蓝眼睛对莫斯说："干吗用？"

　　"你说什么？"

　　"你说你想要这个东西，我问你想拿它干吗。"

　　"我对这个感兴趣。"

　　"为什么？"

　　"因为一件私事，并且这里是一家公共图书馆。"

　　莫斯跟眼前这位图书管理员对视了一会儿，在她的指点下来到八楼。那儿的图书管理员似乎比刚才那位心情好一点，向莫斯讲解了如何看索引卡，以及如何填写查阅二〇〇四年一月以来的《休斯敦年鉴》的申请。

　　工作人员从地下档案库里把微缩胶卷送了上来。莫斯看着眼前的一堆盒子，说："我应该拿它们怎么办？"

男图书管理员指了指旁边的一排机器。

"这个怎么用？"莫斯问。

管理员叹了口气，从莫斯手里接过盒子，向他展示了如何放置红色的卷轴以及如何将胶卷从观察孔前拉过："这是往前，这是往后，这是聚焦。"

"能借一下纸笔吗？"莫斯说，为自己的准备不足尴尬不已。

"我们不是一家文具服务商。"

"我知道。"

图书管理员本以为事情到此为止了，然而莫斯仍旧站在他办公桌前，等着他的支援。莫斯是一个很善于等候的人。管理员最终还是给他找了一张纸和一根廉价的黄色钢笔。

"用完了记得还给我。"管理员说。

"好的，先生。"

莫斯在一部机器前坐了下来，查找各家纪事报并专注于头版，直到他找到了关于那起抢劫案的第一篇报道。那是一则头条新闻：

装甲卡车被劫

一伙持枪歹徒伪装成道路施工队于昨天白天在得克萨斯州康罗郊区劫持了一辆运载美元现金的装甲卡车。

下午三点多，在 I-45 公路上，这辆运钞车正要从一个卡车停靠站离开时遭遇伏击，两名保安遭到殴打，还有一名保安下落不明。

一伙伪装成道路施工队的持械歹徒逼迫两名保安下了车，拿走了他们的武器，随后劫走了卡车。歹徒把车开走时还有一名保安仍在车里。

"警方在事发之后十五分钟内便设置了路障，但是截至目前我们还没看到被劫持的车辆，"德莱弗斯县的皮特·约曼斯警长表示，"显然我们现在最担忧的就是那名失踪保安的去向和安全。"

目击者丹尼丝·皮特斯说，劫匪们都穿着反光背心，戴着头盔。"我一开始以为他们手上拿着铲子，但其实他们拿的是手枪。"她说，"当时他们正在操作一台混凝土切割机，并且举着'停车'的牌子。"

餐厅服务员盖尔·马拉霍娃则表示，那些押运保安之前还在他们餐厅吃过饭。"他们在餐厅里玩笑打闹，但是离开后不一会儿惨案就发生了，真是太吓人了。"

莫斯又开始看第二天、也就是二〇〇四年一月二十八日的新闻。

运钞车劫案中有四人死亡

昨天晚上在德莱弗斯县发生的一起警匪枪战中有四人死亡，一人生命垂危。死者包括一名驾驶汽车的女性、一名保安和两名劫持了一辆运载美元现金的装甲货车的匪徒。还有一名疑犯也遭到了警方的枪击，生命垂危。

整个事件始于昨天下午三点刚过的时候，这辆运钞卡车在康罗市以北被假的路政工程队拦了下来，两名保安不敌劫匪，另一名保安则被困在车厢内，卡车随即被劫匪开走。

四小时后，德莱弗斯县治安官办公室的两名警官在康罗市北830号农贸运输公路的一处路边休息区发现了被劫持的运钞车。被警察包围之后，劫匪开枪还击，并驾车快速逃窜。警方在旧蒙哥马利路上追了劫匪二十多分钟，时速一度高达每小时九十英里，随后，运钞车在一座小山顶上失去控制，撞上了一辆迎面驶来的汽车，车里的女性驾驶员当场死亡，装甲运钞车被撞翻，困在后车厢里的保安也一同死亡。

在随后的枪战中，两名劫匪当场被击毙，还有一名受了重伤。警方认为第四名劫匪驾驶一辆深色的 SUV 逃脱了追捕，而那辆汽车后来在康罗湖边被发现，当时已被烧毁。

接下来的几天里，对这场劫案的报道一直占据着报纸的头条，尤其是在被劫金额得到确认的一月三十日。《休斯敦年鉴》报道说：

七百万美元仍下落不明
持械抢劫犯生命垂危

据联邦调查局透露，本周二在得克萨斯州康罗市附近被劫持的装甲运钞车上装有超过七百万美元的现金，这使得这起劫案成为美国历史上涉案金额最大的一起。联邦调查局目前仍在全力追回这笔现金。

在这起劫案中有四人死亡，包括一名保安和两名武装劫匪，还有一名劫匪生命垂危。医生表示他能否恢复神智尚未可知。这名姓名未公开的犯罪嫌疑人脑部受到重创，陷入了医学上所说的诱发昏迷。

"他目前还在重症监护室，经过昨晚，他的情况进一步恶化了。"医院发言人说，"医生已经通过手术为他缓解了颅内压力，但他的伤势还是很重。"

这起劫案以一场戏剧性的高速公路追击和交通事故结束。两名劫匪被警方当场击毙，一名保安和一名开车的女性在事故中当场死亡。警方认定第四名劫匪驾驶一辆偷来的深色兰德酷路泽汽车逃逸，而那辆汽车后来在康罗湖边被发现时已被烧毁。

法警于昨日在事故现场搜寻证据，而相关道路预计还将关闭二十四小时。

莫斯还想查看关于这起劫案的更多消息，但是接下来的几天里报道日渐稀少。珍妮·杰克逊的"露奶门"和第三十八届"超级碗"比赛似乎抢走了这起劫案的风头，比起枪击和抢劫，裸露似乎更值得报道。与此同时，警方也公布了被打死的劫匪的名字，包括弗农·凯恩和他从路易斯安那州过来的弟弟比利。他们还把奥迪·帕尔默也列为劫匪，并称他的哥哥卡尔——有过前科的逃犯兼臭名昭著的杀警凶手——也是这起劫案的一名嫌疑人。劫案发生八个星期之后，奥迪脱离了生命危险，但又过了一个月，他才从昏迷中醒来。

莫斯一边看一边记笔记，还在人名之间连线、绘制图表。他很享受动脑的感觉，他觉得自己如果不是从小在贫民区长大、从十一岁就开始偷车，现在可能已经做出了某些成就。那时候的莫斯总觉得自己的未来有无数选择，但是现在，那些选择大多已经被他错过了。

离开图书馆的时候，莫斯的衬衣口袋里装着好几页折叠的笔记。他按照自己手绘的地图，沿着I-45号公路驱车向北，然后开上了康罗市附近的南向回路，再一路往西，最后来到旧蒙哥马利路，那是一条从茂盛的松树和橡树林中穿过的双车道柏油马路。

莫斯把车停在路边，双手仍然轻轻握着方向盘。一片叶子从他头顶茂盛的树冠上飘落。他面前是一条笔直的公路，路旁立了一个指向右边的指示牌，上面还标着这条路通向的地方。他下了车，往前走去，一边走一边看着路边满是泥水的阴沟和两旁的树林，那里长着齐腰深的野草。他看到一根电力线从树枝间穿过，还有一栋用边角木材、铁皮和破瓦片搭成的小屋。一条小溪从院子一侧流过，院子被几棵老橡树的树荫罩得严严实实，还散布着一些倒下或被砍掉的树木的残桩。

莫斯跨过小溪，沿着野草丛里一条泥泞小路往前走，一直走到小木屋前面的露台上。他敲了敲门。没人应答。他退后几步，相信此刻有人在盯着他，但是他没看到任何汽车轮胎的压痕、指纹，或者任何生命存在的迹象。

他绕到屋子背后，看见一个装了塑料按钮的门铃。

莫斯用大拇指按了下门铃，然后清楚地听到了来复枪子弹上膛的声音。门开了，一个男人透过纱门盯着他。男人穿着一条长裤，皮带松松垮垮地系着，大肚皮从衬衫没扣上的地方挤了出来，活像个孕妇。

"你真是个胆肥的黑佬。"那个人说。

"为什么这么说？"

"你未经邀请就敢擅闯别人的领地。"

"你给出了暗示。"

"什么？"

"你看见你的门铃了吗？"

"它已经坏了。"

"那不重要。当一个人给房子装上门铃，那就意味着他时不时会有访客，所以，这是一个没明说的邀请。"

"你他妈到底在说什么？"

"从法律意义上讲，我收到了一个没明说的邀请来按响你的门铃，不然你不会装这个门铃。"

"我刚才跟你说过，它已经坏了，你聋了吗？"

莫斯感觉自己在白费口舌。

"你在这儿住了多久了，老前辈？"

"三十年。"

"那你还记不记得大约十一年前发生的一件事—— 一起事故，发生在不远处，就在那些树后面？当时警察正在追一辆装甲卡车，然后车翻了。"

"这种事通常很难忘记。"

"你当时一定从这里听到了枪声吧？"

"听到了，并且看到了。"

"你看到了事情的经过？"

老人犹豫了一下："我全都看到了，但我又什么也没看到。"

"这话什么意思？"

"意思就是，我不想多管闲事，并且我建议你也这样做。"

"为什么？"

"别逼我。"

接下来，这两人仿佛进入了一场对视比赛，看谁先眨眼。

"我的一个朋友被卷进去了，"莫斯说，"他说你能帮我。"

"你撒谎。"

"你在害怕什么？"

老人摇了摇头："我知道什么时候该守口如瓶。你可以把这转述给你那位朋友听。你跟他说，他可以信任西奥·麦卡利斯特。"

说完，老人啪地把门关上了。

Chapter 26
第二十六章

接下来的几天里，厄本和奥迪都没提那天牌桌上发生的事。奥迪每天照常开车送厄本去见各种人，听他在车上发表各种观点和偏见。奥迪现在对他的老板不像以前那么热情了，但他还是装出一切照旧的样子。一天早上，他们驱车前往厄本最大的一处农场。厄本坐在后座中间，奥迪可以从后视镜里看到他的一举一动。

"我听说了你那天晚上为贝丽塔做的事。"厄本说，"那是一个高尚的举动。"

"你那位朋友说什么了吗？"

"他说和贝丽塔那次是他干得最爽的一次。"

"那个人有点自以为是。"

"他可不是什么善男信女。"

奥迪把车开进了农场大门。轿车在他们身后扬起一片尘土，落在橙树深绿色的叶子上。田间的工人们在洒水、除草。他们又往前开了四百米，来到一片用破木板、细铁丝网、石头和破铁皮搭起来的简陋房屋前。简易的晾衣绳上挂着衣服，一个两三岁的小女孩正坐在一个马口铁浴缸里让妈妈给她洗头发。这位母亲盆骨宽大，抬起头，用沾满肥皂的手抹了一把额前的头发。

"你有没有睡她？"厄本说。

"没有。"

"她说你甚至都没想过。"

"我为她感到难过。"

厄本顿了一会儿，说："你这点良知可真够贵的。"

他们把车开到一栋刷成白色的庄园式农舍外面，停了下来。奥迪揣着几包现金进了屋——这些现金里有农场工人的工资和安抚工会领导、贿赂政府官员以及打点海关的钱。在奥迪看来，厄本似乎已经打通了在圣地亚哥徇私枉法要走的所有关节。他知道应该去拉拢什么人，巴结什么人，以及利用什么人。

"众怒是一头喜怒无常的野兽。"厄本解释说，"这也是为什么你不能总是靠脱衣舞酒吧和艳舞来赚钱。你得多元化经营。记住这一点。"

"好的，老板。"

奥迪把钱放在一张打磨光滑的枫木书桌上，然后背过身。厄本从墙上取下一幅油画，在后面的密码锁上输入了密码。

"我想让你带贝丽塔去买点东西，"厄本说，"帮她买一些上档次的衣服，工作需要。"

"她的工作不是为你打扫房间吗？"

"我给她升职了。我的一个手下昨天被人打了，钱也被抢了。也许他说的是实话，也许是他自己一手安排了这次敲诈。无论如何，从现在开始，由贝丽塔负责现金管理。"

"为什么是她？"

"没有人会想到像她这么年轻漂亮的女孩会怀揣那么多现金。"

"可是如果有人怀疑她怎么办？"

"那就由你来保护她。"

奥迪一时有些语塞，然后说道："我不知道你为什么让我来做这个。"

"她信任你。我也是。"

厄本从一捆现金里抽出八百美元，递给奥迪："我想让你给她买些好衣服——就像别的女人穿的那种时髦的商务套装。但是不要买裤装，明白吗？我喜欢看她穿裙子。"

"什么时候？"

"明天。带她去罗迪欧大道①，让她看看电影明星住的地方。本来我想自己带她去的，但是我太忙了……"他顿了一下，又说，"而且那晚牌局之后她还在生我的气。"

早饭过后，奥迪开车去接贝丽塔。她穿的是第一次见到奥迪时穿的那条裙子，外面罩了一件轻薄宽松的开衫。一路上，她都安静地坐在副驾驶座上，两臂抱在胸前，膝盖并拢，把一只软布口袋放在大腿上。

这一次，奥迪没有开厄本的豪华轿车或是切诺基，而是跟他借了一辆野马敞篷车，以备贝丽塔想把车顶敞开。他一路上给她指点景色，点评天气，时不时偷瞄她一眼。她的头发用一支玳瑁发夹别在脑后，皮肤看起来像是纯铜铸成的，还用软布抛光过。奥迪开始用西班牙语跟她说话，但是她想练习英文。

"你是从墨西哥来的吗？"奥迪说。

"不是。"

"那是从哪儿？"

"萨尔瓦多。"

"那么偏的地方啊？"

---

① 美国著名的名牌服饰购物街，位于洛杉矶贝弗利山庄。

　　贝丽塔瞪了他一眼，奥迪顿时觉得自己太蠢了，然而他接着说："你看起来不像是……"

　　"怎样？"

　　"没什么。"

　　"我的父亲出生在巴塞罗那，"贝丽塔解释说，"他二十多岁做商船水手的时候来到了萨尔瓦多。我母亲是阿根廷人。后来他们就相爱了。"

　　奥迪把车朝北开上了圣地亚哥高速，之后的六十五英里都沿着海岸线——左边是大海，右边是高山。过了圣克利门蒂，车子驶向内陆，一直沿着I-5号公路驶进了洛杉矶市中心。那天是周三，又时值仲夏，罗迪欧大道上满是游客和度假的人，还有些有钱的当地人。酒店里有穿制服的门童，餐厅里有穿燕尾服的保镖，每块招牌都既干净又鲜亮，仿佛是硅谷的哪个无菌工厂生产出来的。

　　一路上，奥迪问了不少问题，但是贝丽塔似乎不太爱谈论自己，就好像她不愿意想起自己是谁，也不愿意回忆家乡，于是奥迪只好讲他自己的故事——谈他如何考上了大学，学习建筑工程，又如何在两年后中途辍学，来到了加州。

　　"你为什么从来不和那些女孩出去玩？"贝丽塔问。

　　"什么？"

　　"酒吧里那些女孩，她们觉得你是……我不知道那个词用英语该怎么说。Una marica。"

　　"那是什么意思？"

　　"她们觉得你喜欢男的。"

　　"她们觉得我是同性恋？"

　　贝丽塔笑出了声。

　　"有什么好笑的？"

　　"你脸上……的表情。"奥迪顿时觉得自己傻透了，于是没再说什么。

事实上，他确实不知道该说什么，因为他从没听说过这么荒唐的话。接下来，他们一路无话。奥迪内心极度窘迫，但是没过多久他就发现自己又在偷看贝丽塔，悄悄地欣赏她，观察她身上的每一处细节，把它们牢牢记在脑子里。

奥迪觉得贝丽塔是一个奇怪的存在，就像一只在空地边缘踟蹰的野兽，犹豫着要不要踏进去。她身上笼罩着魔法般的悲伤，让整个世界都变得空虚，痛苦似乎是她美貌的一部分，而唯一能够欣赏完美的办法就是认识到完美的不可能，并看见那些缺陷的存在。

贝丽塔指出了罗迪欧大道上那些最为人熟知的大牌门店，阿玛尼、古驰、卡地亚、蒂芙尼和香奈儿。贝丽塔讲着一口小学教科书般的英语，遣词造句小心翼翼，有时还会问奥迪她某句话说对了没有。

奥迪找了个地方停放跑车，然后和她在罗迪欧大道上闲逛。他们经过了一个个精品店、促销员、汽车展示厅、餐厅和香槟酒吧。就在前后一个街区的范围内，奥迪看到了三辆兰博基尼、两辆法拉利和一辆布加迪。

"那些电影明星都在哪儿？"贝丽塔问他。

"你想见谁？"

"约翰尼·德普。"

"我觉得他可能不住在洛杉矶。"

"那安东尼奥·班德拉斯呢？"

"他也来自萨尔瓦多吗？"

"不是。"

贝丽塔朝商店的橱窗望去，身形单薄的导购们身着黑衣，摆出一副经过训练的无动于衷的姿态。

"店里的衣服呢？"她问。

"他们一次只展示一小部分。"

"为什么？"

“这样好显得它们更独特。”

贝丽塔停下来打量一条裙子。

“你要试试吗？”奥迪问她。

“这件多少钱？”

“这得问导购。”

“为什么？”

“你问就是了。”

贝丽塔继续往前走。每家店感觉都一样。她会朝橱窗里看看或是从门口往里张望，但是从不走进去。他们花了一小时把三个街区逛了好几个来回。贝丽塔也不想停下来喝点饮料、咖啡或吃点什么。她不想待在这儿，于是奥迪开车载着她穿过贝弗利山庄警署，沿着圣莫尼卡大道朝西好莱坞开去。他们参观了中国剧院和星光大道，里面挤满了日本旅行团。那些游客跟在一把色彩鲜艳的雨伞后面，热衷于和那些真人大小的雕塑合影，比如玛丽莲·梦露、迈克尔·杰克逊和蝙蝠侠。

贝丽塔似乎放松下来了。她让奥迪帮她买冰激凌，还让他在她逛纪念品商店的时候在外面等她。透过橱窗，奥迪看到她买了一件 T 恤，上面印着好莱坞的标志性照片。

“你穿这个太小了。”奥迪朝她的购物袋里看了看。

“这是给别人买的礼物。”她回答，把衣服收了回来。

“我们还没给你买到衣服呢。”

“带我去一家平价商场。”

奥迪开车把她送到了一个乏味的水泥购物广场，周围好几英亩都停满了车，其间点缀着真假难辨的棕榈树。贝丽塔让奥迪坐在试衣间外面的一张塑料椅上等她，然后来来回回试了好几身衣服，包括裙子和短外套。她会征询他的意见，但他每次都会点点头，心想她哪怕披麻袋都好看。这也是奥迪对于女人一直都不理解的一点：她们很多人都觉得穿紧身裙和高跟鞋、打扮得像洋娃娃一样才好看，最好还像香槟酒杯一样优雅，而实际上，她们只要穿 T 恤和褪色的牛仔裤就很美了。

　　贝丽塔仔细地选好了衣服，奥迪付了钱，然后带她去了一家高档餐厅吃饭。奥迪发现自己心中藏着不可言说的欢喜，他好多年都没有过这种感觉了。他们用西班牙语对话，他注视着她眼中跳动的光影，想象不出这世上还有比她更美的女人。他幻想他们坐在萨尔瓦多一家小小的海滨咖啡馆里，棕榈叶在他们头上拂过，面前的海水泛着湛蓝的波光，就像人们在旅行宣传册里见到的那样。

　　"你小时候希望长大成为什么样的人？"奥迪说。

　　"快乐的人。"

　　"我小时候想做消防员。"

　　"为什么？"

　　"我十三岁的时候，有一次看见消防员从一栋着火的大楼里救出了三个人。那三个人当中只有一个活了下来，但那些消防员满身烟尘从火里面钻出来的样子我却记忆犹新。他们看起来就像雕塑，像纪念碑。"

　　"你想成为雕塑？"

　　"我想成为一个英雄。"

　　"我还以为你想做工程师呢。"

　　"那是后来的事了。我喜欢修建桥梁和大楼这样的东西——它们在世上留存的时间可以超过我自己。"

　　"那你可以去种树啊。"贝丽塔说。

　　"那不一样。"

　　"在我老家，比起修纪念碑，人们对种地更感兴趣。"

　　下午晚些时候，他们俩踏上回程，赶上了堵车。夕阳西下，在海面上洒下一道金光，就像用金砂铺了一条路。不知发生在哪里的一场风暴在海上激起了波浪，拍打着岸边的沙滩，泛起层层泡沫和水汽。

"我想去海滩上走走。"贝丽塔说。

"天快黑了。"

"求你了。"

于是，奥迪在高速公路的下一个出口拐上了旧太平洋公路，然后沿着金色悬崖下的土路一直往前开，最后在一座废弃的救生塔前停了下来。贝丽塔把凉鞋脱下来扔在车里，光着脚朝沙滩奔去。阳光穿过她薄薄的裙子，让她的每一寸曲线都暴露无遗。

奥迪费了半天劲才脱下靴子，他卷起裤脚，发现贝丽塔已经踩起了水。她把裙摆撩到了膝盖上方，免得被水溅湿。

"海水有很好的治愈效果。"贝丽塔说，"我小的时候脚上动过一次手术，爸爸就每天带我去海边，让我坐在一块岩石上，把脚泡在海水里，后来我的脚就好多了。那时我会听着海浪声睡觉。这也是为什么我这么喜欢海。海洋母亲还记得我。"

奥迪不知道该说什么。

"我要去游泳了。"她说着跑回岸边，解开裙子，让它褪到大腿处，再滑落到沙滩上。

"你的衣服怎么办？"

"我有新衣服。"

贝丽塔穿着内衣往水里走去，冷得倒吸了一口气。她回头看了一眼，这一眼奥迪永远无法忘记——她的皮肤那么完美，她的笑声如天籁般悦耳，她的眼眸就像一潭湖水。就在这一刻，奥迪知道自己将永远渴望着贝丽塔，不论他们将共度余生还是面临离别。

贝丽塔对着浪花扎了个猛子，不见了踪影。时间一分一秒过去，奥迪开始往水里走，嘴里叫着贝丽塔的名字，然而她依然没有出现。他脱掉衣服往身后一扔，向更深的水域蹚去。他心里开始发慌，脚下一滑，跌进了水里。冰冷的海水包围了他。

就在一道海浪将要扑向他的时候，他看见了贝丽塔，随即，他被浪头卷到了水下。他无法控制自己的身体，这时他已经分不清上下左右，头被什么东西重重磕了一下。他转了个身，开始踩水，可惜又被一道浪打了下去。他呛了好几口水，在海里胡乱扑腾。

就在这时，一双手臂环住了他的腰，一个声音在他耳边轻声说："别慌。"

贝丽塔拖着奥迪往岸边游去，直到他的脚可以触到海底。奥迪不停地咳嗽吐水，感觉自己喝下了一整排海浪。贝丽塔把他的脸捧在手里，他擦了擦眼睛，和她对视。他专注地看着她，被一阵突如其来的亲密感包围，虽然这感觉让他隐隐有些奇怪和不安。

"你怎么不告诉我你不会游泳？"贝丽塔说。

"我以为你溺水了。"

贝丽塔的内衣像奥迪第一次见到她时那样紧贴在身上。"为什么你一直想要救我？"

奥迪知道这个问题的答案，但是这个问题本身却让他感到害怕。

Chapter 27

第二十七章

　　早饭之后，瓦尔德斯已经给桑迪打了四通电话，向她保证一切安好，奥迪·帕尔默很快就会被警察抓到。他们之间的对话简短、紧张、疏远，充满了无言的谴责和对立。瓦尔德斯不禁慨叹，他们的婚姻是从什么时候开始被那些话语中的停顿和沉默所定义的？

　　早些年间，他们并不是这样的。他和桑迪相识于困境。那时的她穿着一件病号服，坐在病床的床沿上，趴在一位强奸案律师的肩头哭泣。她的衣服被送去实验室取证，而新衣服还在从家里送来的路上。桑迪那时只有十七岁，在一个为校橄榄球队举办的期末派对上，她被球队的一个外接手强暴了。

　　她的父母都是遵纪守法、笃信宗教的"好人"，但是他们不愿意看见自己的女儿被一个"卑鄙无耻的辩护律师"再"强奸"一遍，于是放弃了对那个男生的指控。

　　瓦尔德斯一直和她的家人保持着联系。五年后，他在马格诺利亚的一家酒吧里偶遇桑迪，之后他们便开始约会，然后订婚，并在她二十三岁生日那天结了婚。说实话，他们两人其实并没有多少共同之处。桑迪喜欢时尚、音乐和去欧洲度假，瓦尔德斯却喜欢足球、赛车和打猎。他做爱的时候一本正经，甚至近乎虔诚，而她则喜欢逗乐、打趣和嬉戏。他希望她温和、体面、迷人，而她则希望他能时不时把她翻过来，拨开她的双腿，从背后占有她。

桑迪认为是那次强奸导致了她的不孕，她的子宫被一种邪恶的东西所污染，让她的花园里再也长不出任何东西，又或者这是上帝对她的轻浮的惩罚。其实她在参加那次派对之前就不是处女了，从她十五岁起就不是了。要是她没有那么早献出处子之身该多好……要是她是纯洁的，该多好……

瓦尔德斯把车停在得克萨斯儿童医院门外，朝医院的接待员亮了一下警徽，要求会见贝尔纳黛特·帕尔默。接待员敲了几下键盘，开始拨打电话。瓦尔德斯朝大厅望去，想起他和桑迪曾有多少次从这里走过。他们花了七年时间努力想要怀一个宝宝。这七年里，他们不断造访家庭生育中心，忍受打针、取卵和试管受精这一系列程序。渐渐地，他开始憎恨医院，憎恨别人的孩子，憎恨每个月当桑迪发现自己又来了月经时那痛苦的哭喊。

接待员给了他一块访客徽章，让他上楼，还祝他有个好心情，仿佛不经提醒他就会忘记这一点似的。

贝尔纳黛特·帕尔默正在休息。瓦尔德斯在医院西主楼十六层的咖啡馆找到了她。她和她弟弟长得不太像：她身形高大，骨骼粗壮，脸圆圆的，发髻里散布着几缕白发。

"你知道我为什么来找你吗？"瓦尔德斯问她。

"警察已经找我问过话了。"

"你弟弟有没有找过你？"

贝尔纳黛特的眼神开始飘忽，往四周瞄来瞄去，但就是不看瓦尔德斯。

"你知道帮助一名逃犯是犯罪吗？"瓦尔德斯说。

"奥迪已经服过刑了。"

"他是在服刑期间逃跑的。"

"就只差一天——你们就不能放过他吗？"

瓦尔德斯拉过一张椅子坐了下来，有几分钟的时间都在欣赏窗外的景色——其实也不是特别好看，但他不太有机会从这个角度来观察这座城市。在这个高度，它看起来不再那么杂乱无序，大概的格局也现出端倪——小路汇入大道，风景被划为一个个街区。为什么我们不能用这种视角来看待生活中的每件事呢，高高在上，一览无余？

"你有几个兄弟？"瓦尔德斯问。

"你知道我有几个。"

"一个是弑警凶手，还有一个是杀人犯——你一定很为他们感到自豪吧。"

贝尔纳黛特愣了一下，把手中的三明治放了下来，拿出一张纸巾擦了擦嘴，然后仔细地把纸巾叠好。

"奥迪和卡尔不一样。"

"这话什么意思？"

"即便两个人每天在同一张桌子上吃饭，他们也可能天差地远。"

"你上一次听到奥迪的消息是什么时候？"

"我记不清了。"

瓦尔德斯朝她意味深长地一笑："这可就奇怪了。我给你上司看了一张照片，她说有个长得很像你弟弟的人今天早上刚来找过你。"

贝尔纳黛特没有说话。

"他想要什么？"

"要钱。"

"你给他了吗？"

"我自己都没钱。"

"他现在住在哪儿？"

"他没说。"

"你信不信我把你抓起来？"

　　"尽管抓我吧，警长。"她伸出双手，"最好现在就把我铐起来。说不定我是个危险人物。哦不，不对——你更喜欢直接开枪。"

　　瓦尔德斯没有接茬，但是心里恨不得一巴掌扇掉她脸上的微笑。

　　贝尔纳黛特把三明治用蜡纸包好，扔进了垃圾桶。"我要回病房了。生病的小孩需要人照顾。"

　　这时，瓦尔德斯的电话响了。他看了看亮起的屏幕。

　　"警长吗？"

　　"是我。"

　　"这里是休斯敦转接中心。你之前说想知道有没有人举报奥迪·帕尔默的行踪。就在一小时前，接线员接到一个女人的电话，她说她想知道举报帕尔默的行踪是否会有奖励。但她没有留下自己的名字。"

　　"电话是从哪儿打来的？"

　　"她没说。"

　　"那她的来电号码呢？"

　　"她是用手机打的。我们分析了来电信号，追踪到机场大道上的一家汽车旅店，就在北高速路下来不远。我正要通知 FBI。"

　　"让我来通知他们吧。"瓦尔德斯说。

　　卡西和斯嘉丽母女一边看着电视里放的音乐录像一边在床上蹦跶。卡西也曾身段柔软，舞姿豪放，但现在，她的牛仔裤腰上已经有了小肚腩；好在她还知道如何舞动，比如时不时举起双手和斯嘉丽顶一下胯。

　　"我错过了一场派对吗？"奥迪说。

　　"让我们看看你都会些什么。"卡西回答。

　　奥迪使出了他最拿手的动作，还跟着电视里的贾斯汀·比伯唱起了歌，但他太久没跳过舞了，动作生硬又笨拙。旁边的母女俩笑倒在床上。

　　奥迪停了下来。

"别害羞啊，继续。"卡西说。

"是啊。"斯嘉丽说，一边模仿着奥迪的动作。

"能逗你们开心我很高兴。"奥迪往后一倒，躺在了床上。斯嘉丽跳到他身上，他开始挠她痒痒，她咯咯地笑个不停。之后她给奥迪看了她最新的几幅画作，还把她瘦骨嶙峋的膝盖搭在奥迪身旁的床垫上，嘴里嚼着一团浅灰色的口香糖。

"让我来猜猜看……这幅画的是个公主。"

"猜对了。"

"那是一匹马？"

"错，那是只独角兽。"

"好吧，是独角兽没错。那又是谁？"

"是你。"

"真的吗？我是什么人？"

"你是王子。"

奥迪笑了，同时朝卡西瞄了一眼，但是她假装没有在听他们说话。斯嘉丽的内心世界里似乎全是王子、公主、城堡和"从此幸福地生活在一起"，她似乎想用祈愿来实现另一种生活。

卡西双手抱在胸前，背靠着拉上的窗帘站着。奥迪抬起头，对她说："我没想到你们还会在这儿。"

"我们明天就走了。"

奥迪沉默良久："或许你应该考虑一下要不要回家。"

卡西垂下眼眸："那儿不欢迎我们。"

"你怎么知道？"

"我爸就是这么对我说的。"

"那是什么时候的事？"

"六年前。"

"一个人在六年时间里可以改变好几次主意。你爸的脾气不大好吧？"

卡西点点头。

"他有没有打过你？"

卡西翻了个白眼："他才不敢。"

"他有没有见过斯嘉丽？"

"他到医院来探望过，但我没有让他见她——在他跟我说过那样的话之后。"

"听起来你有一点像他。"

卡西嘴角的肌肉抽动了一下："我才不像他。"

"你很容易生气，执拗，争强好胜，不肯妥协。"

"你说的这几个词我有一半都不知道是什么意思。"

"意思就是你不肯让步。"

卡西耸耸肩。

"为什么不给他打个电话呢？大度一点，看看结果会怎样。"

"我觉得你应该少管闲事。"

奥迪从床上探过身，拿起卡西的手机。卡西想夺回来。

"我来打给他。"

"不要！"

"我会告诉他你和斯嘉丽过得很好，"奥迪把手机举到卡西够不到的地方，"就一通电话，有什么大不了的？"

卡西的脸上露出惊恐而绝望的神色："万一他把电话挂断怎么办？"

"那是他的损失，不是你的。"

卡西坐在床沿上，两手夹在膝盖中间，面色苍白。斯嘉丽可能觉察到有什么重要的事情正在发生，于是爬到她身边，把头靠在她肩膀上。

奥迪拨出了电话。电话那头，一个男人气哼哼地接了起来，似乎这通电话害他不能沉浸在最喜欢的电视节目里。

"是布伦南先生吗？"

"你是谁？"

"我是卡西……卡桑德拉①的朋友。"

电话那头犹豫了一下。奥迪可以听到布伦南先生的呼吸声。他朝卡西望了一眼，发现她眼睛里充满了脆弱的渴望。

"她还好吧？"电话那头说。

"还好。"

"斯嘉丽呢？"

"她们俩过得都挺好。"

"她们现在在哪儿？"

"休斯敦。"

"我的另一个女儿说卡西去了佛罗里达。"

"她没去成，布伦南先生。"

电话那头又是一阵长久的沉默，但是奥迪没有让这沉默继续下去："先生，你并不认识我，也没有理由要听我说话，但我相信你是一个好人，并且一直都在努力照顾自己的家庭。"

"我是个基督徒。"

"人们常说时间可以治愈一切——哪怕是最深的伤痛。或许你还记得你为什么和卡西闹矛盾。我知道，有的时候意见不一可能会使矛盾升级。我也知道，当你认为一个人正在走歪路，而你阻止不了她犯错的时候，你会多么沮丧。但是我们都知道，有些事情是教不会的。后辈们得自己去学习其中的道理。"

"你叫什么名字，小伙子？"

"奥迪。"

---

① 卡桑德拉是卡西的全称。

“你为什么要给我打这通电话？”

“你的女儿和外孙女需要你。”

“她需要钱？”

“不是的，先生。”

“那她为什么不自己给我打电话？”

“她脾气太犟了，这一点说不定像你。她很骄傲，也是个好母亲，一直努力靠自己养活孩子。”

布伦南先生还想知道更多。他的声音越来越凝重，里面似乎掺杂着悔恨。奥迪继续往下说，一边回答他的问题，一边听他吐露自己的理由，隔着这么多年回头去看，这些理由并不那么充分。他的妻子已经去世了。他现在做两份工作。他当年并没有拿出足够的时间来陪卡西。

“她现在就在这儿，”奥迪说，“你想和她说话吗？”

“我想。”

“等一下。”

奥迪看着卡西。在他和她父亲谈话的过程中，她的表情先后经历了充满希望、生气、恐惧、尴尬、固执和快要哭出来。现在，她接过电话，用两只手紧紧握住，仿佛害怕它会掉在地上摔烂一样。“爸？”

一颗泪水滑过她的脸颊，落到唇边。奥迪牵起斯嘉丽的手。

“我们去哪儿？”

“去外面。”

奥迪帮斯嘉丽绑好鞋带，带她走出房间，走下楼梯，走过泳池，泳池里，一道道蓝光在水面下闪烁。他们穿过停在楼下的汽车和棕榈树，沿着主路走到了一座加油站。奥迪给她买了一根棒棒糖，看着她从下往上舔。

“为什么我妈妈老是在哭？”斯嘉丽问。

“她也会笑啊。”

“可是哭得更多。”

"有的时候，要成为我们想成为的人并不那么容易。"

"那难道不是自然而然的吗？"

"除非你很幸运。"

"我不太懂。"

"有一天你会懂的。"

午夜过后，卡西钻进了奥迪的被子，赤裸的身体贴着他，然后一条腿跨过来，骑在他身上，任凭奥迪胡子拉碴的下巴划过她的脸颊，她的嘴唇擦过他的。

"我们不能出声。"

"你确定要这么做吗？"奥迪说。

卡西注视着他的眼睛："我们明天就回家去了。"

"我真替你们感到高兴。"

卡西长嘘了一口气，在奥迪身上坐了下去，然后收紧了盆底肌，奥迪叫了出来。

十一年了，奥迪没碰过一个女人，但是肌肉的记忆不会消失。或许这就是人们所说的动物本能，即使没有见过也知道应该怎么做。抚摸。亲吻。蠕动。呻吟。

结束之后，卡西从奥迪床上溜下来，回到另一张床上。奥迪睡着了一会儿又醒了过来，想着刚才是不是在做梦。

奥迪和贝丽塔第一次做爱是在厄本的山间别墅里贝丽塔的房间。厄本当时去旧金山处理一桩"家族生意"，奥迪觉得那不过是什么大生意的代称。厄本曾说旧金山满是"基佬和娘炮"，他对民主党人、学者、环保主义者、电视福音传道者、素食主义者、裁判员、意大利移民、塞尔维亚人和犹太人辱骂起来都毫不嘴软。

那时，奥迪带着贝丽塔处理厄本的财政事务已经两个月了，他们的工作也就是来回收取和支出现金。贝丽塔的工作是记录收支数额，填写收据，然后把钱送去银行。有时候，他俩会在拉霍亚海滩或太平洋海滩上野餐，一边喝柠檬汁一边吃贝丽塔做的三明治。吃完之后，他们会沿着木板路一直走，走过卖纪念品的报摊、酒吧和餐厅，跟其他行人、骑自行车的人、玩滑板的人混在一起。奥迪总会跟贝丽塔说一些他自己的事情，希望她会给出同样的回应，然而贝丽塔却很少提及自己的过往。有一次在拉霍亚，他们躺在一张野餐毯上，奥迪把手指伸向天空，让手指的倒影在贝丽塔眼帘上跳动。过了一会儿，他又摘来一捧野雏菊，编成一只花环，戴在贝丽塔头上。

"现在你是一个公主了。"

"就凭我头上的野草吗？"

"野花，不是野草。"

贝丽塔笑了："好吧，从现在开始它们就是我最喜欢的花了。"

每天下午，他都会送她回去，为她打开车门，看着她沿着庭院里的小路走进屋里。贝丽塔从来不回头看他，不会朝他挥手，也不邀请他进屋。接下来几小时，奥迪会努力回想贝丽塔脸上的每个细节，还有她的手，她的手指，她碎裂的指甲，她的耳垂——它们都在向他的嘴唇发出召唤，然后奥迪会根据他当天的感觉来修改一些回忆的细节。他可以把她想象成处女、公主、母亲或是妓女。这些不是他的幻觉，而是他把不同类型的情人都投射到一个女人身上的结果。

然而，奥迪像往常一样羞怯，什么都没说。只是在独处的时候，他会自言自语，用流利而充满感情的话语吐露心声。"明天就去向她表白，"他对自己说，"就明天。"

终于，一个下午，奥迪敲开了贝丽塔的房门。在她跑开之前，他一把揽住了她的腰，把她拉进怀里，朝她的嘴唇笨拙地吻了下去。

"够了！"贝丽塔说，一把推开了奥迪。

"我爱你。"

"别胡说。"

"你好美。"

"你只是寂寞了。"

"我能再吻你吗？"

"不行。"

"我想和你在一起。"

"你根本不了解我。"

奥迪紧紧地抱着贝丽塔，狠狠地吻她。他想撬开她的嘴唇，但是它们牢牢地合在一起。但他不愿就此放弃。渐渐地，她的身体开始屈服，嘴巴也张开了，头往后仰，伸手环住了他的脖子。

"如果我答应和你睡一觉，你会从此放过我吗？"她问，仿佛对自己的让步会带来的后果非常恐惧。

"不会。"奥迪回答，抱起她朝屋里走去。两人跌跌撞撞地进了贝丽塔的卧室，开始笨拙而又急切地宽衣解带：解开纽扣，松开皮带，甩掉内衣，踢掉裤子，一只脚在地上蹦跶，却一秒也舍不得和对方分开。他咬着她的嘴唇。她抓住他的头发。他抓住她的手腕，举过头顶，狠狠地吻她，仿佛要偷走她的呼吸。

接下来的过程简单、迅速、狂乱、投入、激情四射、汗流浃背，但是在奥迪看来，一切都放缓了，时间流逝的过程清晰得让他吃惊。奥迪之前不是没和女人上过床，但那多半是在寝室里某个电影明星的海报下面或某个女生家里的照片墙下面的笨拙之举。到了大学，和他上床的多是学艺术、穿着颓废、读女权主义论文或西尔维娅·普拉斯的女生。他会和那些女生共度一晚，然后在天亮之前溜走，告诉自己她们不在意事后会不会再联系。

还有一些他遇到的女孩会用调情、打扮或故作神秘来让自己显得不凡，而贝丽塔却丝毫没有试图吸引他或是任何人的注意。她和她们都不一样。她不用说话，他们不用知道对方的想法，只要她的眼睛稍微转动一下，嘴唇稍稍上翘，或者露出一抹笑容，他就会被她深深打动，感觉自己正在凝视一口深井，而他要做的就是坠入其中。

奥迪还记得些什么？所有的一切。她蜜色皮肤上的每一个细节，她身上的气味，高挺的鼻子，浓密的眉毛，她嘴唇上方那层薄薄的汗珠，她的单人床，她散落在地上的衣服——她洗得褪色的棉布裙，还有她的凉鞋，她的廉价蓝色内裤，她脖子上的项链——那上面有一个小小的十字架，她的乳房在他手里的感觉，以及她高潮时像受困的猫咪那样发出的呻吟。

"我是厄本的女人。"她说，一边心不在焉地摩挲着奥迪的手腕。

"是的。"奥迪回答，虽然他并没有在听她说话。她的触碰让他像触电般动弹不得。她把手放进他手里，十指紧扣，仿佛生活的所有奥义都浓缩在他们手指的温柔触碰里。

他们又做了一次。贝丽塔担心被厄本捉奸在床，又担心被奥迪想成妓女，但她同时渴望着奥迪压在她两腿之间的重量和他越来越急促的呼吸，还有他身上每一块光滑的肌肉。

结束之后，贝丽塔起身去了趟洗手间。奥迪坐在床边，眼睛渐渐适应了黑暗。她回来后，奥迪用指尖滑过她的后颈窝，顺着脊柱一直往下，到达底部再往上。贝丽塔不停地颤抖，整个身躯像涟漪般荡开。她有气无力地说了句什么，然后蜷成一团睡着了。奥迪也睡着了。他半夜醒了过来，听见厕所里有哗哗的水声，之后看见贝丽塔从里面走了出来。她已经穿好了内裤，衣衫半敞。

"你得走了。"她说。

"我爱你。"

"快走！"

Chapter 28

第二十八章

　　休斯敦的第三大区①里有一个小小的商业区，里面聚集着放贷公司、墨西哥卷饼摊、教堂、脱衣舞店和颓废的酒吧，这些地方大多有防护网和强化门保护。

　　莫斯在一家店铺门外停了下来。这家店的窗户上有一个标示牌，上面写着"4A 保释担保书"，下面则是一句充满诗意的补充说明：你小孩的爸爸还在牢里蹲着？卖掉你的金首饰，把他从牢里保释出来吧。

　　莫斯把手卷成筒状放在眼前，透过重重防护网向内看去。他能看到一些展示柜，里面装满了珠宝、手表和电子产品。一个大个子拉丁女人正拿着蘸了肥皂水的拖把擦洗地板。莫斯敲了敲门，把门上的两个门锁震得哗哗作响。打扫卫生的女人把门开了一道小缝。

　　"我想找莱斯特。"

　　"杜伯雷先生不在这儿。"

　　"他在哪儿？"

---

① 休斯敦非裔美国人聚居区。

女人犹豫了。莫斯从一沓现金里抽出一张十美元，女人一下把钱抢了过去，仿佛马上会有一阵风把钱吹走。然后她指了指马路对面的一家廉价酒馆。酒馆门上挂着霓虹灯招牌，看形状是一个戴着斯泰森毡帽、挥着套索的裸体牛仔女郎。

莫斯回头看向刚才那道门，发现已经关上了。

"谢谢你，女士，"莫斯自言自语，"我也很高兴遇见你。"

他穿过马路，走进那家黑漆漆的酒吧，磕磕碰碰地走下最后两段楼梯，来到一个充斥着汗臭味、啤酒味和经过发酵的口气味的大房间。那里的一面墙上装着镜子，前面有一张和墙一样宽的吧台，靠墙摆着一排货架，上面放着各式各样的酒瓶，有圆形的、长方形的，有的有红色的蜡封和酒塞。

莱斯特·杜伯雷两肘撑在吧台上，面前摆着一杯加了碎冰的威士忌。他身材肥胖，指节粗大，灰色的头发从耳朵后面冒出来，佩斯利花纹的背心被肚皮撑得扣不上扣子。

在莱斯特脑后，一个女孩赤裸着上身，穿着一条带亮片的丁字裤，脚踩细高跟鞋，正在舞台上旋转，皮肤被灯光映成了粉红色。她有着丰满但微微下垂的乳房，上面散布着蛛丝般的纹路，比她身体其他部位的皮肤都要白。她面前的桌子上围坐着六个男人，但他们似乎对另一个女孩更感兴趣。那个女孩穿着类似，正弯下腰，从张开的双腿中间往后瞧。

莱斯特见到莫斯后并没有露出吃惊的表情。事实上，他几乎没什么反应。

"你是什么时候出来的？"

"前天。"

"我还以为你要蹲一辈子牢呢。"

"计划有变。"

莱斯特拿起杯子举在额前。莫斯要了一杯啤酒。

"我们有多久没见了？"

"十五年。"

"你肯定注意到这个世界发生了很多变化。我敢打赌你从来没听说过 iPad 或智能手机。"

"我是在牢里，又不是在阿肯色州。"

"那你跟我说说金·卡戴珊是谁。"

"谁？"

莱斯特拍着大腿笑了起来，朝莫斯举起了酒杯。

这时，一个喝过头的客人猛地摸了一把刚才那个弯腰的脱衣舞娘，保安立刻上前夹住他的头，把他拽了出去。

"我不能理解这些人为什么那样做，"莱斯特说，"不过那个女孩倒不介意。"

"你问过她吗？"

"这地方过去六个月里被扫荡了两次。如果要我说，这就是在浪费纳税人的钱。"

"我都不知道你还纳过税呢。"

"我是认真的。人们私底下做什么完全不关别人的事。如果他们想把钱花在脱衣舞店里的高价酒水上，为什么要阻止他们？这些人是在帮助一些可怜的女孩养活她们的孩子，或在帮助她们完成学业。在当前糟糕的经济形势下，这样做有什么不对？"

"所以你觉得我们应该精简政府。"

"我信奉资本主义，但不是在这个国家施行的那种小心翼翼、怕老婆的资本主义。我希望见到一种纯洁的资本主义，我希望见到一个只要你有钱就可以去做任何你想做的事的美国。哪怕你想用混凝土把堪萨斯州填满，只要你有钱，你就去做啊。你想用水力压裂法开采石油和天然气？只要你付钱就能去做。然而我们却要遵守这些规矩制度，还要照顾那些该死的环保主义者、贸易工会、茶党衰人和假惺惺的社会主义者。为什么我们就不能让金钱来决定一切呢？"

"这话说得像个真正的爱国者。"莫斯说。

莱斯特举起酒杯:"为这话干杯!"说完他喝了一口酒,转向莫斯,问,"来找我做什么?"

"我想见一见艾迪·贝尔富特。"

"你疯了吗?你才从牢里出来。"

"我需要一些信息。"

莱斯特咬碎了一个冰块:"我可以给你一个电话号码。"

"不,我想见他。"

莱斯特疑惑地打量着莫斯:"万一他不想见你怎么办?"

"告诉他,我是奥迪·帕尔默的朋友。"

"这跟那笔钱有关吗?"

"就像你说的,莱斯特,什么事都和钱有关。"莫斯举起自己那杯啤酒,缓缓地喝了一口,"对了,还有件事。"

"什么事?"

"我需要一把点四五自动手枪,带子弹的。"

"我看起来像你捡的阿拉丁神灯吗?"

"我会付你钱的。"

"你当然要付我钱。"

第二十九章

瓦尔德斯把皮卡停在远离汽车旅馆的地方，步行穿过最后两个街区，一路迎着这条六车道大街上来往的卡车所带起的旋风。他把自己裹在夹克里，迎着寒气往前走，最终在酒店门口停下脚步。棕榈树被风吹得低下了头，月亮躲在摇摆的树叶后面，看起来像一只银盘。

酒店的夜班经理是个中年西班牙人，他坐在柜台后面，脚搭在柜台上，正在看一台小电视机播放的墨西哥肥皂剧。剧里面的演员都有着过时二十年的发型和服装，彼此之间说话的口吻就像他们随时会打起来或开始做爱。

瓦尔德斯亮了亮警徽，夜班经理紧张地看着他。

"你见过这个人吗？"瓦尔德斯说着，拿出一张奥迪·帕尔默的照片。

"见过，但是有几天没见到了。他现在的发型和照片里的不大一样，剪短了。"

"他有没有在这里开房？"

"他女朋友开了。住在二楼。还带着个小孩。"

"房号是多少？"

夜班经理用电脑查了下："239。名字叫卡桑德拉·布伦南。"

"她开的是什么车？"

"本田。烂得不行，里面装满了东西。"

瓦尔德斯又指了指照片，说："你最后一次见到他是什么时候？"

"我白天不上班。"

"什么时候？"

"前天晚上。他做了什么？"

"他是一个被通缉的逃犯。"瓦尔德斯说完，把照片装进口袋，"他们隔壁的房间现在有人住吗？"

"两天前就没人住了。"

"我要一把钥匙。"瓦尔德斯接过房卡，"如果我五分钟内没有回来，请你打这个电话，说有一名警官需要支援。"

"为什么你自己不打？"

"因为我还不知道我是否需要支援。"

奥迪带着一种奇怪的确信醒来，他确定自己刚才一直在做梦，但却完全想不起来梦见了什么。他又一次感受到那种熟悉的痛苦，仿佛有什么东西从他的意识边缘滑落了，差点被他抓住但最后还是丢了。这就是过去给他的感觉——就像被一阵旋风裹挟的灰尘和垃圾。

他睁开眼睛，不知道自己是听到了什么声音还是感觉到了气压的变化。他下了床，来到窗边。外面一片漆黑，静默无声。

"怎么了？"卡西问道。

"不知道，但我要走了。"

"为什么？"

"是时候了。你就待在这里。别开门，除非是警察来敲门。"

卡西犹豫着，狠狠咬住自己的下嘴唇，仿佛努力阻止自己说出什么话来。奥迪系好鞋带，拎起背包，把门打开一条缝隙，朝走廊两边看了一眼。

停车场似乎一片寂静，但奥迪却觉得那些看不见的影子正从四面八方向他涌来。前台的接待区隐约可见，但桌子后面没看到什么人。

过道折向右边。奥迪贴着墙壁朝楼梯走去，却听到有人正朝这边走过来。离他最近的一扇房门上写着"客房部"。奥迪试着拉了拉，门把发出松动的声音——这是一把廉价锁。奥迪用肩膀把门撞开，钻了进去，再把门掩上。屋里散落着打湿的抹布，还有插在手推车里的扫帚。

一个黑影从虚掩的房门外闪过。奥迪又等了几秒，恐惧堵塞了他的喉咙。就在这时，他听到有人喊了一声"警察"，之后传来一个女人的尖叫声。奥迪冲了出去。他跑下楼梯，向右边飞奔，然后像螃蟹一样猫着腰在停车场的车辆中间穿梭，直到摸到院子的围墙。他爬上墙，翻了过去，重重摔在另一侧的地上，然后爬起来，继续往前跑。他穿过一片厂房的空地，找到一扇开着的通往高速公路匝道的大门，冲了出去。人们的叫喊声、汽车的喇叭声、警铃声和咒骂声冲击着他的鼓膜。

一直以来，瓦尔德斯都相信，一个人的一生是由为数不多的几次选择所决定的。这些选择不一定正确或错误，但是它们每一个都会把你带上一条不同的道路。如果当初他没有报考警局而是加入海军会怎样？他可能会被派到阿富汗或伊拉克，现在说不定已经死了。如果桑迪被强奸的那个晚上不是他值班会怎样？他可能永远都不会遇见她并且有机会安慰她，那样他们也不会坠入爱河。如果马克斯没有来到他们的生活中会怎样？人的一生当中有那么多"如果""但是"和"也许"，其中只有少数真正有意义，因为它们有着改变人一生的能量。在那个汽车旅馆的房间外面停留的时候，瓦尔德斯摸了摸自己的配枪，随即决定把它放回肩挂式枪套里，转而从右膝下方取出他一直绑在腿上的另一样武器。这是在他职业生涯早期，一个挺过了警察队伍裁员和九十年代政治正确风潮的警长教他养成的习惯——总是准备一支备用枪，因为你不知道什么时候就会需要它。瓦尔德斯的备用枪是一支半自动手枪，手柄已经破损，用塑料胶带缠了起来。这支枪没有历史可查，也无迹可追。

他从阳台上往外望去。停车场空荡荡的。棕榈叶在游泳池边的水泥地上投下飘摇的阴影。他把耳朵贴在239号房间的房门上，听着里面的动静，然而里面什么声音也没有。他在房门上刷了一下门卡，一道红光变成了绿色。瓦尔德斯扭动把手，把门打开一条缝，里面黑漆漆的，没有开灯。

一个女人突然坐了起来，抓起一条毯子盖在身上。她眼睛睁得很大，没有说话。瓦尔德斯扫视了一遍房间，然后端着枪从一侧扫向另一侧：床、地板……

"他在哪儿？"他低声说。

女人张了张嘴，却什么也没说出口。

一个影子从浴室里钻了出来。瓦尔德斯本能地做出了反应，他喊了一声："警察！"然后枪口闪过一道亮光。小女孩往后倒去，血溅满了身后的镜子。她的母亲开始尖叫。瓦尔德斯移动枪口，再次开火。她额头上赫然多出了一个弹孔，身体往旁边倒去，然后从床上滚落，床单也被拽了下来。

这一切都在一瞬间发生，然而，瓦尔德斯的脑海里却像在放慢镜头一样——端起枪，扣动扳机，感觉到后坐力，伴随着每一次冲击，他的心都会猛地一跳。

开枪过后，瓦尔德斯呆呆地站在原地，为自己刚才的恐慌和过激反应感到羞愧。他用手腕外侧擦了擦嘴，想要定下神来仔细思考。帕尔默来过这儿。他现在在哪儿？我刚才做了什么？

有人正从楼梯上跑下去。瓦尔德斯走近窗户，看见一个模糊的身影正朝停车场尽头跑去。他一脚踢开两个房间的连接门，冲进了隔壁房间，嘴里喊道："站住！警察！放下你的武器！"

他沿着过道朝那个影子追过去，同时从枪套里取出自己的配枪，举过头顶，朝空中开了两枪，然后跳下楼梯，在停车场的车辆中间穿行。与此同时，他拿出手机，拨通了911。

"刚才发生了一起交火事件，一名警官正在追捕一名武装逃犯……地址是航空大道星城旅馆。一个女人和一个小孩中了枪，需要救护。"

说完，他跳下一堵墙，穿过一片货运车场，来到一个巨大的水泥涵洞前。一股污水散发着恶臭从涵洞中流出来。瓦尔德斯端着枪左右查看，又在原地转了一圈，对着电话说："我需要人手支援和一架直升机。"

"你还能看到那名逃犯吗？"

"能。他沿着涵洞朝东跑了。我现在右边是厂房，左边是树林。"

"你能向我们描述一下逃犯的模样吗？"

"我知道他是谁——奥迪·帕尔默。"

"他身上穿着什么？"

"太黑了，看不清。"

警方已经往东惠特尼大街、牛津大街和维多利亚大道上派出了巡逻车。很快他就能听到警铃的声音。

瓦尔德斯放慢脚步，停了下来。他弯下腰，手撑在膝盖上，大口地喘气；汗水流进了他的眼睛，沿着脊背往下淌。他胸口剧烈起伏着，往脚边破烂的水泥地上吐了一口胆汁。他咒骂，摇头。他又用手擦了擦嘴，想缓和思绪，好好回顾一下刚才发生的事。他需要思考、呼吸、谋划。

瓦尔德斯掏出一块手帕，从那支备用手枪上抹去了自己的指纹：枪杆、扳机、护木、保险，一个地方都不能落下。擦拭完毕，他把枪举到排水渠上方，扔了下去。枪在水泥壁上弹了两下，最后落进了水里。

然后，他装出气喘吁吁的样子，拿起了电话。

"我把他跟丢了。"

奥迪踩着地上的污水，沿着涵洞一直往南走。受惊的老鼠吱吱叫着奔进洞里，从桥上掉下来的购物车在路边烂成一摊。

奥迪对于这样一个开阔的战场不太习惯。他感觉周围空旷的空间撕扯着他，他不得不做出反抗，免得被撕成碎片。这么多年以来，他的四周一直都围着高墙，还有各种界线和铁丝网。背后总有什么东西包围着他，让他不必应对所有方向。

警察是怎么知道他的行踪的？一定是卡西给什么人打过电话。但他并不怪她。她怎么知道后来会发生这一切呢？她还年轻，但已经心力交瘁，不确定自己是否能一直活下去，拿了一手坏牌却还在虚张声势。

奥迪只好一直往前走，因为他没法退出或从头再来。他在酒店里听到了枪声。这件事让他晕眩，仿佛有人朝他的耳朵一连吼了几个小时，让他脑袋里充斥着嗡嗡的声音，异常难受。他走过一堆鼓鼓囊囊、很像尸袋的黑色垃圾袋，又经过一排装了金属大门的平顶仓库。建筑物的山形屋顶在薄雾和切开的土豆般的月亮的映衬下显得十分突兀。他在一座铁路桥下停了下来，脱掉皮鞋，倒出里面的积水。货运铁轨在这里朝东西两头延伸。他踩着碎石子爬出了涵洞，沿着铁轨朝发白的地平线走去。

卡西和斯嘉丽不会有事的。她们没有做错什么。她们不知道他是一个逃犯。他本不应该向她们索取帮助。他根本就不应该接近任何人，不应该做出任何承诺。这一切都是因他而起。他曾经对贝丽塔做出过一个承诺，后来又对自己做出了一个承诺，那就是，他不会死在监狱里。

在克什米尔换乘中心，他坐上了一辆开往市区的大巴，上面的乘客除了他多是轮班工人和早起的通勤人士，把头靠在窗户上半睡半醒。没有人看他。没有人说话。这里和监狱里真是太不一样了，奥迪想。在这里，他会试着融入人群，而不是远离他们。

奥迪的外形并不十分特别，他为什么会成为某些人的出气筒和打击对象呢？他面前的屏幕上正在播放的画面或许提供了答案——"亲爱的，我鸡奸了朱尼尔。"

奥迪在夜幕中的美汁源体育场下了车。他已经筋疲力尽，不想再动弹，但他的思绪却停不下来。他在一个门道里躺下来，把头枕在背包上，闭上了眼睛。

Chapter 30

第三十章

德西蕾·弗内斯走进汽车旅馆的房间，跨过一个小女孩的尸体。尸体的眼睛还惊恐地睁着，几缕金色的头发落在血泊里，一个破烂的布娃娃躺在离她摊开的手掌不到半米远的地方。德西蕾不得不努力克制住自己想捡起布娃娃塞到女孩手中的冲动。

小女孩的母亲躺在床和墙之间。没穿衣服。小腹微微隆起。后腰有一个旋涡文身。金发。有雀斑。长得挺漂亮。弧光灯让房间里的一切都沐浴在光明里，然而却消除不了人在临死前一刻失禁散发出的气味和女人身旁墙上的那一大摊血迹。

法医们还有工作要做：三个男人和一个女人，穿着笔挺的白色工作服，戴着发网，脚踩塑料筒靴，正在安装紫外线台灯来检测床垫上是否有精液的痕迹。德西蕾审视着房间里的两张床。两张床都睡过人。那个女人被枪打中的时候正要起身，但是那个小女孩为什么会在卫生间附近？

在书桌和电视之间的角落，德西蕾注意到一个废纸篓里装满了快餐包装和杂志。除此之外，房间里还有超市的宣传册、棉签、面巾纸、一盒早餐麦片和一瓶空的蟑螂喷剂。一幅儿童画被塞在镜子的边缘，上面用不同颜色的蜡笔拼出了女孩的名字——斯嘉丽。

外面，警灯的彩色光柱一遍遍扫过汽车旅馆。围观的人群聚集在停车场上，抻长脖子想要把院子里的警车和救护车看得更清楚一些，有些人拿出手机开始拍照，还有些人埋头在手机上发短信。几个当地警察往房间里探头探脑，想一睹死者的模样，接着就希望自己没有来看过。

德西蕾早上刚过五点就醒了，然后开车穿过大半个城市来到这个住满商贩、皮条客、妓女和精神病患者的便宜旅馆——任何人只要拿得出一张带照片的身份证件，支付四十九美元一晚的房费，就可以住在这里。局里有些一线特工做梦都想接到这种案子，因为这毕竟是一个可以调查多人死亡杀人案的机会，可以抓住行凶者，把他关进监狱。然而德西蕾只想回去睡觉。

其他特工还有搭档、小孩和接近正常的生活，而德西蕾自从一年前甩了"蚊子"，也就是她那位真名叫贾斯汀的前男友，就再没交过男朋友。她之所以甩了他是因为他老喜欢用滑稽的腔调跟她说话，给她起外号，把她当成七岁小孩那样跟她说话，即使是在她求他严肃一点的时候。久而久之，德西蕾忍不住想朝他尖叫，抓住他一顿猛摇，并给他展示像她现在看到的犯罪场景。但事实上，她只是叫他收拾好东西滚蛋。

德西蕾蹲在小女孩的尸体旁，注意到地毯上有几个带血的皮鞋印，然后她检查了一下隔壁房间被撞开的门锁，试图还原这个房间里发生的事情，但无论她怎么想似乎都说不通。

她拨开小女孩眼睑上盖着的一缕头发，多希望自己还能问她几个问题，多希望她还能开口回答。

她摘下手套，起身寻找新鲜空气。屋外，更多法医聚集在那个死去的女人的车旁，还有人在外面的走廊上提取指纹或者交流八卦，仿佛这只是办公室里寻常的一天。负责这次调查的是一个三十多岁的男人，长着一张胖脸，顶着两只黑眼圈。德西蕾上前做了自我介绍，但是没有握他戴着手套的手。

"你们找到什么了？"

"凶手总共开了三枪，或者四枪——母亲两枪，女儿一枪。"

"武器是什么？"

"可能是一把点二二手枪，半自动的。"

"开枪的人当时站在哪儿？"

"现在判断还为时过早。"

"你估计一下呢？"

"母亲当时躺在床上，女儿正从浴室里出来。开枪的那个人或许站在屋子中间，相比浴室，更靠近窗户一点。"

德西蕾转过身，用手捋了一下头发："我要第一时间看到弹道报告。"

这时，一台电视摄像机的聚光灯晃得她眼前 黑。记者们正在停车场大声叫喊着问问题，其中包括当地电视台和电台的新闻团队。一架直升机在他们头顶盘旋，为早间新闻录制视频。还有一个摄像团队是和当地负责凶杀案的警队一起来的，他们正在为一个有线电视频道拍摄真人秀，为的是把警察捧成明星，再唬着公众去买更多枪支和防盗警报系统。

德西蕾发现瑞安·瓦尔德斯警长正等在这家汽车旅馆一个被凶案小组征用的空房间里。他躺在床上，帽檐拉低，好像在闭目养神。他的配枪已经交上去了，双手也套上了塑料袋，但是有人给他买了一杯咖啡。

德西蕾之前从没见过这位警长，但她此时突然冒出了一个念头，因为受到了她刚才在凶案现场看到的一幕的影响。瓦尔德斯坐了起来，把帽子往后掀了掀。

"你当时为什么不申请增援？"德西蕾问。

"很高兴认识你。"瓦尔德斯回答，"我们好像还没有互相自我介绍过。"

"回答我的问题。"

"我当时不知道奥迪·帕尔默是否在这里。"

"夜班经理已经从你给他看的照片里指认出了他。"

"但是他说，他已经有两天没见过帕尔默了。"

"所以你决定闯进去？"

"我想实施一次抓捕。"

德西蕾盯着他，握紧了拳头，指甲嵌进了手掌。她掏出了自己的警徽，但是瓦尔德斯似乎并不在意。他朝她眨了眨泛红的眼睛，但他的眼神似乎是在掂量她，并且毫无顾忌地轻视她。

"告诉我当时都发生了什么。"

"我先宣告了我的身份，一个女人尖叫了一声，我听到了枪响，然后破门而入，但是她们都已经死了。他残忍地杀死了她们。那是一个完全没有良知的人。"

德西蕾拉过一张椅子，放在瓦尔德斯面前。他的嘴角在轻微地流血。

"你那儿是怎么回事？"她指了指他的脸。

"可能是被树枝刮到了。"

德西蕾吸了吸鼻子，感觉自己的唾液里有某种味道。她想把它吐出来。"你到这儿来干什么，警长？"

"一个女人给犯罪举报热线打了电话，问有没有对奥迪·帕尔默的悬赏。"

"你是怎么知道的？"

"一个接线员告诉我的。"

"这里不在你的管辖范围内。你是德莱弗斯县的治安官。"

"我之前曾经要求他们向我通报情况。帕尔默去过我家附近，他跟我的老婆孩子说过话。我有权利保护我的家人。"

"所以你决定像查尔斯·布朗森 ① 那样对他一路进行追捕？"

瓦尔德斯的嘴角翘了一下："鉴于你似乎知道所有答案，德西蕾特工，

---

① 查尔斯·布朗森（Charles Bronson，1921—2003），好莱坞经典硬汉演员。

那你觉得奥迪·帕尔默为什么会来找我？也许是他脑子坏掉了，也许是他想要报仇。我不知道一个脑子坏掉的杀手在想些什么。我只是追查了一条FBI没有查到的线索。"

"FBI没有收到通知。现在这两个人死了，她们的血要算在你头上。"

"不是我头上。是他头上。"

德西蕾觉得额头一阵发紧。她不喜欢面前的这个人。或许他说的是实话，但每次他一开口，她眼前就会浮现出那个女人额头上的弹孔和那个倒在血泊中的小女孩。

"再跟我讲一遍事情的经过。"她说，想弄清楚事情发生的确切顺序。当他听到枪声时，他站在哪儿？他是什么时候打开房门的？他看到了什么？

瓦尔德斯又重复了一遍他之前的说法，讲了他是如何宣告自己的身份、然后听到枪声的。"我冲进门，看到了两具尸体。他已经从相邻的房间逃跑了，我追了上去，朝他喊了声'别跑'，中间开了几枪，但他还是从围栏上面翻了过去，就跟长了翅膀似的。"

"你闯进去的时候有没有拔枪？"

"有，女士。"

"你在追捕帕尔默时开了几枪？"

"两枪，也许三枪。"

"你打中他了吗？"

"可能打中了。就像我刚才说的，那小子可是不要命地往前跑。"

"你是在什么地方把他跟丢的？"

"他跨过了运河。我好像看见他扔了一个什么东西。"

"在哪儿？"

"大桥附近。"

"他当时距离你有多远？"

"八十米，也许九十米。"

"你能在黑暗中看清他的动作？"

"我听到有东西掉进水里的声音。"

"然后你就跟丢他了？"

"是的，于是我回到这儿，想要帮助那位女士和她的女儿。"

"你移动过她们的尸体吗？"

"我把小女孩翻了个身，检查她的心跳。"

"之后你有没有洗手？"

"我的手上沾了血。"

瓦尔德斯紧紧闭上双眼。一颗泪珠出现在他的眼角，挂在他的皱纹上。他抬手擦去了眼泪。"我不知道帕尔默会开枪打死她们。"

治安官的助手敲了敲门。是个年轻人。新面孔。一脸得意的笑容。

"看我找到了什么？"他说，食指和拇指之间捏着一把沾满泥污的手枪。

"哇，你有没有顺便也找找你的脑子？"

这位助手皱了皱眉，笑容消失了。

德西蕾打开一只密封的塑胶袋，说："这是证物，你这个白痴！"沾满泥污的手枪被扔了进去，"告诉我这是在哪儿发现的。"

治安官助手带着德西蕾来到屋外，穿过表情肃穆的游客和围观者，在警车和救护车中间穿行。她听不到人们的评论，但她知道他们对她娇小的身材惊奇不已，都在拿她这个个子小小的可爱的 FBI 特工打趣说笑。她每天都要面对这样的情况，但她知道，不论她有多渴望，她的 DNA 也不会重组，她的腿也不会多长几寸。

治安官助手领着德西蕾沿着排水涵洞一直往前走，经过一片厂房和一个仓库，来到一座水泥桥下。他朝排水渠里晃了晃手电筒，照见一个浸满油污的水坑。德西蕾戴上塑料手套，顺着斜坡滑了下去，在野草、石块、碎玻璃、废弃轮胎、啤酒罐、酒瓶和汉堡包装纸中间摸索着。

她的第一任教官曾经对她说，大多数特工都会犯俯视案情的错误，但

实际上他们应该做的恰恰相反。"你得像个罪犯那样去思考，"他说，"沉
到阴沟里，通过他们的眼睛去看世界。"

　　现在，德西蕾正在一个臭气熏天的下水管道里蹚着污水。现在的她也
只能仰视了。

Chapter 31

第三十一章

奥迪听到一扇金属卷帘门被打开然后向上拉起的声音。他睁开眼睛，看到一个漆成三原色的移动墨西哥卷饼摊，上面还印着一个长着大耳朵、戴着一顶超大尺寸墨西哥宽边帽的卡通老鼠图案。奥迪小时候看过《飞毛腿冈萨雷斯》。冈萨雷斯是墨西哥跑得最快的老鼠，总是能凭借自己的聪明才智赢过蠢猫，从外国佬手中拯救自己的村庄。

"是个难熬的夜晚，"厨子说着打开了几个装着切片洋葱、辣椒、墨西哥胡椒和芝士的塑料饭盒，给烤架点上火，又把火关小，"需要我给你做点吃的吗？"

奥迪摇摇头。

"那喝的呢？"

奥迪要了一瓶水。这个厨师身材矮小敦实，留着蓬乱的胡子，系着一块沾满油渍的围裙。此刻，他一边说着话一边往烤盘里扑水，然后用一把钢丝刷刷个不停。在他头上，一台电视放在焊在墙上的支架上，里面正在播放福克斯新闻频道——对于那些喜欢一边倒的人来说，这个频道的新闻不偏不倚。电视上，一个女记者正站在把犯罪现场围起来的警戒带前面对着摄像机做报道。她身后，几个穿着连身工作服的技术人员正在搜查一辆本田 CRV。

"继早些时候城内一家汽车旅馆发生双人凶杀案之后，休斯敦警方于今天清晨对一个危险的逃犯展开了追捕。一对母女在航空大道星城旅馆二楼的一间客房中被枪击致死。调查员正在勘查犯罪现场，两具尸体仍在酒店。

"整个案件发生在凌晨五点之前，当时有客人听到了枪响和警察要求枪手投降的声音……"

奥迪的胃里一阵翻腾，昨天吃下去的东西朝嘴里涌上来，他又给咽了下去。那瓶水从他指间掉到地上，里面装的水流进了排水沟。就在这时，电视影像转向一位目击证人——一个穿着格子衬衫的大个子白人。

"我听到了几声枪响，还有一个人在喊：'别动，不然我就开枪了！'然后就听到了更多枪声。子弹到处飞。"

"你看到枪手长什么样了吗？"

"没有，我一直低着头。"

"你对两位受害者有哪些了解？"

"受害者是一个女人和她的女儿，我昨天还看见她们吃早饭来着。那个小女孩在吃华夫饼，是个可爱的小家伙，缺了一颗门牙。"

奥迪再也看不下去了。在他心里，卡西和斯嘉丽都还活着，会呼吸，没流血，他不想相信别的情况。他想跑——不，他想反抗。他想有人给他一个解释。

"警方给出了他们想要审讯的人的名字和照片……"

奥迪朝电视屏幕瞥了一眼，看见了自己在警局照的大头照，接着是他高中纪念册上的那张脸，仿佛他越活越年轻：皮肤越来越光滑，头发越来越长，眼睛也越来越亮……

电视镜头再次转回汽车旅馆的外面。奥迪忽然从前景中认出了一个人——那个个子矮矮、头发卷卷、曾经来监狱探访过他的 FBI 特工。她本来是去找他了解那笔钱的事情，后来却不知不觉和他聊起了书以及斯坦贝克和福克纳这样的作家。她还说，他应该去看看艾丽斯·沃克和托妮·莫里森的书，试着从女性的角度看待贫穷。

　　厨师一直在认真地洗刷烤盘，没有留意电视上在说什么。洗完之后，他擦了擦手，看着奥迪说："你是在哭吗？"

　　奥迪朝他眨了眨眼睛。

　　"我给你做一份玉米煎饼当早餐吧。肚子里有货总是会好过一些。"说完，他开始往烤盘里放洋葱和辣椒，"你吸毒吗？"

　　奥迪摇摇头。

　　"那喝酒吗？"

　　"不喝。"

　　"我不是要评判你，"厨师说，"每个人都有自己的弱点。"

　　这时，电视里的新闻变成了俄克拉荷马州的龙卷风和世界职业棒球大赛的第三场比赛。奥迪转过身，脸上刺辣辣的，眼睛通红。他还记得卡西靠在他身上、呼吸在他耳边起伏、气味停留在他指尖的感觉。他一定是疯了。这是他的错。爱因斯坦曾经说过，疯狂的定义就是一次又一次地重复同样的事情，却期待结局会有所不同。那就是奥迪生活的写照。他的每一天，每一段关系，每一次悲剧。

　　奥迪躺在排水沟里，胸口剧烈起伏，鼻涕横流，身上说不清哪里隐隐作痛。他失去了对局面的掌控。不论他曾经有过什么计划，现在都已不再重要，也实现不了了。

　　在他周围，人们的生活一如往常：通勤，购物，旅行，做生意。戴棒球帽的小伙子，衣衫褴褛的乞丐——要么是在一心做自己，要么是想努力成为别人。然而奥迪只想就这样待着。

Chapter 32
第三十二章

　　莫斯等在卡罗兰大街和贝尔大街的转角，看着街上被红绿灯指挥着停停走走的车辆。他看了看自己那部手机，目前为止还没有人给他打过电话。或许他们跟他说的GPS追踪设备是骗人的。他抬起头，朝蔚蓝的天空望了望，想着这时是不是有一颗卫星正从天上看着他。他有种冲动，想朝天上挥手或竖中指。

　　一辆六门老爷车在路边停了下来。一个黑人司机下了车，让莫斯叉开腿趴在车上，拿出一个金属探测器，在莫斯身前身后、手臂和两腿之间扫了几个来回。莫斯那把点四五手枪已经被他用油纸包好，跟一盒子弹和一把莱斯特送给他的鲍伊刀一起放在了皮卡的前排座位底下。

　　司机朝车里点了点头。车的后门打开了。艾迪·贝尔富特坐在车里，穿着一套深色西服，翻领上别了一朵花，仿佛要去参加婚礼或葬礼。他看起来是二十五岁到五十岁之间的任何年龄，但是他的黄色鬈发和纤细的双腿却让他有一种老派的感觉，就像一个从老照片里走出来的人。

　　艾迪是二十世纪八十年代后期从迈阿密来到休斯敦的。当时，博南诺黑帮家族正在南加州以外扩展他们的势力，艾迪就是在那时通过银行和邮件诈骗、贩毒、卖淫和洗钱赚到了第一桶金，建立了自己的队伍。在那之后，虽然他把生意做进了合法领域，但是在整个得克萨斯州东部，还没有什么大的动静能逃过艾迪·贝尔富特的耳目。你要么向他献上尊敬，要么献上礼金，要么就献上你被打断的骨头。

轿车开动了。

"听到你的消息，真是让我吃了一惊，"艾迪说，一边理了理衣襟上的胸花，"我的线人跟我说你还在监狱里。"

"或许你该换一批线人了。"莫斯说，想让自己看起来放松一点，但又害怕声音会出卖自己。这时，他的目光被艾迪额头上的一处凹陷吸引住了。江湖传言，这个凹陷是一把榔头敲的，而那个敲出这一榔头的人，也就是艾迪生意上的一个竞争对手，后来被艾迪埋进沙里，只有脖子以上的部位露在外面，然后被强迫吞下了一个点燃的手榴弹。当然这也可能只是传说，但是艾迪没有出面纠正这种说法。

"我还听说你变得娘炮了，兄弟们还以为你找到上帝了。"

"我去找他了，但是他提前走了。"

"可能是因为他听说你要来。"

"可能吧。"

艾迪笑了，显然很欣赏莫斯和他之间的斗嘴。他带着浓浓的南方口音："你是怎么出来的？"

"得克萨斯州放我出来的。"

"得克萨斯州还真是大度啊。那你用什么回报他们呢？"

"什么都不用。"

艾迪用小拇指从牙齿后面抠出一个什么东西。

"他们就这样放你走了？"

"他们有可能是弄错了人。"

艾迪笑了。莫斯决定跟着他一起笑。轿车沿着高速路飞驰。

　　"你知道真正好笑的是什么吗？"艾迪说，他擦了擦眼睛，"你以为我会相信你这番鬼话。你现在有十五秒的时间告诉我你来找我的真正目的，否则我就把你从车上扔下去，你给我听好了——我们不会减速。"

　　两个人脸上的笑容都消失了。

　　"两天前，他们把我从监狱里放出来，弄上一辆巴士，然后我被扔在了休斯敦南面的一条公路边。"

　　"他们？"

　　"我不知道他们的名字，我的头被罩住了。"

　　"为什么？"

　　"我猜是因为他们不想暴露身份。"

　　"不是，你这个白痴，我是说他们为什么放你走？"

　　"噢，他们想让我找到奥迪·帕尔默。他三天前越狱了。"

　　"我听说了。"艾迪抬起一根手指弹了弹自己凹陷的脸颊，发出啪啪的轻响，"你是在找那笔钱？"

　　"应该是。"

　　"你知道有多少人去找过吗？"

　　"知道，但是我了解奥迪·帕尔默。我在监狱里罩着他。"

　　"所以他欠你个人情。"

　　"是的。"

　　艾迪的脸上又绽放出了笑容，看起来就像电视剧里的皮条客，或者《法律与秩序》《火线》里的大毒枭。轿车经过货运码头、铁路调车场和占地好几英亩的像积木一样拼在一起的集装箱，朝着加尔维斯顿湾驶去。

　　"你找到帕尔默以后怎么办？"艾迪问。

　　"他们给了我一部手机。"

　　"然后呢？"

　　"他们会给我减刑。"

艾迪又笑了，像跳土风舞似的拍着自己的大腿："你还真吃这一套啊，小子。像你这样的犯罪记录，没有人会给你一张免费出狱卡的。"

即使艾迪毫不客气地嘲笑他，莫斯还是能感觉出来，他在努力思考到底是谁瞒着他做了这件事。是谁有这样的胆子敢把一个定了罪的杀人犯从监狱里弄出来？一定是个背景过硬的人——一个司法部的官员，或者FBI，又或者是州立法机构。结识这样一个人物对他来说肯定有用。

"如果你找到了帕尔默，我希望你先给我打电话，明白吗？"

莫斯点点头，毕竟他没有资格争辩："你对德莱弗斯县的那起运钞车劫案知道些什么？"

"那是个惨剧。有四个人死了。"

"那伙劫匪呢？"

"弗农·凯恩和比利·凯恩是从新奥尔良出来的黑帮成员，他们是两兄弟，在加利福尼亚抢了好几家银行，然后一路往东来到了亚利桑那和密苏里。弗农是头儿。他俩还有另外一个长期搭档，叫拉比特·巴勒斯。本来巴勒斯也要参与那次抢劫的，但是他在前一个周末因为酒驾被抓起来了。路易斯安那州还对他颁布了通缉令。"

"那伙劫匪里还有谁？"

"他们有个内应。"

"一个保安？"

"有可能。"

"那奥迪·帕尔默呢？"

"之前没人听说过他。他的兄弟卡尔倒是个出了名的烂仔，十七岁就开始在贫民区卖毒品——海洛因和冰毒，只要你叫得出来的，他都卖。后来，他又在西达拉斯跟了一伙人，主要是搞点钞机骗局和邮件诈骗之类的。他在布朗斯维尔坐过五年牢，出狱时毒瘾比他刚进去时更大。一年之后，他在一家烟酒店开枪打死了一个下了班的警察，从那以后就消失了。"

"那他现在人在哪儿？"

"这个嘛，我的黑人老弟，就是一个价值七百万美元的问题了。"

艾迪看起来非常淡定，并没为这些钱表现出激动的情绪。通常来说，这么大规模的抢劫他都会事先知晓，但是弗农·凯恩和比利·凯恩并不是当地人，卡尔和奥迪又是不知名的小角色，并且很可能也是从别人那里临时抢来了这个活儿。

艾迪揉了揉鼻子："你想问我的意见？那笔钱早就没了。卡尔·帕尔默要么已经成了沙漠里的一个坟堆，要么就把这笔钱花在了找藏身之处上。不论怎样，他都已经被剔得比感恩节的许愿骨头更干净了。"

"那我上哪儿可以找到拉比特·巴勒斯？"

"他现在做的大多是正经生意，但是手下还是有几个姑娘在克洛弗利夫的一家自助洗衣店外面拉客，另外他还在哈里斯县的一所学校兼职擦地板。"

司机按了个按钮。轿车靠在路边停下来。这里三面都被宽阔的水面环绕，原来他们开到了摩根岬①的边缘，附近是一个遍布集装箱码头和起重机的工业区。

"你就在这儿下车吧。"艾迪说。

"我怎么才能回到我的皮卡那儿？"

"坐了十五年的牢，我以为你会喜欢在户外走走。"

———
① 得克萨斯州靠近加尔维斯顿湾的一处地名。

Chapter 33

第三十三章

德西蕾前一晚没怎么睡着，脑子里一遍又一遍地过着那起枪击案的细节，希望能从白噪声中浮现出一个答案。她闭上眼睛，却又不得不再次睁开。有人靠在办公桌的隔板上，在她身后晃来晃去。

埃里克·沃纳嘴里叼着一根火柴棍，说："我刚接到助理检察总长办公室打来的电话。有人投诉你。"

"真的吗？让我来猜猜看——他们说我太矮了，不能坐过山车？"

"我没有开玩笑。"

"谁？"

"瑞安·瓦尔德斯警长。"

"他说了什么？"

"他说你对他的审问粗暴、严厉、过激。他还说，你对他进行了野蛮的诽谤。"

"他真的用了'诽谤'这个词？"

"是的。"

"我说他撒谎，于是他跑去吞了一本词典。"[1]

沃纳半个屁股坐在她的办公桌上，双手抱胸，说："这句玩笑话可是会让你惹上麻烦的。"

"要是我不能说玩笑话，那我就只能把形意舞作为我唯一的交流方式了。"

这次轮到沃纳笑了："你通常不会去打扰执法警官的。"

"这个人根本就不该出现在那里。他本该呼叫支援，或者通知 FBI。"

"你觉得这有什么区别吗？"

"那样的话，那对母女说不定还活着。"

"这可说不准。"

德西蕾打了个喷嚏，挠了挠鼻子："或许是的，但我相信，一个莽撞的警察和罪犯之间只有一线之隔，而且我认为瓦尔德斯就在那条高压线上跳舞，还一边嘲笑着我们。"

沃纳把嘴里的火柴棍扔进垃圾桶。他还有话没说，但是他要说的事可没什么值得开心的。

"弗兰克·西诺格勒斯要接手这个案子。"

"什么？"

"他的资历比你高。这桩案子现在成了牵涉两条人命的杀人案。"

"但我还是专案组成员，是吗？"

"这你得去问他了。"

德西蕾有很多话想说，但她咬住舌头，只是盯着沃纳，觉得被自己人摆了一道，既失落又愤恨。

"你会有机会的。"他说。

"我毫不怀疑。"她回答，瞥了一眼自己桌上堆积的档案文件。

---

[1] 原文中的 aspersion（意为"诽谤"）是个生僻词。

她抬起头时，沃纳已经走了。至少她没有用难过或求情来让自己难堪。她得去跟西诺格勒斯谈谈……好好跟他说。他们俩有过一段，如果让一个独立观察员来说，那是一段爱恨交织的关系：西诺格勒斯很想跟德西蕾发生点什么，但是德西蕾讨厌他自以为是和以大欺小的做派。很多外勤特工跟人打交道的时候都会咄咄逼人，为警徽赋予他们的权力陶醉不已。他们用刺探、勾引、撒谎、恐吓等手段来求取结果，之后又拿这些事到处吹嘘，仿佛在互相攀比。谁能解决最多的案子？谁能在墙上尿到最高？

身为女人让德西蕾在撒尿方面天然处于劣势，且她的身高又让她不断成为逗趣的对象。但西诺格勒斯似乎把她在 FBI 的存在都看作一种对他个人的冒犯。

专案组的案情汇报安排在中午。西诺格勒斯穿过旋转门走了进来，一路跟人握手、击掌，然后叫大家都围拢过来。办公室的人纷纷坐着椅子滑了过来。大家把他围住以后，西诺格勒斯开始训话，听着自己的声音似乎让他的身形越发高大。他四十出头，戴着扎眼的蓝色隐形眼镜和一副假牙架，留着肯尼迪式的发型。

"你们都知道我们今天为什么要聚在这里开会。一对母女被杀了。我们的头号嫌疑人就是这个人，奥迪·帕尔默。"他拿起一张照片，"他是一个杀人犯，现在还是一个在逃犯，他最后一次被人看见是在这个地方。"说着，他在一幅巨大的休斯敦地图上画出一个区域。

说完，西诺格勒斯转向另一个特工，询问了两名死者的情况。

"卡桑德拉·布伦南，二十五岁，生于密苏里州，父亲是个传教士，母亲在她十二岁时去世。她在上高中时辍学，多次离家出走，后来经过培训成了一名美容师和化妆师。"

"她什么时候来的得克萨斯？"

"六年前。据她姐姐说，她和一个在阿富汗牺牲了的士兵订了婚，但士兵的家人不承认这桩婚事。直到一个月前，她还和她姐姐住在一起，在餐厅做服务员，但是她姐夫那边出了点问题。"

"什么问题？"

"他对卡桑德拉似乎有点关心过头了，于是她姐姐把她赶了出来，之后她就一直住在车里。"

"还有别的记录吗？"

"有两张未付的停车罚单，还有一份多付给她的价值六百五十美元的单亲父母津贴没有偿还。除此之外，没有犯罪前科，没有化名，没有其他直系亲属。"

"她是怎么遇到帕尔默的？"

"监狱的访客名单里没有她。"另一位特工说。

"早期的调查里她也没有出现过。"又一名特工补充。

"说不定她在酒店外面拉客。"西诺格勒斯说。

"酒店的夜班经理说她没有。"

"那也许是因为他是她的主顾之一。"

西诺格勒斯把一张照片钉在了白板上——那是卡西高中纪念册上的一张照片。照片上的她留着淡金色的头发和刘海，看起来温顺而害羞。

"州警察局正派人挨家挨户地在附近几条街上搜索，还派出了警犬搜查院子和棚屋。他们很可能会在我们之前抓住帕尔默，但是我想知道他都去过哪些地方，跟哪些人有过联系，以及他在哪儿弄到了那把枪。去跟帕尔默的家人、朋友和熟人聊聊——任何认识他的或可能给他提供帮助的人。去看看帕尔默小时候有没有特别喜欢去的地方。他们家以前有没有去露营过？他在什么地方感觉最自在？"

德西蕾举起了手："他是在达拉斯长大的。"

西诺格勒斯一脸惊奇："我刚才没看见你，弗内斯特工。下次开会你得站在椅子上。"

大家都笑了。德西蕾没有说话。

"你来这儿干吗？"西诺格勒斯说。

"我想加入专案组。"

"我的人手已经够了。"

"我一直在追查那起抢劫案和那笔失踪的巨款。"德西蕾说。

"现在要找的不是那笔钱。"

"我看过帕尔默的心理状态报告和狱中档案。我还和他本人谈过话。"

"那你知道他现在在哪儿吗？"

"不知道。"

"那你对我来说就没有多大用处。"西诺格勒斯把墨镜从额头上摘下来，放进眼镜盒里。

德西蕾仍然站在原地："奥迪·帕尔默的母亲现在就住在休斯敦，他的姐姐在得克萨斯儿童医院工作。瑞安·瓦尔德斯是十一年前逮捕他的警察之一。"

西诺格勒斯把一只脚放到椅子上，手肘撑在膝盖上，仿佛他正靠着一堵围墙。他的眼角有细密的皱纹，就像旧瓷器上的裂纹。

"所以你的意思是……？"

"我觉得奥迪·帕尔默在他出狱日期的前一天越狱，然后又出现在之前逮捕他的警官家门外，这事非常奇怪。"

"还有呢？"

"汽车旅馆的夜班经理当时已经通过照片确认了帕尔默住在那里，瓦尔德斯没有请求增援，而是企图直接逮捕帕尔默，这也很奇怪。"

"你觉得瓦尔德斯有问题？"

德西蕾没有回答。

西诺格勒斯扫了一眼周围的特工，似乎举棋不定，然后他直起身，说："好吧，你可以加入专案组，但是不要去招惹瓦尔德斯警长。你惹不起。"

德西蕾试图反驳。

　　"帕尔默出现在他家门外。瓦尔德斯完全有理由担心。记住我们现在要抓的人是谁。如果帕尔默正在实施什么复仇计划，那么我们也要照看好其他可能成为他复仇目标的人——法官、辩护律师、地方检察官。必须让他们都知道。"

　　"要对他们进行保护吗？"有人问。

　　"除非他们这么要求。"

Chapter 34

第三十四章

詹森快车道上的老格拉纳达电影院从二十世纪九十年代中期就废弃了。贴上了封条，喷上了涂鸦，沾满了鸟屎。人们现在看电影都去八百米以外的一家影城。这座老电影院修建于二十世纪五十年代，当时，北休斯敦还是汉布尔以南最后一个大型商业区，父母们喜欢在周六上午让小孩看一场连映的电影，自己则去采购日用品。

拉蒙特蛋糕店是奥迪读大学时打工的地方，就在街对面，但现在已经变成一家名叫"长城"的中餐馆。拉蒙特先生，也就是那个蛋糕店的老板，曾经跟奥迪讲过他是如何遇到与奥迪同名的得克萨斯州战争英雄奥迪·墨菲的：就在格拉纳达电影院，当时奥迪·墨菲到休斯敦来宣传讲述他生平的电影《百战荣归》。

"这就是我会给你这份工作的原因——你和我见过的最勇敢的人同名。你知道他都做过些什么吗？"

"不知道。"奥迪说。

"他在一辆着火的坦克顶上抱着机关枪扫射敌人，当时火都烧到他脚上了。他身上被打开了花，却拒绝接受治疗，直到他的手下都安全了才停手。

你猜他杀了多少德国佬？"

　　奥迪耸耸肩。

　　"来，猜猜看嘛。"

　　"一百个。"

　　"别犯傻！"

　　"五十个？"

　　"说对了！他消灭了五十个德国佬。"

　　奥迪答应过拉蒙特先生会找这部电影来看看，但从来没兑现这句话。说起来这又是一件让他后悔的事情。

　　他从电影院的一侧绕了过去，爬上一架逃生梯，踢开一扇铰链已经锈蚀的挂锁门，几团潮湿的灰泥从墙上掉了下来。他在这座空荡荡的建筑里搜寻着，鼻子里全是东西发了霉的味道。一排排的椅子已经被拆了，留下一片倾斜的空地，上面散落着撕碎的地毯、扭曲的金属和破损的灯具。漆成深绿和红色的墙上，窗子上方和壁脚板的位置还残留着装饰用的模塑。

　　奥迪打算就在这儿睡觉。他像胎儿一样蜷起身，枕着外套。他已经记不清自己的年龄了，只好一年一年往回数，最后数出是三十三岁。夜幕降临，连同震耳欲聋的打雷声一起。这让奥迪想起了在监狱里度过的那些夜晚：蜷缩在小床上，靠着砖墙重温他生命里那些悲剧。

　　"你会感到害怕。"莫斯曾经对他说，"当你开始感到害怕的时候，你要记住，最长的一晚也只有八个小时，最长的一小时也只有六十分钟。黎明总会来的——除非你不希望它来——你得抵挡住这样的想法。过一天是一天。"

　　奥迪以为他不会怀念监狱里的任何东西，然而此时此刻他却在怀念莫斯。那个大块头，既像他的保镖，又像他的担保人，当然更像是朋友。

　　他们一定会拿他越狱的事去问莫斯，他说不定还会因此挨一两顿打。想到这儿，奥迪又一阵难过，但是不把他的计划告诉任何人是最安全的选择——即使是莫斯也不行。总有一天，他会写信向莫斯解释这一切。

　　奥迪逼着自己想些别的，然后他想起了贝丽塔，想起了他们在一起之后度过的头几个月。他能清晰地回想起某些时刻，并为此惊奇不已。爱情就是一场注定会发生的意外，他想。就像从飞机上丢下一包降落伞，然后跟着跳了下去，相信自己一定能在下坠途中抓住它。他的确是在下坠，但确信自己不会摔死。

　　那个时候，他每周会和贝丽塔见面四到五次，开车送她去各种地方。他们会在车里、奥迪的房间以及厄本的房子里做爱——当厄本去农场或出差的时候。但是，他们从来不会一起过夜，也从来没有在彼此的臂弯里安睡到天明。他们像小偷一样窃取片刻的光阴，然后凝视着大海、星空，或奥迪房间的天花板。

　　"你爱过几个人？"有一天贝丽塔问他。

　　"只有你。"

　　"你撒谎。"

　　"是的。"

　　"没关系，你可以继续对我撒谎。"

　　"那你爱过几个男人？"

　　"两个。"

　　"包括我吗？"

　　"嗯。"

　　"另一个人是谁？"

　　"那不重要。"

　　当时他们正躺在厄本 SUV 的后座，车子停在一片海滩上，海浪拍打着沙滩，就像一对巨肺在呼吸。贝丽塔身上有那么多他想知道的东西。她的一切。奥迪想，如果他时不时透露一些自己的过往，贝丽塔可能也会讲一点她自己的故事，然而她总是能在漫长的聊天中避重就轻，避开自己的过去。

她深邃而坚定的眼眸里似乎藏着奥迪不应去触碰或不能想象的回忆和故事。

关于她，他到底知道些什么呢？她的西班牙裔父亲曾经在拉斯科琳娜开过一家小店，她的母亲缝制结婚礼服，放在店里出售。他们住在小店的二层，贝丽塔和她姐姐住一个房间，但却不愿意和她多说话。她不喜欢狗、鬼故事、地震、画眉鸟、蘑菇、棉花糖、医院、漏水的钢笔、滚筒洗衣机、电视直销节目、烟雾报警器、电子烤箱，还有动物内脏。

她的房间也没有向他透露什么信息：里面没有多少个人物品，大部分抽屉都是空的，除了她的内衣。衣橱里有几条连衣裙，以及他们上次一起购物时买的衣服。

每当他问起她的家庭、她的出生地以及她是如何来到美国的这类问题，贝丽塔就会生气。他对她表白感情时也一样。有时候她会接受表白，还有些时候她会说他笨，想把他推开。她会拿他的年纪打趣，或贬低他们之间的感情。也许她是想把奥迪推开，但事实上却起到了反作用，因为她的嘲讽恰恰意味着她对他的在乎。

贝丽塔看了一眼奥迪的手表，说她该走了。他们冒了太多风险，碰了太多运气，早就学会了自我满足。

奥迪很讨厌把她送回去。他不知道她是不是每晚都要陪厄本睡觉，他害怕事实就是如此，一想到还有一个男人会碰贝丽塔，他就会把头埋进枕头里，发出痛苦的呻吟。每当他被嫉妒和欲望撕扯的时候，他就会躺在床上，闭上眼睛，沉浸在幻想中。他随时都能闻到贝丽塔的味道。她充斥着他的世界。

"你喜欢这样的生活吗？"有一次，车子沿着海边公路疾驰的时候，奥迪问她。那是某个他们能偷偷溜出去的半天。奥迪那时一直这样度量自己的生活——以他和贝丽塔在一起的时间为单位。

贝丽塔没有回答，面无表情。

他又问了一遍："你喜欢和厄本一起生活吗？"

“他对我很好。”

“可他不是你的主人。”

“你不明白。”

“那你解释给我听。”

奥迪看见贝丽塔的脖子和脸颊开始发红。

“你还太年轻了。”她说。

“我不比你小。”

“可我经历了更多。”

奥迪转头看向大海。他很沮丧。伤心。困惑。他想问她，遮遮掩掩的爱是不是爱，还是就像森林里倒下的树木，没有人能听见它倒下的声音。和贝丽塔在一起的时光对他来说是如此真实，以至于别的事情都像是幻影。

“我们可以离开这儿。”他说。

“然后去哪儿？”

“东部。我在得克萨斯州有家人。”

她脸上露出悲伤的笑容，仿佛在听一个可爱的傻子说话。

“你笑什么？”

“你不会想要我的。”

“我想要你。”

车窗开着，风撩动着她的头发，把它们吹到她的嘴角。她抱着膝盖，把头埋了下去。

“你怎么了？”奥迪说。

她没有回答。奥迪马上意识到她哭了。他把车停在路边。天快黑了。他探过身去，吻了吻她的脸颊，说了声抱歉。她的皮肤吻上去凉凉的。他用手指在她脸上摩挲，就像一个盲人在探索她的美丽。这时，他第一次意识到，原来爱情也会带来痛苦和残忍，就像它带来美好和欢乐一样容易。

贝丽塔推开了他，让他送她回家。之后，奥迪洗了个澡，在镜子前呆呆地站了好一会儿。他手里拿着牙刷，心却飞了出去，脑子里全是贝丽塔挥之不去的面庞，她的目光穿过他看向远方。她的眉毛浓密而坚毅，嘴唇微张，皮肤光洁，眼眸棕黑，呼吸时微微喘气，有时会发出长长的叹息。奥迪觉得他们之间的热情可以把整座城市都点燃，然而贝丽塔却已经迈过了他，用他的身体做了一次长途旅行，她的目的地他永远无法企及。

　　之后，他穿过走廊，用付费电话给远在达拉斯的母亲打了个电话。他已经六个月没有和她说过话了，只是在她生日的时候给她寄过贺卡和礼物——一个镶着贝壳的相框（虽然迷信的贝丽塔说这是不好的征兆）。

　　他能听到电话那头的铃声，想象着他妈妈穿过狭窄的过道，避开边桌和帽架的情景。电话里出现了回声。奥迪不知道自己的声音有没有传递过去，还是被转化成了什么信号。

　　"你还好吗？"电话那头的母亲问。

　　"我遇见了一个女孩。"

　　"她是哪儿的人？"

　　"萨尔瓦多。我想和她结婚。"

　　"你还太年轻。"

　　"可她就是我想娶的人。"

　　"你跟她求婚了吗？"

　　"还没有。"

　　奥迪直到天亮才睡着，他醒来的时候已经快中午了。他想到户外去，感受皮肤被太阳照射和呼吸自由空气的感觉，趁他现在还有机会这么做。离开电影院后，他在街上走着，想要整理一下思绪。越狱的时候，他曾经制订过一个计划，但现在他开始怀疑这个计划的代价会不会太高。又有两个无辜的人死了——世界上有什么目的可以让这样的事情变得合理呢？

　　他想象人们在盯着他看，对他指指点点，捂着嘴交头接耳。他经过一个穿着家居服的男人和一个有文身的年轻女人，后者满脸怒气，正对着二楼的一扇窗户大喊大叫，让人"把那扇该死的门打开"。接下来，奥迪又经过了一辆被烧毁的汽车、一台废弃的冰箱、几家折扣店、橱窗和一队摩托车骑手。

中途，他抬起头，看到一座教堂，上面挂着一条横幅，写着"如果你真爱上帝，那就向他捐钱"。教堂对面的街角有一家小小的酒水商店，门上钉着亮眼的霓虹灯招牌。一排排酒瓶在货架上整齐地排列着，里面有他从未尝过或听说过的烈酒跟果酒。他在心里盘算着要让自己喝到不省人事有多容易。

一道铃声在他头上响起。过道里空无一人。酒水商店对着入口装了一个摄像头，他可以从一块监视屏幕上看到自己。他朝柜台后面的人点了点头。

这里有一部付费电话。奥迪想给母亲打个电话，但他没有那样做，而是跟查号台要了一个电话号码，打了过去。电话那头的铃声响起，一个接线员拿起了话筒。

"我想找弗内斯特工。"他说。

"你是哪位？"

"我有情报要向她汇报。"

"你得先告诉我你的名字。"

"奥迪·帕尔默。"

电话那头的话筒被搁在硬质桌面上。奥迪能听到模糊的说话声和朝着走廊大喊的声音。他朝收银员看了一眼，点了点头，然后转过身去。

一个女人接起了电话。

"是弗内斯特工吗？"

"是我。"

"我是奥迪·帕尔默。我们之前见过面。"

"是的，我记得。"

"我读了你给我推荐的那些书。图书馆费了老大劲才弄到它们，我很喜欢。"

"你给我打电话不是为了和我讨论书吧？"

"不是。"

"你知道我们在找你，奥迪。"

"我估计也是。"

"来自首吧。"

"我不能那样做。"

"为什么？"

"我有些事还没做完，但是你要知道，我没有对卡西和斯嘉丽开枪。我用我的人格担保。拿我母亲的生命和我父亲的坟墓起誓，杀死她们的人不是我。"

"那你为什么不来这儿跟我解释清楚？"

奥迪感觉到自己腋下开始冒汗。他把话筒拿开了一点，在肩膀上蹭了蹭耳朵。

"你还在吗？"

"还在，女士。"

"你为什么要越狱，奥迪？你本来再过一天就可以出狱了。"

"我没偷那笔钱。"

"可你当时招供了。"

"我有我的理由。"

"为什么？"

"我不能告诉你。"

弗内斯特工打破了沉默："我知道你可能是为你哥哥或别的什么人顶了罪，奥迪，但是在法律眼中，每个参与抢劫的人都同样有罪，不论他们是负责劫持、开车逃跑，还是只打了个电话。"

"你不明白。"

"那就解释给我听。你为什么要越狱？你本来马上就可以出狱了。"

"我永远都不会自由。"

"为什么？"

他叹了口气："过去十一年里，我每天都在担惊受怕，弗内斯特工。我害怕那些可能会发生的事，害怕那些已经发生的事，每天睡觉都得睁着一只眼睛，每时每刻都得小心翼翼。但是你知道吗——自从离开监狱，我每天都睡得还可以。我想我已经开始认识到，恐惧才是我真正的敌人。"

德西蕾深吸了一口气："你现在在哪儿？"

"一家酒水店。"

"我去找你吧。"

"我马上就走了。"

"卡尔呢？"

"他已经死了。"

"什么时候？"

奥迪把电话牢牢贴在耳朵上，闭上了眼睛，直到瞳孔前方出现万花筒般的光斑。光斑消失了，他看见哥哥坐在河边，脸上冒着虚汗，大腿上放着一把枪，血从他胸口的绷带里渗了出来。卡尔朝黑乎乎的河水看去，仿佛那里蕴藏着生命最重要的答案。卡尔知道自己不会去医院，也不会逃到加利福尼亚去开始新的生活。

"我打死的那个人有老婆，还有个没出生的孩子，"他说，"我希望我有机会重新来过。我希望我从来没有来到过这个世界上。"

"我去找医生，"奥迪说，"你会好起来的。"虽然嘴里这么说，他也知道这不是真的。

"我不配得到原谅和祈祷，"卡尔说，"这里就是我的归宿。"他指了指面前的大河，水流湍急，翻滚向前，漆黑而无情。

"别尽说傻话。"奥迪说。

"跟妈妈说我爱她。"

"她知道。"

"别告诉她接下来发生的事情。"

奥迪想要反驳,但是卡尔已经没有耐心了。他拿枪指着奥迪,让他离开。奥迪拒绝,卡尔便用枪顶住奥迪的额头,朝他大喊,带血的唾沫喷了他一脸。

奥迪钻进卡车,沿着那条颠簸泥泞的小路开走了。泪水模糊了他的双眼。他朝后视镜看去,却已经看不到河边的那个身影了。这么多年以来,他都努力让自己相信,卡尔最终还是逃走了,在某个地方用另一个名字生活,有着一份不错的工作,和老婆家人生活在一起。然而在内心深处,他知道卡尔那时做了什么。弗内斯特工仍然在电话那头等着他的解释。

"卡尔十四年前就死在了特里尼蒂河里。"

"他是怎么死的?"

"淹死的。"

"可是我们没有找到他的尸体。"

"他把废金属绑在身上,跳进了河里。"

"我怎么知道你说的是不是实话?"

"你在河里打捞一下就会知道。"

"为什么你之前没有告诉过任何人?"

"我向他保证过。"

奥迪准备挂断电话。

"等等!"德西蕾说,"你为什么要去瓦尔德斯警长家?"

"我得去确认一下。"

"确认什么?"

奥迪挂断了电话。

Chapter 35
第三十五章

　　莫斯直到傍晚时分才找到拉比特·巴勒斯。这位看门人正在清洗一个学校体育馆的地板，手中的拖把就像一个瘦骨嶙峋的舞伴。场馆的空气里飘浮着汗味、万金油味和其他莫斯年轻时熟悉的气味。也可能是荷尔蒙。一个女孩坐在看台上，看上去十三四岁，正在玩手机。她很胖。看上去很无聊。

　　"这样的工作不是有机器可以完成吗？"莫斯对看门人说。

　　"机器坏了。"拉比特说着缓缓转过身。他穿着一件短袖的夏威夷衫，但是尺码小了一号，他露在外面的前臂就像一截圣诞节火腿，花白的头发在脑后扎成一个马尾。

　　"现在已经放学了。学生都回家了。"

　　"我想找的人是你。"

　　拉比特把拖把从左手换到右手，方便拿它当武器。他上下打量着莫斯，盘算着到底是要打还是要跑。

　　"我对你没有恶意。"莫斯说着，举起了双手，"你在这儿工作多久了？"

　　"不关你的事。"

"他们知道你是一个被判刑的重罪犯吗？"

拉比特朝他眨了眨眼。他的脸看起来像在发烧，皮肤潮红，眼睛圆睁。

"我敢打赌他们不知道。"莫斯说。

拉比特用两手握住了拖把。

"放轻松些，你看你把水洒得到处都是。"

拉比特看了看地上那摊水。

"那个小女孩是谁？"莫斯问。

"她属于这里。"

"这话什么意思？"

"她妈妈在这里工作。我帮忙照看她。"

"她妈妈是做什么的？"

"她负责打扫厕所。"

莫斯在光亮的地板上走来走去。他想象自己面前有一个篮球，他拍球、投篮，然后想象着球被投进篮筐。这个场地有回声。他之前对拉比特做过一点调查，知道他在州立监狱坐过两次牢，最长的一次坐了六年。此外，他年轻的时候还因为邮件诈骗和私藏毒品进过未成年人管教所。然而，一张犯罪记录不会告诉你一个人是怎么长大的——譬如，他父亲是不是一个有暴力倾向的酒鬼，又或者他是不是丑陋、贫穷又愚蠢。

拉比特是个酒鬼，这一点莫斯看得出来。他的眼睛里布满血丝，嘴角挂着风干的唾液。不过，酒鬼也分不同的类型。有些人是一时高兴喝大了，属于兴之所至；还有些人是为了逃避现实，独自一人喝到烂醉。

"跟我说说德莱弗斯县那起运钞车抢劫案。"

"我不知道你在说什么。"

"你是抢劫团伙的成员之一。"

"我不是。"

"你在抢劫之前因为醉驾被抓了。"

"你搞错了。"

拉比特又开始埋头拖地，比之前更加用力，动作比起华尔兹更像是狐步舞。莫斯朝他走了几步，拖把便朝他头上砸来。莫斯轻松躲了过去，还把拖把从拉比特手里抢了过来，在膝盖上一磕，拖把顿时断成了两截。看台上的女孩抬起了头，但是这一串动作发生得太快，她没有看到，于是又埋头看她的手机去了。

莫斯把断成两截的拖把放回拉比特手里。这位看门人一手拿着一截拖把，活像一个拿着花球的啦啦队长。

"他们会让我赔的。"

莫斯把手伸进衣兜，掏出一张二十美元的钞票，塞进拉比特的夏威夷衫口袋里。拉比特终于认清了现实，在看台上找了个座位坐下来。他从衣服口袋里掏出一个小酒瓶，打开瓶盖，仰起头猛喝了几口，然后目光开始变得迷离，抹了抹嘴巴。

"你们都以为能唬住我，都以为我不过是个没出息的弱鸡，但我不会被吓倒。你知道关于那次抢劫我被问过多少次吗？我受过恐吓，挨过揍，被烟头烫过，被骚扰和侵犯过。FBI 每隔几年就会把我拉去审问。我还知道他们在监听我的电话，查看我的银行账户。"

"我知道那笔钱不在你这儿，拉比特。你只要告诉我关于那次抢劫的一些情况就好。"

"我当时待在县监狱里。"

"但你本来是要去给他们开车的。"

"本来是，但是我没去。"

"跟我说说弗农·凯恩和比利·凯恩的情况。"

"我认识他们。"

"你和他们一起抢过银行。"

拉比特又举起酒瓶喝了一口："我和比利是在未成年人管教所认识的。

之前我一直不认识弗农，直到有一天比利突然打电话跟我说，他有一单活儿。我那时刚丢了工作，还要付车贷。弗农是我们的老大。他有一种惯用的作案手法：他和比利分别进入一家银行，在不同的队列排队。他们会让别人排在前面，好让他们俩几乎同时来到窗口，然后拿出一份叠起来的报纸或杂志，里面裹着一杆枪，只有银行柜员才能看见。他们不会大吼大叫，也不会让人趴在地上或者朝空中开枪。相反，他们只是小声地叫柜员把袋子用现金装满，然后大摇大摆地走出去，我再开车去接应他们。我们像这样抢了有三四十家银行，最开始是在加利福尼亚，后来逐渐往东转移。"

"那德莱弗斯县那起呢？"

"那完全是另一回事。弗农认识一个在安保公司工作的人，这家公司有从银行和证券行回收现金的业务。"

"那个人是斯科特·比彻姆？"

"我从没见过那个人。"

"他就是在劫案中死掉的那个保安。"

拉比特耸耸肩："也许他就是那个内应，也许不是。反正弗农没说。这是一个完美的计划。每隔两个月，这辆运钞车就会去各个银行收集残币——那些被撕碎、被洗衣机洗烂或者被人吐上了什么东西的纸币。这些纸币会被拉到芝加哥附近的一个数据销毁厂，然后被联邦政府用一个大型焚化炉烧掉。你能相信吗？弗农知道作案的时机和那辆卡车途经的路线，所以我们就计划劫持那辆车，把保安绑起来，把车后门炸开，然后拿走那笔现金。要知道，这些钱都没有记号，也无法追踪，甚至没有人知道它们的序列号。这不同于我们从谁那里偷来的钱，因为它们本来就是要被烧掉的，不是吗？"

"那奥迪·帕尔默又是怎么搅进去的？"

"应该是弗农找到他的。"

"你见过帕尔默吗？"

"没有。"

"那他哥哥呢？"

拉比特摇了摇头："直到这一票活儿被搞砸之前，我从没听说过他们俩。我跟你说，我那时可惨了，就那样失去了弗农和比利。比利有点古怪，他十多岁的时候吸过迷幻药，这让他有点偏执，但他还是个好孩子。他还和我妹妹约会过一阵。"

"在那之后呢——你听到过卡尔的消息吗？"

"我听说他去了南美。"

"你认为是他拿走了那笔钱？"

"警察是这么说的。我觉得当中应该有属于我的至少五十万。"

"为什么？"

"弗农承诺过会分我一笔，即使我没参与这单活儿。现在你看看我——我他妈还在这儿清理地板，照看菲奥娜公主。"

女孩抬起头，不满地朝他嚷了一声："我饿了。"

"去自动售货机那边买点吃的。"

"我没钱。"

拉比特摸了摸身上的口袋，里面只有刚才莫斯给他的那张二十美元。他看着莫斯，说："还有没有小点的票子？"

莫斯给了他一张五美元的。女孩拿过钱，扭头走了。拉比特看着她离去，紧紧盯着她的屁股。

"你刚才说她妈妈在哪儿？"

"在干活儿。"

"或许你的眼睛该盯着地板。"

"看看又没什么大不了。"拉比特咧嘴笑了起来，"等我回到家，关上灯就去睡她妈。"

莫斯一把揪住他的衣服，纽扣绷落到地上，拉比特的脚趾离开了地面，只好努力往下去够地板。"我是开玩笑的，"他哀求道，"你的幽默感哪儿去了？"

"我觉得可能掉进了你的屁眼里。也许我应该朝那儿踢一脚，看看能不能找到。"

说完，莫斯一把将他推得坐在了椅子上，转身走出体育馆。他在楼梯底下碰见了那个女孩。她正吃着一包薯条，不停地舔着手指。

莫斯停住了脚步："他有没有碰过你不该碰的地方？"

女孩摇摇头。

"如果他摸你的话，你会怎么做？"

"把他的小弟弟切下来。"

"聪明。"

Chapter 36

第三十六章

　　奥迪在贝尔纳黛特的公寓外面等了两个小时。他看着公寓前面的街道，观察着忽明忽暗的窗户，隐隐期待会在楼梯井里看见几支蹲守的特警部队，或在房顶上看见狙击手的身影。暮色降临，几朵雨云渐次遮住了太阳，这个小区也被斑驳的阴影所笼罩。

　　附近的居民来来往往。一个女人从奥迪身旁走过，牵着一条连消防栓都懒得闻、腿也懒得抬的胖狗。一个穿黑西装的高个子男人正坐在一张高凳上抽烟，目光盯着自己两只鞋子中间的地面，仿佛在读水泥地上用粉笔涂写的信息。

　　奥迪穿过马路，尽量让自己看起来轻松又自在，就像这里是自己家一样，虽然他其实早已不知道自己到底属于哪里。灰蒙蒙的灌木丛和青翠的草坪中间停着几辆车，那草坪绿得像是用化学药剂染过似的。奥迪在一辆被蓝色塑料布包起来的车子旁停了下来；一阵风吹过，塑料布随风舞动，就像下面藏着什么活物。奥迪蹲下身，把手伸进塑料布底下，沿着轮胎一路摸过去，寻找车钥匙。贝尔纳黛特答应过他，但她也可能会改变主意。奥迪趴在地上又找了一遍。这时，一道银光闪过，引起了他的注意。钥匙就躺在车轮后的沥青地面上。他朝车的底盘下面钻去。

奥迪听到一阵脚步声从他身后的人行道上传来。他蹲了起来，以为会见到十几杆枪指着他的头。脚步声的主人正站在他面前，挡住了太阳。他个子很高，鼻子很长，下巴上长着一圈胡子——可能之前只是连鬓胡，后来就长成了络腮胡——裤脚塞在靴子里。

"你好啊。"

奥迪挤出一丝笑容，点点头。

"你丢了什么东西吗？"

"我车钥匙丢了。"

那人吸了口烟。烟头一闪一闪，奥迪看不见他的眼睛，但他本能地知道，那双眼睛一定是冷酷无情的——就像他在监狱操场上见过的那些没有人愿意靠近、不小心靠近了也绝不会跟他目光对接的犯人的眼睛。

奥迪开始从车上扯掉塑料布。这是一辆丰田凯美瑞，几乎全新。那人用脚把烟头碾火了。

"我想让你把车钥匙扔给我。"

"为什么？"

"有些事我必须要做。别让我更为难。"那人一只手伸进了外套口袋，"如果我把枪拿出来，我就会开枪。"

奥迪把车钥匙扔给了他。

那人走到车尾，打开了后备厢的门。

"钻进去。"

"不。"

他把手从口袋里拿了出来，手里握着一支枪，枪管就像一支小小的空心黑管，指着奥迪的胸口。

"你不是警察。"奥迪说。

"钻进去。"

奥迪摇了摇头，看着那支枪从他的胸口移到了额头。

"他们说什么活的死的，朋友，那对我来说没区别。"

奥迪朝后备厢弯下腰，那支枪也随之移到了他的脑后。他没有看见闪光和烟火。在那一瞬间，黑暗缩成了一个小小的白点，然后彻底消失了，就像有人关掉了一台老式的黑白电视机。

有的时候，奥迪会想象自己活在别人的梦里；还有些时候，他会思考是否存在平行宇宙；在那个宇宙里，贝丽塔正在加利福尼亚为厄本打扫房屋，睡在她自己的大床上；卡尔正在老爸的修车厂里修理引擎，香烟不会致癌，贝尔纳黛特的老公不是一个有暴力倾向的醉鬼，而奥迪自己则成了一个工程师，正在国外为一个援助机构修建排污和水利系统。

人们说，你走在路上，遇到了一扇推拉门或一个岔路口，然后你的人生轨迹就改变了。有的时候，只有在回首往事时，我们才会意识到我们曾经是有选择的。大多数时候，我们都只是境遇的牺牲品或命运的囚徒。

当奥迪回顾过去，他还能清晰地记起他在路上遇到转折点的那一天。那是十月中旬一个星期三的上午，他开车去厄本的大别墅接贝丽塔，她朝汽车走过来，戴着一副黑色墨镜和一顶草帽。他打开车门，她坐了进来，他注意到她的左眼是肿的，半睁半闭，变了颜色。

"怎么回事？"

"没什么。"

"他打了你？"

"我惹他生气了。"

"他没有权利这么做。"

贝丽塔朝他怜悯地笑了一下，仿佛他只是个不明白世界运转方式的小男孩，永远搞不懂身为一个女人处于她现在的境地是一种什么感受。她走下车，换到了后排。他们一路无话，彼此之间没有任何亲密的举动，奥迪也没有机会放松地欣赏她的美丽。

　　是厄本发现他俩的关系了吗？她是不是受到了惩罚？是不是被打了？奥迪的视线模糊了，他想把厄本的世界彻底撕碎——砸烂每一台赌桌、每一架点唱机、每一瓶酒和每一棵果树。

　　他和贝丽塔那天只说了几句话。她收好钱，填好收据，写好存单，到了下午三点，他们就已经回到了厄本的房子。奥迪帮她打开车门，去拉她的手，然而她对他的手视而不见。这时，他注意到她身上戴了些新东西。以前她脖子上戴的那个小小的银十字架不见了，取而代之的是一个看起来像祖母绿的吊坠。

　　"这是从哪儿来的？"

　　贝丽塔没有回答。

　　"是他给你的吗？在打你之前还是打你之后给的？"

　　贝丽塔不想听他说话。

　　"他给你这个之前是不是先把你睡了？"

　　贝丽塔转过身，朝他脸上扇了一巴掌。她还想继续，但是奥迪抓住了她的手，想把她拉过来，吻她。贝丽塔还击了。奥迪朝她吼出了一个问题。

　　"为什么？"

　　"他救了我。"

　　"我也可以救你。"

　　"你连你自己都救不了！"

　　她撇开他的手，走进了屋里。

　　接下来的四个星期，贝丽塔一直刻意与奥迪保持着距离，想方设法地避免交谈。如果她想要距离，那他就给她距离，奥迪对自己说，但是他的心却给出了不同的答案。他无时无刻不在想着她，一想到她被别人占有，他的脸颊就开始发烫，胸口发紧，仿佛他生命的精髓都被抽走了。

　　一个星期六，在厄本的山间别墅，奥迪打着赤膊修理已经坏了好几个星期的喷泉。他蹚进绿莹莹的水里，抓住了那个有着苹果大小的胸部、宽臀并头顶花环的精灵雕塑。

喷泉里铺着亮蓝色的瓷砖，好几个地方缺了一块。奥迪开始用他的小折刀从排水口挖出污泥。贝丽塔远远地从阳台上看着他。她叫他穿上衣服，不然会被晒伤。这是她一个月来第一次主动和他说话。

奥迪的小刀一滑，割伤了他的手掌。他看了看刀口，然后抬起了手。血顺着手腕流了下来。

"你这个白痴！"贝丽塔用西班牙语叫道。

片刻之后，贝丽塔拿着一个急救盒从屋里跑了出来，给他包扎、消毒。

"你可能需要缝针。"

"没事的。"

贝丽塔帮他清理了伤口，止住了血。

"你还在生我的气吗？"奥迪说。

贝丽塔没有回答。

"我做了什么惹你生气？"

"你的手不能沾水。"

"你爱我吗？"

"别问了。"

"我想和你结婚。"

"闭嘴！别说了！"

"为什么？"

"总有一天我会被送回去的。"

"那是什么意思？告诉我。你为什么这么害怕？"

"我曾经失去过一切。我不能让这事再发生一次。"

她跟奥迪讲了她的故事，告诉他当时如何地动山摇，人们像被翻过身的乌龟一样动弹不得，楼房像饼干一样坍塌，发出的声音就像火车呼啸着冲过一条隧道。四十秒。一座山倒了下来，砸毁了圣萨尔瓦多东边的拉斯科琳娜市的四百间房子。死亡人数比这个数字还要多，因为当时大多数人都在睡觉。

贝丽塔的丈夫把她拖到了屋外，又冲进去救出了她的弟弟，然后第三次冲进屋去救她的妹妹，但是他和她妹妹两个人都没有出来。四层楼的钢筋水泥如同手风琴一样塌下来，只留下一堆碎石和一团灰尘。他们后来挖了八天，有时会从不同的房子里挖出几个幸存者，但挖出来的大多是尸体。他们就那样徒手挖着，直到路边堆满了尸体，空气中弥漫着恶臭。他们从一间地下室里挖出一个八岁的小女孩，还发现了一对抱在一起的老年夫妇，浑身布满了灰尘，就像铜铸雕像。

贝丽塔的父母都死了。她的丈夫、妹妹以及一帮邻居……被一扫而光。贝丽塔和她弟弟是他们家仅存的两个人。她弟弟奥斯卡那年才十六岁，贝丽塔十九岁，已经怀有身孕。当他们决定北上去美国时，推土机还在清理废墟。但是他们又有什么选择呢？他们的房子没了，无家可归，一贫如洗，举目无亲。

他们坐着卡车、大巴或是徒步穿越了一千英里的丛林、山脉、河流和沙漠。在墨西哥，他们给两个"蛇头"交了钱，让他们带自己越过边境，穿过沙漠，进入亚利桑那州。他们身上揣着瓶装水在夜晚赶路，任由铁丝网和带刺的灌木划伤皮肤。一队边境稽查警发现了他们。他们想逃跑，却还是被抓住了，手脚被绑起来，扔进了一辆小货车，然后被送入监狱。在那里，他们睡了三晚硬地板，然后被一辆巴士送到了墨西哥。

第二次尝试的时候，他们想自己偷渡入境。然而，就在他们等着从边境围栏上的一个洞钻过去的时候，一伙匪徒发现了他们，把他们的衣服扒得精光，财物也搜刮殆尽。贝丽塔遮住自己的胸部和隆起的腹部，那些人在讨论要不要强奸她。

"她怀着孕呢，老兄。"其中一个说。

"怀孕的才更刺激。"另一个回答，"她们干起来就像荡妇，因为她们想给自己的孩子找个爹。"

说完，他摸了摸贝丽塔的肚子。奥斯卡起身朝他扑了过去。然而，他还没够到那个人就被他开枪打死了。

"糟了，老兄，看看你都干了什么。"

奥斯卡躺在地上，血从鼻孔里流了出来。贝丽塔跪在泥地上，摇晃着他的尸体。那伙匪徒放过了她，走了。她看着围栏上的那个洞口和围栏那边的沙漠，又看了看她来时的那条路。她穿好衣服，从洞口爬了过去，觉得自己当晚就会死掉。

那是她一生中最黑暗的几个小时。在没有食物和水的情况下穿过沙漠，还要和夜晚的低温、蚊虫和尖利的石头做斗争。每当有边境巡逻的警车靠近，她就会立马跳进沟渠躲起来。就这样一直走到日出，然后是中午，直到一个卡车司机给了她一点水喝，还把她送到了图森市。连着两个晚上，她都睡在一辆废弃的汽车里，还有一晚是睡在伐木场的锯末上，第二天又睡在铁路支线上的一节货运车厢里。她吃的是狗食和从垃圾箱里翻出来的食物，一路搭顺风车交替着走路，直到抵达圣地亚哥。

她的一个表亲曾经告诉过她，那儿有摘水果的活儿可以干，但是没有几个工头想雇一个怀孕的十几岁的少女，于是她只好在果农的营地里帮人洗衣服、做饭，直到羊水破了，在等候产床的时候在医院走廊上生下了她的儿子。

那已经是三年前的事了。从那以后，她摘过水果，洗过衣服，擦过地板，但更糟的是，她一直是非法移民：没有档案，没有身份，是个不存在的人。

在跟奥迪讲述这一切的时候，贝丽塔没有流一滴眼泪。她没有寻求他的同情或者试图让他震惊，甚至当她说到某天她被两个男人从地里带走、蒙上眼睛、堵住嘴巴、威胁要杀掉她、除非她同意去一所妓院工作时，她也没对这份不公有任何怨言。她的过去不是什么寓言，而是一段真实的生活，和其他千万个因生活所迫、被希望驱使的非法移民的生活并无二致。

贝丽塔讲述的时候，奥迪从头到尾保持着一个姿势，仿佛害怕她会突然停下来，也害怕那些她还没说出口的话……他的手就放在她旁边，他感觉那只手是那么沉，没法伸出去牵她的手。贝丽塔继续讲述着，眼睛睁得大大的，充满了可怕的肃穆，将奥迪带入了一个和他无关、却害怕自己会迷失其中的故事。

终于，贝丽塔说完了。

奥迪吐出一声叹息。他从不知道自己可以发出那种声音："你儿子现在在哪儿？"

"我表哥在帮我照看他。"

"在什么地方？"

"圣地亚哥。"她用手指抚过奥迪缠着绷带的手，"我每个星期天都会去看他。"

"你有他的照片吗？"

她带他走进她的卧室，拉开一个抽屉，给他看一张镶在一个小银框里的照片。照片里的小男孩躺在她的怀里，头顶着她的下巴，头发散落在眼睛上方。他的瞳孔是深棕色的，跟他妈妈一样。有人在照片底下写了一行小字："人生苦短，爱意绵长。去生活吧，就像没有明天一样。"

贝丽塔从奥迪手里拿过照片，没有再说什么。她已经说出了她的故事。现在，他了解了她的过往。

Chapter 37

第三十七章

　　莫斯坐在休斯敦第四区一家汽车旅馆的窗户旁边，看着瘾君子和妓女组成的奇怪组合从窗外走过——这是些被最近一次的经济繁荣抛在身后、像暴风雨后的船只残骸一样被冲上岸的人。在得克萨斯，赚钱不是一件容易的事。假如一个人真的成功了，人们会去拍拍他的肩膀；但是，假如要他们帮助别人取得成功，他们会立马转身离开。

　　这家汽车旅馆的房间里装着佩斯利花纹的窗帘，铺着尼龙地毯，一些黑人女孩站在隔壁的阳台上拉客，那些看管她们的老鸨就在外面的大街上游荡。一个世纪以前，休斯敦城里满是妓院和鸦片馆。即使是城里的名媛贵妇也会拿出一只烟斗来让自己更加快乐。而现在，这里的毒贩子多半是十几岁的黑人小子，手里提的名牌包里装着各种最新的高科技产品，脸上满是傲慢和自以为是。

　　到了傍晚，莫斯想找个酒吧之类的便宜地方吃晚饭。一路上，汽车和出租车互相争抢车道，就像两派随时准备打架的人。莫斯走进一家酒吧，要了一杯啤酒，在一个背朝大门的位置坐了下来。这个酒吧就像他还未成年的时候拿他哥哥的身份证偷偷跑去喝酒的那种地方。

他看着泡沫从结霜的酒杯里缓缓升起，端起来喝了一口，让酒在嘴里回荡。现在的啤酒似乎没有他小时候好喝了，也许因为那时的他是在"偷吃禁果"吧，但莫斯还是把它喝完了，因为他已经太久没有尝过啤酒的味道了。

坐了一会儿，莫斯又想去外面走走。他把手揣进兜里，走过一排排厂房和一个个停车场，还有这条六车道的公路两边像润滑油一样的连锁快餐店。来到一个十字路口时，他看到了一个报刊自动售卖机。奥迪·帕尔默的脸正从封面上盯着他——嘴咧向一边，刘海软软地趴在额头上。

两人在休斯敦的汽车旅馆枪击案中死亡

莫斯看不到报纸下面叠起来的部分，身上也没带零钱。他想跟一个路过的行人求助，那人像躲避瘟神一样躲开了。莫斯试图把自动售货机的盖子强行掰开。当挫败感达到一个临界值，他开始用脚不停地踢那个金属盒子。他踢了一脚又一脚，直到盖子的铰链被踢断，掉了下来。他从坏掉的售货机里捡起一份报纸，打开来读里面的细节，他不愿意相信奥迪会开枪打死一对母女。

也许他心里的那根弦终于绷断了，莫斯心想，他意识到自己一触即发的暴脾气和他之前见过多少次这样的事情。一个犯人收到一封老婆或女朋友写来的信，说她要离开他，她和他最好的朋友同居了，或者她带着他所有的积蓄跑了。有的人就会在这种时候丧失心智。他们会上吊，用刀片割腕，或者和监狱里最恶劣的浑蛋单挑，甚至直接朝铁丝网冲过去，然后被子弹打穿。

或许这就是奥迪·帕尔默从监狱逃跑的原因。那段时间他总是盯着夹在笔记本里的那张照片，还时不时用手指抚摸照片上那个女人的脸庞，又在夜里被自己的尖叫声惊醒，气喘吁吁，满头大汗。爱情的确会让一个男人变成那样——让他变得疯狂。爱情不会让他变得盲目或坚不可摧，反而会让他变得脆弱，让他更具人性，成为一个真正意义上的人。

这家夜总会的葡萄藤架上系着一串彩色灯泡，十字交叉布置在院子上方。一支穿着牛仔服的乐队正在台上卖力表演，伴着一把吉他唱一曲"海滩男孩"①的歌，只是那吉他声就像有人在踩一只活猫。

莫斯在摩肩接踵的人群中穿行，经过一桌穿着同款粉色 T 恤和芭蕾舞裙的女人，其中一个女人头上别着一顶婚礼头纱，脖子上挂着一块"初学者牌照"，两手各持一瓶啤酒在舞池里旋转。

莫斯找到一小块空地，靠在墙上，跷起二郎腿，跟着音乐摇晃脑袋。忽然，他感觉口袋里有什么东西在振动。过了好一会儿，他才反应过来那是他的手机。他手忙脚乱地寻找正确的按键，对他粗大的手指来说，那些按键都太小了。终于，他把电话小心翼翼地举到了耳边，然而音乐声太过嘈杂，他听不到任何声音。

"稍等。"他说，然后挤过人群，钻进洗手间，把自己关进一个隔间。隔间的门背后画满了涂鸦和有关生殖器的漫画，还有人在上面写道："我的童年很快乐，但我还是把我的生活搞砸了。"

"你应该去找奥迪·帕尔默。"一个声音说。

"我在找啊。"

"是吗，那他一定是和'海滩男孩'在一起吧？"

莫斯想把电话扔进马桶，像大便一样冲走。

"我们已经掌握了帕尔默的位置，"电话那头的声音说，"我想让你去把他找出来。"

"他在哪儿？"

"我会给你发个定位。"

---

① 20 世纪 60 年代美国著名摇滚乐队。

"你要做什么？"

"给你发条短信，你这个蠢货！"

"如果你们已经找到了奥迪，那还需要我干吗？"

"你想回监狱吗？"

"不想。"

"那就照我说的去做。"

从孩提时起，奥迪就害怕被关进一个密闭的空间。有一次玩捉迷藏的时候卡尔把他锁进了一个老旧的冷冻柜里，被放出来之前他差点就窒息了。

"你刚才叫得像个女娃。"卡尔说。

"我要去告诉老爸。"

"你要是敢去，我就再把你锁进去。"

现在，奥迪像一个第一天失明的盲人一样醒了过来，默默期盼眼前突然重现光明和色彩。车轮同地面的磕碰让他的肩膀屁股抖个不停。他的手腕和脚踝都被塑料绳捆了起来，每一口吸进来的空气中都混杂着难闻的汽车尾气和他自己的体味。为了尽量平息恐慌，奥迪在脑子里回想一段比眼下欢乐的时光——一场棒球比赛。高中时代。地区锦标赛。两次本垒打，两次都把球打到了左外野之外。他跑完了一垒，在跑回来的路上和队友击掌，朝空中挥拳。他能看到老爸坐在看台上，因为自己的表现而兴奋不已。随后，又一幕场景在奥迪的脑海里闪烁、成形——在于达拉斯举办的州博览会上，烟花在摩天轮上方绽开，布奇·孟席斯骑着一头三百磅的名叫"狂暴"的婆罗门牛，像一段树瘤一样附着在它不断耸动的背上。

这辆车时不时会停下来，也许是在等红灯。奥迪能听到车里的收音机放着一首西部乡村歌曲，唱的是一个孤独的牛仔和一个负心的女人。为什么人们总喜欢在一段关系中去责备女人呢，奥迪想，他就不认为自己的痛苦是贝丽塔造成的。事实上，是贝丽塔拯救了他。她接纳了一个心如死灰的小子，给了他一个继续活下去的理由。否则，他现在怎么可能还活在这世界上？

汽车从公路上开了下去，在一条小路上颠簸。轮胎把小石子碾得飞了起来，砸在轮窝和底盘上。奥迪向四周摸索，看看能不能找到什么武器。备用轮胎在他身下。他蜷起身，用手指把尼龙垫子拽了出来，然后用手掌沿着轮胎边缘摸索，发现它被一颗蝶形螺母的中心螺栓给固定住了。

奥迪试着把螺母松开，但是车身的晃动让他的指关节在尖锐的金属上不停地摩擦。奥迪又试了一次。这次他觉得轮胎松动了一点，但还是抬不起来，因为他自己压在上面。没用的。我真傻。这样行不通。他又试了一次，感觉左肩快要炸开了。

车速慢了下来，最后完全停住了，引擎也熄了火。有脚步声靠近。锁咔嚓一声被打开，后备厢盖翻了起来。奥迪呼吸到了夜晚森林里凉爽的空气。在天空和树木组成的背景前面，那个高个子男人的身影出现了。他抓住奥迪的衣领，把他朝外面一拽，扔到了地上。奥迪呻吟着转过头，看到了四周被汽车车灯照成灰白色的树木。他们是在一条土路旁的一块空地上。奥迪可以看到一座老房子留下的石头地基，这里原来的房屋或磨坊早已经垮了，乱石堆里长出一丛丛杂草。

高个子男人割开了绑在奥迪脚踝上的塑料绳，但没解开他的手，然后打开汽车副驾驶座的车门，从里面拖出一把铲子和一支十二号口径的短管霰弹枪。他把奥迪推到车灯前，示意他往前走。两人在及膝高的野草里穿行。一只鸟从他们头顶的树枝间飞了出去。高个子男人把霰弹枪瞄向空中。

"那不过是只猫头鹰。"奥迪说。

"你他妈以为你是谁——戈尔[①]吗？"

两人继续往前走，来到房屋废墟后面的一块沙地上。这块地基是用水

[①] 艾伯特·戈尔（Albert Gore Jr.），1993年至2001年间出任美国副总统，后成为著名的环境学家，关注全球气候变化与环境问题。

泥块垒成的，下半部分埋在土里，其中一个水泥块上嵌着一只金属圆环。高个子男人拿出一根链子，让奥迪跪下来，把链子一端拴在奥迪的右脚踝上，另一端则像拴狗那样套在那根水泥柱上。随后，他割断了绑在奥迪手腕上的塑料绳，往后退了几步。奥迪站在那儿，揉着擦破的皮肤。那把铲子就躺在他脚边。

"给我挖。"

"为什么？"

"这是你的坟墓。"

"我为什么要为自己挖坟墓？"

"因为你不想让自己的尸首被山狮、郊狼和秃鹰吃掉。"

"我那时反正已经死了——我无所谓。"

"那倒是，但你还可以靠挖洞拖延一点时间。你可以祈祷一会儿，跟你妈妈和朋友告个别，那样你死的时候就不会那么难过了。"

"你相信这一套？"

"我是一个心胸宽广的人。"

奥迪双手握住铲把，一只脚踩在铲子上，铲子没入了柔软的沙土。他能感觉到心脏在胸腔里怦怦地跳动，一股酸味从他腋下传来。他的思绪随着铲子翻飞，权衡着把自己体力耗尽的利弊。

那根链子让他有五米左右的活动半径。在悄悄测试行动边界的时候，他感觉到，当他把链条拉到最远时，那根水泥柱有些松动。高个子男人正靠在一块石头上，牛仔靴交叠在一起，那支霰弹枪就躺在他的左臂弯里。

奥迪停了下来，擦了擦额头。

"她们是你杀的吗？"他说。

"谁？"

"那对母女。"

"我不知道你在说什么。"

"就是汽车旅馆里那一对。"

"少废话，接着挖。"

月亮从一堆云层后面钻了出来，向周围的树木旁的地面投下阴影，也给树冠罩上了一层光晕。坑越挖越深，因为这里的土质太粗太干，两边的泥土不断往下陷。高个子男人点了一支烟，但他吐出的烟圈似乎比他吸进去的还多。

"我只想知道你是不是更喜欢朝妇孺开枪。"奥迪说，他决定壮起胆子碰碰运气。

"我从没对女人或小孩开过枪。"

"你的老板是谁？"

"任何出得起钱的人。"

"我可以给你开更高的价格。你难道不知道我是谁吗？我是奥迪·帕尔默。你有没有听说过德莱弗斯县那桩运钞车劫案？是我抢走了那七百万美元。"奥迪换了换腿，锁链在水泥柱上撞得咣当作响，"那笔钱至今还没找回来。"

高个子男人笑了："他们告诉过我你会这样说。"

"我说的是真的。"

"如果你真有那么多钱，你就不会住那么破的汽车旅馆，也不会在联邦监狱里蹲十年。"

"你怎么知道我住过一家破汽车旅馆？"

"我看新闻了。给我接着挖。"

"我有朋友可以付你钱。"

枪口扫过奥迪的胸膛，又往下指了指："如果你不给我闭嘴，我就一枪打穿你的腿。你还可以一边流血一边挖，反正这里的土地也需要一些水分。"

这时，高个子男人的手机响了。他继续用枪指着奥迪，一边朝衣服口袋里摸去。奥迪在想，自己是不是可以朝他眼睛里挥一铲沙子。或许他能拖着水泥柱跑到树丛那边去，但是接下来又该怎么办？

现在，他只能听到一半的电话内容。

"你什么时候给他打的电话？……所以他正朝这里赶过来？……他对整个计划知道多少？好吧。价格翻倍。"

电话挂了，高个子男人走到土坑边上。

"还是不够大。"

莫斯按照他接到的指示把车一路往东开到了城外，然后从州际公路下来，经过一段越来越窄的泥泞小路，来到一片茂密的松树林，那里面有火烧的痕迹和干涸的河床。他看了看里程表，之前那人跟他说最后一次转弯之后再往前开三英里就到了。现在这块地上有新近留下的车轮痕迹。莫斯关掉了引擎和头灯，慢慢减速，然后挂空挡从一个山坡上滑了下去。他望向窗外的黑暗，透过树林瞥见了一丝微弱的灯光。

莫斯停下车，慢慢地推开车门。引擎冷却的时候发出了"砰"的一声。莫斯从座位底下摸出了那支点四五手枪，塞进牛仔裤后腰，然后轻轻关上车门，沿着小路朝那点亮光走去。他的眼睛逐渐适应了黑暗，这感觉更像是一次偷袭而不是犯人交接。莫斯舔了舔嘴唇，闻着松针的气味，听到了铲子插进土里的声音。

莫斯并不喜欢乡下。他生在城市，长在城市，比起看着刚出生的小羊在草地上嬉戏和微风拂过麦浪，他更愿意知道外卖的配送范围。乡下有太多会飞来飞去、会咬人、会蜿蜒滑行和会咆哮的东西，还有很多仍然认为对黑人处以私刑是合法行为的杀气腾腾的乡巴佬，尤其是在美国南部的部分地区。

莫斯看到了一块空地。一辆银色的轿车停在空地的另一头，头灯扫过一片长满矮灌木和野草的干河床。轿车旁边有两个人，一个坐在岩石上，另一个正在挖坑。

莫斯小心翼翼地爬上一道斜坡，想找一块高地。他能听到铲子扬起又落下的声音。突然，一颗松动的石头从他脚底滑落，引发了一场小小的山体滑坡和一连串的回音。

坐着的男人一下子跳了起来，开始朝黑暗处张望，手里端着一支短管霰弹枪。

"刚才那可不是猫头鹰。"他说。

"是什么都有可能。"挖坑的那个人回答。莫斯认出了那个声音，是奥迪·帕尔默。在惨白的灯光照射下，奥迪的皮肤看起来有些灰黄，眼睛下面的凹陷像是深色的胎记，最让莫斯吃惊的是奥迪的眼睛。这双眼睛曾经充满生机和能量，现在却流露出某种从内心深处散发的恐惧，就像一只受惊的动物或挨了打的土狗。

莫斯躺在山脊上，从两块仍旧散发着白天积攒的热气的大石头中间朝下偷窥。奥迪还在挖坑。另外那个人就是他之前在奥迪母亲住处外遇到的那个家伙，那个眼神凶恶、留着可笑胡须的有前科的人。他已经走到了灯光边缘，端着霰弹枪指来指去。

"有人吗？"

莫斯蹲下身，石头抵住了他的膝盖和手掌。他捡起一块石头，朝那人头上扔去，就像扔手榴弹一样。高个子男人端起枪朝出声的地方开了一枪，枪声在寂静的黑夜里就像一颗炸开的炮弹。

声音消失后，他在房子残留的地基后面蹲了下来。

"我知道你在那里，"他大声喊着，"我不会伤害你。"

"所以你开枪了，是吗？"莫斯回答。

"你不该偷偷摸摸地来我这里。"

"有人跟我说，你在等着我。"

"你是韦伯斯特先生吗？"

奥迪停了下来。他朝那片山坡望去，想找出那个声音的来源。

"为什么你刚才不直接说明来意呢？"高个子男人问。

"因为你看起来有点喜欢开枪。"

"我不会伤害你。"

"那你把枪放下。"

"为什么？"

"因为那样你才能见到太阳升起。"

奥迪仍然盯着那片山脊："你是什么时候出狱的，莫斯？"

"几天前。"

"我还不知道你可以申请假释呢。"

"我原来也不知道。"

"你最近怎么样？"

"还行。之后还见了我家那口子。"

"我猜你们腻歪了很久。"

莫斯笑了："我们把床单都搞破了。我那话儿现在还疼着呢。"

高个子男人有些不满："你们俩这是在干吗，开茶话会吗？"

莫斯没有理他。

"嘿，奥迪！有人说你杀了一对母女。"

"我知道。"

"真的是你干的吗？"

"不是。"

"我猜也不是。你现在为什么要挖坑？"

奥迪指了指高个男人："他说这是个坟墓。"

高个男人打断他："我只是想让他在你赶到之前有点活儿干。"

"他之前还说让我挖到够放两个人那么大。"奥迪高声说。

"他在胡说，老兄。"高个男人说，把枪口指向奥迪。

莫斯一边小心翼翼地沿着山脊向一个可以更好地看到高个子男人的地方移动，一边想着下一步的对策。他趴在一块岩石上往下看，尽量把自己藏好，同时把那把上了膛的手枪拿在手里，枪管因为握得太紧而微微颤抖。他和下面有这么远的距离，打中任何东西都得靠运气。

"你到底是要把他接走还是怎样啊？"高个子男人喊道，他的声音在树林间奇怪地回荡。

"我们得先谈一谈。"莫斯说，"你先把枪放下，怎么样？我在没有枪指着我的时候表达能力会好一点。"

"我怎么知道你有没有武器？"

"你得相信我，我说没有就是没有。"

高个子男人走进了车灯的照射范围。他把霰弹枪举过头顶，然后放在了凯美瑞的引擎盖上，举起空空的两手说："我已经把枪放下了。"

"你不会对小伙伴撒谎的，是吧？"

"不会的，老兄。"

"我希望你别这样叫我，我们又不是笔友。"

莫斯把那把点四五手枪塞进牛仔裤的裤腰里，站了起来，抖了抖衣服上的泥土，从山坡上滑了下去，目光始终没离开那杆霰弹枪和高个男人。

奥迪可以感觉到脖子上的肌肉开始收紧打结。他想知道莫斯是怎么从监狱里出来的，以及他来这儿是要干吗。他弯下腰，按了按脚踝，那根链子一直在那儿刮着他的小腿。这个时候，高个男人让他跳进坑里。

"不。"

"那我就开枪了。"

"你用什么开枪？"

莫斯此时仍在五十米开外的地方。奥迪看不清他的面容，但是认出了他的步态。他悄悄朝那根水泥桩子移了过去，两手捡起那根链子，把它像套索一样一圈一圈地缠在手里。

另外两个人此时离得更近了。莫斯用左手掏出一条手绢，擦了擦额头，右手叉在腰上。高个子男人点了一根烟，站在车灯前面，任由灯光照着莫斯的眼睛。

"你们俩是怎么认识的？"他说。

"我们是老相识了。"莫斯回答。

"你的车停在哪儿？"

"山头那边。"

然后是一阵长久的沉默。高个子男人终于打破了沉默，说："所以我们接下来怎么办？"

"你把奥迪交给我，这儿就没你的事了。"

"你这是在求我还是命令我？"

"如果能让你感觉好受点，你可以跟别人说是我求你。"莫斯瞥了一眼奥迪脚踝上的链子，"我需要那个的钥匙。"

"没问题。"

高个子男人把手伸向裤子的后袋，他拿出的不是钥匙，而是一把塞在腰带里的手枪。就在他拔枪的一刹那，奥迪把手上的链子甩了出去；链子飞出去又弹回来，打到了那人拿枪的那只手，那一发子弹因此没有打中莫斯的脑袋，而是击中了比骨头更坚硬的什么东西，迸出一串火星。第二枪比第一枪要接近目标，但是莫斯已经躲在了一块大石头后面。他蹲得太猛，扭到了膝盖，然后一边骂着一边不经瞄准便开火还击。两人开始枪战。

奥迪重新把链子缠在前臂上，弯下腰搬起那个水泥墩，那东西的重量压得他直打晃。他抱着它跌跌撞撞地朝汽车走去，像一个临产的孕妇，并且随时预备着背上会挨一枪。乳酸在他的肌肉里聚集，让他的前臂火烧火燎地疼，但他还是一直往前跑，直到来到那辆凯美瑞跟前。他扔掉水泥墩，拿起霰弹枪，用一只手将子弹上膛，然后把枪架在引擎盖上开始瞄准。

在最后一刻，高个子男人看到了他的动作，旋即滚入坑里。奥迪朝他和莫斯大吼，让他们停止开火。一阵静默。奥迪只听得见自己的呼吸声和血液流过耳朵的声音。

"你的火力压得住他吗？"莫斯喊道。

"我的火力压得住你们两个。"奥迪回答。

"我是来帮你的。"

"那可难说。"

奥迪把头伸进汽车的侧窗，检查了一下车子内部。引擎还在运转。

"好吧，让我来告诉你们两个接下来该怎么办。我会开车离开这里，然后你们可以尽情朝对方开枪，反正打死谁都与我无关。"

"你只要一坐上驾驶座我就朝你开枪。"高个子男人说。

"你可以试试看，但是我的霰弹枪可能会在你打中我之前先打死你。"说完，奥迪看了看自己的脚踝，"这链子的钥匙呢？"

"我不会给你的。"

"随便你。"

说完，奥迪蹲下身，抱起那块水泥墩，打开车门，把它扔了进去，然后从它上面爬过去，挤进了方向盘后面。

高个男人朝着莫斯大喊，让他快点做些什么。

"你想要我怎么做？"

"开枪打他。"

"你开枪打他。"

"他要跑了。"

"你要我开枪打他，除非你先告诉我你为什么让他把洞挖得能放下两个人。"

"我刚才已经说了，那是为了给他找点活儿干。"

奥迪驾驶着凯美瑞掉头往回走。头灯的光柱扫过高个子男人藏身的大洞，也扫过莫斯藏身的巨石。他开上那条穿过松树林的土路，等着身后出现更多交火声和玻璃碎裂的声音。

然而什么声音都没有。他吸气，叹气。汗水在他脸上凉了下来。

莫斯听着汽车加挡的声音，看着轮胎碾过石子，一团尘土从地上升起，飘到了树丛中间。

"好了，老兄，现在怎么办？"高个子男人喊道。

"我会打死你，然后把你埋在那个洞里。"

"你凭什么认为我不会打死你？"

"因为你没子弹了。"

"你倒是会吹牛。"

"我数过。"

"你的数学就是坨屎。说不定我还有一块弹夹，说不定我又上了子弹。"

"我才不信。"

"也许你才没有了弹了，老兄，你才是在虚张声势。"

"也许吧。"

莫斯站起身来，膝盖火辣辣地疼。他从大石头后面一跛一跛地走了出来，朝高个子男人走去。后者此刻正躺在奥迪刚挖好的坑里，就像地上的影子。月亮适时地出现了，于是莫斯可以看得更加清楚。

"我们是朋友。"高个子男人说，"我们都想把这单活儿做完。把枪放下。"

"我又不是没子弹的那个。"

"你老是这样说，但这不是真的。"

莫斯离他足够近，能看清这个男人奇怪的胡须："你本来想对我和奥迪做什么？"

"我本来是要把他交给你的。"

莫斯举起了自己的点四五手枪："我要你诚实地回答，否则我会打穿你的脑袋。"

　　高个子男人仍然将枪口对着莫斯。他扣动了扳机，却只听到一声闷闷的"咔嗒"声。他厌恶地把枪扔到了一边。

　　"给我跪下！把手举过头顶！"莫斯说，他现在已经站在了土坑边缘，然后围着这个跪下的男人转了一圈，"你还没有回答我的问题。"

　　"好吧，好吧，我本来是要杀你的……他们说了不要留活口。"

　　"谁给你下的命令？"

　　"我不知道那个人的名字。他给了我一部手机。"

　　"你在撒谎吗？"

　　"没有，这是我在上帝面前说过的最真的话了。"

　　"每当有人把上帝拿出来证明自己的品行，那通常意味着他们在撒谎。"

　　"我向你发誓。"

　　"你那部手机呢？"

　　"在我衣兜里。"

　　"把它扔给我。"

　　高个子男人把一只手从头上放下来，掏出那部手机，扔给了莫斯。型号和构造跟莫斯的那部一模一样。

　　"给你手机的那个人长什么样？"

　　"我没看见他的脸。"

　　莫斯闭上一只眼睛，朝着手臂前方瞄准，手指在扳机上移动。

　　"你想干吗？"高个子男人问。

　　"我还没想好。"

　　"如果你放我走，我保证你以后不会再见到我。我不会去找奥迪·帕尔默了。他是你一个人的。"

　　"躺到坑里去。"

　　"求你了，老板，不要杀我。"

“躺下。”

“我还有个老母亲，她今年七十六岁了，听力不是很好，眼睛也不太好，但我每天晚上都会给她打电话。那也是我永远不会伤害奥迪·帕尔默的妈妈的原因。他们本来是让我去威胁她的，但是我做不到。”

“闭嘴，我还在考虑。”莫斯说，“我心里有个声音说我应该把你杀了，但是那会给我惹麻烦。每当我坐在假释委员会面前，那个主席都会问我有没有对我犯下的罪行感到难过，而我每次都会把手放在胸前，告诉他我现在已经改过自新，更加慎重、包容，也不会轻易发怒了。如果我现在朝你开枪，那就证明我是个骗子。不过我还有个问题。”

“什么问题？”

“我没子弹了。”

说完，莫斯以迅雷不及掩耳之势朝他挥了一拳，枪把砸中了高个子男人的太阳穴，一口唾沫从他嘴角飞了出来。他身体往前一倒，重重地跌在坑里。明天早上他醒来的时候头上会有个包，也不会知道之后发生的事情，但是至少他还能醒来。

Chapter 38

第三十八章

到了外面的路上，那辆凯美瑞不过是又一辆开始另一段旅程的汽车罢了。奥迪两手握着方向盘，努力克制住飙车的冲动，那可能会引来不必要的注意。他不停地看向后视镜，感觉一定有人在跟踪自己，每一组从对面射过来的车灯都是冲着他来的，要把他找出来，照亮他的灵魂。

到了某个地方，他把车开下了柏油马路，经过一个谷仓和一片有马和水箱的草地。之后他开上一个山坡，远远地望见一座房子的轮廓，还有黑漆漆的窗户和门廊里时髦的围栏。他把那个水泥墩从副驾驶座上拖下来，把链子搭在一块岩石边缘，将霰弹枪的枪管抵在连接处，然后转过脸扣动了扳机。巨大的声响把他的耳朵震得生疼，岩石的碎块砸中了他的后脑勺。他回过头，把还冒着烟的链子扔到了一边。

回到驾驶座，奥迪又把车开上了之前那条四车道的公路，然后开始想莫斯的事。刚才第一眼看到莫斯的时候，他想跑过去拥抱他，想和他跳舞、大笑，然后跟他一起去喝个酩酊大醉，讲述各自的故事。监狱里那些日子会变得微不足道，每个死去的人都会在他们心里活过来，在他们胸膛里敲打吵闹，以至于他们不得不再喝一杯才能把这种感觉压下去。

在监狱里，人们都管莫斯叫"大只佬"，他的块头和名声让他可以避开监狱日常生活里大多数因为争夺领地和控制权而起的纷争。莫斯并没有要求别人这样叫他，也没有利用自己的地位占别人便宜。有时候，奥迪忍不住会想，莫斯到底是不是他想象出来的人物，因为他太想和另一个人——一个不想和他打架、不想杀死他的人——交流了。

可莫斯现在从监狱里出来是要做什么？他刚才是怎么在森林里找到他的？他仍然是他的朋友，还是已经被什么人收买了？

奥迪注视着路上的白线，突然感到一阵羞愧、内疚和无处排遣的愤怒。他原先的计划正在分崩离析，脑海里浮现出卡西和斯嘉丽的身影，她们的面容本是那么鲜活欢乐，现在却因他而死。虽然扣动扳机的不是他，但他仍然是罪魁祸首。他曾经被人像陶器一样打碎，像大便一样冲走，被打，被捅，被扼住喉咙，被火烧，被铐住。他们还能再对他怎么样？

奥迪从来不喜欢记恨别人，他觉得如果一个人花费太多精力去恨别人，那通常因为他们最恨的人是自己。然而，自从失去贝丽塔，愤怒似乎成了他最常见的情绪，就像一台机器的默认设置。他记得那是从何时开始的：二〇〇三年的跨年夜，未来在那天宣布了自己的到来，并且迫使奥迪做出了一个决定。

厄本决定在跨年夜举办一次派对，奥迪为此奔波了好几个礼拜：召集酒席承办人、摆放桌椅、收取包裹，好在除了他还有额外的人手过来帮忙。他们在花园里搭起帐篷，在树上挂起彩灯，直到树木像星座般闪耀。厨师们一卡车一卡车地往场地里运送食物，还搭了一间临时厨房。一头猪被穿在一根金属杆上，架在柴火上慢慢地翻转，时不时滴下几滴油，落在柴火里滋滋作响，散发的香气混合着花篮里的花香。

自从圣诞节那天把贝丽塔送去做弥撒之后，奥迪就再没见过她。她不让他进教堂，也不让他在弥撒之后碰她，她说那是神圣的一天，上帝在看着他们，他对此并不介意。他已经发现了仅仅幻想而无须占有贝丽塔身体的乐趣。他已经对她有了如此亲密的了解，一闭上眼就能看到她肩膀上那几个光滑的凹陷，想象着自己的舌头从这些凹陷处划过，感受到她腰部的曲线和胸部的重量，甚至可以听到他的手指弹拨时她加快的呼吸。

后来，贝丽塔在跨年派对之前告诉了奥迪她和厄本都聊了些什么。厄本让她在梳妆台前面坐下，她从镜子里看到他打开一只天鹅绒镶边的盒子，从里面拿出一条镶着碎钻的火欧泊项链。

"今天晚上我会向大家介绍你。"他用西班牙语对她说。

"你要怎么介绍我？"

"我会说你是我的女朋友。"

贝丽塔死死地盯着他。厄本的脸颊开始发烫。

"这是你想要的，不是吗？"

贝丽塔没有回答。

"我不能和你结婚。我已经离过两次婚了，你知道的，但是妻子该有的东西我都不会少了你的。"厄本说。

"我儿子怎么办？"

"他现在这样很不错。你还是可以在周末和节假日去看他。"

"为什么他不能来这里住？"

"人们会说闲话的。"

派对从黄昏开始。奥迪的工作是在几扇巨大的石门那里指挥交通和代客泊车。来的大多是欧洲产的豪车。他看见厄本和宾客们把酒言欢，谈笑风生。到了十一点，贝丽塔给奥迪端来一盘吃的。她的丝质礼服在胸部上半部分蒙着一层透明的黑纱，每一寸都刚好贴合她的身体曲线。礼服由两根轻飘飘的肩带挂在她身上，看着就像随时都会滑落下来，堆在她脚边。

"跟我结婚吧。"奥迪说。

"我不会嫁给你的。"

"为什么？我爱你，而且我觉得你也爱我。"

贝丽塔摇了摇头，朝她背后的派对看了一眼："我都记不起我上次跳舞是什么时候了。"

"我可以和你跳舞。"

贝丽塔难过地摸了摸他的脸颊："不，你得留在这儿。"

"我一会儿可以见你吗？"

"厄本会找我的。"

"他会喝醉的，你可以偷偷溜出来。"

贝丽塔摇了摇头。

"我会在大门旁边等你。"奥迪对着她远去的背影说道。

接下来的一整晚，奥迪一边听着音乐一边看贝丽塔跳舞。她抬起下巴，头发高高束起，腰肢如水般灵动，每个男人都像扑火的飞蛾一样注视着她。

午夜的时候，奥迪听到了《友谊地久天长》这首歌，看到烟花在天上炸开，引得周围的狗纷纷跟着叫了起来，汽车警报也此起彼伏。

最后一批狂欢的客人在凌晨四点左右离开了。厄本跟他们道了别。他喝醉了，走路趔趔趄趄。奥迪关上大门，开始收拾人们扔在车道上的空酒瓶。

"你今晚玩得开心吗？"厄本问他。

"你是指代客泊车吗？"

厄本笑了，一只手搂着奥迪说："你去欢乐城吧，找个妞陪你，我请客。"

"新年快乐。"奥迪说。

"你也是，小伙子。"

奥迪站在大门外等着贝丽塔。花园里树上的彩灯仍在闪耀。一小时过去了。两小时过去了。奥迪还在等，然而贝丽塔却始终没有出现。奥迪有房子的钥匙，他打开门，从后门走了进去，蹑手蹑脚地沿着走廊向贝丽塔的房间走去。进屋以后，他脱掉衣服，轻轻钻进被子，没有叫醒她。他没碰她的皮肤，而是用指尖拽着她的睡衣边，看着她的胸口随着呼吸起伏，却没有发出一点声音。

就这样，奥迪睡着了。

贝丽塔很快叫醒了他："你得离开这儿。"

"为什么？"

"他要来了。"

"你怎么知道？"

"我就是知道。"

她看了看房门："刚才是你把门打开的吗？"

"不是。"

房间门大开着，透出一片漆黑。

"他看见我们了。"

"这可说不好。"

贝丽塔把奥迪从床上推了下去，让他穿好衣服。奥迪把鞋袜拎在手上，光着脚悄悄穿过走廊。他听到一间屋子里传来收音机的声音，还闻到了咖啡的味道。他穿过厨房，走下楼梯，小心翼翼地踩过车道上那些尖锐的石子。

奥迪开车回到了自己住的地方。那是新年的第一天，街上几乎没有人，只有为数不多的几辆车停在酒吧外面。一定有脱衣舞娘在挣加班费，他想。

正当奥迪要走进自己的房间时，有人从后面推倒了他。三个男人把他按在了地上。他的头被缠上了胶带，嘴巴和眼睛都被胶带封了起来，然后被戴上头套，绑住手脚。他被拖下楼梯，扔进了一辆汽车的后座。奥迪认出了那几个人的声音。开车的是厄本，坐在他两边的是厄本的两个侄子。奥迪只知道这两人的姓名缩写（J. C. 和 R. D.）以及他们配套的瘦腿牛仔裤和带按扣的衬衣。他们留着杂志上认为很"时髦"的胡楂，奥迪觉得那只会吸引基佬而不是女孩。

奥迪的嘴巴早就干了，他感觉脸上的皮肤在缩水。厄本早就知道了，可他是怎么知道的？他看见他们在一起了。奥迪迫切地想要否认一切，随即又想跪下来坦白。他可以带着这种愧疚活着，也可以接受对自己的惩罚——只要厄本放过贝丽塔。

　　奥迪想记住汽车一路经过的弯道，可是转弯太多了。厄本的一个侄儿跟另一个打趣说："他不在墨西哥还真是幸运，否则人们就会在一条阴沟里找到他的头。"

　　汽车开下了主路。后面的土路上，车辙深得让汽车底盘不断在地上磕碰，轮胎不时滑进坑洼里。终于，车子停了下来。车门打开了。奥迪被拖到车外，被按着跪了下来。

　　厄本开口了："我们不能选择自己出生的时刻，年轻人，但是死亡的时刻却可以用一颗子弹提前决定。"

　　他摘下奥迪的头套，突如其来的光明刺痛了奥迪的眼睛。他使劲眨了眨眼，看清了眼前的景象：这是一道采石场的石墙，墙底下的水形成了一片小湖，只是湖水比污油还黑。

　　奥迪头上的胶带被从头发和皮肤上撕扯下来。厄本拿过奥迪的钱包，掏出他的驾照和社保卡，扔进了污水池。然后，他发现了一张贝丽塔的照片——那是她和奥迪在海洋世界的一个照相亭里拍的，照片中贝丽塔坐在奥迪腿上。厄本把这张照片也朝水里扔去。照片被风吹得在空中飘来飘去，就像一片落叶。之后，厄本在奥迪身边蹲下来，把手放在了他的大腿上。

　　"你知道你为什么会来这儿吗？"

　　奥迪没有回答。厄本示意他的两个侄儿过来，他们把奥迪拉了起来。厄本朝奥迪的心窝猛地打了一拳。奥迪弯下腰，痛得叫出声来。

　　"你觉得你比我聪明，是吗？"厄本说。

　　奥迪干呕着摇了摇头。

　　"你觉得我是个无知的西班牙佬，不知道自己的屁眼和地上的洞有什么区别？"

　　"不是的。"奥迪挣扎着说。

　　"我信任过你。我给你机会在我身边做事。"

　　厄本的声音颤抖着，眼睛一阵发亮。他朝两个侄儿点了点头，然后奥迪就被拖到了水边，被压着跪了下去。奥迪从平滑如镜的水面上看到了自己的倒影，看见自己在几秒钟里逐渐衰老。他看见了父亲的白发、皱纹、失望和懊悔。

他的脸碰到了水面，刚才的影像消失了。他挣扎着想从按住他的手里挣脱，但是他们把他的头按得更低。他的脚在踢腾，努力闭紧嘴巴，但是，因为需要空气，他的嘴巴很快就张开了，大脑随即做出了本能的反应。他吸了口气，水灌进了肺里。空气从他的嘴里吐出来，从他的眼睛旁边飘过。之后他的头被一把拉了起来。他一阵咳嗽，嘴巴像将死的鱼那样大张着。他们又把他按进水里，还压在他的后背上，让他的额头触到了水底。奥迪越挣扎越虚弱。他死死抓住他们的腿和腰带，就像在悬崖边抓着一根绳索的人那样努力抓住他们的身体。

随后，奥迪失去了意识。他不记得自己是怎样从水里被拖起来的。醒过来的时候，他正趴在地上，大口地吐着水，身体剧烈起伏。厄本在他身边蹲了下来，像个父亲那样捏住他的后颈，嘴巴凑过来，呼吸像羽毛一样拂过他的皮肤。

"我让你进我的家门，吃我的饭，喝我的酒……我像对待亲生儿子一样对你。我本来也打算把你当成亲生儿子的。可是你却背叛了我。"

奥迪没有回答。

"你知道俄狄浦斯的故事吗？他弑父娶母，给他的王国带来了灾祸，全都是因为他出生时的一个预言。老国王也曾经试图阻止这一切发生。他把这个小孩扔进山里，但是一个牧羊人救了俄狄浦斯，把他抚养成人，预言最终还是成真了。我并不相信这些神话，但是我现在知道它们为什么会流传下来了。也许老国王本该杀死俄狄浦斯。也许那个牧羊人就不该多管闲事。"

厄本更加用力地捏住奥迪的脖子。"在你出现之前，贝丽塔是爱我的。是我救了她，教育她，给她衣服穿，给她房子住。"他把手指晃来晃去，"我本来可以往她胃里塞进一袋袋可卡因，让她在边境上来回穿梭，但我没有那么做，还让她和我睡在了一张床上。"

他抬头看了看两个侄儿，又看了看奥迪，抬高了声调："如果再让我看到你，哪怕一次，我会让你活不下去。如果你再接近贝丽塔，哪怕一次，我会让你们两个都活不下去。如果你想成为烈士，那我倒是可以成全。如果你们想像罗密欧与朱丽叶那样殉情而死，我也可以帮忙实现。但是那不会很快发生，因为我认识一些人，他们会在你的骨头上钻洞，往你的皮肤上泼硫酸，挖掉你的眼睛，砍掉你的四肢，让你几个星期都死不了。他们很喜欢这么做，这对他们来说是再自然不过的事情。你会想死，但死不了。你会背弃你曾经相信过的所有东西，你会说出你心底的秘密，你会哀求祈求央求，但是他们都会置之不理。你明白了吗？"

奥迪点了点头。

厄本看了看自己的拳头和上面磨破的皮肤，转身朝汽车走去。

奥迪叫住了他："你还欠我工钱。"

"它们被抵扣了。"

"那我的东西呢？"

"我希望它们烧得起来。"厄本说，然后拉开了车门。

他从座位上取下外套，穿在身上，然后理了理袖子："如果我是你，我会忘掉贝丽塔。她被睡过的次数比监狱里的避孕套还多。"

"那就放她走吧。"

"什么意思？"

"我爱她。"奥迪脱口而出。

"这真是个美妙的故事。"厄本回答。他朝他的两个侄子点了点头，两人分别给了奥迪一脚，一脚踢在他肚子上，另一脚踢在他背上。巨大的疼痛差点让他的内脏移位。

"祝你生活愉快。"厄本用粗粝的嗓音说，"记得感恩。"

Chapter 39

第三十九章

德莱弗斯县刑事法庭的地下室里储藏着一百五十年来每个法官判过的每个案子的档案，包括法庭简报、庭审记录、证物清单和法庭供词——基本上就是存放各种凄惨故事和黑暗行径的大仓库。

坐在电脑后的那个女人名叫莫纳，她头发的颜色比午夜还黑，在脑后高高盘起，让她看起来有些头重脚轻。她把咬了一半的三明治放在一边，抬起头看着德西蕾："我能为你做些什么，亲爱的？"

德西蕾已经填好了一张申请查看归档材料的表格。

莫纳看了看申请内容："这可能需要花点时间。"

"我可以等。"

莫纳在表格上签了名，又盖了两个章，然后把它卷起来塞进一个小筒，把小筒放进一个斜槽，让它滑了下去。她把一支笔夹在耳后，朝德西蕾凑近了一点，仔细端详着她："你在局里工作多久了？"

"六年。"

"他们肯定没少给你小鞋穿吧？"

"有过几次。"

"我敢打赌他们这样做过。我敢打赌你不得不表现得比所有男人好上一倍。"莫纳站起身，往前探了探，瞥了一眼德西蕾的鞋子。

"有什么问题吗？"德西蕾说。

莫纳不好意思地看着她，指了指等候室。

德西蕾坐下来，随手翻看几本过期的杂志，时不时看一眼腕上的手表。那是她父亲送给她的。德西蕾从警校毕业的那天，父亲把这块手表给了她，告诉她每天晚上都要记得上发条。现在，她每晚上发条的时候都会想起父母。

"在我整个职业生涯中，我只迟到过一次。"父亲告诉她。

"在我出生的那一天。"德西蕾回答。

"你知道那个故事？"

"是的，爸爸，"她笑着说，"我知道那个故事。"

如洞穴一般的档案馆里充斥着复写液、地板光亮剂、纸张和皮质绑带的气味。从天窗倾泻进来的阳光里满是浮尘。

德西蕾站在咖啡机前接了一杯咖啡，刚喝了一口就皱起了眉头。她扔掉咖啡，另选了一种软饮。这时，她的肚子开始咕咕叫。她上次吃饭是什么时候来着？

莫纳叫了她的名字，把一沓档案袋从隔板下面的缝隙里塞了过来。

"就这些吗？"

"那可不止，亲爱的。"她朝身后指了指，一辆小推车上堆满了盒子，"我还有两辆这样的小推车。"

德西蕾在阅览室找了一张桌子坐下，把那起抢劫案的卷宗一页一页地展开来看，然后在脑海中对底片进行剪辑拼接，就像剪辑电影一样把一个个细节串联起来。照片。时间线。尸检报告。法庭供词。

那辆运钞车是下午三点过后不久在康罗市北的一个地方被劫持的。那家安保公司曾经签下合同，从银行和信贷机构收集残币，然后送到伊利诺伊州的一家数据销毁机构进行销毁。

　　这家安保公司的运送时间和路线每两周会更改一次，这就意味着当年有人给劫匪提供了内部情报。在那起劫案中死去的保安斯科特·比彻姆曾被怀疑是劫匪的内线，但是庭审过程中并没有出现相关证据。警方在搜寻最后一个劫匪和失踪的钱款时对他的通话记录和行踪都进行了调查，唯一对比彻姆不利的证据只是无关紧要的旁证。

　　奥迪·帕尔默后来对自己的罪名进行了有罪辩护，但是拒绝透露其他参与抢劫的人员的名字。他没有供出他哥哥或那名保安。因为他头上的枪伤，警方过了三个月才对奥迪进行提审，又过了八个月才开庭初审。

　　德西蕾又将证人们的证词看了一遍。根据警方的记录，当天晚上八点十三分左右——也就是劫案发生后五个小时——一位巡逻警员和他的搭档在例行巡逻的路线上发现一辆装甲卡车停在联盟路北便道上。检查其牌照的时候，这位警察注意到一辆只有一位乘客的深色 SUV 停在附近。装甲卡车的后门开着，几个人正把一袋袋物品从卡车里搬到 SUV 里。

　　警察请求了支援，但是对方发现了他们的巡逻车，随后两辆嫌疑车辆飞速开走了。德西蕾读着案发当时的无线电通话记录，注意到最早做出回应的警官里有瑞安·瓦尔德斯和尼克·芬威两位。随后，由蒂莫西·刘易斯驾驶的第二辆巡逻车也加入了追捕。

　　第一通无线电讯息发出的时间是一月二十七日晚上八点十三分。

　　芬威警官：1522，朗迈尔路靠近农贸市场西路 3083 号停着一辆可疑车辆。正在调查。

　　接线员：收到。

　　芬威警官：找到一辆装甲卡车，停在路肩上，车牌是 CD0479。可能是被劫持的那辆运钞车。

　　接线员：收到。车里有人吗？

　　芬威警官：有两名男子，也可能是三名。白人。中等个子。深色衣服。

瓦尔德斯警官正在尝试靠近……有人开火！有人开火！

接线员：有警官受到袭击！各分队注意！朗迈尔路和农贸市场西路路口！

芬威警官：他们正在逃跑。开始追击。

接线员：收到！各分队注意！各分队注意！警方正在追捕犯罪嫌疑人，之前曾与嫌疑人有过交火，接近时务必小心！

芬威警官：嫌疑车辆正经过霍兰德斯皮勒大街，时速七十英里，略微拥堵。他们还在开火……我们即将开上联盟路。别的警车在哪里？

接线员：还有五分钟赶到。

刘易斯警官：1522，你需要我去哪儿？

芬威警官：开到联盟路。你们车上有路障吗？

刘易斯警官：没有。

芬威警官：卡车刚才开过了联盟路，仍在朝北开去。

接线员：有支援警员正从西边过来。

追捕又持续了十七分钟，巡逻警车和装甲卡车的时速都达到了九十英里。到了晚上八点二十九分，发生了以下情况：

芬威警官：他们失控了！卡车翻了！在路上滑行！糟了！我觉得它撞到了什么东西。

接线员：收到。

接线员：请说明你们的位置。

芬威警官：旧蒙哥马利路。RV 公园往西四百米。他们正朝我们开火！正朝我们开火！

刘易斯警官：我马上赶到。

芬威警官：（听不清）

接线员：你能再重复一遍吗，1522？

芬威警官：他们正在撤离汽车。我们还在交火。

（接下来的四分钟里一片寂静，只听到接线员试图联系警官。）

芬威警官：三名犯罪嫌疑人已经倒下。一名保安重伤。一辆汽车着火。不需要其他警力支援。

接线员：收到。消防车和救护车正赶过去。

德西蕾回到开头，继续看第一批响应求救支援的警官的证词，注意到他们都使用了类似的词汇和几乎相同的语言来描述那场枪战，仿佛他们之前交换过笔记，或商量好了说辞一样。这是警察的惯常做法，以确保没有任何人会危及接下来的审判。按照他们的说法，那辆装甲卡车后来在一次转弯时翻了车，撞上了另一辆汽车，导致被撞的汽车着火，把车里仅有的一个人烧死了。奥迪·帕尔默和凯恩兄弟则试图开枪杀出重围。

根据他们的口供，芬威警官和瓦尔德斯被对方密集的火力压制，只得藏在自己的巡逻车后面还击，但是对方的枪支和人手都超过他们，在他们就快支撑不住的时候，刘易斯警官赶到了。他把车倒着开进了交火区域，让他的同事们占据更有利的位置。

据统计，这三位警官总共开了七十多枪，三名嫌疑人都中了枪，两名当场死亡，一名受了重伤。德莱弗斯县验尸官赫尔曼·威尔福德表示，弗农·凯恩死于胸部中弹，他弟弟比利身中三弹——腿、胸和颈部。两人均因失血过多当场死亡。奥迪·帕尔默头部中弹。那个叫斯科特·比彻姆的保安之前已经被绑在卡车车厢里，后因撞车受了伤，被发现时也已经死亡。

德西蕾拿出五大本装有犯罪现场照片的相簿，迅速浏览了一遍里面的照片，然后开始仔细研究其中某些比较特别的照片。两辆警车在照片里都清晰可见——拦在路当中，还有那辆撞得不成形的卡车和被烧毁的小汽车。卡车的车门开着，里面血迹斑斑。借助纸笔和电脑软件，德西蕾在头脑中模拟当时的场景勾勒出一幅透视图，让她可以把每个"角色"放在场景中的各个位置。

这些相簿中有些位置没有照片——也就是编号要比实际的照片多。要么是因为编号错了，要么是有人拿走了照片。在二〇〇四年，得克萨斯州大多数警车都配备了摄像头和硬盘存储系统。它们可以手动打开，也可以在警车行驶到一定速度时自动开启。后来还有更先进的系统，可以不间断地录像，并在警车一回到总部就自动通过无线网络下载录像。

审讯期间，辩方律师问起过警车上安装的摄像头录像，得到的回答是那两辆警车没有安装这种硬盘存储系统。这个细节在德西蕾的脑子里啪地闪了一下。她把照片往回翻去。照片上，由芬威和瓦尔德斯驾驶的那辆警车斜停在道路中间，车的挡风玻璃已经破裂，车身和金属车门上也满是枪眼。

德西蕾打开手机上的放大镜应用，趴在那张照片上仔细查看警车的仪表盘。她注意到了挡风玻璃上面有一块明显的凸起。那是一个摄像头。德西蕾在笔记本上抄下那张照片的编号，在旁边画了个问号。

德西蕾继续翻阅着相簿，在其他照片的背景里看到了那辆烧毁的汽车的残骸。一具被烧干的尸体在翻倒的汽车残骸里清晰可见，因为热度和撞击扭曲变形，就像一具抽象派雕塑。

德西蕾查看着这辆车的细节——这是一辆一九八五年产的庞蒂克[1]，上的是加州的车牌。尸检显示，开车的是女性，年龄在二十五岁左右。照片上，极度的高温造成身体组织和肌肉萎缩，她被烧焦的身体手肘弯曲，双手握拳，呈现拳击般的姿势。现场没有任何酒驾或毒驾的迹象，也看不出幼年骨折的迹象。

因为这名死者的面容和指纹均已烧毁，警方在确定她身份的时候遇到了些困难，最后不得不在全国范围的 DNA 和牙齿数据库中进行查找，

---

[1] 美国通用汽车公司旗下品牌之一，已于 2010 年倒闭。

后来又把行动范围扩大到了国际刑警组织和一些处理无记录移民的国际机构。德西蕾开始勾画那辆车的所有人变更图：这辆庞蒂克6000于一九八五年在俄亥俄州哥伦布市的一家车行第一次售出，后来又被转手两次。最后一个登记在册的所有者是南加州拉莫纳市一个名叫弗兰克·奥布里的人。

德西蕾拿起手机，给她一个在华盛顿特区的同事打了电话。她和尼尔·詹金斯是警校的同学，但是詹金斯并不想去一线工作，而只想在宾夕法尼亚大道935号①谋求一份坐办公室的差事，并且最好是在数据监控部门，那样他就可以偷听别人的谈话。

这一次，詹金斯一如既往地想和德西蕾闲聊，但是德西蕾没有时间。

"我需要你帮我调查一辆车的历史数据。是一辆庞蒂克6000，一九八五年出厂的型号，加州车牌3HUA172。"说完，她又迅速报出了这辆车的识别代码信息，"这辆车在二〇〇四年一月的一场事故中烧毁。"

"还有别的什么信息吗？"

"开车的是个女的——看看他们有没有查出她的身份。"

"你着急要吗？"

"你查到了回我电话。"

接着，德西蕾又开始研究那个在劫案中死去的保安。斯科特·比彻姆是一名退役的海军战士，在海湾战争中参加过两次战役，还在波斯尼亚参加过一次。他于一九九五年从海军退役，之后便在安玛安保公司工作了六年。警方怀疑保安当中有一名劫匪的内线，但是却没能在通话记录中找到比彻姆是劫匪内线的证据，只有一张加油站的收据显示他在抢劫案发生前一个月曾和弗农·凯恩在同一家路边服务区餐厅吃过饭。一位服务员通过照片确认她见过比彻姆，但是不记得他和弗农有过交谈。

---

① 美国 FBI 总部地址。

德西蕾在盒子最底下发现了一张 DVD。她在证物名单上查了这张 DVD 的证据标签，发现里面记录的是奥迪·帕尔默的提讯听证会。

德西蕾又回去找了一趟莫纳，后者对于见到她似乎有点惊讶。

"你已经在这里待了六个小时了。"

"我明天还会来。"

"我们还有四十五分钟就闭馆了，所以除非你带了睡袋来……"

"我需要一台 DVD 播放机。"

"你看到那边那间屋子了吗？里面有一台电脑。钥匙给你。别丢了。你可以待到六点，再想看什么就要明天再来了。"

"知道了。"

德西蕾打开电脑，看着屏幕亮起，听着 DVD 在电脑里旋转。屏幕上，一个固定摄像头拍摄的画面显示奥迪·帕尔默躺在医院的病床上，头上缠着绷带，鼻子和手腕上都插着管子。德西蕾已经看过他的医疗报告。当时没有人认为奥迪能活下来。做手术的时候，医生得像拼图一样用骨头的碎片和金属板子把他的颅骨拼合起来。奥迪昏迷了三个月，最开始的几个星期只有极少量的脑部活动，专家们还讨论要不要拔掉他的管子。但是得克萨斯州法律规定只能处死那些已经被定罪的死刑犯，而不是脑死亡的人，否则得克萨斯州大部分的政客都得被处死。

即使奥迪最终从昏迷中醒了过来，医生还是怀疑他不能走路，不能说话。奥迪后来证明他们是错的，但是又过了两个月才恢复到一定的程度，可以在病床边组织的听证会上接受传讯。

在 DVD 的影像资料里，一位名叫克莱顿·拉德的辩护律师坐在奥迪身旁，奥迪则通过一块借来的灵应盘① 断断续续地和他交谈。当时的地区检察官是爱德华·道林，他现在已经是州参议员了，但是影像中的他戴着一只

---

① 一种长方形游戏盘，起源于 19 世纪中期的一种室内游戏，上面刻有字母、数字，用于招魂术和通灵术。

手术口罩，仿佛害怕会感染病毒一样。

　　提讯开始前，汉密尔顿法官问道林检察官为什么当地检署要对帕尔默发起指控。"法庭本来可以依照联邦法律或得州法律对被告进行审判，但我认为那样会出现一起利益冲突。"道林说，听起来有点故弄玄虚。

　　"什么利益冲突？"

　　"一个潜在的证人是一位联邦政府高级官员的血亲，"道林说，"那也是为什么当初 FBI 建议让地方检察官办公室来处理这起案子。"

　　汉密尔顿法官似乎很满意，并询问拉德先生他的客户是否理解这样做的目的。

　　"理解，法官大人。"

　　"他不能说出自己的全名以备记录。"

　　"他可以拼写出来。"

　　"帕尔默先生，你能听到我说话吗？"法官问道。

　　奥迪点点头。

　　"我今天将以三起一级谋杀、劫持车辆和二级车祸致人死亡这几项指控提讯你，你听明白了吗？"

　　奥迪发出一声呻吟，紧紧地闭上了眼睛。

　　"这些罪名一旦成立你会受到最高量级的惩罚，包括死刑和不接受假释的终身监禁，或者任何年限的刑期。你了解这些指控的含义和它们最严重的后果吗？"

　　奥迪缓慢而慎重地把手移到了"是的"一词上。

　　汉密尔顿法官随即转向道林，说："你可以继续了。"

　　"这是一起得克萨斯州人民对奥迪·斯潘塞·帕尔默发起的指控。案件编号 48，诉讼事件表编号 642。"

　　在陈述案情之前，地方检察官花十分钟列举了他们提出的各项谋杀和抢劫罪名。奥迪被控与其他人合谋盗取七百万美元的美联储财产。

汉密尔顿法官对奥迪发话了："先生，你被控犯有死罪和其他重罪，因此我必须建议你实行你的某些公民权利。你有权聘请一名律师，拉德先生就是公费派给你的律师，但如果你想自己另外聘请也是可以的。你愿意让拉德先生在今天的提讯中担任你的代理律师吗？"

奥迪表示愿意。

"你是否想要提起抗辩？"

奥迪开始在灵应盘上拼写回复，但是克莱顿·拉德把手伸向灵应盘，按住了奥迪颤抖的双手。"请在记录中体现我的当事人将做无罪辩护。"他说，一边瞥了一眼道林，似乎在寻求他的同意，然后又对奥迪说，"小伙子，我们还是步步为营的好。"

"保释呢？"法官问道。

"州政府反对保释。"道林说，"这些指控是死罪，法官大人，而且那笔钱还下落不明。"

"我的当事人短期内是不会从医院离开的。"拉德回答。

"他有家人吗？"法官问道。

"有父母和一个姐姐。"拉德回答。

"还有其他跟社区之间的联系或重要资产吗？"

"没有，法官大人。"

"不予保释。"

DVD 到这里就结束了。德西蕾按下了弹出键，把碟片装回塑料封套，再放回盒子里。

之后，又过了五个月，奥迪才出庭参与了德莱弗斯县法庭的庭审。不过他面对的是另一个法官，而克莱顿·拉德已经和地方检察官办公室达成了一项协议：检署把一级谋杀的指控降为二级过失杀人，而作为回报，奥迪对所有指控都要做有罪辩护。后来在庭审过程中，奥迪并没有对任何事实做出辩解，也拒绝在求情程序中进行陈述。

《休斯敦年鉴》对那起判决做了如下报道：

> 一名二十三岁的男子因参与二〇〇四年一起未遂的装甲运钞车劫案于昨天被判持械抢劫和二级谋杀罪；一名保安和一名当时正在驾车的女性在劫案中身亡，一同身亡的还有两名劫匪。
>
> 马修·科格伦法官在奥迪·帕尔默对所有指控做出有罪辩护后宣布判处他十年监禁。这些指控包括偷盗七百万美元现金——它们迄今尚未找回。
>
> 宣读判决之后，科格伦法官指责地区检察官爱德华·道林没有因为帕尔默在数条人命的劫案中扮演的角色对他提起一级谋杀的指控。"这本该是死罪。在我眼中，今天的判决是对那些冒着生命危险把这个罪犯绳之以法的警官的侮辱。"
>
> 法庭外，FBI 特工弗兰克·西诺格勒斯告诉记者说，FBI 已经为了这起劫案做了不下一千起访问调查，并且一直在关注劫匪们的亲属和过去的同伙，但是这笔钱无法追回却已经成了无法挽回的事实，因为它们本就是要送去销毁的钱币，纸币编号没有留存。
>
> "我可以向得州人民保证，我们在这起案件的侦破策略上与得州和德莱弗斯县警方进行了透明的合作和持续的交流。我们对这起案件责任人的看法没有改变，但是随着时间流逝，如果没有公众的帮助，追回钱款会越来越困难。"

看到弗兰克·西诺格勒斯出现在案件记录里，德西蕾非常吃惊。为什么他从没跟别人提起自己参与过最初的调查？这起调查当时是由 FBI 牵头的，这就意味着西诺格勒斯已经询问过瑞安·瓦尔德斯和另外几位执勤警官。他应该也跟奥迪·帕尔默聊过，然而在德西蕾声称自己比任何人都了解这桩案子时，西诺格勒斯竟然没有纠正、反驳或嘲笑她。换作平时，他肯定会毫不犹豫地这样做。

德西蕾又把手里的材料翻了一页，发现了另一则新闻报道。

州长表彰英雄警察

（撰文：迈克尔·吉德利）

即使遭到了对方的火力攻击，德莱弗斯县的三位警官——瑞安·瓦尔德斯、尼克·芬威和蒂莫西·刘易斯在对一辆被偷的装甲卡车展开了一段戏剧性的高速追捕之后，没有丝毫犹豫地对对方进行了营救。

正因为他们的英雄行为（三位警官仍然健在），那个危险的罪犯被绳之以法。为表彰他们在二〇〇四年一月那混乱的一天中表现出的勇敢和果断，瓦尔德斯、芬威和刘易斯警官今天被授予"得克萨斯之星"奖章——得克萨斯州的最高荣誉，以表彰他们"超越了职务需要的英雄行为"。

里克·佩里州长和史蒂夫·肯尼利检察总长在州议会大厦举办的仪式上为三位警官颁发了奖章，并表扬了三位警官挺身而出的英勇行为和对公众的杰出服务。

档案照片里，三位执勤警官都身穿制服，站在佩里州长旁边面对镜头微笑。芬威、瓦尔德斯和刘易斯看起来都稍微有点不自在，但是州长大人对于这样的曝光似乎很得意。照片的背景里，有一个背朝镜头正在转身的身影——那个人是弗兰克·西诺格勒斯。他的手里拿着一部无线电步话机。也许他是现场安保计划的一员。

德西蕾按下了她手机上的重拨键。

"还有个事情刚才忘说了，"她对詹金斯说，"我需要找出尼克·芬威和蒂莫西·刘易斯这两个州警署警官的近况。他们二〇〇四年的时候都在德莱弗斯县治安官办公室工作。"

Chapter 40
第四十章

奥迪在老格拉纳达电影院的深处蜷成一团，想要睡一觉，却总是梦见十多年前某天的特里尼蒂河。那天风雨大作，奥迪站在河边，凝视着幽深的河水，任凭一道道闪电在他头上的乌云里炸开。突然，一具骷髅乘着黑色的浪花从水面下浮了上来，骷髅的胸腔里有一只长着锋利白牙的海豹一样的生物。它被困在骷髅的胸腔里，尖叫着想要出来。之后，骷髅又潜回到水下，只留下一层层波纹。这时，又有一些东西从河里冒了出来，都是从黑暗里跑出来的怪物，它们纷纷奔向奥迪，让他放它们出去。

奥迪猛地睁开眼睛，生生咽下一声尖叫。他坐起身来，在一面破碎的镜子里看到一个影子，几乎快要认不出来那是自己：一个憔悴的影子，一个破碎的人形，一个笑话般的存在……

那一晚终于还是过去了。奥迪靠在一堵潮湿的墙上，写下了他需要的一系列物品的清单。换作其他人，可能现在已经在逃跑的路上了：卖掉手表、金牙或一只肾，然后坐大巴去往墨西哥或加拿大，或者偷偷登上一艘运送集装箱的货船，甚至游泳去古巴。也许奥迪渴望迎接自己的毁灭，虽然他怀疑自己是否具备求死所需的道德品质。

还有什么要列入清单呢?

封口胶带。睡袋。SIM 卡。水。

奥迪记得自己曾经列过一张类似的清单,那是在他被厄本的两个侄子揍了一顿并被告知永远不要再来找贝丽塔之后。那时的他已经住进了墨西哥边境的一家廉价汽车旅馆,像个病人一样躺在床上,一边护理着身上的各处创伤,一边等待真理的到来。偶尔他也会爬起身来,吮一吮被打坏的牙齿,再爬到厕所往洗手池里吐两口带血的唾沫。到了第四天,奥迪花了一小时走过两个街区,到药店和酒水店买了止疼药、消炎药、冰袋和一瓶波本威士忌。

在酒精和药力的混合作用下,奥迪轻飘飘地回到汽车旅馆。路上他以为自己见到了正朝他走来的贝丽塔,她的裙裾时而摆动,时而裹住大腿,头发朝后梳,用一只发卡固定住,奥迪知道那只发卡是玳瑁的,因为那是她从萨尔瓦多逃出来时唯一保留下来的东西。

她走路的时候后背挺直,下巴高高扬起,如此优雅以至于行人都微笑着往两边退让,似乎在为她让路。在她离他只有五十米的时候,奥迪叫出了她的名字,但是她没有理会。奥迪跑上前去再叫她的名字,她还是没有任何停顿,没有止步。

"贝丽塔。"奥迪喊着,声音一次比一次大,然而她加快了步伐,穿过马路。一辆车突然急刹车停了下来,按起了喇叭。

"贝丽塔!"

她停下来,转过身。她变得好瘦,好老。她不是贝丽塔。那个女人让奥迪滚,原话的口气粗鲁无礼。奥迪张开两手往后退了几步,不知道说什么好。

回到旅馆,他列了一张自己所需物品的清单。他知道厄本的银行账户的所有信息——分行地址、开户名和账号。接下来,在一月九号的那个星期五,一个戴着墨镜和网球帽的男人走进了八家银行,从每家银行都提走了一千美元。他本来可以取走比那多十倍二十倍的钱——甚至把账户里的钱全都取走——但是他只取了自己应得的部分，以及因为他受伤应该额外多得的一点。反正在他填写不同的取款单并伪造厄本签名的时候，他是这么想的。随后，他给自己买了几件新衣服，在分类广告里找起了二手车。

"再见一次。"奥迪对自己说，他必须再见她一次。但他不会乞求，只会直接问她。他知道自己的心即使碎成一千片，他的骄傲依旧会在。

奥迪在晨祷前的一小时来到教堂，把车停在附近的一条死胡同里，等着教堂开门。他在车厢里备了一只睡袋和一些现金。这座城市的天际线已经隐隐显现出来，奥迪可以听到一个街区之外高速路上的车流的声音。她会来吗？奥迪想着。厄本会让她来吗？

牧师开门后，奥迪坐在浸礼区的暗处，看着教民一个个走进来。贝丽塔是最后几个进来的。厄本的那两个侄子开车送她来的，但是他们等在屋外，一边吸烟一边听收音机。奥迪一开始没有注意到那个小男孩，他坐在第五排，旁边是一个圆脸的西班牙女人，染得漆黑的头发上戴着一方彩色的头巾，只是这头巾丝毫没有让她的五官变得柔和。

贝丽塔经过奥迪旁边的时候一直低垂着眼睛，她把手指伸进圣水里蘸了一下，在胸前画了一个十字。行过跪拜礼，她伸出手臂把男孩揽在怀里，沿着一排座位往前走着。那个男孩靠在她怀里，就像掉进了一堆刚下的雪里。

那天来做弥撒的只有三十来个人。奥迪偷偷溜进贝丽塔后面的一排椅子，找了一个可以看见她侧脸的地方坐下。她穿着一件褪了色的蓝色洋装和脚趾位置镶着一颗金扣的白色凉鞋，但是已经快磨坏了。奥迪又往前凑了一点，发现她脸上的污迹原来是一处旧伤。她脸上挨过一拳，这是奥迪的错，这一拳跟他自己挥的没有区别。坐在她旁边的小男孩穿着短裤、长袜和擦得锃亮的皮鞋，两腿直直地往前伸着，双手抱着她的一只手臂，仰起脸看着贝丽塔，忽闪的睫毛就像肩章上的流苏般浓密。

　　每个人都站了起来。仪式开始了。一个身材魁梧的牧师在管风琴和赞美诗的低吟声中从教堂中间的过道走上讲台。一对可能是兄妹的小男孩和小女孩披着白袍，手里拿着《圣经》和蜡烛。贝丽塔扭头去看，却瞥见了身后的奥迪。奥迪从她眼中看到了如释重负，以及随之而来的恐惧。她把头转了回去。那个戴头巾的女人也朝身后望了一眼，似乎明白了什么，脸上的表情更严肃了。她一定是贝丽塔的表亲，奥迪想着，也就是帮贝丽塔照看儿子的那个。

　　奥迪的视线一刻也没离开过贝丽塔。"我想和你谈谈。"他压低声音说。

　　贝丽塔没说话。牧师已经走上了讲坛，拿起一本《圣经》放在了讲坛上，赞美诗也几乎快要唱完了。在最后的合唱部分，教民们的声音更加嘹亮。

　　贝丽塔在胸前画了个十字。奥迪现在直直地站在她的身后，下巴几乎要触到她的肩膀。他能闻到贝丽塔身上的香水味。不，这不是香水，也不是肥皂、洗发水或痱子粉的味道，而是一种更质朴、更原始的气味——她自己的味道。奥迪之前还认为自己没有她也可以生活，现在看来他可真够傻的。

　　小男孩一只手搓着贝丽塔的裙摆，另一只手抱着一只玩具熊。他的膝盖上摊着一本赞美诗集，而他也装模作样地读着上面的文字。

　　"跟我走吧。"奥迪低声说。

　　贝丽塔没理他。

　　"我爱你。"他说。

　　"他会杀掉我们的。"贝丽塔压低声音回答。

　　"我们可以跑得远远的，让他永远也找不到。"

　　"他一定找得到我们。"

　　"我们可以去得克萨斯。我在那儿有家人。"

　　"那他会最先去那儿找我们。"

　　"我们可以躲起来不让他找到。"

　　两人你一言我一语，压着嗓音，然而周围还是有人开始看向他们。贝丽塔的表姐转过头，对着奥迪嚷嚷。

　　"走开！走开！你这个扫把星。"

　　她朝奥迪的胸口一推，把他推到了一边。有人朝他们嘘了几声。牧师也从压低的眼镜上面看了过来。

　　奥迪又朝贝丽塔靠近了一些，呼出的气拂过她的脖子："你已经冒了那么多风险到这儿来了。你值得拥有更多。你应该和你儿子在一起。你值得过快乐的生活。"

　　一滴泪水徘徊在贝丽塔的眼眶里，她的双手颤抖着抚过自己隆起的腹部。

　　"人生苦短。"奥迪说。

　　"爱意绵长。"贝丽塔回答。

　　奥迪把下巴放在她肩上："从侧门出去，沿着围墙一直走，你会看到一个门。不要让他们看到。我会在那儿等你。我有一辆车和一些钱。"

　　布道结束后，奥迪偷偷溜了出去，回到他的车上。路的另一头是一个滑板公园，里面有一个水泥 U 形滑道，上面用喷漆喷满了涂鸦。玩滑板的人在上面来回滑动，在空中翻转着，累了就在上面的高台休息。奥迪的舌头在嘴里来回蠕动，吮着口腔分泌的唾液。万一她不来怎么办？她为什么要相信他？无论如何，他已经做了他想做的，虽然这是一着险棋。与其说奥迪抱着的是真实的期望，不如说是盲目的渴求。

　　弥撒结束了。没有人来到奥迪车旁。奥迪开车缓缓经过教堂，看见厄本的两个侄子正护送着贝丽塔往他们的汽车走去。她抱了抱那个小男孩，男孩则抱着她的腿，把脸埋进她裙子的褶皱里，不让她离开。贝丽塔蹲下身，从他眼睛旁边拨开一缕头发。男孩哭了起来，她也哭了。车门"砰"的一声关上了，贝丽塔很快消失在他眼前。

　　奥迪坐在那儿看着眼前这一幕，看了足足有一分钟，仿佛在等候演员返场。这一定不会是他们的结局。他失落地望向天空，就像一个奴隶在思考自由，蓝色的苍穹映照出他的无助。"天哪，请帮帮我吧，"他想朝着天空大喊，"告诉我如何挨过这一切。"

这时，有人敲了敲奥迪一侧的车窗——是贝丽塔那个板着脸的表亲。她牵着贝丽塔的儿子，示意奥迪摇下玻璃。

"写一个你的地址。"她用西班牙语说。

奥迪迫不及待地找着纸和笔。终于，他找到了买车的账单，在上面写下了自己住的汽车旅馆的名字。24 号房间。

"她会联系你的。"

"什么时候？"

"一个乞丐要懂得感恩，不要得寸进尺。"

等待听起来是一件很被动的事，但对奥迪来说不是。他的彻夜不眠与他之前做过的每一件事一样艰难又令人忧虑。他踱步。他思考。他做俯卧撑。他无视电视。他不睡觉。时间是如此难熬。他真想拿起一根棍子戳进时间的心脏，把它切成碎片，点燃，深埋，然而它却依然存在。

奥迪等了三天，贝丽塔的表亲才带来了消息；又等了两天，他站在了国家大道上的灰狗大巴车站。他看着一辆辆大巴进站，然后盯着从上面下来的每一张脸。万一她错过了巴士怎么办？万一她改变了主意怎么办？

然而就在那时，贝丽塔出现了。她手里拎着一个小小的行李箱，站在两辆巴士中间。奥迪突然说不出话来，他们之间的距离似乎无限远。贝丽塔看着他笑了。她瘦了，憔悴了。但依然美丽。她一手提着难看的橙色行李箱，一手抱着一个小男孩。男孩穿着米黄色的灯芯绒裤子、一件 T 恤和一双亮红色的球鞋，看起来明显是被吓着了。

奥迪不知道该说些什么，也不知道该做些什么。他从贝丽塔手里接过箱子，把它放在地上，然后紧紧抱住了她。

"别这样。"她说，一把推开他。

奥迪似乎有些气馁。贝丽塔抓住他的手，放在自己的肚子上。奥迪用充满怀疑的眼神看着她。

"是你的。"她说，等着他的反应。

奥迪弯下腰，抱着贝丽塔的髋部，把她高举在空中，好让自己的脸紧贴着她的肚子，然后隔着她的棉布裙亲吻她的腹部。贝丽塔笑着让他把自己放下来。

小男孩一直站在行李箱旁边，他有着一头巧克力色的头发和跟他妈妈一样不可思议的棕色眼睛。

"你好啊。"奥迪说，"你叫什么名字？"

男孩抬起头看着他妈妈。

"他叫米格尔。"贝丽塔回答。

"很高兴认识你，米格尔。"

奥迪和小男孩握了握手。握完之后，米格尔看了看自己的手指，仿佛担心奥迪会偷去一根。

"你的鞋很漂亮。"奥迪说。

米格尔又低头看了看自己的脚。

"很红。"

米格尔把一只脚往里弯了弯，好看得更清楚，然后又把脸埋进了妈妈的裙子里。

他们当晚便开车出发了，一直开到过了午夜。米格尔睡在车的后座上，手里抱着那只他随身携带的破烂玩具熊。相比他的年龄，米格尔的个头并不算大，每当他的眼皮开始耷拉，他就会下意识地把大拇指放进嘴里。

他们一路上都开着车窗，畅谈着未来。贝丽塔跟奥迪讲了一些她小时候的事，像丢面包屑一样留下了很多线索，等他沿着踪迹一路向深处追问。还有些时候，他们根本不用说话。贝丽塔会把头靠在奥迪的肩膀上，或者用手指抚过他的大腿。

"这是你想要的吗？"她问道。

"当然。"

"你爱我？"

"是的。"

"如果你是在骗我，或者辜负我，或者扔下我跑了……"

"我不会的。"

"我们会结婚吗？"

"会。"

"什么时候？"

"明天就结。"

这时，收音机里传出一首歌曲。

"我不喜欢听乡村歌曲，"贝丽塔说，"我也不想在猫王教堂①结婚。"

"真的吗？"

"真的。"

"好吧。"

---

① 拉斯维加斯的一座著名的婚礼教堂，以快速办理结婚手续而出名。

Chapter 41

第四十一章

　　德西蕾在晨光中给自己冲了一碗早餐麦片，又在上面切了一根香蕉。她要给父母打个电话，告诉他们她明天不回去了。她通常会在周六去看望他们，一家人坐下来吃一顿家常饭，看着她父亲坐在椅子上对着电视里的球赛大吼大叫，像个裁判一样挥舞着想象中的罚球旗。

　　德西蕾定了定神，拨下了号码。电话那头响起了母亲的声音，她先是背出了自己的号码，然后用一种听起来近乎做作的时髦口音说："请问有什么可以帮你？"她母亲喜欢在餐厅里用同样的语气对正在上菜的服务生这样说话，并且丝毫不能理解这为何会被视作居高临下，或是对服务生的一种羞辱。

　　"是我啦。"德西蕾说。

　　"啊，亲爱的，我们正在说你呢——是吧，哈罗德？是德西蕾打来的。是的，德西蕾，她在和我说话。"

　　德西蕾的父亲不戴助听器是听不见声音的，然而德西蕾怀疑他有时候会故意把助听器关掉，好让自己不用听妻子说话。

　　"我刚买了一只火腿，"德西蕾的母亲说，"我正想用你喜欢的做法把它烤了——用芥末和蜂蜜一起烤。"

"我明天不能回家了，"德西蕾说，"我要加班。"

"噢，那太可惜了……德西蕾明天不回家，哈罗德。她要加班！"

"可是我们明天吃烤火腿啊！"德西蕾的父亲在电话那头喊道，好像每个人都和他一样是聋子。

"她知道的，哈罗德，我刚才告诉她了。"

"她找到男朋友了吗？"哈罗德问道。

"你爸爸想知道你有没有找到一个好男人。"母亲对着电话里的德西蕾说。

"跟他说我已经结婚了，并且生了一对双胞胎，叫彭彭和丁满①。丁满喜欢放屁，但他很可爱。"

"我多希望你不是在开玩笑。"她的母亲回答。

德西蕾的父亲又从远处喊道："告诉她，如果她是同性恋也没问题，我们不介意。"

"她才不是同性恋。"德西蕾的母亲埋怨道。

"我是说如果她是的话，我们也不介意。"她的父亲说。

"别跟她说这些！"

很快，两个人就吵起来了。

"我得挂了，"德西蕾说，"明天的事抱歉了。"

德西蕾挂了电话，开始收拾自己的东西。离开公寓后，她从外侧的楼梯下了楼，还朝她正在拉窗帘的房东萨克维尔先生挥了挥手。周末不是很拥堵，德西蕾开车向着休斯敦北郊出发了。

半个小时后，她来到了汤博尔②，把车停在一座蓝白相间的平房外面。这里收拾得非常整洁，还有一片碧绿的草坪和修剪得光秃秃的花园灌木丛。

---

① 迪士尼经典动画电影《狮子王》中两个人气很高的配角。

② 休斯敦大都市区下属的一个县。

德西蕾上前按了按门铃。没有人应声。她听见小孩在后花园里尖叫嬉闹的声音。于是她打开了侧门的门闩，沿着一条小路绕到了屋子后面。

一个户外露台的棚架上装点着气球和彩带，小孩子们在树木之间与一只小狗追逐、打闹。女人们则围坐在一张桌子旁聊天，一边为法式吐司打着鸡蛋，为摊饼调制面糊。为数不多的几位男士聚集在烧烤炉这个伟大的社会阶层和地位的调和剂处，因为在这里，评判一个男人的标准不是他赚多少钱或开什么车，而是他多久会翻动一块牛排。

德莱弗斯县现已退休的病理学家赫尔曼·威尔福德坐在一张折叠帆布椅上，大腿上放着一只塑料盘，腰带扎得高高的，身上披着一件开衫。他看着院子里那些小孩，他们的每一声尖叫都让他畏惧，仿佛这声音足以震落他的牙齿。

一个主妇模样的女人一边在围裙上擦着手一边向德西蕾走过来。她看到了德西蕾的警徽。

"这是一个家庭聚会。"

"我有很重要的事情，否则我不会来找他的。"

女人叹了口气，但是赫尔曼看到德西蕾后似乎松了口气，他终于有理由从派对中抽身了。他领着德西蕾走进屋里，给她倒了一杯酒，德西蕾谢绝了。赫尔曼开始和她聊天，抱怨自己老了，没耐心了，巴不得大家都离他远点。

"有了家庭以后，问题就来了。"他说，杂乱的眉毛下，目光依然犀利，"你无法从家庭中退休。"

德西蕾把犯罪现场的照片和地图随身带来了。她把它们摊在客厅的一张咖啡桌上。这位退休的病理学家开始用一种近乎爱怜的眼光审视着它们，仿佛它们让他回忆起了自己那段更年轻、对他人也更有价值的时光。

"你想问我那致命的几枪是从什么地方射来的？"

"我正在努力弄明白事情的前因后果。"

"弗农·凯恩和比利·凯恩是被警方的武器打死的。弗农被一枪射中了脖子，比利被射穿了心脏。"

"那奥迪·帕尔默呢？"

"他是被近距离开枪射中的。"

"有多近？"

"一米左右。"老病理学家拈起一张照片说，"至于射击的角度，我敢说他是正面中弹。"

"你们后来找到那颗子弹了吗？"

"他身上有子弹打进和穿出的伤口，但是弹壳一直没有找到。"

"这种情况常见吗？"

"当天一共开了七十多枪——不是每颗弹壳都能找到。"

"你能告诉我是哪位警官朝奥迪·帕尔默开的枪吗？"

"我不能确定。"

"为什么？"

赫尔曼笑了："我尽可能不在活着的人身上做解剖。"

"那为什么他被发现的时候离其他人那么远？"

"警方的口供称，他当时在试图逃跑。"

"可他是在只有一米的距离中弹的。"

赫尔曼耸耸肩。

"而且他的双手被烧伤了，这你怎么解释？"

"车的油箱破了，烧了起来。"

"那为什么只有他的手被烧了？"

病理学家叹了口气："听我说，德西蕾特工，是谁开的枪或他的手怎么被烧的有什么关系呢？他还活着。我的工作只是让验尸官知道那些人是怎么死的。"

"那个死掉的女人身份一直没有确认，你不觉得奇怪吗？"

"不奇怪。"

"真的吗？"

"你去其他县的停尸房里转一圈，都会发现没人认领的尸体。"

"有多少没有确认身份的？"

"你会很惊讶的。去年在布鲁克斯县，一共发现了一百二十九具尸体，其中六十八具都没有确认身份——多半是死在沙漠里的非法移民，有的时候被发现的只是骨头。那个女人已经被烧得不成人形了，我们甚至无法还原她的相貌，因为巨大的热量造成了太多损伤。这起案子里没有阴谋，德西蕾特工。我们只是不能给那个可怜的女人一个名字罢了。"

德西蕾注意到赫尔曼的女儿正透过门缝偷偷看她，仿佛随时准备冲进来保护她爸爸。德西蕾收起桌上的照片，对病理学家道了谢，又为打扰了他的早午餐道了歉。

屋外，一个小孩尖叫着哭起来。赫尔曼叹了口气。"人们都说孙儿是上帝的恩赐，但我的孙辈们都是恐怖分子，让人感觉像被关进了一家全是侏儒的疯人院。"说完，他瞥了一眼德西蕾，"我不是在说你，女士。"

Chapter 42

第四十二章

奥迪透过健身中心那扇大大的玻璃窗看着桑迪·瓦尔德斯，她正在跑步机上跑步，头发在肩膀上甩来甩去。

过了一会儿，桑迪从里面走了出来，显然已经冲过了澡。她穿着一条白色的高尔夫球短裤和看起来很贵的无袖上衣，虽然并不紧身但也凸显了她的胸部。她脚踩一双运动鞋，没穿袜子，腿上的皮肤晒得黝黑。她买了一杯外带咖啡，然后去逛商店，其间试了一件衬衣。

奥迪从一份报纸上方往外看去，看见她在商场灯光明亮的天井里走来走去，然后坐电梯上了楼。他们正站在这家购物中心透明穹顶的下方，水从一面玻璃墙上流下来，流进一个应该是象征着雨林的水池。她朝旁边一部下行电梯里的一个朋友挥了挥手，两人打手势致意，表示电话联系，有时间一起喝咖啡叙旧。

在另一家店里，桑迪拿了一条裙子和一件上衣，然后走进试衣间。几分钟后，她从试衣间出来，回到货架边去换另一个尺码。

奥迪已经太久没享受过好运了，以至于好运来临的时候他差点没反应过来——桑迪把她的健身包留在试衣间了。奥迪悄悄溜了进去，拉开健身包的拉链，拿出她的手机。

一个售货员走了过来："有什么可以帮你吗？"

"我老婆想要她的手机。"奥迪说，指了指正在看一件衣服标签的桑迪。就在这时，她转过身，朝试衣间走了过来，好在另一位顾客吸引了售货员的注意。奥迪低下头，和桑迪擦身而过，感觉耳边随时都会响起警铃声或呼叫警察的喊声。六米……八米……十米……终于，他走出了那家店……坐上了电梯……穿过了人群。

几分钟之后，他已经坐在凯美瑞的驾驶座上，翻查着桑迪手机里的短信，直到找到一条她儿子的短信。奥迪按下回复键，打上了下面这句话：

"计划有变。我们想让你回家。十五分钟后我去学校接你。爱你的妈妈。"

奥迪按下"发送"，然后等待回复。不一会儿，手机振动起来，显示收到了一条新信息。

"出什么事了？"短信说。

"我待会儿跟你解释。我们停车场见。"

接着，奥迪又在联系人名单里找了一遍，然后拨了一个号码。一个女人接了电话，声音听起来轻快明媚。

"这里是橡树岭高中。"

"我是瑞安·瓦尔德斯警长。"奥迪说，故意拉长了元音的发音。

"有什么能帮到您吗，警长？"

"我儿子马克斯是个未成年人，他现在得回家，我过一会儿去学校接他。"

"他已经请过假了吗？"

"没有，这也是我打电话来的原因。"

"您太太嘱咐我们要注意他的安全。"

"这也是我要专门来接他的原因。我现在就是用我太太的手机在打电话。"

电话那头的秘书核对了一下号码："好的，我会把马克斯叫出来。"

奥迪挂了电话，把手机丢在大腿上。他在下一个红绿灯把车停了下来，从他放在座位上的背包里掏出了那把短管霰弹枪。他有三个弹夹。奥迪把它们拿在手心里摩挲，感受着流线型边缘散发出的金属的凉气。

奥迪把车开进学校大门附近的停车场，让引擎空转着，紧紧盯着学校大门。天空是最纯净的蓝色，不是深蓝也不是弥漫着水汽或烟尘的蓝色。

他的手机响了。马克斯发来了短信："你在哪儿？"

"你到出口这里来。"

"你得过来签个字。"

"跟他们说我回头再签。我们得赶时间。"

片刻之后，奥迪看见马克斯推开厚重的玻璃门，走下了楼梯。他戴着一顶棒球帽，四下搜寻着他母亲的车，动作里带着一丝吊儿郎当和青春期的笨拙。

奥迪打开了应急灯。马克斯朝他走过来，他蹲下身想透过茶色玻璃往里看。车窗缓缓降了下去。

"上车。"

马克斯朝奥迪眨巴着眼睛，视线往下瞥见了奥迪腿上的霰弹枪。那一瞬间，他想要逃跑。

"你母亲在我手上，"奥迪说，"否则我怎么能骗你过来。"

马克斯犹豫了。奥迪给他看了看桑迪的手机。"上车，我带你去见她。"

男孩回头看了看，依然不确定。他胆怯地爬进副驾驶座。奥迪把霰弹枪放在他座位左侧，把车开上了马路。车门锁上了，马克斯拉了拉门把。

"我要和我妈妈说话。"

"很快就可以。"

他们沿着I-45高速一路往北开去，并且一直在中间的车道开。奥迪隔一会儿就看一下后视镜，不时地减速或加速，以确保没人跟踪他们。

"她人在哪儿？"

奥迪没有回答。

"你对她做了什么？"

"她没事。"

奥迪把车开到最外侧的车道："把你的手机给我。"

"为什么？"

"给我就是了。"

马克斯把手机递给奥迪。奥迪打开车窗，把桑迪和马克斯的手机扔出了车窗。两部手机掉在坚硬的高速路肩上，摔得七零八落，在柏油路上散了一地。

"喂！那是我的手机！"马克斯叫道，一边从后窗往外看去。

"我会给你买个新的。"

马克斯目光犀利地看着奥迪："你不会带我去见我妈妈，对吗？"

沉默。

马克斯拽着门把手，开始大喊大叫。他一边砸着窗户，一边朝路过的车辆尖叫。然而司机们都把自己锁在车内的小世界里，没工夫理他。马克斯又朝方向盘扑去。这辆凯美瑞横穿了两条车道，差点撞上路边的防护栏。路上其他车辆纷纷鸣着喇叭绕过他们，但马克斯仍然抓着方向盘不放。奥迪抢起手肘朝马克斯脸上撞去，马克斯捂住鼻子跌坐回自己的座位上。血从他的指缝间流了出来。

"你会把我们都害死的！"奥迪喊道。

"你本来就想杀了我。"马克斯咳嗽着说。

"什么？"

"你想杀了我。"

"我为什么要那么做？"

"因为你想报复。"

“我不想伤害你。”

马克斯把手从鼻子上拿开，说：“那你这是干什么？”

奥迪的心脏仍然在狂跳。“我很抱歉刚才打了你。你吓到我了。”说着，他掏出一条手绢递给马克斯。马克斯接过手绢捂住了鼻子。

“把头往后仰。”奥迪说。

“我知道怎么做。”马克斯气愤地回答。两人一路无语。奥迪又看了看后视镜，不知道刚才近乎车祸的那一幕有没有被摄像头拍到或被别的司机举报。

马克斯的鼻血止住了。他小心翼翼地摸着鼻子：“我爸爸说你偷了很多钱，所以他对你开了枪。他会再把你抓起来的，这一次他一定会送你上西天。”

“我相信他是这样打算的。”

“这话什么意思？”

“你爸爸希望我死。”

“我也一样！”

说完，马克斯往椅背上一靠，下巴抵在胸前，凝视着窗外掠过的田野和农舍。

“我们现在要去哪儿？”

“一个安全的地方。”

Chapter 43
第四十三章

德西蕾敲了敲康罗市一栋简易木屋的门。她听到屋里有个女人在大声说话，让一个名叫玛茜的人"把音乐声关小一点"，以及"不要让狗跑出去"。

一个穿着紧身露腿牛仔裤和米老鼠T恤的少女把门打开一道缝。一只狗往木门上扑腾着爪子，想从少女的两腿间挤出去。

"我们什么都不买。"少女说。

德西蕾亮出了自己的警徽。

玛茜转头朝身后喊道："妈！是联邦调查局的人。"

这个女孩电视剧真是看多了。

玛茜抓住那条狗的项圈，把它沿着走廊拽走了，留下德西蕾一个人站在门口。一个女人搓着双手从屋里走了出来。

德西蕾举起自己的警徽说："很抱歉打扰你。"

"经验告诉我，每当有人这么说的时候，他们其实根本不觉得抱歉。"

比彻姆太太用手背拨开了几缕垂在眼前的头发，身上穿着一条短裤和一件溅满了水渍的超大号牛仔衬衣。"我正在给狗洗澡，它滚了一身的泥。"

"我想问你几个关于你去世的丈夫的问题。"

"他到明年一月就已经去世十二年了。关于他的近况我也就知道这么多。"

她们走进一间逼仄的客厅。比彻姆太太把沙发上的杂志收走，给德西蕾腾出一个座位，让她坐下来。比彻姆太太瞥了一眼自己的手腕，然而她腕上并没有手表。

"我在重新调查那起安玛安保公司的运钞车劫案。"德西蕾说。

"他出来了，是吗？我看了新闻。"

德西蕾没有回答。

"直到现在，我去超市或加油站时还会有人用奇怪的眼神看我，我去学校接玛茜放学的时候也是——他们心里想的都是同一件事：我知道那笔钱在哪儿。"她讽刺地笑了笑，"如果我真有那几百万美元，我还会住在这样的地方吗？"说完，她的鼻孔边缘开始变得苍白，仿佛想起了另一件让她耿耿于怀的事。"他们把那起劫案算在斯科特头上。"

"谁把案子算在他头上？"

"每个人——从警察到邻居，到彻头彻尾的陌生人，尤其是安玛安保公司。他们拒绝偿付斯科特的人身保险，我后来不得不起诉他们。官司我赢了，但是赔偿的钱大部分落入了律师的口袋。这些抢钱的人渣。"

德西蕾静静地听着这个女人向她讲述那起劫案的前后经过，比如，她是如何从收音机里听到关于那起劫案的新闻、然后试着给她老公打电话的。

"他没有接。玛茜从学校放学回来之后我对她撒了谎，说她爸爸发生了车祸。我不能告诉她实情。验尸官说他死于内伤。他是想要保护那些钱才死的。他本来是个英雄，却被那些人说成罪犯。"

"警方当时是怎么说的？"

"谣言就是他们散播出去的。从来没有证据能证明斯科特是劫匪的内线，但是因为他们追不回那笔钱而斯科特又不能出来对质，他们就决定让他背这个黑锅。"

"他通常是跑芝加哥这条线的吗？"

"这条线他跑过五六次。"

"每次路线都不一样吗？"

女人耸耸肩："斯科特没有跟我说过他的工作。他原来当过兵，在阿富汗打仗的时候也不会跟我透露他要执行什么任务。那是他的职责需要，是秘密。"

比彻姆太太站起来，拉开了纱帘。"那趟车甚至本来不该由他押运。"

"为什么？"

"他们有辆车在车祸中被撞坏了，所以错过了之前的一次运货。斯科特本来应该休假的，但是他们让他去押运那一趟。"

"谁让他去的？"

"他的上司。"比彻姆太太从脸上抹掉一块污渍，"这也是为什么那辆车里有那么多钱，因为本来应该是两周运一次，但那次却隔了四周。"

"那辆车是怎么坏的？"

"有人给车加错了油。"

"谁？"

"不知道——可能是个学徒或者白痴。"比彻姆太太放下了窗帘，"我现在每天做两份工作，两份的工钱都只达到了最低工资水平，但即使是这样，每次我买了什么新东西都还有人用奇怪的眼神看我。"

"他们肯定听说过什么让你丈夫成为嫌疑犯的理由。"

比彻姆太太不屑地哼了一声，板起脸说："他们手里的只不过是一张劫案发生前一个月在一家加油站拍的照片。你看过那张照片吗？"

德西蕾摇摇头。

"哼哼，你还是去看看吧。照片上我的斯科特在帮一个人拉着门，那个人就是弗农·凯恩。斯科特当时也许在说'你好'，或者在谈论天气和足球比赛，那并不意味着斯科特就是劫匪的内线。"

比彻姆太太越说越激动："斯科特为他的国家打过仗，为他的工作牺牲了生命，然而他们却像对待人渣罪犯一样对他。奥迪·帕尔默那小子招供了，却只判了他十年而不是死刑。现在他又跑出来了，想去哪儿就去哪儿。如果我说的话听起来尖酸刻薄，那是因为我心里太苦了。斯科特是得过勋章的人。他应该得到更好的对待。"

德西蕾移开目光，不知道该说些什么。她为占用比彻姆太太的时间向她道了歉，并祝她感恩节愉快。来到屋外，天似乎更亮了一些，树木在蓝天的映衬下似乎绿得更加浓郁了。德西蕾给在华盛顿特区的詹金斯打了个电话，跟他要了一份安玛安保公司的职员名单，包括二〇〇四年一月比彻姆上级的名字。

"那可是十一年前，"詹金斯说，"说不定根本没有记录。"

"我本来也不指望有记录。"

Chapter 44

第四十四章

　　莫斯把皮卡停在一排楼上带有办公室的店面后。他往座位上一靠，闭上眼睛，感觉他的脑子已经被从颅腔里挖了出来，挂在烈日下面一点点烤干。这是他进入二十一世纪以来的第一次宿醉，这滋味他一百年之内都不想再体验了。

　　那些把他从监狱里弄出来的人现在应该已经知道了。他们应该已经知道他没有抓住奥迪·帕尔默，而这意味着他们会把他的失踪上报，甚至更严重。无论发生什么，他都不会被提前释放了。他要么会再一次被抓住，要么被杀掉，尸体被丢进森林、沙漠或墨西哥湾。有传言说，艾迪·贝尔富特找到一种处理尸体的新方法，那就是租一台便携式碎木机，拖到一个称他心意的地方。一想到碎木机开动之后血肉横飞的场景，莫斯就想吐。

　　现在最大的问题是，为什么？他们为什么要杀奥迪？如果他了解了背后的缘由，事情就会更容易接受。只要有人跟他解释一下，或许他会愿意谅解并遗忘。

　　莫斯总是想起奥迪在那块林中空地魂不守舍、惊慌失措的样子。一起蹲监狱的那些日子里，莫斯从没见过奥迪慌张或害怕的样子。在别人都活得不人不鬼的时候，唯独他还有个人样，仿佛他从亚当啃苹果和夏娃用树叶遮起身体那时起就生活在这个世上了，对什么都不再感到惊讶或奇怪，因为他之前都见过了。

莫斯低头看了看自己裸露的手臂。阳光正从窗户里透进来，但他仍然觉得冷。他想和克里斯特尔在一起……想抱着她……想听见她的声音。

前面转角处有一座老旧的电话亭。莫斯把手伸进兜里，摸出一枚硬币，根据机器的提示把钱塞了进去。铃声响到第三下的时候，克里斯特尔接起了电话。

"嘿，是你吗，宝贝？"

"嘿，是我。"

"你最近好吗？"

"你听起来醉醺醺的。"

"我喝了一两杯。"

"一切都还好吗？"

"我找到了奥迪·帕尔默，但是又把他弄丢了。"

"你有没有受伤？"

"没有。"

"你遇到麻烦了吗？"

"我觉得事情可能不会照我计划的那样进行。"

"我真不想说我原来就这样跟你说过。"

"我知道。我很抱歉。"

"为什么你觉得我会怪你？"

"你应该怪我。"

"你现在有什么打算？"

"我不确定。"

"去自首吧，告诉警察发生了什么。"

"要是我知道我可以相信谁，我一定会去自首。听着，我想让你去和你父母住上几天。"

"为什么？"

"我信不过这些人，我要确保你的安全。"

莫斯朝窗外望去，他注意到一个穿商务衬衫、打蓝领带的胖男人把一辆奔驰停在了路边。胖男人从车里钻了出来，从一个衣架上取下一件外套，然后拿起公文包，锁上车门走上了楼梯。

"我得走了，宝贝。"莫斯说。

"去哪儿？"

"我待会儿再给你打电话。"

莫斯跑到街对面，两步并作一步爬上楼梯，赶在弹簧门完全关闭前把脚塞进了门缝。胖律师把公文包夹在下巴底下，两手正忙着在一大串钥匙中翻出正确的那一把。

"是克莱顿·拉德吗？"

律师转过身来。克莱顿已经六十出头，顶着一个巨大的啤酒肚和一头白发，然而他最让人难忘的特征还是嘴巴上那一抹两头卷起的胡须，就像肯德基爷爷的造型。他身上的西装在他年轻的时候可能比较合身，但是现在纽扣都绷得太紧，好像随时会飞出去砸中别人的眼睛。

"我们预约过吗？"

"没有，先生。"

莫斯跟着拉德走进办公室。拉德把外套挂了起来，在一张桌子后面坐下。他苍白而突出的眼睛似乎一直在四下张望，一刻也没在什么事物上停留过。

"跟我说说，年轻人，是遇到了什么倒霉事才过来找我的？"

"什么？"

"你被人告了？被人伤害了？还是被人冤枉了？"

"都没有，先生。"

　　"那你为什么要请律师？"

　　"不是我请的，拉德先生，我是来跟你聊聊奥迪·帕尔默的。"

　　律师的身体僵住了，无框眼镜后面的目光变得凌厉起来："我不认识什么叫奥迪的人。"

　　"你做过他的代理律师。"

　　"你搞错了。"

　　"在德莱弗斯县的那起运钞车抢劫案中。"

　　在莫斯看不见的地方，拉德用脚拉开了他书桌最底下的一层抽屉。

　　莫斯扬起眉毛："如果你想从抽屉里掏出一支枪，拉德先生，我建议你再考虑一下。"

　　律师看了看那个抽屉，又把它合上了。"小心驶得万年船，"他略带尴尬地说，"你是帕尔默先生的朋友吗？"

　　"我们认识。"

　　"是他让你来的吗？"

　　"不是。"

　　拉德瞄了一眼电话："我不能跟你讨论案情。律师和客户之间有互相保密的义务，你懂吗？奥迪·帕尔默没资格抱怨。他已经很幸运了。"

　　"幸运？"

　　"幸运有我当他的代理律师！我帮他拿到了一个好得不能再好的判决。他本来是要被判死刑的，但最后只判了十年。"

　　"你是怎么做到的？"

　　"我的业务能力很强。"

　　"我希望他感谢过你。"

　　"他们通常都不会谢我。如果一个客户赢了官司，他会觉得他打败了体制，而假如他输了，他就会怪我。不论怎样，我都得不到感谢。"

　　莫斯知道这是真的。监狱里每个犯人都会跟别人说他是被自己的律师给坑了，或者被条子诬陷了，或者干脆就是运气不好。但没有一个人承认自己是因为一时愚蠢、贪婪或报复心太重才进的监狱。只有奥迪是个例外。他从不谈论自己的罪名或抱怨对自己的判决。他会帮其他狱友上诉或呈递诉状，但是从来不会提及自己的情况。

"你知道奥迪为什么会在出狱前一天越狱吗？"

克莱顿·拉德耸了耸肩："那小子的脑袋肯定被门夹坏了。"

"我觉得不是这样，"莫斯说，"我觉得他完全知道自己在做什么。他跟你提到过那笔钱吗？"

"没有。"

"我敢打赌你也从来没问过。"

"那不是我的工作。"

"请原谅我这样说，律师先生，但是我觉得你在胡说八道。"

拉德往椅背靠去，手指在胸前摩挲："让我来告诉你一件事，小伙子。奥迪·帕尔默只被判了十年纯粹是走了狗屎运。"

"那他为什么没被指控一级谋杀？"

"他是被指控一级谋杀，但是我帮他降成了二级过失杀人。"

"那你还真是厉害啊。"

"就像我说过的——我业务能力很强。"

"地区检察官办公室为什么会同意？他们怎么可能同意呢？"

拉德厌倦地叹了口气："想知道我是怎么想的吗？我觉得没人想得到奥迪·帕尔默会活下来。他们也不想让他活下来。即使他因为某种奇迹活下来了，医生也会说他活得像白菜一样。那也是为什么地区检察官建议折中处理。通过有罪辩护，我们为州政府省下了一笔开庭的费用，帕尔默也同意了。"

"不，当时的情况不止这些。"

拉德站起来，打开一个档案柜，从里面抽出一本看起来比沙袋还重的法律档案。"给。你可以自己看看当时的记录。"

　　这份档案里全是关于当时庭审的新闻剪报，还有一张奥迪在法庭上坐在拉德旁边的照片，那时他头上还缠着绷带。

　　"我不可能让他站上被告席，因为他话都说不清楚。记者们就像疯狗一样叫来叫去，都希望他被判处死刑，因为一个无辜的女人和一个保安在劫案中死了。"

　　"人们都怪罪奥迪。"

　　"除了他还有谁可以怪罪？"拉德看着门说，"现在请你见谅，我要开始工作了。"

　　"那笔钱后来去哪儿了？"

　　"这不是你该问的问题。别让我把你赶出去。"

Chapter 45

第四十五章

　　德莱弗斯县执法大楼位于刑事司法大道一号——一个听上去野心勃勃的地址，可以被看作一个宣言或是一种愿景。整栋大楼看起来现代而实用，但是缺少了一点老式警署、法庭和市政大楼那种建筑学上的美感——那些老建筑大多已经被卖掉了，因为历史不如地皮值钱。

　　德西蕾在汽车后视镜里照了照自己。奥迪·帕尔默的那通电话还在她脑海里回响。他说自己没有开枪打死那对母女，但是他没有乞求德西蕾相信他或理解他，仿佛完全不在乎德西蕾是否相信他的话。他还说他哥哥已经死了，她想要证据的话可以到特里尼蒂河去挖。

　　为什么他现在会告诉她这些？为什么不在十一年前说出来？如果他那时说了，可能还会对他有点好处，然而奥迪直白而毫无愧疚的口气却让她想去相信他说的话。

　　她想起自己走进汽车旅馆房间的那一刻。当时的场景里有些东西——除了毫无意义的暴力以外——让她觉得有些不对劲。为什么奥迪会杀死卡西和斯嘉丽？也许他怪卡西给警察打了电话，但是为什么不立即就开枪打死她，而要在瓦尔德斯敲门并亮出身份之后呢？

按照瓦尔德斯的说法，奥迪一共开了三枪，打死两个人，然后撞开旁边房间的连接门，从隔壁房间沿着走廊逃了出去，跑下楼梯，穿过停车场。他当时全身穿戴齐整，没有在他待了两晚的房间留下任何个人用品。而所有这些都发生在瓦尔德斯警长敲门、表明身份和使用门卡开门的这一小段时间里。这不合逻辑，违背常识。难怪她一直无法消除自己的怀疑。

瓦尔德斯警长的办公室就在这栋楼的四层，从那里可以俯瞰一家毫无特色的工厂，这家工厂门口既没有商标也没有任何标识显示它储存或生产什么产品。德西蕾敲门进去的时候，瓦尔德斯没有抬头看她。他正在打电话，一只手在空中比画着，示意德西蕾先进来坐下。

电话打完了。瓦尔德斯警长往椅子里一靠。

"希望没有赶上你正忙的时候。"德西蕾说。

"被停职调查的人再忙也忙不到哪儿去。任何开过枪的警察在调查结束前都要暂时停职。"

"这是规定。"

"我知道。"

德西蕾坐下来，把手提包放在自己的膝盖上，双手仍然抓着包的提手。她有些尴尬，觉得自己就像马普尔小姐①带着编织针线活儿来了解情况一样。随后，她把包放到了自己两腿之间的地板上。

警长把两手扣在脑后，观察着德西蕾："你不太喜欢我，是吗，德西蕾特工？"

"我不相信你，跟喜不喜欢是两回事。"

瓦尔德斯点了点头，仿佛他的可信度只是个语义问题："你来找我做什么？"

"我想向你道歉。显然那天我对你的盘问冒犯到你了。"

---

① 阿加莎·克里斯蒂笔下的一位乡村女侦探。

“你那天是有点过分。”

“我只是尽责而已。”

“你那样跟别人说话是不对的，尤其是对一个执法部门的同事。你对待我的态度就像对待一个人渣……就像对待一个罪犯。”

“看到那个年轻女人和她女儿的尸体就那样躺在地上，我也许有点失态了。”

“你的确失态了。”

德西蕾之前演练过她要对瓦尔德斯说的话，但是这些话现在老卡在她的喉咙里，让她感觉像要吞下没涂黄油的面包。

“我对这么近距离地直面死亡还很不习惯，”她说，“你显然已经很习惯了。”

“你的意思是……？”

“不管怎么说，那起运钞车抢劫案都是一场大屠杀。开枪打死那些男孩的感觉怎么样？”

“我只是在尽我的职责。”

“再给我讲一遍劫案发生的经过。”

“你都看过档案了。”

“你在一份口供里提到有一辆 SUV 停在运钞车旁边，但是一开始的无线电调度里并没有提到什么 SUV。”

“那辆 SUV 停在运钞车的另一头，我们一开始没有看见。”

“这听起来倒挺像真的。”德西蕾说。

“挺像真的？这他妈就是事实！”

德西蕾掩饰住自己成功激怒瓦尔德斯的快感：“我还想跟刘易斯和芬威警官谈一谈。”

“他们已经不在本县工作了。”

“如果你能提供一下他们的电话号码或联系地址，我将感激不尽。”

　　短暂的沉默。德西蕾朝窗外望去，远处一团篝火的烟尘让光线变得浑浊，也让光线变成了金色。

　　"我可以给你一个刘易斯的地址。你有笔和纸吗？"瓦尔德斯说。

　　"有。"

　　"得克萨斯州，杰弗逊县，博蒙特镇，木兰花公墓。"

　　"什么？"

　　"他已经在一起轻型飞机事故中过世了。"

　　"什么时候的事？"

　　"六年前，也可能是七年前。"

　　"那芬威呢？"

　　"我上次听到他的消息是他在佛罗里达群岛开了一家社区酒吧。"

　　"地址呢？"

　　"没有。"

　　"那酒吧的名字呢？"

　　"我觉得他就管它叫社区酒吧。"

　　瓦尔德斯的嘲讽让德西蕾心里的什么东西被点燃了："你们仪表盘记录仪里的录像去哪儿了？"

　　瓦尔德斯愣了一下，但是很快恢复了正常："录像？"

　　"犯罪现场的照片显示，你开的那辆巡逻车的仪表盘上有一个摄像头。但是我在档案里找不到任何相关的影像资料。"

　　"那个摄像头坏了。"

　　"为什么？"

　　"多半是因为当时朝我们射来的那么多子弹里有一颗把它打坏了。"

　　"这是官方解释吗？"

　　瓦尔德斯似乎在努力压制着怒火，就像喉咙里裹着一口痰。他挤出一丝笑容，说："我不知道什么是官方解释，我也不太在意。我想我当时可能正忙着躲避那些想要杀我的人射过来的子弹。你被人用枪射过吗，德西蕾特工？"然而他并没有等她回答，"没有，我猜你也没有。像你这样的人生活在象牙塔里，享受着特权，对真相和现实世界一无所知。你会拿着枪和警徽追捕那些白领罪犯、偷税漏税的人和联邦逃犯，但是你不知道和一个挥着砍刀的瘾君子或一个拿着半自动手枪的毒贩正面交火是什么样。你从没在抵抗犯罪的前线工作过。你从没有跟人渣打过交道。你从没有为一个同事或搭档豁出命去拼过。当你做过我说的这些事以后，你才有资格来盘问我当时的行为和动机。在那之前，请你滚出我的办公室。"

瓦尔德斯站了起来，他脖子上的肌肉正往外鼓起，额头上冒着豆大的汗珠。

他书桌上的电话响了。瓦尔德斯一把抓起听筒。

"你什么意思？……我没给他们打过电话……所以学校就这样让他走了？"他瞟了一眼德西蕾，"好吧，好吧，别激动……跟我从头再说一遍……你最后一次用你的手机是什么时候……那可能意味着它被偷了……冷静点，我们会找到他的……我知道……一切都会好起来的……我这就给学校打电话。你现在在哪儿……我派一辆警车过去接你。"

他拿低听筒，用手捂住送话口。

"有人伪装成我给我儿子的高中打了电话。

"什么时候？

"四十五分钟之前。

"你儿子现在在哪儿？

"他们也不知道。"

Chapter 46

第四十六章

奥迪沿着南高速公路穿过休斯敦郊区，来到布拉佐里亚县，然后在杰克逊湖往西开上了通向东哥伦比亚的 614 号公路。在他们前面，一辆生锈的皮卡后窗上贴着一张贴纸，上面写着"退出或死亡：得克萨斯爱国者队"。皮卡司机往外扔了一个烟头，在黑漆漆的地面上弹了几下，溅出几点火星。

沿路的大多数农场看起来整齐又繁荣，田地里满是向日葵、棉花和收割后的玉米秆。他们一路经过了简仓、风车、谷仓和拖拉机。人们都忙着过自己的日子，对一辆载着一个男人和一个十几岁男孩的普通凯美瑞并不在意。

有那么一两次，奥迪朝马克斯瞄了两眼，把他嘴角的唾沫星和红眼眶都看在了眼里。显然这个少年受到了惊吓，他不理解这是怎么回事。可是他又怎么会理解呢？小孩在长大的过程中通常都会对这个世界抱有某种期许。他们听的是童话故事，看的是治愈系电影，里面的每个孤儿都会被好心人收养，每条流浪狗也都能有一个家。这些故事都会按照一个走向发展下去：好人总有好报，爱能治愈一切。然而对很多孩子来说，他们面对的现实却不是那么美好，因为他们对生活的了解可能来自一条飞舞的皮带、一根嗖嗖挥舞的棍子或一只举起的拳头。

　　奥迪曾经有个舅舅，喜欢在家庭聚会上把奥迪抱到自己的腿上，一只手挠他的痒痒，另一只手的大拇指却狠狠戳他的肋骨，直到年幼的奥迪以为自己快要疼晕过去。

　　"听听他在干吗，"他那个舅舅会说，"他连该哭还是该笑都不知道。"

　　奥迪从来不理解他舅舅为什么会伤害他，也不明白他能从折磨一个小男孩这件事上获得什么乐趣。现在，他偷瞄着马克斯，希望他不会遇到一个那样的虐待狂舅舅和拉帮结派的学校霸王，还有那些专门欺负弱小的人渣。

　　把车开出康罗市两个小时之后，他们来到了萨金特镇——这个所谓的镇也就是一些散布在凯尼河沿岸的房子。凯尼河蜿蜒数英里，最后在海湾某处汇入大海。他们这一路几乎是一条直线开过来，直到这条路穿过一座平转桥，在萨金特镇的海滩突然到了尽头。

　　他们来到一个丁字路口，奥迪把车朝东开上了运河路，沿着这条布满热裂纹和塌陷坑的单行道一直往前。这条路又沿着海滩一直延伸了三英里。渐渐地，路边的房屋越来越少，有也多是一些修在支柱上的度假小屋，因为巨浪和风暴会让海水冲到楼板那么高。这些小屋在冬天都会被关起来，旗杆上的旗帜被取下，露台上的家具也会搬进屋里或捆在一起，连船只都会被锁进棚屋或者停放在前院。

　　公路左边是一条宽阔的运河，挖泥船和游轮沿着近岸内航道穿梭。往内陆的方向看过去则是沼泽和绵延几英里不见树木的草原，还有散布着小池塘和狭窄水道的湿地。在一片诡异的晚霞中，奥迪能看见一群野鸭排成 V 字形在天空飞过，仿佛一支箭头指向远方。

　　路的另一侧，狭长的海滩上点缀着一团团野草，还有轮胎碾过的痕迹。奥迪下了车，扫视着这一片空荡荡的海滩。天光正一点一点退去，空气呈现出脏水的颜色。奥迪走到副驾驶座外，打开了车门。

　　"我们为什么不走了？"马克斯说。

　　"我要找个今晚能睡觉的地方。"

"我想回家。"

"你不会有事的，今晚就跟你在同学家里借宿一个样。"

"你觉得我是九岁小孩吗？"

奥迪用一卷胶带把马克斯的双手绑了起来，然后推着他朝海滩走去。

他们来到了一栋黑漆漆的被沙丘和矮灌木丛挡住的房子附近。奥迪蹲在涨潮线上面的一处凹洞里，盯着这栋房子看了十来分钟，寻找着里面任何有人活动的迹象。

"你要答应我别乱跑，也不会乱叫。别想着逃跑，否则我会把你逮回来锁进汽车后备厢。"奥迪说。

"我不想进后备厢。"

"好吧，我很快就回来。"

马克斯看着奥迪渐渐消失在夜色中的背影，本以为自己会松一口气，然而事实却恰恰相反。他不喜欢这夜色，也不喜欢在这夜色中被放大的昆虫鸣叫声、自己的呼吸声和海浪拍打海岸的声音。他朝海岸那边望去，能看到海上星星点点的灯光。那可能是一艘船，也可能是个钻井平台，可能在缓缓移动，也可能根本没动。

为什么他对这个男人不怎么害怕呢？有那么两次，他一边偷瞄着奥迪，一边暗自研究他的长相，试图找出一个杀手的特征，仿佛他能从奥迪的眼睛或额头看出一些端倪似的。那难道不应该很明显吗——他心里的仇恨、嗜血的本性和对复仇的渴望？

这一路上，马克斯默默在脑子里记下了他看到的路标和地标，在心里盘算着它们的位置，以备自己万一有机会报警时用。车子往南驶离了休斯敦，后来又往西穿过老欧兴①和糖谷，最后来到了贝城。

———————————

① 得克萨斯州布拉佐里亚县境内的一个独立社区。

奥迪在路上试着跟他聊天，还问到了他的父母。

"你为什么想知道？"

"我很好奇。你和你爸爸相处得怎么样？"

"还行吧。"

"你们会一起做点什么事吗？"

"有时会。"

然而事实是不大会。至少现在不会了。

现在，马克斯蹲在黑暗里，听着海浪冲刷海岸的声音，想要回忆起他和父亲还算亲密的时光。如果他曾经加入过少年棒球联合会，或者曾经打过篮球，又或者喜欢山地自行车的话，现在的情况也许有所不同。他对滑板其实并不很在行——起码和他初中同班同学迪恩·奥宾和派特·克雷恩比起来是这样。马克斯和他父亲并没有多少相似之处，但那不是他们渐行渐远的主要原因。最让他反感的是那些争吵。不是他和瓦尔德斯的争吵，而是他晚上一动不动地躺在床上时听到的争吵。

"你真该看看你当时那个样子！真的！你跟他眉来眼去。我知道我看见了什么。我嫉妒？不可能。我为什么会嫉妒一个像你这样生不出孩子来的冷漠的婊子？"

这些争吵通常会以扔东西或砸门收尾，有时候还伴随着眼泪。在马克斯看来，他的父亲似乎认定了自己的妻儿对他既不欣赏也不感恩，或许还有点看不上，但是这些争吵很少会延续到第二天早上。到了吃早餐的时候，一切便会照旧，他母亲会帮他父亲准备好中午的便当，并和他吻别。

现在，马克斯想念他的父母，希望他父亲会赶来救他。他想象着一队鸣着警笛、闪着警灯的警车沿路朝他开过来，一架直升机的螺旋桨在他头顶轰鸣，海豹突击队员穿着救生衣冲上岸来。他竖起耳朵听了一会儿，没有听到任何警铃、直升机或船的动静。过了一会儿，他开始小心翼翼地沿着那条小路移动，同时回头看着，不知道自己有没有被奥迪看见。他来到车边，定了定神，深吸了一口黑夜中的空气。公路就在一百米开外。他可以拦下一辆车，也可以发出警报。

马克斯跑了起来，只是那姿势更像在蹦跶，因为他的两个手腕被绑在一起，手臂不能自由摆动。突然，他绊到了什么东西，脸朝下直挺挺地栽进了沙滩。

"这个倒立真漂亮。"奥迪说着从一道围栏后面走了出来，肩上架着那支霰弹枪。马克斯嘴巴里吐出几口沙子。

"你说过你不会伤害我的。"

"我说的是我不想伤害你。"

奥迪扶他站了起来，拍掉他身上的泥沙。马克斯生气地推开奥迪的双手，不想让他触碰自己。他们沿着小路往回走，从海滩一侧靠近了那栋小屋，沿着楼梯走了上去，来到房屋俯瞰大海的后露台。在盐分、海风和阳光的共同作用下，露台栏杆的漆已经掉得差不多了。

检查过遮板和外门之后，奥迪拿外套把手臂裹了起来，用手肘撞开了门把上方的一小块玻璃，然后把手伸进去，拨开了插销。他推开门，告诉马克斯注意脚下的碎玻璃，然后让他在餐桌旁边坐下，自己迅速把每个房间都查看了一遍。这个地方好像已经很久没人住了，空气里有一股霉味，床单都扔在沙发上，床上空荡荡的，用塑料罩了起来。

奥迪找到了一个杂志柜，在里面发现了地图和旧报纸。看日期，报纸已经是三个月前的了。壁炉上和卧室里挂着屋主一家的照片：父亲，母亲，三个在十几年间从蹒跚学步的幼童逐渐变成少年的孩子。

奥迪打开冰箱，又检查了一下厨柜，看看里面有没有干的或还没有腐坏的食材。他没有开灯，然后又打开了屋子临海一侧的一块遮板，朝着海湾深处空中楼阁似的钻井平台望了望。

马克斯始终一言不发。奥迪从储物箱里找到了一块亚麻布，点着了煤气烧水炉。

　　"水要过几个小时才会热，"他说，"我们可能要到明早才能洗澡了。衣柜里有些衣服。"

　　"那不是我们的。"

　　"的确是这样，"奥迪说，"但有的时候现实逼着你破坏一些规则。"

　　"你一定要把我捆起来吗？"

　　奥迪想了想。他刚才在一间卧室的柜子上看到了一个铃鼓。他把铃鼓拿到厨房，让马克斯站起身来，用胶带把铃鼓缠在了马克斯的膝盖中间，这样他只要一走动铃鼓就会发出刺耳的声响。

　　"你去坐到那张椅子上。如果我听到你有动静，就把你的手脚都绑起来，听明白了吗？"

　　马克斯点点头。

　　"你饿了吗？"奥迪问道。

　　"不饿。"

　　"好吧，我反正要做点吃的，你想吃的话也可以吃。"

　　奥迪从厨柜里找到了一盒意大利螺旋粉，把它们倒进一锅烧开的水里，接着又找出来一罐番茄、一些香草、蒜粉和调味料，在马克斯的注视下开始做饭。

　　两人坐在餐桌上默默地吃了起来，唯一的声音就是铃鼓偶尔发出的噪声和叉子在餐盘里的刮蹭声。

　　"我不是很会做饭，"奥迪说，"我之前没怎么做过。"

　　马克斯把盘子推到桌子中央，拨了拨眼前耷拉着的刘海，看着奥迪手臂上像阴影线一样的疤痕。

　　"这些是你在监狱里被人弄的吗？"一分钟的沉默之后，马克斯问道。

　　奥迪点点头。

　　"怎么弄的？"

"人们有时候会起争执。"

马克斯指了指奥迪的右手背，那儿有一条伤疤从他的大拇指根一直延伸到手腕。"这一条是怎么来的？"

"被一根用熔化的牙刷做的小棍划的。"

"那一条呢？"

"锋利的刀片。"

"监狱里怎么会有人有刀片？"

"多半是哪个守卫偷偷带进去的。"

"他们为什么会带刀片进去？"

奥迪用哀伤的眼神看着马克斯："为了杀我。"

吃完饭后，他一边在水槽里洗着盘子，一边朝窗外望去，研究着外面的天气。"明天这里可能会有场暴风雨，但是如果明天雨能停的话，我们可以去钓鱼。"

马克斯没有作声。

"你知道怎么钓鱼吧？"

马克斯耸耸肩。

"那打猎呢？"

"我爸爸带我去过一次。"

"在哪儿？"

"在山里。"

奥迪想起了他和卡尔年少时的几趟打猎之旅。那时的卡尔总是冷静地扣动扳机，面无表情地开枪，不会流露出一丝情绪。野鸭、松鼠、白尾鹿、鸽子、野兔、鹅——不论打到什么，他的脸从始至终都像戴着一副面具。相比之下，奥迪打死的所有猎物在抽搐和流血时都伴着奥迪的紧张和焦虑。

"你会开枪打死我吗？"马克斯说。

"什么？当然不会！"

"那你为什么带我来这里？"

"我想和你成为朋友。"

"朋友？！"

"是的。"

"你他妈是疯了吧！"

"别说脏话。我们有很多共同之处。"

马克斯不屑地哼了一声。

"你去过拉斯维加斯吗？"奥迪问他。

"没有。"

"我曾经在那里结过婚。那是十一年前。我娶了这个世界上最美丽的女人……"他顿了一下，带着有皱纹的笑容回忆起那个时刻，"婚礼是在一个你经常会听到的教堂里举行的。"

"就像猫王教堂？"

"不是那儿，"奥迪说，"是拉斯维加斯大道上的'铃铛教堂'。他们有一个'我愿意'服务，只要花一百四十五美元就可以结婚，还有音乐伴奏和结婚证书。我们去那里之前先买了些东西。我以为她想买条裙子，结果她找的却是一家五金店。"

"为什么？"

"她买了一条两米长的软编绳，然后让我找十三枚金币给她。'不一定非要是真金的，'她说，'这是一种象征。'"

"什么象征？"马克斯问。

"据说这象征着耶稣和他的门徒，"奥迪回答，"我把这些金币给她就象征着我会照顾好她和她儿子。"

"儿子？你之前怎么没提到她还有个儿子？"

"我没有吗？"奥迪摸着手臂上的一条疤说，"他是我的伴郎。我让他帮我拿着戒指。"

　　马克斯没有回答，但是有那么一刹那，奥迪觉得他可能想起了什么。然而那一刹那很快就过去了。

　　"他叫什么名字？"

　　"米格尔——相当于西班牙语里的迈克尔。"

　　又是一阵沉默。

　　"婚礼进行的时候，贝丽塔把那根绳子的一头系在我手腕上，一头系在她手腕上。她说这象征着我们两个人永远地结合在一起，因为我们的命运从此和对方系在了一起。"

　　"听起来像是迷信。"马克斯说。

　　"是啊。"奥迪回答，这时天空中亮起了第一道闪电，"她确实有些迷信，但是她相信邪恶不存在于事物中，只存在于人心中。一个地方是不会被污染的，只有灵魂可以。"

　　马克斯打了个哈欠。

　　"你该去睡会儿觉，"奥迪说，"明天还有好多事。"

　　"明天要干吗？"

　　"我带你去钓鱼。"

Chapter 47

第四十七章

　　瓦尔德斯家的车道上停了几台巡逻车，街道两侧则停着一些没有标志的警车。侦探们正挨家挨户地盘问，还有一组司法鉴定人员在马克斯的卧室里收集指纹和头发样本。

　　厨房里有人争吵、指责、对骂。

　　"我们并不能确定带走马克斯的人是奥迪·帕尔默。"德西蕾说，想要平息一下双方的怒气。

　　"除了他还有谁？"瓦尔德斯说。

　　"他已经威胁过我们一次了。"桑迪附和道，用纸巾擦了擦眼睛。

　　"他是怎么威胁你们的？"

　　"他出现在我们家附近……还和马克斯说了话。"

　　德西蕾点点头，看了看西诺格勒斯，他正斜坐在一张凳子上摸着下巴，做出努力思考的样子。

　　"那也不能解释他为什么会绑架马克斯。"德西蕾说。

　　桑迪失控了："你刚才在听我们说话吗？是瑞安开枪打了他，是瑞安把他抓起来的，是瑞安送他进的监狱。"

"好吧，这我知道，但还是不合逻辑。"德西蕾想了想，换了一个角度，"马克斯今年多大了？"

"刚满十五岁。"

"你跟帕尔默提过你有儿子这回事吗？"

瓦尔德斯摇了摇头。

"你在帕尔默入狱之后跟他有过任何接触或者通信往来吗？"

"没有。你到底想说什么？"

"我想弄清楚帕尔默为什么会在上个星期天出现在这里。如果马克斯是他的攻击目标，那他为什么不在他第一次出现的时候就带他走？为什么要等到现在这个时候？"

瓦尔德斯愤怒地瞪着她："那个人是个疯子！脑子挨过枪子！"

"可是他在监狱里的心理医生却不这么说。"德西蕾尽量让自己的声音保持平稳，"帕尔默那天都跟马克斯聊了些什么？"

"现在说这些还有什么用？"

"我想分析他的行为动机。"

瓦尔德斯两手往空中一挥："我们本来应该申请保护的。你们本来应该向我们提供一间安全屋。"

西诺格勒斯这时开口了："我本来是该向你提供保护的，瑞安，但是你没有申请。"

"难道这是我的错，弗兰克？"

"你说过你会把一切都照看好的。"

两人互相瞪着对方。德西蕾好奇的是他们从什么时候开始用名字代替姓氏来称呼对方了？或许是从最开始调查那起劫案的时候吧。

"马克斯本来不该去学校的。"桑迪在她丈夫怀里啜泣着，"这都怪我，我不该不听你的话。"

瓦尔德斯用一只手臂揽住她："这不是谁的错，我们会把他安然无恙地找回来的。"他又看了一眼西诺格勒斯，"你来跟她说，弗兰克。"

"我们会尽一切努力。"

西诺格勒斯站起来，搓了搓手："好吧，我们现在知道的有下面这些情况。桑迪和马克斯的手机在马克斯离开学校后十分钟内还有信号。通过最后的信号可以追踪到 45 号州际公路，在伍德兰兹往北十六英里。我们正在查找州际公路和购物广场的监控录像，看能不能找出帕尔默开的是什么车。只要找出这个，我们就能在道路监控里查到他的行踪，然后缩小搜索范围。"他看了看桑迪，又说，"我们需要给媒体发一张马克斯的近照。我们还会开一场新闻发布会。你愿意准备一份声明吗？"

桑迪转头看向她丈夫。

"这样可以引发更多的公众关注，"西诺格勒斯说，"被绑架者的家属发出感情真挚的求助信息，比如'求求你把我们的儿子还给我们'，类似这样的话。"

德西蕾补充说："马克斯有没有什么身体疾病？比如过敏？"

"他有哮喘。"

"他有药吗？"

"他身上会带一些。"

"你们知道他的血型吗？"

"这有什么关系吗？"

"只是一项预防措施，"德西蕾解释说，"我们会通知护理人员和医生，好让他们有所准备。"

桑迪又哭出声来。瓦尔德斯朝西诺格勒斯怒目而视："把她带出去，弗兰克。"

西诺格勒斯对着德西蕾朝推拉门使了一下眼色，带着她走向了露台。只剩他们两个人的时候，西诺格勒斯转过身，凝视着眼前的游泳池。在水下射灯的照射下，他脸上笼罩着一层诡异的蓝色光芒。

"我觉得你对待这家人的态度就像他们做错了什么事一样。"

"我不这么认为。"

"我还觉得你对奥迪·帕尔默有意思，我说对了吗？那些杀人放火的浑蛋总是能让你心潮澎湃，是吗，德西蕾特工？"

"你凭什么这样问我？"

"就凭我是你的上级，而且我觉得你是时候接受这个现实了。"

德西蕾站在离射灯有点距离的地方，头发垂在脸颊两旁，眼睛在黑暗中闪闪发光。

"奥迪·帕尔默没有脑损伤。他非常聪明，几乎可以说是异常聪明。如果那起劫案中失踪的钱真在他手上，他干吗要冒着风险回到这儿来？为什么要冒险绑架一个警长的儿子？这些行为都不合逻辑，除非……"

"除非什么？"

德西蕾顿了一下，从鼻子里喷出一股空气，吹起了额头上的一缕头发。

"有没有可能，那起劫案中根本就没有第四个劫匪？有没有可能是警察拿走了那笔钱？"

"什么？"

"听我说完。"

西诺格勒斯等待着。

"让我们暂且先这样想：帕尔默和那伙劫匪劫持了运钞车，但是在他们把钞票从车上卸下之前就被警察发现了，然后就是一场高速追击和枪战。劫匪被打死了，钞票还在那儿。"

"那奥迪·帕尔默呢？"

"他是劫匪中的一员。"

"那他肯定会指认对方的。"

"他们朝他开枪了，他们以为他活不成了。"

"可他活下来了。"

"也许那才是他回到这儿来的原因——他要来拿他应得的那份钱。"

西诺格勒斯摇了摇头，用拇指和食指抹了抹嘴唇："即使你说的都是对的——虽然其实不是——帕尔默也应该跟他的律师说过这一情况了，并且以此为理由达成了司法协议。"

"或许他就是那样做的——他本来可能会被判得更重，但只被判了十年。"

"十年刑期可不轻。在相同的刑期里算是最重的了。"

德西蕾还想争辩，但是西诺格勒斯打断了她："你现在说的可是一个牵涉到警察、地区检察官、辩护律师、验尸官，甚至说不定还包括法官在内的大阴谋。"

"也可能不是，"德西蕾回答，"这起案子的一份档案失踪了。对奥迪的指控也发生了变化。"

西诺格勒斯抬起一只脚，把锃亮的皮鞋鞋尖在他裤脚后面来回蹭着。

"你知道自己在说什么吗？"他问道，声音因愤怒而有些颤抖，"奥迪·帕尔默是一个冷血杀手，而你却一直在替他找理由。让我提醒你一下——他当初做的是有罪辩护，他承认自己犯下的罪行。"西诺格勒斯抽了抽鼻子，朝花园里吐了口痰。"你觉得我对你很严厉，德西蕾特工，这就是理由，我办案靠的是事实，而你办案靠的是幻想。成熟点吧，你不是个和小马驹玩耍的七岁小孩。你面对的是真实的生活。现在我要你进屋去对那两个无辜的人说，我们会尽一切努力把他们的儿子找回来。"

"好的，长官。"

"我听不见。"

"好的，长官！"

Chapter 48

第四十八章

  暴风雨一大早就来了，从墨西哥湾肆虐而过。雨水和盐粒拍打在窗户上，寒风从门底和楼板的缝隙里钻进来。闪电在远处的云层里炸开，瞬间给云朵镶上了金边。还是小孩的时候，奥迪很喜欢这样的夜晚，可以躺在床上，听着雨滴拍打在窗户上，然后汩汩地流进下水道。现在，他睡在地板上，因为他的身体已经习惯了睡在坚硬的表面和薄薄的毯子上。

  他长时间注视着那个沉睡的男孩，好奇他会梦见什么。他会梦见和他两情相悦的女孩，还是梦见击出全垒打，又或者梦见触地得分？

  在奥迪长大成人的过程中，人们总是说他可以成为任何他想成为的人：消防员、警察、宇航员，甚至美国总统……九岁的时候，他的理想是成为战斗机飞行员，但并不是像汤姆·克鲁斯在《壮志凌云》里扮演的角色，因为那更像是电脑游戏而不是真正的战斗。他想成为冯·里希特霍芬男爵那样的人，也就是第一次世界大战中德国的王牌飞行员。奥迪当时还有一本关于这位"红色男爵"的漫画，其中有一幅画给他留下的印象尤其深刻。那幅画上，这位男爵正向一架朝着地面坠落的着火的索普维斯"骆驼"战斗机^①敬礼，他的表情不像在庆祝胜利，而像是惋惜失去了一位勇敢的对手。

　　奥迪终于睡着了，他梦到自己和贝丽塔从拉斯维加斯到得克萨斯的一段旅途。他们穿过亚利桑那州和新墨西哥州南部的山岭，在沿路的旅游景点停留，比如凤凰城的儿童博物馆和坎普维德附近的蒙特苏马城堡，还有瓜达卢普山里的卡尔斯巴德洞穴国家公园。他们在新墨西哥的一家度假牧场里住了两个晚上，在那儿骑马、赶牛。奥迪给米格尔买了一顶牛仔帽，还有一支装在人造革枪套里的玩具左轮手枪。

　　他们大多时候住在路边的汽车旅馆，或者露营营地的小屋里。有的时候，米格尔会睡在他们中间，还有些时候，他们会单独给他一张床。一天早上，贝丽塔醒来，朝奥迪脸上扇了一巴掌。

　　"你这是干吗？"奥迪问她。

　　"我梦到你离开我了。"贝丽塔回答。

　　"什么？"

　　"我梦到我醒来之后你不见了。"

　　奥迪抱住贝丽塔，把头枕在她的肚子上，闻着她睡衣散发出的棉花的清香。贝丽塔抬手把裙子拉了起来，露出自己的身体，然后抓起奥迪的手，放在他最应该放的地方，开始和他慢慢地做爱。快要高潮的时候，贝丽塔紧紧地抓着奥迪，仿佛他能阻止她坠落。

　　"你会永远爱我吗？"贝丽塔问。

　　"会的。"

　　"我算不算个好妻子？"

　　"你是最好的。"

　　第五天，他们终于来到得克萨斯州的边境上。天空中飘着几条苍白的

---

① 英国索普维斯飞机公司在第一次世界大战期间设计的一系列战斗机中最著名的机型，是英国的主要战机型号。

痕迹，那是飞机飞过留下的，现在已经看不清了。米格尔变得更爱说话了，他会被奥迪的笑话逗得哈哈大笑，也喜欢高高地骑在奥迪肩上。到了晚上，他会让奥迪给他念睡前故事。

贝丽塔对此并不在意。她一直牢牢地看着他们，从不放松，还总是去检查门上的保险链拴好了没有。只有在睡着的时候，她才会放松一些。她的呼吸如此之轻，以至于奥迪得把手指轻轻放到她脖子上才能感觉到她的脉搏，同时也感觉到血液在她皮肤下流动，像一首歌那样欢快。

在那之前，奥迪不相信有人会为爱而死。他觉得那是约翰·邓恩或莎士比亚这样的诗人臆想出来的故事。但是现在，他理解了他们说的痛苦是什么意思，只是，与他得到的快乐相比，这点痛苦算不了什么，所以，即使给他全世界他也不换。

窗外，风越来越猛烈，震得窗户咔咔作响。每当一道闪电劈过，雷声就紧接着在空中炸开。马克斯突然从床上坐了起来，然后向床下扑去，撞在了衣柜的门上。奥迪在他栽倒之前抓住了他，将他直直地抱了起来。马克斯的脚被抱离了地面，却还在空中踢腾着，做着奔跑的动作，铃鼓在他膝盖中间发出刺耳的声响。

马克斯开始咳嗽，对着空中大喘气，仿佛想咬下什么东西，然后迅速把它吞下去。

"你还好吗？"奥迪问他。

而马克斯已经说不出话来了。

奥迪轻轻扶他躺回床上。马克斯脸色苍白，汗水涔涔，胸口剧烈起伏，嘴唇开始透出一丝蓝色。

"你的哮喘喷剂呢？"

奥迪抓过马克斯的书包，在里面翻找。马克斯现在已经开始呼哧呼哧地喘气了。

"试着放松点，"奥迪说，"放缓呼吸。"

他把书包翻了个底朝天，把里面的东西都抖了出来。马克斯的哮喘吸泵弹落到地板上。奥迪趴在地上抓住了它，然后用力摇了摇，把喷嘴塞进了马克斯的双唇之间。马克斯没有任何反应。

"快啊，快吸啊。"

马克斯把脸转向一边。

"别这样对我。"奥迪说。

他抓住马克斯的头，把呼吸泵按进他的嘴里，按下了喷嘴。他等马克斯吸了口气，然后捏住他的鼻子，迫使他憋了一会儿气。

最后，奥迪松开了马克斯，让他正常呼吸。马克斯放松下来，胸口的起伏也不那么明显了。他闭上眼睛，脸颊已经被泪水浸湿了。

"我想回家。"

"我知道。"

雷声在他们头上翻滚。"我讨厌暴风雨。"

"你从小就这样。"奥迪说。

"你怎么知道？"

奥迪叹了口气，害怕自己会继续说下去。或许他别无选择。马克斯在床头坐了起来，现在他可以自如地呼吸了。

"你知道我有哮喘？"

"是的。"

"你怎么会知道的？"

奥迪闭上眼睛，那个地方仍然历历在目：那是新墨西哥州索罗市郊外的一家路边汽车旅馆——就是那种用轻型建筑用砖盖的平房。在这里，你可以把车停在自己的房间外面。停车场里挤满了长途卡车、四驱皮卡、厢式货车和露营车。即使在午夜，前台的接待员也忙得像个刚充好电的机器人。

"快把那个小孩哄睡着。"她说，"早餐供应到十点。我们有个游泳池，但是中午之前可能有点凉。"

　　奥迪把米格尔抱进屋里，放在一张小一点的床上。他很惊讶这个小男孩的身躯看上去那么柔弱，外形却那么完美。这个房间距离高速公路不到二十米，每一盏车灯都会从这间房子的墙上扫过，每一辆路过的卡车都会让房间里稍微轻一点的物件哐哐作响，那声音大得就像它们随时会破墙而入。

　　不过，即使很吵，他们还是睡着了。每一天，他们都离加利福尼亚又远了一点，只是厄本·科维克还在寻找他们的感觉在奥迪和贝丽塔心中始终挥之不去。

　　午夜时分，奥迪被尖叫一般的声音惊醒。米格尔正在噩梦中挣扎，胸口剧烈起伏，仿佛每一次呼吸都使出了全身力气。贝丽塔从包里掏出一瓶哮喘喷剂，往米格尔的口鼻上罩了一个面罩，把药放了进去，直到确定药物已经深入了米格尔的肺部。然后，她把米格尔抱在怀里来回摇晃，轻声安抚。米格尔则趴在她脖子上低声哭着，直到蜷成一团睡着了，面部还被路过的卡车车灯打出的光笼罩着。

　　"你得答应我一件事。"米格尔睡着以后，贝丽塔把头靠在奥迪胸前说。

　　"说吧，什么事我都答应。"

　　"我不要你答应我任何事——我只要你答应我一件事。"

　　"好。"

　　"答应我，照顾好米格尔。"

　　"我会照顾好你们母子俩。"

　　"但是假如我出了什么意外……"

　　"你不会出什么意外，别说丧气话。"

　　"什么是丧气话？"

　　奥迪想解释，但又想不出一个合适的西班牙语单词。

　　贝丽塔打断了他："以你对死亡的恐惧保证……以你母亲的生命保

证……让上帝做你的证人……答应我，假如我出了什么事，你会照顾好米格尔。"

"我不信上帝。"奥迪开玩笑说。

贝丽塔掐住了奥迪的下嘴唇，直到那里变得乌青。"答应我。"

"我答应你。"

一股股疾风在屋外呼啸，房间四周的墙壁嘎吱作响。马克斯靠着床头坐着，等奥迪回答他的问题，但是奥迪闭上眼睛，陷入了沉默，只有某些回忆让他的眼角略微颤动。这个少年几乎要为他感到难过了，虽然他不知道为什么。他感觉奥迪整个人就像被打碎了，不，是被困住了。他就像一只被困在罗网里的兔子，两腿不停地蹬着，想从罗网中挣脱出去，却没想到罗网越收越紧。

"你的生日是哪天？"奥迪说。

"二月七号。"

"哪一年？"

"二〇〇〇年。"

"你在哪儿出生的？"

"得克萨斯。"

"你记住的第一件事是什么？"

"什么意思？"

"就是你人生中最早的记忆。"

"我不知道。"

"你一直都住在同一所房子里吗？"

"是的。"

"你有没有去过加利福尼亚？"

"没有。"

奥迪从床上滚了下来，拿过自己的背包，从其中一个口袋里掏出一张照片。照片上，一个女人站在一道鲜花拱门下面，手捧着一小束花球。她的裙摆后面，隐约可以看见一个探头张望的小男孩，正对着镜头腼腆地微笑。

奥迪把照片递给马克斯："你知道这是谁吗？"

马克斯仔细看了一会儿，摇了摇头。

"这是我的妻子。"

"她现在在哪儿？"

"我不知道。"

奥迪从他手里拿过照片，用拇指和食指轻轻捏着，他的眼睛里有细碎的亮光。随后，他把照片放到一边，回到了他的地铺上。

"你刚才不是要告诉我你是怎么认识我的吗？"马克斯说。

"明天再说也可以。"

Chapter 49

第四十九章

瓦尔德斯拿上车钥匙，无视等在他家车道尽头的那一大帮记者，径直走了出去。他驱车往西，朝着马格诺利亚市开去，一路上仍在回想他刚才和桑迪的那一通争吵。那个女人真是有一张善辩的嘴和一个疑神疑鬼的脑袋。前一分钟她还在自责，后一分钟就开始怪罪瓦尔德斯。

在他还是个单身汉的时候，事情可没这么复杂。那个时候，他一人吃饱全家不饿。而现在，他感觉自己脖子上就像缠着一条锁链，不论飞多高，只要桑迪随手一拉，他就会被拉回到地面。

维克托·皮尔金顿住在一栋俯瞰老米尔湖的别墅里。这是一栋典型的南方哥特式建筑，两层都有绕廊，并且漆成了婚礼蛋糕的颜色。它老式的外墙里面隐藏的其实是一栋非常现代的豪宅，有室内游泳池、私人影院和一个枪支保险柜，在必要的情况下那个柜子还能被用作避难室或防空洞。

一个黑皮肤的女人应了门。她已经在皮尔金顿家里做了二十年的管家，只是很少主动开口说话，除非是别人先跟她搭腔。有些家庭的仆人会努力讨好主人，但是这个女人只会像幽灵一样在屋里飘来飘去，好像她不知道还有什么别的事情可以做。

　　她领着瓦尔德斯走进了起居室。片刻之后，一道双开门打开了，瓦尔德斯的姨妈米娜穿着一件长睡袍走了进来。她是瓦尔德斯母亲的妹妹，四十出头，有精致的五官，只是棱角开始有些模糊。她张开双臂抱住瓦尔德斯，哭了起来。

　　"我很难过——我看了新闻。真是太让人震惊，太吓人了。"说完，她还抱着瓦尔德斯不松手，"桑迪现在怎么样了？她还好吗？我本来要给她打电话的，但是又不知道该说什么。"她用手抚过瓦尔德斯的肩膀和手臂，"马克斯是一个那么漂亮的孩子。我相信他不会有事的。警察会把他找回来的。他们会抓住那个坏蛋。"

　　瓦尔德斯不得不从她手中挣脱出来。

　　"维克托在哪儿？"

　　"在他办公室里。"米娜姨妈瞟了一眼楼梯，"我和他都睡不着。你上去找他吧。"

　　楼上，皮尔金顿正在看付费电视频道播出的拳击比赛。他坐在一张宽大的皮沙发里，往前探着身子，压低肩膀，仿佛是他自己在出拳一样。"快呀，打他，你个孬种！"他朝瓦尔德斯摆了摆手，示意他坐下，眼睛却一刻也没有离开屏幕，说完，他又补充了一句："深呼吸，瑞安。别带着怒气进来。"

　　"他妈的我们到底该怎么办？"

　　皮尔金顿似乎没听见他的话："你知道现在的拳击手们都有一个什么问题吗？他们不愿意铤而走险，让自己受伤。比如说这小子——他是个波多黎各人。如果他赢了这场比赛，他就可以挑战拳王帕奎奥，但如果他想和帕奎奥打上两个回合，唯一的办法就是近身肉搏，然后挂点彩。"

　　"你听到我刚才说的话了吗？"瓦尔德斯说。

　　"听到了。"

　　皮尔金顿站了起来，伸了个懒腰，从一把玻璃壶里倒了杯咖啡，但是并没有问瓦尔德斯要不要。虽然只比瓦尔德斯大了十五岁，辈分上他却是瓦尔德斯的姨父，岁月并没有让他的体形萎缩。

"你那个如花似玉的老婆现在怎么样了？"皮尔金顿问道。

"天哪，你到底有没有在听我说话？"

"别动不动就把老天搬出来。"

"我们的儿子失踪了，你却表现得好像什么事情都没发生一样。"

皮尔金顿对瓦尔德斯的话充耳不闻："你娶了一个好老婆啊。你想知道我是怎么知道的吗？"

瓦尔德斯没有回答。

"她身上的气味。"皮尔金顿往咖啡里放了一块方糖，然后搅了搅，"人和狗其实没有太多不同。我们和别人打交道首先注意到的就是气味。这是一种生物本能。直接。强烈。你明白吗？"

不明白，瓦尔德斯心里说，他并不明白。就算皮尔金顿想去肏一只烤火鸡，他都不会介意，只要他不碰桑迪，并且帮他们找回马克斯。

拳击比赛结束了。那个波多黎各的小子输了。皮尔金顿关掉电视，端着咖啡来到窗前。那儿摆放着一台老式望远镜，正对着对面的房子。

"这都是你的错。"

"什么？"

"帕尔默。你本来应该在你还有机会的时候解决这个问题的。"

"你以为我没有努力吗？那座监狱里有一半的浑蛋都从我这里拿了钱去杀他的。"

"你的种种借口都没什么鬼用，瑞安。你以为帕尔默出狱后会做什么？难道他会买件毛背心，然后去参加高尔夫课程吗？"

"我觉得你没资格教训我。"

"什么？"

"我不喜欢别人教训我。"

"是吗？"

"你打仗的时候到底都做过什么，姨父？你射出过多少发子弹？"

皮尔金顿拿起一个灰熊造型的镇纸，放在手里掂了掂。瓦尔德斯还在对着他的姨父说个不停，发泄着心头的怒气。

"我不喜欢被人教训，尤其是那个人老让别人帮他做一些下作的事情，然后还抱怨别人发出了臭味。"

他张开嘴还想再说什么，但是没有等到机会。皮尔金顿抢起那个镇纸，猛地砸在他外甥的肚子上，瓦尔德斯马上跪了下来。皮尔金顿把那只铜熊举到瓦尔德斯头顶，对于一个大个子来说这速度真是惊人。

"作为一个什么都没有的人，你还真是满嘴跑火车，瑞安。没有我你什么都不是。你的工作和你现在住的大房子，还有你那份没人知道的财产清单——都是我给的！是我让弗兰克来负责这个案子，让他去帮你打掩护，但是我不打算再在你身上浪费我的政治资本了。你本来应该在你还有机会的时候就除掉帕尔默！"

"那现在应该怎么办？"瓦尔德斯说，一边还在大口地喘着气。

"找到他。"

"就靠我自己吗？"

"不，瑞安，你手上有县、州加上联邦机构的资源，我觉得那应该足够了。在你找到他以后，我会确保有人干净利落地把他做掉。"

"那我儿子呢？"

"你应该希望他不要碍我们的事。"

Chapter 50

第五十章

德西蕾位于二楼的公寓正对着休斯敦海茨的米尔罗伊公园。她的房屋中介说，这套公寓的面积是九十三平方米，但是每当德西蕾想重新摆放家具时，她都会对这个数据产生怀疑。

沿着楼梯往上爬的时候，德西蕾忽然有一种感觉：她好像忘了什么东西。她检查了一下自己的手包，钥匙、电话都在。没有少什么东西。

快到二楼的时候，她注意到自己的房门微微开着一道缝。她愣了一下，想着是不是母亲来找她了。她母亲有她公寓的钥匙，但她通常会先打个电话，并且不会留一道门缝。

那还有谁有她家的钥匙呢？可能是她的房东萨克维尔先生。说不定他正在里面偷穿她的内衣。

德西蕾悄悄从枪套里拔出她那支格洛克半自动手枪，考虑着要不要冲进去，但又不确定这是不是虚惊一场。是的话，想象一下她会受到怎样的嘲讽吧。西诺格勒斯肯定从此之后都不会让她好过的。

她把耳朵贴在门上，想听听房间里有没有脚步声或说话声。如果是她母亲的话，电视肯定是开着的，因为在父母家，电视就是神一样的存在。

德西蕾小心翼翼地用脚把门推开，然后走进了狭小的玄关。她握在手里的枪热热的，十分黏手。玄关的尽头是客厅和一间小厨房，左边是卧室，右边是洗手间。德西蕾已经在这里住了三年，但是这套公寓现在看起来和平时完全不同。那些阴影都变成了藏身的地方，犄角旮旯都成了盲点。

德西蕾把枪从一侧指向另一侧，先在卧室里找了一圈，然后又检查了一下门后。这个狭长的房间里放着一张大床、一个木质梳妆台、一个衣柜和一把大大的红色椅子。所有东西都跟她上次离开的时候一样，几件干洗好的衣服还在床上，那身黑色夹克和裤子的套装，连外面的塑料包装袋都还没撕。床头柜上放着一个老式的银质相框，里面是她父母的结婚照。

走廊对面就是浴室。洗手池上面摆满了洗发水、泡泡浴和滑石粉，玻璃架上还有更多洗漱用品。她在那里放了一个柳条编织篮，里面全是她从酒店拿回来的小瓶装洗漱用品。浴帘被拉上了，这是她干的吗？刚才帘子是不是动了一下？

德西蕾左手向后摸去，打开了浴室顶灯。白色的浴帘是半透明的，里面没有阴影。浴缸也空着，一只水龙头在往下滴水。

德西蕾转过身，回到走廊又走进了客厅。那里有一张沙发、一把扶手椅、一张咖啡桌和一个书架，上面那些书她觉得自己应该读过但其实没有。她又看了看一堆洗好但还没叠的衣服、熨衣篮和水槽里的早餐盘——这些都是她疏于打理或过分专注工作的证明，只是她搞不清到底是前者还是后者。

咖啡桌上不是有一本文件夹吗？里面有那起运钞车抢劫案犯罪现场的照片，尤其是拍到警车仪表盘上有摄像头的那张，还有证词、笔记和剪报。

德西蕾扫了一遍房间。那本文件夹不在书架上，也不在椅子上。她之前把它拿进过卧室吗？她半跪了下来，在沙发和咖啡桌底下找了找。德西蕾把脸贴在地上，突然感觉到一阵微风。多半是一扇窗户开了——或是通往阳台的那扇推拉门开了。

就在这时，她突然想到，她平时很少打开那扇推拉门，除非是去阳台上给她养的植物浇水。她应该检查一下阳台。可她还没来得及往下想，一个黑影就蹿了出来，德西蕾感觉后脑勺被什么东西砸了一下，然后晕了过去。

莫斯醒来的时候距离天亮还有一个小时，他发现自己腋下夹着一瓶威士忌，而枕头边躺着一只弄脏了的杯子。他一动不动地躺着，听着自己缓慢的心跳和屋外呼啸的风声。他不记得自己是什么时候睡着的，只记得自己睡着以后做的那些不连贯的梦——梦里全是他在牢里认识的那些面孔。人们常说一个杀手会梦见那些被他杀掉的人，但莫斯却从来没再想起过那个在操场里被他用杠铃打死的人。这倒不是德威尔·哈特伍德不值得他多想，而是因为莫斯现在年纪大了，活得更明白了，也更有自制力了。

他跌跌撞撞地来到黑漆漆的洗手间，弯下腰从水龙头里喝了几口水，滋润了一下自己干燥的嘴唇。窗外传来一些流浪汉为了纸箱和烟头吵架的声音。

他回到卧室，打开电视。小小的屏幕闪了几下，出现了一位女士，正在报道交通状况，那语调仿佛是在讲述什么生死攸关的大事。接着，画面跳转到两个新闻主播在播报当天新闻头条的场景。

"据悉，曾经在休斯敦杀害一对母女的逃犯被怀疑绑架了一位警长的儿子——他失踪前最后一次被人看见是昨天下午从学校离开的时候。"

莫斯开大了音量。

"奥迪·帕尔默于一周前从一所联邦监狱越狱，一支由警察、FBI和法警署成员组成的执法队伍正在对他进行大规模搜捕。

"失踪的男孩名叫马克斯韦尔·瓦尔德斯，现年十五岁，是德莱弗斯县治安官瑞安·瓦尔德斯的儿子。而在十多年前的一起运钞车劫持案中，帕尔默正是被瓦尔德斯警长逮捕的。瓦尔德斯一家计划在今天晚些时候召开新闻发布会……"

之后的播报内容莫斯就没怎么听了，他脑子里想的全是奥迪为什么这样做。莫斯在监狱服刑的那么多年里，奥迪是他遇到过的最聪明的人，就像《星球大战》里的尤达大师、《魔戒》里的甘道夫、《黑客帝国》里的墨菲斯。而现在，他却变成了一封行走的绝命书。为什么会这样？

莫斯的脑袋开始疼了起来，不完全是因为前一晚喝了太多酒。他终于认识到，"动机"在人类行为里作为一种控制性的力量真是被高估了。悲剧就是会发生，没有逻辑可循，也没有什么宏伟的计划。

他从外套口袋里翻出一瓶阿司匹林，送进嘴里嚼了两粒，然后趴在地上狠狠地做了五十个俯卧撑，虽然这让他的头痛得更加厉害。莫斯收缩了一下肌肉，看着镜中的自己，发觉自己已经变得如此虚弱。

他洗了个澡，刮了胡子，穿上牛仔裤，扣好衬衣纽扣，然后拿起外套，听到口袋里有纸张摩擦的声音。莫斯把手指伸了进去，发现里面是他在图书馆里做的笔记。他把它们又读了一遍，试图厘清那次劫案的前因后果。纸上的名字和日期已经被他的汗水浸得模糊不清。他又想起了自己遇见的那个目击了整场枪战并喃喃自语着什么保守秘密的老人。

西奥·麦卡利斯特显然受到过什么惊吓——但吓他的人不是莫斯。到底是什么能让一个在树林里独居、门口放着一杆霰弹枪的老人如此害怕呢？

Chapter 51

第五十一章

德西蕾坐在沙发边上，拿着冰袋按住后脑勺。一个女护士朝她的眼睛晃了晃笔灯，然后让她依次看向上下左右。

"我现在举的是几根手指？"

"不算你的拇指吗？"

"几根？"

"三根。"

西诺格勒斯在阳台上看着她们。"你应该先检查阳台门。"他用傲慢的语调说道。

德西蕾没有回答。她的舌头还肿着，肯定是她被人攻击的时候不小心咬到的。

"你为什么不一开始就请求增援？"西诺格勒斯说。

"我当时还不确定。"

西诺格勒斯在她的公寓里四下看了看，用手指划过书架上一排书的书名。菲利普·罗斯。安妮·普鲁。托妮·莫里森。艾丽斯·沃克。[1]

---

[1] 这几位都是美国著名女权主义作家。

“说不定是个瘾君子。”他说。

“瘾君子通常不会撬锁。”德西蕾说，一边压抑着胃里涌上来的又一阵恶心。

“你之前说没有什么东西被偷了。”

“除了那本文件夹。”

“可是文件夹里的照片和证词本来就不该出现在你家。”西诺格勒斯现在研究起了她的烹饪书，“你确定你知道是我在负责这起调查？你得按我的命令行事。”

“是的，长官。”

德西蕾知道接下来会有一通训斥，而自我保护的需求要求她保持沉默，忍气吞声。与此同时，她也想弄明白为什么有人会偷走文件夹。什么人知道她有那些犯罪现场的照片和当事人证词？她在档案馆里登记过自己的名字。她拜访过赫尔曼·威尔福德。她问过瑞安·瓦尔德斯关于仪表盘摄像头的事情。

西诺格勒斯还在说个不停，但是德西蕾伸手打断了他：“我们可以待会儿再说这个吗？我现在想吐了。”

终于，救护人员和司法鉴定人员都离开了，西诺格勒斯告诉德西蕾她第二天早上不用去办公室了。

“我被停职了吗？”

“你在请病假。”

“我还挺得住。”

“那你就从当前的任务里被停职了，直到我再另行通知。你也不用去给沃纳打电话告状，他支持我的决定。”

洗完澡后，德西蕾坐在床边，思绪在黑暗中飘飞。她赤脚穿过公寓，又从冰箱里拿出一只冰袋。她手机上有两条未读信息。她拨通了自己的语音信箱，听到了詹金斯从华盛顿发来的留言：

"你要我查的那辆车——就是那辆一九八五年产的庞蒂克6000，它最早是一九八五年从俄亥俄州被卖出的，后来又转手了两次，最后一个买家是一个名叫弗兰克·罗夫雷多的家伙，他住在加利福尼亚州圣地亚哥，做的就是买下二手车、翻新之后再出手的生意。他说他在二〇〇四年一月把那辆庞蒂克卖给了一个出价九百美元的男人。他给那人签了验车单，提供了一张收据，还在五天之内提出了解除责任协议，但是交接程序一直没有完成，因为买家没有去机动车驾驶管理处提交接收申请，也没有缴纳相关费用。他不记得那个人的名字，但是记得自己当时曾和一个德莱弗斯县的外勤警察聊过天，那个警察说买家用的是假名。我已经跟加州的机动车驾驶管理处联系过了，问他们那儿是否还存着当年的单据。有了消息我会告诉你。"

这条留言结束了，另一条响了起来：

"加利福尼亚机动车驾驶管理处有那辆庞蒂克6000的消息了。那些单据的电子版本找不到了，他们正在找当时的纸质版本。不过奇怪的是，还有人也问过这件事，时间是六个月前，询问人是三河联邦监狱里的一位图书管理员。"

德西蕾看了看时间。现在给监狱打电话太晚了。留言还在继续：

"我还查了你给我的那几个名字。蒂莫西·刘易斯七年前在一起小型飞机事故中死了，但是我找不到任何尼克·芬威在佛罗里达开酒吧的消息。我会继续找的。"

留言结束了。德西蕾望向窗外静谧的街道。奥迪·帕尔默在监狱里能接触到监狱图书馆的电脑，但是他为什么会对那辆庞蒂克感兴趣呢？整个案子都充满了矛盾的音符，就像一个小孩在钢琴上胡乱按着琴键，发出的不是乐声而是噪音。

德西蕾在书桌旁坐下，打开背包，拿出iPad。她翻找着自己过去的电子邮件。其中一封邮件里有一个附件——那是帕尔默的监狱档案，还有过去十年里探视过他的人的名单。

　　她扫视着这份不到半页纸的名单。奥迪的姐姐去看过他好几次。除了她还有八个名字，其中一个是弗兰克·西诺格勒斯，他应该是在负责调查那起悬案时前去审问过奥迪。西诺格勒斯一共去过三次：两次在二〇〇六年，但奇怪的是，就在一个月之前他还去过一次。那个时候他已经把案子交给了德西蕾，为什么还要在这起悬案已经不归他负责的时候去找奥迪问话呢？

　　她又看了看那份名单上另外几个名字。其中有一个名叫厄本·科维克的，使用的身份证明是加利福尼亚的驾照。德西蕾把他的名字键入搜索引擎，搜出来的结果说他是一个圣地亚哥的生意人。他的言论在好几篇关于一个名叫甜水湖的高尔夫球场开发项目的文章中出现，而这个项目遭到了当地一家环保机构的抵制，该机构称它会危害当地的一处湿地。后来那个环保机构的总部被燃烧弹攻击了；还有指控称市政府官员收到了来路不明的捐赠。

　　德西蕾打开 FBI 的数据库，输入自己的用户名和密码，登录进去。她的钥匙链上挂着一个密匙卡，可以随机生成一个数字，从而提供了一层额外保护。获得准入许可后，她搜索了厄本·科维克这个名字，立刻就有一处匹配。科维克用过四个假名，情报显示，他曾经在拉斯维加斯为帕纳罗家族工作过，但是在本尼·帕纳罗和他的两个儿子于二十世纪九十年代中期因为敲诈勒索被判刑以后就和这个家族分道扬镳了。

　　那之后，科维克就在圣地亚哥靠开夜店和脱衣舞俱乐部大赚了一笔，随后又把生意做到了建筑、房地产开发和农场经营领域。

　　厄本·科维克为什么会去监狱探望奥迪·帕尔默？

　　这份档案里包含一串地址和一些跟科维克有联系的人，包括他们的电话号码。德西蕾看了看她的手表，现在已经接近午夜。但是在加利福尼亚还只是晚上十点。她拨出了电话。一个男人接了电话，声音听起来并非欢迎而是不满。

"是厄本·科维克吗？"

"你是谁？"

"我是 FBI 的德西蕾·弗内斯特工。"

电话那头沉默了一下。

"你是怎么拿到我的电话号码的？"

"我们的档案记录里有。"

电话那头又顿了一下。

"有什么能帮你的，德西蕾特工？"

"十年前，你造访了得克萨斯州的一所联邦监狱，你还记得吗？"

"不记得。"

"你去看望一个名叫奥迪·帕尔默的犯人。"

"所以呢？"

"你是怎么认识帕尔默的？"

"他给我打过工。"

"他给你做什么？"

"他帮我跑腿。如果我想要什么东西，他就帮我去取。"

"他为你工作了多久？"

"我记不清了。"

科维克听上去对这番谈话很不耐烦。

"所以他并不是一个非常有价值的员工？"

"不是。"

"那你为什么会穿过大半个国家专程去监狱里看他？"

一阵沉默。科维克终于叹了口气说："如果你要指控我做了什么，特工小姐，我建议你有屁快放，别绕弯子。"

"奥迪·帕尔默入狱的罪名是劫持了一辆运钞车并劫走了七百万美元。"

"那跟我可没关系。"

“所以你是作为朋友去探视奥迪·帕尔默的？”

“朋友？哈哈！”科维克笑了。

“有什么好笑的？”

“他偷了我的东西。”

“偷了什么？”

“一件我非常珍视的东西——还有八千美元。”

“你报案了吗？”

“没有。”

“为什么？”

“我决定自己解决这件事，但是没想到后来没用我出手。”

“为什么？”

“奥迪·帕尔默自己把自己给葬送了。”

“那你为什么去看他？”

“为了幸灾乐祸。”

Chapter 52

第五十二章

醒来之后，奥迪盯着头上的天花板，为自己做出的荒谬之事感到一阵晕眩——他绑架了一个男孩，希望另一件错事能抵消其他所有的错事，并且让一切好起来。赔率是不会变的，因为一枚硬币已经十几次甚至几十次同一面朝上落地了。而在有生之年，奥迪看不到任何翻盘的迹象。

每当人们从一场灾难（比如一场洪水或龙卷风）里幸存下来，记者就会问他们当时是怎么做到的。有些人会把一切归功于上帝保佑，或说"我的大限还没到"，仿佛我们每个人身上都有一个隐藏的有效期限似的。其实正常情况下，他们根本不知道答案，不知道其中隐藏的秘密，也没有什么特别的求生本领，这也是那么多幸存者觉得内疚的原因。他们不是因为比别人更勇敢、更聪明或更强壮才赢得好运的。他们仅仅是因为运气好。

奥迪起床来到厨房，朝窗外望去。他能看到一团团被风掀起的草皮趴在土堆上，也能感觉到风还在推搡着遮板，击打着这座房子。这样一个粗粝又原始的早晨似乎是对抗黑夜的一次胜利。

马桶响起了抽水声，接着传来了铃鼓的声音。马克斯光着脚靠在门框上，头发蓬乱，脸上带着枕头印下的印痕。

"你要吃点早餐吗？"奥迪问他，"有速溶咖啡，但是没有牛奶。"

"我不喝咖啡。"

"那是好事。"

奥迪在一只碗里搅动着蛋粉，继续跟他说话："你昨晚睡得好吗？床垫舒服吗？我可以给你再拿一张毯子。"

马克斯没有回答。

"你不用和我说话，"奥迪说，"我已经习惯自言自语了。"他把蛋粉倒入一个烧热的平底锅，"很抱歉，我没有找到面包，但是找到了一些饼干。"他朝那块打开的遮板外面看了看，"我记得我答应过要带你去钓鱼，但外面风还是很大。暴风雨还没完全过去。收音机里的新闻说，还有一场暴风雨要从古巴过来，有可能会变成一场飓风，但是短时间内不太会向西北移过来。"

"我不想去钓鱼，"马克斯说，"我想回家。"

奥迪往他面前摆了一只餐盘，两人开始默默吃饭。吃完饭后，奥迪把餐盘洗净擦干。马克斯则一动不动。

"你说过今天要告诉我的。"马克斯说。

"是的。"

奥迪朝四周看了看，仿佛想估算出房间的面积。他走到自己的背包前，拿出笔记本，给马克斯看了看昨天那张照片。

"还记得我告诉过你我结婚了吗？"

马克斯点点头。

"这张照片我可找了好久。那个在教堂里帮我们拍照的摄影师因为酗酒被解雇了，离开了拉斯维加斯，也没有留下转寄地址。后来他又到欧洲旅行了几年，还想过要把他以前的照片备份都扔掉，但他还是留下了几张光碟。"

马克斯皱了皱眉，好像他脑海中有什么东西开始浮现："你为什么给我看这个？”

"这个人就是你。"奥迪说，指着照片上的那个小男孩。

"什么？"

"你当时才三岁。那个牵着你的女人就是你妈妈。"

马克斯摇了摇头："那不是桑迪。"

"她的名字是贝丽塔·希拉·维加，她来自萨尔瓦多。"

又是一阵沉默，只是这一次的时间更久。

"你的全名叫作米格尔·希拉·维加，"奥迪说，"你出生在圣地亚哥医院，出生日期是二〇〇〇年八月四日。我看过你的出生证明。"

"我的生日是二月七日，"马克斯越来越烦躁，"而且我是美国人。"

"我没说你不是。"

"我不是非法移民，我有父亲和母亲。"

"我知道你有。"

"可你说我是被领养的。"

"我是在说你妈妈。"

"这全是扯淡！"马克斯大叫道，"我从没去过拉斯维加斯或圣地亚哥。我出生在休斯敦。"

"你听我解释……"

"不，你在撒谎！"

"你小时候有一个最爱的玩具——你还记得吗？它有个紫色的领结和又圆又黑的眼睛，你管它叫波波，就像瑜伽熊 ① 的小伙伴。"

马克斯迟疑了："你怎么知道的？"

"它只有一只耳朵，"奥迪接着说，"因为你把另一只耳朵吸掉了，就像你吸自己的大拇指那样。"马克斯依然沉默着。"我们当时正在从加

---

① 美国动画片《瑜伽熊》（*Yogi Bear*）里的卡通角色，它有一只小狗伙伴。

利福尼亚去得克萨斯的路上。我和你妈妈在拉斯维加斯中途停下结了婚，然后一直开车经过了亚利桑那和新墨西哥。我们去了很多地方。你还记得我们去过的卡尔斯巴德洞穴吗？那儿有很多钟乳石和石笋。你说它们看起来就像粉色的冰柱。"

马克斯摇摇头，仿佛想让自己摆脱什么念头。

奥迪开始从头说起，尝试用贝丽塔之前的语言来讲述这个故事——对那场地震的描述，贝丽塔如何失去了丈夫、父母和姐姐，那场背井离乡的出逃和沙漠里的跋涉，还有贝丽塔弟弟的死亡以及她通向加利福尼亚的旅程。奥迪说着，眼睛里慢慢溢满了泪水，但是他没有停，因为他害怕这些话语、这些关于爱与失去的故事会离他而去。

"她当时肚子里正怀着你，"奥迪说，"你出生在圣地亚哥，但我是后来才见到你的。那时我已经和贝丽塔相爱了。一切是那么顺其自然，就像忘记了自己是谁，只会时时刻刻记挂着另一个人。后来我们私奔了——从一个坏人手里逃走了。我们本想去得克萨斯开始新的生活，而且她当时又怀了一个孩子。我们的孩子，也就是你的弟弟或妹妹……"

奥迪一边说着，一边从马克斯的眼睛里看着自己的影子。他想知道自己是不是做错了。他正在重塑马克斯的过去，把这个少年知道、相信或信仰的一切都推翻了。

"你说得不对，"马克斯喃喃地说，"你在撒谎。"他的语气里充满了冷漠和憎恶。奥迪感觉到一阵强烈的眩晕，仿佛被卷入了一个巨大的旋涡，旋涡的尽头就是毁灭。

蹲监狱的这么多年里，奥迪想象着米格尔长高长大，骑上第一辆自行车，掉了第一颗牙齿，第一天上学，学着读书写字画画，以及一千一万种日常活动。他想象着自己带米格尔去看棒球赛，听着棒球棍的一声脆响，然后看着棒球飞入云霄又落入一片高举的手臂中，感受身后人潮的叫喊和骚动。他想象着自己有一天会见到米格尔的第一个女朋友，给他买他此生第一瓶啤酒，带他去看他的第一场摇滚演唱会。他还想和米格尔一起去萨尔瓦多旅行，寻找贝丽塔的远房亲戚，沿着她儿时走过的海滩寻找她当时的足迹。

他想攀上灯塔，乘激流冲浪，凝视落日，和他读同一本书，看同一部电影，分享同一块面包，睡在同一个屋檐下。

然而这些都成了泡影，一去不复返。时间已经过去太久了。

马克斯不会感谢他曾经救过他的性命，只会怪他毁了他现在的生活。

Chapter 53

第五十三章

　　瓦尔德斯家的媒体发布会开场并不顺利，记者、摄影师和摄像团队被迫在雨中等了半天，因为马克斯就读的学校不让他们在道林参议员到来之前进入礼堂。参议员向满脸雨水的记者们道了歉，然后开始宣读一份教育声明，但记者们想问的是德莱弗斯县治安官的儿子被绑架的事情。

　　"我认识那位治安官，"参议员说，"他是我的一个老朋友，而我想对瑞安·瓦尔德斯和他的家人保证，我们会尽一切努力把他儿子送回到他身边。"

　　说完之后，道林参议员又开始念他事先准备好的稿子，但是一个记者喊出了一个问题："你曾作为德莱弗斯县地方检察官对奥迪·帕尔默提起诉讼，那时他为什么没有被定罪为一级谋杀？"

　　道林用手抹了抹嘴巴，麦克风里传出胡须在手掌上刮蹭的声音。

　　"实在抱歉，我不准备追溯历史，对我办过的每个案子都做一次事后总结。"

　　"奥迪·帕尔默有没有贿赂某些州政府官员来换取较轻的指控？"又一名记者问。

"真是荒谬的诬陷！"参议员涨红了脸，用手指着提问的记者说，"他的判决不是我裁定的。我不负责为奥迪·帕尔默定罪，也不打算为我做地方检察官期间的每个行为正名。我所做的事情自然能说明一切。"

一位助手走近道林，在他耳边说了些什么。道林点点头，再次讲话之前嘴唇犹豫地开合了几次，然后他用一种更为温和、充满真诚和正义感的语调说：

"你们都需要搞清楚，这个案子对你们来说只是又一篇报道，但是对这个家庭来说，却关系到他们儿子的性命。在你们指责别人之前，你们应该先想想那个身处杀人犯魔爪之下的可怜少年，以及他正边等消息边祈祷的父母。这个孩子回家以后，你们有的是时间来重新审视这个案子，当然也请上帝保佑他能平安回来。而作为一名人民选出的州议员，我会尽全力确保它成为现实。"

说完，他从讲台上走下来，对记者们的其他问题充耳不闻，然后被簇拥着从一道侧门走了出去。走进一条走廊以后，他终于忍不住对那些"该死的记者、吸血的水蛭和贱民"发表了一大段脏字连篇的声讨。

当他看到维克托·皮尔金顿打着雨伞站在大门外面，他的怒火又改变了方向。他对随从们说了声"滚开"，然后就拉着皮尔金顿走下楼梯，那儿停着一辆豪华轿车。一位司机跟过来，递上为他们准备的另一把伞，但是道林让他走开了。

他把皮尔金顿推进车里。

"你说过这一切尽在你掌控之中。"

"差不多是这样。"维克托说。

"差不多？"

"我们遇到了点小麻烦。"

"他绑架了那个男孩！如果在你看来这是小麻烦，那你多半是把望远镜拿反了。我们没有什么能钳制他的了。"

"警察正在全力搜索。"

"那他妈的还真是让人放心啊。万一他把我们的事跟别人说了怎么办？"

"没有人会相信他的。"

"老天！"

"放轻松。"

"别他妈跟我说放轻松。克莱顿·拉德都给我打过电话了，嚷嚷着他要求人身保护，还说有个什么黑人闯进了他办公室，问了他一堆关于奥迪·帕尔默的问题。现在那些记者又开始问我为什么我没有把奥迪·帕尔默判处死刑。我可不想为这事背黑锅。"

"没有人会背黑锅。"

"总有一个人会背黑锅的，一个该死的倒霉蛋！"

"听我说……"

"不！你给我闭嘴！我不管你为我的竞选花了多少钱，维克托，我都可以还给你。但是我不想再见到你，也不想再听到你的消息。如果你再来找我，我们就来个鱼死网破。"

Chapter 54

第五十四章

莫斯把皮卡停在小屋八十米开外的一片松树林里，然后踏着齐腰深的野草，沿着一条小路来到小屋的门廊前。风变小了，雨也停了，但天空还是铅灰色的，就像被打湿的香烟。他把手掌在裤管上蹭了几下，然后拉开了纱门，用脚挡着。他敲了敲里面的木门，门很快开了。一双眼睛从漆黑的屋里移出来，就像两朵灰白的云，随着光线渐次照进而变换着形状。莫斯一时惊讶，往后退了两步，纱门也弹了回去。

"又是你！你是不是想挨枪子了？" 西奥·麦卡利斯特说，手上端着一杆来复枪，他戴着一顶羊毛质地的帽子，几缕灰白的头发从帽檐下露了出来，"你想干吗？"

"我还想问你个问题。"

"给我滚！"

"是关于那个男孩的。"

西奥迟疑了一下，眯起眼睛："你是怎么知道那男孩的事的？"

"彼此彼此。"

"是治安官派你来的吗？"

"是的。"

"他想怎样？"

"想和你继续合作。"

莫斯此时完全不知道他们俩在说些什么，但是他看出来了，他能在西奥察觉到他空手套白狼之前从他嘴里套出些话来。

老人上下打量着莫斯，挠了挠脖子上被虫子咬的地方。"那你最好进来说话。"

莫斯跟着西奥走进屋里，沿着一条充满食用油和咖啡渣气味的昏暗走廊一直往前走。电视机屏幕发出的蓝光笼罩了客厅。客厅里，一个亚洲女人坐在椅子上，一边看着电视喜剧一边发出咪咪的笑声。她看上去只有西奥一半的年龄，穿着一条牛仔短裤和一件汗衫。

"治安官是不是会给我更多的钱？"

"你想要钱吗？"

"我又娶了个老婆，我得养她。我第一个老婆三年前死了，现在这个是我从亚洲找来的，但她是美国人，你懂我的意思——我们花功夫搞定了这事。"

厨房的地板脏兮兮的，有几处地砖翘了起来，露出了下面发黄的报纸。

"你去告诉警长，我从没跟任何人说起过那男孩的事。一个都没有。我可是履行了我的义务的。"

"可你也拿到钱了。"

"钱不够。"

"你还想要多少？"

西奥又挠了挠脖子，想出了一个数字："两千。"

"你真敢要价。"

"我可不是在威胁他，我告诉你。你不要让他产生那种印象。这只是一个请求。我可不想做蹬鼻子上脸的事。"

　　"我懂了——你是想让警长给你更多的钱来封口，不跟别人说起那个男孩的事。"

　　"是的。"

　　西奥走到洗手池边，打开水龙头，用一个果酱罐给自己接了罐水喝。水沿着他的胡楂流下来，滴到了他格子衬衣的扣子上。他又接了一罐水，问莫斯要不要喝。

　　"不用了，谢谢。"莫斯说，"你是在哪儿找到那个男孩的？"

　　西奥把水倒掉，说："在那儿。"他指了指破旧的窗帘外面。"那个迷路的小男孩——他身上真够脏的——最多三四岁大，戴着一顶牛仔帽，身上还挎着一支银色的玩具枪。他没死在外面算是个奇迹，因为他说不定会掉进河里，或者摔折腿，又或者被一辆汽车撞到。他是那么小的一个小人，脏兮兮、湿漉漉的。我看着他，说：'你是从哪儿冒出来的，小英雄？'但是他一个字都没说。"

　　莫斯看着他一边讲述一边变化的表情："他当时受伤了吗？"

　　"反正我没看出来。"

　　西奥用拇指压住一个鼻孔，在水槽上面擤了擤另一个鼻孔里的鼻涕。

　　"他是从哪儿来的？"

　　西奥摸了摸自己的鼻翼，说："我有我自己的猜想，但我不想乱说。"

　　莫斯点点头："给我指指你发现这个男孩的地方。"

　　"为什么？"

　　"因为我感兴趣。"

　　西奥带着莫斯来到屋外，沿着篱笆一直走，穿过一道只剩一个铰链的门，在茂盛的野草和荆棘中穿行。

　　"我以前在这里养了几条狗，用它们来打猎。要是那几条狗当时很饿的话，那个男孩说不定就被吃掉了。当时他就坐在那儿，坐在几条狗中间，就好像和它们是一窝的。浑身那叫一个脏。一句话也不说。我猜他一定在外面待了一晚上。"

"你对他做了什么？"

"我把他带进屋，给了他点吃的。他腿上全是口子和瘀青。我还以为他妈妈会随时找上门来，但是没有。于是我打开电视听着新闻，当时我想，假如有人丢了孩子，他们肯定会报警，或者派出一支搜索队，你懂我的意思吗？"

莫斯点了点头："所以你做了些什么？"

"瓦尔德斯警长问了我一些关于那起抢劫和枪战的问题。他当时还只是一个外勤警察。"

"所以那是在枪战发生的同一天吗？"

"不，是第二天……也许是再往后一天。"

"你说你目睹了那起枪战的过程？"

"我在黑暗中看到有火光。"

"你就是在那个时候认识瓦尔德斯警长的？"

"他说我会得到一份奖励，他还帮我写了一份声明。"

"关于那个孩子？"

"还有那场枪战。"

"他是怎么跟你说的？"

"他说，如果有任何人来问我那个男孩的事，我就说我是在别的地方找到他的。"

"什么地方？"

"离这儿两英里的地方——在那个水库。"

"他有没有说为什么？"

"没有。"西奥把那顶羊毛毡帽从头上摘下来，回头看了看自己的房子和拖车，还有那开始生锈的卡车车身，"他就在那时给了我一份奖励。因为找到那个小男孩，我得到了两千美元，媒体还对我进行了报道。"

"你后来又见过那个男孩吗？"

西奥摇了摇头："我从报纸上看到了瓦尔德斯警长的照片。他因为跟那些劫匪交战还获得了一枚英勇勋章。"

"那你上一次见他是什么时候？"

"他每隔几年就会来这里见我一次，我也是因此才得知他当上了警长。我猜他肯定希望我死了，但是我还活着。这是他第一次派其他人来看我。他一定很信任你。"

"我猜是的。"

Chapter 55

第五十五章

太阳高悬在空中，从甲板上蒸腾起水汽，把柏油路也晒得闪闪发光。马克斯坐在沙发上，弯腰看着贝丽塔的照片。奥迪坐在扶手椅上看着他。等待。假如眯起眼睛，奥迪眼前还能浮现出这个男孩三岁时的模样——在教堂里坐在他母亲身旁，假装在读一本赞美诗集。现在他已经长大了——几乎已经算得上是个男人了。然而在他长大的过程中，奥迪没有陪伴在他身边，没有给他念睡前故事，没有给他的伤口贴过创可贴，也没有跟他解释过生活有时候充满了悲剧，但有时候又很美妙。

"你是说这才是我真正的妈妈，一个来自萨尔瓦多的非法移民？"

"不是非法，是没有记录。"

"我是在圣地亚哥出生的？"

"是的。"

男孩往后一靠，眼睛瞪着天花板。

奥迪还在说："你妈妈很漂亮，有一头长长的黑发，在太阳下闪闪发光，眼睛里闪着像蜂巢一样的亮光。"

"那她现在在哪儿？"

　　奥迪没有回答。自从他决定绑架马克斯以来，最让他害怕的一幕终于来了。一旦迈出这一步，他就再也不能回头。现在，他要么说出全部事实，要么永远保持沉默。

　　"我之前不确定我能否再见到你。我以为我会在越狱的时候被枪打死，或者在湖里淹死，又或者在我们来到这里之前被抓回去。所以我把经过都写了下来，万一我出了什么事，你还有机会了解过去的真相。你可以看，也可以把它烧掉。决定权在你。"

　　他把那个笔记本递给了马克斯。然而马克斯没有接。

　　"我想听你跟我讲。"

　　"你确定吗？"

　　"确定。"

　　于是，奥迪开始讲述那段埋在他记忆深处的过去。

　　最后一天，他们开车途经奥斯丁，沿着290国道往东穿过了埃尔金、麦克达德和吉丁斯。在布雷纳姆，他们又沿着105国道来到纳瓦索塔和蒙哥马利，因为奥迪想带贝丽塔去看他小时候常去钓鱼的那个湖。

　　情况已经没有之前那么紧急，于是他们沿小路穿过农场和酒庄，一路开着车窗和收音机，唱着牛仔回家的歌曲。米格尔之前从没见过水牛，于是奥迪指给他看。

　　"那是一只长毛的母牛。"米格尔说，然后大家都笑了。

　　奥迪问米格尔能不能从一数到十。

　　米格尔数了。

　　"你会背字母表吗？"

　　米格尔摇摇头："但是我会背 ABC。"

　　"那是一回事。"

　　他们又笑了起来。米格尔皱起眉头，因为他不知道这有什么好笑的。

　　然而，虽然他们一路欢笑玩闹，但随着里程表上数字的增加，奥迪却越发不安起来。他们离康罗湖越来越近了——这是一个无法与他哥哥卡尔分开的地方，因为他有那么多童年记忆都与这片湖连在一起，有些片段还是他这辈子最幸福的——比如卡尔入狱之前和他们的父亲还没被查出肺部肿瘤的那段日子。他们钓鱼，游泳，划船，围在篝火旁边做饭，讲鬼故事，开玩笑，或者用手电筒玩捉迷藏。

在离岔路口一英里的地方，奥迪开过一座小桥。那边的树林里有一个野餐区，里面一个被太阳晒得发白的小码头将湖面分出了一块，那里有一张浮台，拴在离岸边一百米的地方。湖水又黑又凉，指尖划过，有丝绸般的触感。

他们在康罗湖岸边正对着阿耶尔岛的地方吃了一顿野餐当作午饭。吃完后，他们把面包屑撒给了鸭子，又买了几支冰激凌。米格尔站在奥迪的大腿上，融化的巧克力滴在他衬衣的前襟上，但是他不愿意摘下自己的牛仔帽和小手枪。过了一会儿，他们看着船只在码头停靠，猜想着它们可能属于哪些名人。

奥迪伸出一只手抱住贝丽塔，把她的辫子缠在自己的拳头上。她看起来既娇嫩又漂亮。

"你相信命中注定吗？"她说。

"比如缘分吗？"

"是的。"

"我觉得我们从坏运气中收获了好运气，我们要把好运气发挥到极致。"

奥迪紧紧地搂住她，贝丽塔也抱着他。奥迪可以感觉到她的髋部在裙子下面的动作。

"你今天看起来有点难过。你在想什么？"她说。

"想我哥哥卡尔。"奥迪亲了亲她的头发，"我们还是孩子的时候喜欢来这里玩。我本以为再来这里会很开心，但是现在我却很想离开。"

"在萨尔瓦多，我们有个说法：回忆维系着我们的体温。"贝丽塔摸着奥迪的脸颊说，"但我觉得这话好像对你不太适用。"

　　他们再次上路的时候已经是傍晚了。奥迪打算在休斯敦郊外休息，这样他就可以在第二天早上给他母亲打电话。他得在厄本派出的人去那儿拦截他之前就去找她。

　　"我想尿尿。"米格尔说。

　　"你可以忍一会儿吗？"

　　"怎么忍？"

　　奥迪把车停在路边："好吧，帅哥，我们到一棵树后面去解决。"

　　"像牛仔们那样。"

　　"是的，就像牛仔们那样。"

　　他们踩着脚下一层厚厚的落叶和松针，在空气潮湿的树林里穿行，每走一步脚边都激起一团蚊子。

　　"你想让我抱着你吗？"

　　"不要。"

　　米格尔叉开双腿，往一棵树上尿去，看着黄色的小水柱在树干上溅起水花。

　　"那些大男孩都是这么尿尿的。"他说。

　　"是的。"奥迪回答。

　　米格尔又开始说些什么，但是奥迪的注意力被其他东西吸引过去了。似乎从远处哪个方向传来了警铃的声音。

　　"那是消防车吗？"男孩问。

　　"我觉得不是。"奥迪回答，他回头看去，但是只能看到道路转弯的地方。

　　警报声越来越近。奥迪一开始分辨不出它的方向。他看了看贝丽塔，她正从那辆庞蒂克的副驾驶座上朝他挥手。奥迪转过头，看见一辆闪着头灯的卡车朝他们开过来。奥迪马上意识到它开得有多快，快到没法安全开过这个弯道。卡车冲进了另一侧的车道，左边的轮胎陷进了松软的路肩。

这时司机急于控制住局面，于是向右猛打方向盘，卡车瞬间又向左边滑出去。奥迪可以想象那个坐在驾驶座上的人拼命想控制住车子，然后两手以一种奇怪的方式往上一甩，就像人们试图躲过一场撞击时那样。然而还是太迟了。这辆卡车先是左边两只轮胎擦着地滑行了一会儿，然后就翻倒在地，沿着这条两车道的公路滑了出去。

就在刚才，他们那辆庞蒂克还停在路边，可是一眨眼它就不见了。奥迪听到了一声夹杂着金属碰撞声的巨响。时间慢了下来，然后一切都静止了。他费了很大劲才弯下腰，抱起米格尔，像抱着婴儿那样托着他的屁股。他从树林里往回跑去，直到来到路边。

他能看见那辆卡车，但是看不见自己那辆庞蒂克。他把米格尔放下，抓住他的手臂，手指嵌入他瘦弱的皮肉："就待在这儿，哪儿也不要去。抓住这棵树，不要松开。"

"妈妈到哪儿去了？"

"你听到我刚才说的话了吗？"

"我妈妈去哪儿了？"

"别动！"

天哪！天哪！天哪！

奥迪一路跌跌撞撞地跑着，他爬上了高地，想搞清楚刚才到底发生了什么。一定是自己看错了，他一定能找到那辆车，一切也都不曾发生过。

他身后响起了警报器的声音，还有旋转的警灯。卡车侧翻在地上，车厢门敞开着，里面好像有什么东西爆炸了。奥迪努力想呼吸，但就是吸不上气。他看到那辆被掀翻的庞蒂克躺在三十米外，只是它看起来不再像是一辆庞蒂克了，甚至都不像是一辆汽车，只是一堆带着两个仍然在转的轮胎的金属。

奥迪叫着贝丽塔的名字，尝试打开一扇残破的车门，但是在撞车的冲击力之下，车门就像被焊死了一样。奥迪平躺在马路上，扭动着身体，沿着庞蒂克被压碎的顶棚从碎掉的后车窗里爬了进去。汽油打湿了他的衬衣前襟，玻璃割破了他的手掌和膝盖。

在一片断开的线路和扭曲的座位中，奥迪看到了一只胳膊和一只手，血顺着胳膊从手指上滴下来。有那么一瞬间，奥迪以为车上一个人都没有。

奥迪抓住自己头上的座位，努力往前蹭了蹭，他的肩膀几乎快脱臼了。就在这时，他看到了贝丽塔。她的身体被压在仪表盘下面，变成一种极不自然的形状。他把手伸过去，摸了摸她的脸。她睁开了眼睛。她还活着，但是受到了惊吓。

"发生了什么？"

"一场车祸。"

"米格尔呢？"

"他没事。"

烟尘刺激着奥迪的眼睛和喉咙，令他作呕。他能听到油箱里的汽油汩汩地往外冒，然后溅落在滚烫的金属表面。

"你的脚能动吗？"

贝丽塔转动了一下脚趾。

"你的手指呢？"

她又动了动手指。贝丽塔的手臂受伤了，脸颊和额头也被玻璃割出了很多口子。

她想动弹，但是脚却被压扁的仪表盘卡住了。这时，奥迪听到了外面的枪声。有两个男人从卡车车窗里爬了出来，站在地上。

其中一个刚转过身就瘫倒在地上，用手捂着自己的脖子，血从指缝间流了下来。另一个人几乎也在同一时间中弹，一颗子弹打中了他的膝盖。一个身穿制服的警察双手握枪，枪口朝上，他皮肤黝黑，留着军人般的呆板发型。

奥迪从庞蒂克那只仍然在转动的轮胎下面破损的窗户往外看去，注意到大约三十米外还有一个警察站在卡车的另一头。

其中一个受伤的人正想站起来，他无助地看着奥迪，眼睛不安地眨动着，一支手枪无力地垂在他手里。警察开枪了。那人的衣服上溅开了两朵猩红色的花，他被打得往后倒去。最后一颗子弹让他转了个身，直接坐在了自己的腿上，仿佛他的骨架已经消失。

那个警察还没有发现奥迪。他的同事叫了一声，于是他收起枪，消失在奥迪的视野之外。奥迪本来想喊，却不知为何停住了。他又看到了那两个警察。这一次，他们拖着一个个密封的麻袋向一辆警车的后备厢走去。看样子他们应该会往返数次。突然，其中一个袋子被一个金属尖角刮开了一道口子，钞票从里面掉了出来，被风吹到柏油马路上，散落得到处都是。有的挂在野草上，还有的贴在了树干上。

警报声又一次响了起来。

奥迪用手臂和手肘支撑着自己的身体，朝贝丽塔爬了回去。她的脖子被压扁的汽车车顶扭成了一个奇怪的角度。奥迪伸手去拉她的手，用手指抓住了她的手腕。他往外一拉，然后听到她痛苦的呻吟。

奥迪退了回去，朝那两个警察喊了起来。其中一个警察转过身，朝他走了过来。他穿着黑色的皮鞋，裤子上有熨烫留下的中缝。奥迪抬起头看着他。警察苍白的脸颊因为用力而变得通红，他把一麻袋钱放到了地上。

"我们得把她弄出来。"奥迪哀求道。

警察转过身："嘿，瓦尔德斯？"

"干吗？"

"我们有麻烦了。"

瓦尔德斯也走了过来，蹲下身，把手放在自己的大腿上，右手握着一把左轮手枪，枪管朝下倾斜着："这个人是从哪儿冒出来的？"

他的搭档耸了耸肩。

瓦尔德斯靠近了些，他呼出的空气里有股酸味，嘴唇之间拉着几丝唾液。

他转过头，看到了被困在汽车残骸里的贝丽塔，然后挠了挠下巴。

奥迪揪住瓦尔德斯的衣服，把布料紧紧地拽在拳头里。

"快帮帮她！"奥迪喊着。

就在他喊出这句话的同时，马路上火光一闪，一道蓝色的火焰从卡车破裂的油箱沿着柏油马路一路蹿了过来，空气里霎时充满了滋滋的响声。贝丽塔的目光凝固了，里面全是恐惧。

"着火了！"奥迪一遍一遍地喊道。他爬回汽车扭曲的残骸里，想把贝丽塔拉过来。他又朝那两位警察哭喊着求助，然而他们只是无动于衷地站在一边看着。奥迪退了回来，又跑到汽车残骸的另一边。他脱掉上衣，用它来扑打火焰，但是他的双手突然着火了。他扔掉衬衣，试着用手把金属扳开，却被热浪逼得往后退去。瓦尔德斯捡起自己的帽子戴在头上，另一个警察拎起了装钱的麻袋。

贝丽塔的叫声渐渐变得微弱，最后消失了。奥迪跪在地上，两手撑着地面，哭了起来。血从他那被熏黑的拇指上流了下来。忽然，他感觉到一个警察正站在他面前。瓦尔德斯把打掉的弹壳抖了出来，开始往枪里装子弹。他站在奥迪跟前，拿枪指着奥迪的额头，面无表情，心里清楚地知道，理性和逻辑在一个不合理的世界里根本没有用武之地。

奥迪转过头，看见米格尔站在树林里，依然戴着他的牛仔帽，抱着他的小熊。他想让自己的身体自由伸缩，想把所有的意识和知觉都从头脑里排除出去，想成为可以随风飘散的灰尘，过一会儿再重组他的身体和灵魂，重新变得完整。

"别介意。"警察边说边扣动了扳机。

马克斯想起来了。深埋在他头脑里的记忆之门被打开了。书桌上的纸被风吹起，灰尘四扬，机器轰鸣，电话丁零作响。一幅幅画面被串了起来，就像电影胶卷被拼合、倒转、回放。他看到一个穿着花裙子、身上散发着香草和芒果味道的女人带他来到一个扎着彩灯的游乐场，在那里看烟花。

　　然而，随着他的回忆之门一点点被打开，马克斯却想把它关上。他不想要一个不同的过往，他想要那个他熟悉的过去——那个他生活过的过去。为什么他从来没有见过自己初生时的照片？马克斯想着。他之前从来没有质疑过这一点，但是现在，他在脑海中回放着桑迪放在梳妆台抽屉里的那本相册，想起里面没有一张他婴儿时期裹在棉毯里的照片，或者在医院病床上的照片。

　　他父母从来没谈起过他出生时的事情，用的都是"你来到了我们的生命里"和"我们等了你很久"这样的说法。他们只是说起过试管受精、流产、他们爱他、他们想要他，等等。

　　眼前这个男人一定是在撒谎。他是个杀人犯！一个骗子！然而奥迪讲述这个故事的方式让马克斯知道他说的是真的，因为他让人觉得他从一开始就在那儿，参与见证了全过程。

　　"你还好吧？"奥迪问说。

　　马克斯没有回答。他一言不发地走进了洗手间，喝了两口自来水，想改一改嘴巴里的气味。他看着镜中的自己。他长得很像他父亲。他们都有橄榄色的皮肤和棕色的眼睛。桑迪的肤色更白一些，还有金发和雀斑，但是那又不代表什么。他们是他的父母。他们把他抚养长大。他们爱他。

　　马克斯合上马桶盖，坐在上面，两手托住脸颊。这个人，这个陌生人为什么一定要告诉他这些？为什么他就不能让他继续过以前的生活？

　　小时候，马克斯想当一个牛仔。他有一支银色的玩具枪，从里面可以射出帽子。他还有一顶牛仔帽，帽檐上有一颗五角星。他还有一个扎着紫色领结的泰迪熊。他知道这些都是真的，然而他却在过去几个小时里成了另外一个人。

　　原来他出生在圣地亚哥。原来他去过得克萨斯。原来他曾看着自己的母亲死去。

Chapter 56

第五十六章

德西蕾穿过办公室大厅，从一个和她年纪相仿的女人身旁走过。那个女人衣着考究，长相甜美，看起来行色匆匆。她很可能周末已经有了安排，比如和男朋友一起看电影，或是和闺密喝点小酒。德西蕾一个这样的安排也没有，但这并没有让她多难过。

有人在饮水机旁的白板上贴了一张剪报——一张在星城旅馆外面拍的照片。照片上，德西蕾正指着二楼的什么东西，比旁边站着的警探矮了整整半米。照片的对话框里写着："老板，看飞机！看，飞机！"

德西蕾并没有把这张剪报撕下来。随他们开玩笑去吧，她本就不该出现在这间办公室里。她知道西诺格勒斯一小时之前就离开了，不会有人在意她到底是在家里睡觉还是在办公桌前工作。

电话响了。

"是弗内斯特工吗？"

"你是……？"

"你可能不记得我了。我们在三河监狱谈过话。你当时想问我一些关于奥迪·帕尔默的问题。"

德西蕾皱了皱眉，看了看来电显示的号码："我记得你，韦伯斯特先生。你有什么关于奥迪的情报吗？"

"是的，小姐，我想我有。"

"你知道他在哪儿？"

"不知道。"

"那你想告诉我什么？"

"我想，关于那起他们一口咬定他参与过的劫案，他可能是清白的。"

德西蕾在心里叹了口气："你是怎么得出这个惊人结论的？"

"他绑架的那个男孩。我想那个男孩是那起劫案中死去的女人的儿子——就是警察一直没有查出身份的那个女人。"

"什么？"

"她有个儿子。别问我她儿子在车祸发生时为什么不在车里。也许他被甩出去了，直到几天后才被人找到。"

"你是怎么知道的？"

"我刚才和找到他的那个人聊了聊。"

"在电话里聊的？"

"不是，警官。"

"他来你们监狱了？"

"我现在已经不在监狱里了。"

"可你被判的是终身监禁！"

"他们放我出来了。"

"谁？"

"我不知道他们的名字。他们说如果我找到奥迪·帕尔默，他们就可以给我减刑，但我觉得他们是在骗我。我觉得他们打算杀掉奥迪，并且也会因为我现在跟你说的这番话杀掉我。"

德西蕾对莫斯离开监狱这件事还没有反应过来。

"等等！等等！从头开始说！"

"我的零钱可能很快就用完了，"莫斯说，"你好好听我说。那个向我吐露情况的男人说，一个外勤警察曾经让他隐瞒那个男孩被发现的地点。警察说他是在几英里之外找到那个男孩的，但事实上就在枪战发生地附近。"

"请你从头说起——是谁把你从监狱里放出来的？"

"我不知道。"

"你没有看到他们吗？"

"他们在我头上套了个面罩。他们会对别人说我越狱了，警官。但是我没有，是他们放我出来的。"

"你得来警局自首，莫斯。我能帮你。"

莫斯听上去快要哭出来了："奥迪才是最需要帮助的。他应该得到帮助。不论怎样我都会回到监狱里去的，如果我能活到那时的话。我真希望我没有和奥迪成为朋友。我真希望我现在能帮他。"

电话里响起了话费即将用完的警告声。

"我会改过自新的。"莫斯说，"记住我说的关于那个男孩的话。"

"莫斯，你还在听吗？来自首吧，记住我的手机号码。"德西蕾朝话筒里喊出了一串数字，但是不知道他有没有在断线前听到。

德西蕾呼叫了总机，询问能否追查到刚才那通电话的打出地点。接线员给了她一个地址：康罗市一个超市里的付费电话。接着，德西蕾又拨通了三河监狱斯帕克斯典狱长的电话。

"莫斯·韦伯斯特在奥迪·帕尔默越狱两天后就被转去了其他监狱。"典狱长说。

"为什么？"

"他们不会什么事情都告诉我们原因的。犯人们总是被转来转去的。也许是行政命令，也许是出于同情的考虑。"

"这事一定是经过某人同意的。"德西蕾说。

“那你就得去问华盛顿特区的人了。”

一小时后，已经打了好几十通电话的德西蕾依然在对着电话说话。“这些都是狗屁！”她冲电话喊道，电话那头的联邦监狱局的小办事员一定已经后悔回她的电话了，“为什么要把莫斯·韦伯斯特从一座高度戒备的联邦监狱转移到布拉佐里亚县的一个度假村去？”

“不好意思，特工小姐，达灵顿监狱是一所监狱农场，不是度假村。”

“可他是一个被判终身监禁的杀人犯！”

“我只能告诉你我掌握的信息。”

“还有什么消息？”

“在转狱途中休息的时候，韦伯斯特在西哥伦比亚市一家 DQ 冰激凌店用一把自制的刀具胁迫了一位法警，并解除了他的武装。那位法警在他逃跑的过程当中没有受伤。州警察局已经收到了通知。”

“是谁授权这次转狱的？”

“我不知道。”

“为什么他越狱的事没有通知 FBI ？”

“已经录入了系统。”

“我要看那个法警以及其他目击者的证词。我想知道他为什么被转狱，以及是谁下的命令。”

“我已经给局长留了字条。我相信他周一一大早就会看到的。”

德西蕾能从这个官僚主义做派的办事员的声音里听出暗含的讽刺。她狠狠地挂上电话，想把它扔到房间那头，然而那通常是男人的做派，而她已经受够了男人。

于是，德西蕾只能在脑子里一遍遍地回想莫斯说过的话。她打开电脑，开始查看失踪儿童的信息。

韦伯斯特先生，你知不知道得克萨斯州每年会有多少小孩失踪?

终于，德西蕾把查找范围缩小到了二〇〇四年一月的德莱弗斯县，并且在当年的《休斯敦纪事报》中看到了这样一则消息：

光脚男孩被发现在林中游荡

上周一，有人在德莱弗斯县的焦溪水库旁发现了一个穿着牛仔服的小男孩，据警方透露，男孩身上的迹象显示他在野外待了一整个晚上。

这个男孩的年龄在三岁到四岁之间。西奥·麦卡利斯特和他的狗"巴斯特"在水库的东岸发现了他。

"我们正沿着小路往前走，然后巴斯特就在一个灌木丛底下发现了一堆破衣服。我走近一看，发现是个小男孩。"麦卡利斯特先生说，"他饿坏了，所以我就给了他点吃的。后来，我找不到他母亲，就报了警。"

这个小男孩被送去了圣弗朗西斯医院，那儿的医生诊断说他有些脱水、受凉，还有些刮伤擦伤，这表示他前一晚是在室外度过的。

瑞安·瓦尔德斯警官表示："这个男孩明显受到了心理创伤，到目前为止还不能和我们交谈。我们的首要任务是找到他母亲，并提供她所需的任何支持。"

德西蕾又打开一份地图。焦溪水库距离枪战发生地差不多两英里远。据记录显示，那个小男孩是在三天以后才被找到的。没有任何线索可以把这两件事联系起来，除了瑞安·瓦尔德斯……以及莫斯·韦伯斯特刚才的那通电话。

大约一周以后，又一则报道出现在了《休斯敦纪事报》上。

孤独牛仔悬案

得克萨斯州及联邦政府已经加大力度去解决戴牛仔帽的小男孩的

悬案。上周一，这名小男孩在德莱弗斯县的焦溪水库附近被人发现，当时他正在那里漫无目的地游荡。

这名小男孩年龄在四岁左右，根据描述，他有着橄榄色的皮肤、棕色的眼睛、深色的头发，高八十八公分，重三十三磅。他被人发现时身穿蓝色的松紧牛仔裤、棉质衬衣，戴着一顶牛仔帽。

政府当局正在利用 FBI 的全国犯罪信息中心系统（NCIC）和全国失踪及身份不明人士系统（NamUs）追查小男孩的来历，希望能找出他的父母或监护人。

瑞安·瓦尔德斯副警长负责这项调查。"进展有些困难，因为这个男孩迄今为止还没说过一句话。我们猜他不会说英语，或者受到了惊吓。目前我们暂且用发现他的那条狗的名字称呼他为'巴斯特'。"

德西蕾拨通了德莱弗斯县家庭和保护服务部的电话。她在电话里解释了三遍才被转接到一个从二〇〇四年开始就在这个部门工作的办案员那里。

"说快点，我很忙。"电话那头一个女人的声音说，听上去她正站在一条嘈杂的街道上，"现在我和四个警察在一起，我们要去解救一个吸毒中心的小孩。"

德西蕾只好长话短说。"二〇〇四年一月，有人在德莱弗斯县的一个水库边发现了一个迷路的小男孩，三四岁的样子，他后来怎么样了？"

"你是说巴斯特？"

"是的。"

她朝什么人喊了一声，让那人等等她。"好吧，好吧，我记得那个案子。一个奇怪的案子。那个男孩一个字都没说。"

"你们找到他的家人了吗？"

"没有。"

　　“他后来怎么样了？”

　　“他被收养了。”

　　“被谁收养？”

　　“我不能向你透露这么详细的信息。”

　　“我理解。你看这样如何，我说出我的猜测，如果我说错了，你就挂断电话；如果我说对了，你就不挂。”

　　“可我无论如何都会挂断电话。”

　　“那个男孩当时被一个副警长和他的妻子暂时抚养，我猜后来他们收养了他。”

　　电话那头一阵长长的停顿。德西蕾能听到对方的呼吸声。

　　“这样够长了吧？”那个女人说。

　　“谢谢你。”

Chapter 57

第五十七章

　　太阳从云层后面探出头来，在水面上投下了巨大的阴影，就像有某种史前海洋怪兽在水下游动。奥迪和马克斯坐在码头上，望着远处的海滩，海鸥在那里乘着风飞来飞去。

　　"挨枪子的感觉怎么样？"

　　"我还真记不起来了。"

　　"那肯定是个意外，"马克斯说，"他们一定把你当成劫匪了。"

　　奥迪没有回答。

　　"我爸爸肯定不会故意向你开枪的。这应该是个误会。"马克斯说，"而且他也没拿那笔钱。如果你去跟他说，他还会帮你。"

　　"现在说这些太晚了。"奥迪说，"这已经牵涉了太多人太多事。"

　　马克斯抠着他座椅扶手上面翻起的油漆："为什么你不早点说？"

　　"我那时昏迷了三个月。"

　　"可是当你醒来以后——你可以跟警察说的……或者跟律师说。"

　　奥迪还记得自己在医院里醒来的那天，他渐渐对周围的环境有了意识。他能听到护士们之间的交谈，感觉到她们在帮他擦洗身体，但那就像一个从喝醉之后的梦里截出的片段。他第一次睁开眼睛的时候，只能看到一些模糊的形状和一团团颜色。光线对他来说太刺眼了，他只想睡觉。后来，他有意识的时间越来越长，就像隧道里见到的亮光，只是当中跳动着黑色的阴影、轮廓、天使。

过了一段时间，奥迪又睁开了眼睛，看见一个神经科医生站在床边，正对着一群实习生训话。他要求其中一名实习生对病人进行一项检查。一个鬈发年轻人在床边弯下腰，想拨开奥迪的眼睑。

"他是醒着的，医生。"

"别开玩笑了。"神经科医生说。

奥迪眨了眨眼，病房里顿时一片骚动。

奥迪无法说话，他的嘴里插着一根管子，鼻子里也插着一根，他感觉那根管子在他的肺里拖来拽去。奥迪转过头，可以看到床边一台机器上面的橙色刻度盘，还有一盏绿色的小灯从一面液晶显示窗上划过，就像一个可以发出彩色光波的立体声音响。

他的床头立着一个铬合金支架，上面挂着一只塑料袋，里面的液体沿着一根透明的管子流下来，消失在奥迪左前臂上缠着的一大圈医用胶带下面。

病床上方的天花板上有一面镜子。奥迪可以从镜子里看到一个人躺在白色的床单上，就像一只昆虫标本一样，头上缠满了绷带，遮住了左眼。这个画面看起来如此超现实，以至于奥迪觉得自己已经死了，是他灵魂出窍看到了这些。

就这样过了几个星期。奥迪渐渐学会了抬起那只缠着绷带的手和眨眼睛，以此作为交流的方法。那个神经科医生几乎每天都会来查看奥迪的情况。他喜欢穿牛仔裤和牛仔靴，自称哈尔，对奥迪说话时会放缓语速，并且做出相应的嘴形，仿佛奥迪只有五岁小孩的心智。

"你可以动动你的脚指头吗？"

奥迪照做了。

"眼睛看我的手指。"哈尔说，一边把手指从一侧移到另一侧。奥迪的眼睛也跟着移动。

哈尔用一个带钩的金属工具刮了刮奥迪的手臂和脚底。

"有感觉吗？"

奥迪点点头。

那个时候，他们已经把奥迪嘴巴和鼻子里的管子撤走了，但是奥迪的声带还是有些受损，不能说话。哈尔拉过一张椅子，椅背朝前坐了下来，两手搭在椅背上。

"我不知道你能不能听懂我的话，帕尔默先生，但是我要向你解释一下发生了什么。你中了枪。子弹从你额头打进去，穿过整个左半脑，然后又从后脑穿了出去。我们可能要花几个月时间来确定你受到了怎样的永久性伤害，但是你现在还活着，而且可以与人交流，这是个天大的奇迹。我不知道你是否信宗教，但你一定是得到了什么人的保佑或祝福。"

哈尔安慰地笑了："就像我说的，子弹穿过了你的整个左半脑，这比打伤两个半脑要好。人的大脑有时候可以容忍失去一半的情况发生，就像一架双引擎的飞机只失去了一台引擎。就你的情况来说，子弹没有打中那些核心区域，比如脑干和丘脑。

"人的左半脑控制的是语言和说话，这些功能的恢复可能需要一些时间，也可能永远不会恢复。过几天，我会安排你做一次核磁共振成像扫描，我们还会对你做一些神经科测试，来检验你大脑的功能。"

哈尔抓住了奥迪的手。奥迪捏紧了他的手指。

几个小时后，奥迪在一个漆黑的房间里醒来，房间里唯一的光亮来自那些仪器。一个人坐在他床边。奥迪无法转过脸去看那个人的长相。

那个人靠近奥迪，把拳头放在奥迪头上缠着绷带的地方，按压着他碎裂的头骨。奥迪感觉有一颗手榴弹在他脑子里爆炸了。

"你有感觉吗？"那个声音说。

奥迪点点头。

"你能听懂我说话吗？"

奥迪再次点了点头。

"我知道你是谁，也知道你家住在哪儿，帕尔默先生。"

那人的拳头继续往奥迪头里碾压，压迫着他破裂的头骨和金属板。奥迪的手臂在空中胡乱地挥舞，仿佛被人切断了马达控制似的。

"那个男孩在我们手上。你懂我的意思吗？如果你想让他活命的话，就照我说的去做。"

奥迪的疼痛如此强烈，他必须努力集中精神才能听清那人在说什么，但信息还是清晰地传达给了他。

"你要守口如瓶，明白吗？你要认罪，不然那个男孩就得死。"

一台心脏监视器开始发出警报。奥迪失去了意识。他不想醒过来。他又在脑海里重温了一遍那起事故，看着米格尔的脸，听着贝丽塔临死前的哭喊，他对自己说他想死。他每天晚上都会做着同样的梦醒来，他害怕得不敢入睡，只好呆呆地看着天花板上镜中的自己，轻轻地耸动着喉咙，咽下口水。

"那个人是谁？"马克斯问。

"一名 FBI 特工，名叫弗兰克·西诺格勒斯。"

马克斯盯着奥迪，像是在判断奥迪是不是夸大其词或是编造了这样一个故事。

"你是在告诉我，你进监狱是因为我？"

"不是你让我进的监狱。"

"但是他们拿我威胁你，所以你才进的监狱？"

"我向你的母亲保证过。"

"你可以跟警察说清楚啊。"

"是吗？"

"你可以向他们证明你到底是谁。"

"怎么证明？"

"他们会相信你的。"

"我那时还不能说话。等到我能说话的时候证据已经被销毁或被扭曲篡改了。我完全没有办法证明我的清白——而假如我尝试那样做的话他们就会杀了你。"

马克斯站起身来，愤怒地走来走去。"不是这样的！这太操蛋了！我爸爸绝对不会伤害我，要是有人想伤害我，他一定会杀了他。如果他找到你，他会杀了你……"马克斯咬牙切齿，用力地闭上了眼睛，面容因愤怒和憎恶变得有些扭曲，"我爸爸得过一枚勋章。他是个英雄。"

"他不是你父亲。"

"你他妈撒谎！你这个骗子！我原本过得好好的，我父母都很爱我。你没有权利绑架我。"

马克斯冲进屋里，狠狠地关上了卧室房门。奥迪没有跟着他。他对自己和这个男孩的关系感觉很淡然，就像他端着一台摄像机，记录着眼前发生的事，但不会参与进去。虽然他和马克斯现在身处同一个地方，但是他们之间没有情感上的联系。那根纽带早就被割断了——就在火焰吞噬了那辆庞蒂克、贝丽塔喊出他名字的那一刻。

他以为这个男孩会说什么？他除了这些还会说什么？

十一年来，人们都希望奥迪守口如瓶，希望他淡出视野，希望他默默消失，希望他死掉……如果他们不去招惹他的话，奥迪说不定会遂了他们的心愿。他本来可以屈服于监狱里那些想要他命的人，或者成为监狱里每天都在上演的无休止的暴力的牺牲品。然而奥迪不想失去对贝丽塔的回忆。她仍然占据着他的脑海，让他像梦游一般朝悬崖走去。因为他曾经对她许下了承诺。

　　奥迪也并不消极。一开始他会惩罚自己，对每一次踢打和羞辱逆来顺受，因为身体上的痛苦可以掩盖他真正的痛苦。然而到了某个程度之后，逆来顺受也出了问题，因为他的身体和心灵都承受着痛苦。奥迪知道他在替别人犯下的罪行受罚，就像一只被扔进蟒蛇笼子的老鼠，被自己的悲痛和承诺的重量慢慢碾碎。

　　他不能告诉马克斯那些他在监狱里被打、被刀捅、被火烧以及被威胁的事情。他也没有提到在他应该出狱前一个月，曾经到他的医院病床边"探望"他的那个人又出现在了三河监狱。那人远远地坐在一面有机玻璃屏对面，示意奥迪拿起听筒。奥迪慢慢把听筒拿到耳边。再次听到这个人声音的感觉很奇怪，让他想起了上一次听到它时的情景。

　　那个人用四根手指懒懒地抓着脸："你还记得我吗？"

　　奥迪点点头。

　　"你害怕吗？"

　　"怕什么？"

　　"怕在另一头等着你的东西。"

　　奥迪没有回答。他的头开始发晕，身体也止不住地颤抖，几乎无法把听筒一直放在耳边，但他还是用手死死地按住听筒，耳朵上因此留下的瘀青几个星期之后才消散掉。

　　"你很让我吃惊。"那个人说，"如果之前有人跟我说你在牢里待了十年还能活下来，我肯定会骂他是个智障。你是怎么活下来的？"那人没等他回答就继续说道，"为什么现在这个世道监狱里都找不出一个像样的杀手？"

　　"厉害的那些都不会被抓进监狱。"奥迪说，努力让自己看上去一切如常，虽然他的心脏在胸腔里跳得像困在垃圾箱里的猫一样。

　　"我们甚至还尝试让你获得重审，但是检察官临阵退缩了。"那个人用手指敲了敲玻璃屏，"所以你认为你从这儿出去之后还能活多久？一天？

一周？"

奥迪摇了摇头："我只想一个人待着。"

那人把手伸进外套内兜，掏出一张照片，举到有机玻璃屏跟前："你认识他吗？"

奥迪对着照片眨了眨眼，照片上面是一个穿着短裤和 T 恤的少年。

"他还在我们手上，"那个人说，"只要你有一点风吹草动……你懂我的意思吗？"

奥迪挂断了电话，低着头一瘸一拐地走回了自己的牢房。他的手腕和脚腕上还拴着锁链，绝望得像个死囚。那天晚上，他非常生气，但他的愤怒让他感觉不错，仿佛那怒气清洗、拨开、冲走了他的伤疤。长久以来，他都在跟幽灵斗争，而现在，这些幽灵有了名字。

Chapter 58
第五十八章

奥迪听到一辆车向他们开来，一边碾过坑坑洼洼的路面一边减慢了速度。他从厨房的窗户往外望去，看见一辆老式道奇皮卡正从暴风雨留下的水洼中轧过，然后在这栋房子向风的一面停了下来，又掉头开向了船屋那一侧的大门。

一个老人从车上走下来。他穿着一条连身裤，脚踩一双工装靴，头上戴着一顶被太阳晒得有些褪色的休斯敦油人队棒球帽。油人队一九九六年便离开了休斯敦，但是这段记忆对有些人来说可能永远不会消失。老人打开一块遮板，掀开罩在一艘铝质小船上的柏油帆布，仔细地折好，然后把拖车挂到了他那辆皮卡的拖车球上。

他应该是这栋房屋主人的邻居或朋友，现在是来跟屋主借船的。或许他不会上楼。说不定他没有钥匙。马克斯去哪儿了？他正在卧室里用他的 iPad 听音乐。

老人把一台舷外马达从皮卡后面搬到小船那儿去，把它挂在船舷上，然后拧紧螺栓。接下来还有油箱和钓具盒。把一切都装好以后，他回到了驾驶座上，一抬眼却注意到了打开的遮板。他挠了挠头，从皮卡上下来，朝草坪对面走去。

奥迪抓起了霰弹枪，端在身侧。应该不会出什么事的。他会把打开的遮板怪在暴风雨头上。只要他不检查门锁……现在他已经来到了楼梯上。木头地板被他的体重压得嘎吱作响。他合上了遮板，检查了一下合叶。似乎没有什么东西坏掉或被折断了。他又沿着露天平台来到大门口。还有四步远的时候，他看到了那块被打碎的玻璃。

"熊孩子，"他自言自语地说着，把手伸过那块碎玻璃，打开了门里的插销，"你们这些小杂种到底搞了多少破坏？"

他推开门，走了进来，然后看到了霰弹枪的两根黑色枪管，离他的额头只有大约两厘米远。他踉跄地退了两步，脸色煞白。

"我不会伤害你的。"奥迪说。

老人想要说些什么，但是他的嘴一张一合，像是用金鱼的语言在说话一样。这时，他的手在心脏上不停地拍打，发出空洞的咚咚声。

奥迪放下枪："你还好吧？"

老人摇了摇头。

"你心脏有问题？"

老人点点头。

"你有药吗？"

他又点了点头。

"药在哪儿？"

"皮卡车里。"

"在仪表盘、杂物箱还是口袋里？"

"口袋里。"

这时，马克斯从卧室里走了出来，铃鼓仍然在他两膝之间叮当作响。他看到了老人，止住了脚步。

"他的心脏有点问题。"奥迪说，"他车上有药。我现在要你去帮他把药拿过来。"

马克斯对这项命令没有置疑。铃鼓声从楼梯一直响到草坪，然后渐渐消失了。奥迪看不到外面那辆皮卡，因为遮板被关起来了。

他给老人搬来一把椅子，让他先坐下。老人面色灰黄，脸上挂满汗珠，就像看见鬼一样看着奥迪。

"你叫什么名字？"奥迪说。

"托尼。"老人哑着嗓子说。

"你是心脏病犯了？"

"心绞痛。"

马克斯打开皮卡的车门，在里面一阵翻找，终于找到一只旧运动包。皮卡的车钥匙还插在引擎的点火器上。他的机会来了。他可以开着这辆皮卡马上逃跑，在奥迪从楼梯上下来之前，他可以消失得无影无踪。他还可以给什么人发信号或打电话。他可以救出自己，成为一个英雄。或许在那之后索菲娅·罗宾斯就愿意和他约会了呢。

马克斯一边想着这些事，一边在运动包里翻找。这时，他的手指触到了一部手机，手机旁边还有一个塑料药瓶。马克斯回头看了一眼那栋房子，打开手机，给他父亲的手机发了一条短信：

"我是马克斯。我很好。我在一栋海滨小屋里，位置在墨西哥湾和一条运河之间，萨金特镇东面。蓝色外墙。木板屋顶。有露天平台。带船屋。"

发送之后，他关掉手机，把它塞进了自己内裤的裤裆里，然后拿上药瓶，关上车门，沿着海滩朝远处望去。在他八百米以西的地方，马克斯可以看到一辆四驱车在沙地里兜圈。

"你找到药了吗？"奥迪站在露台上朝他喊。

"找到了。"

马克斯把药瓶举过头顶，在头上摇晃。

"把整包东西都给我拿过来。"

"好。"

奥迪给托尼倒了一杯水，然后打开药瓶。

"一片还是两片？"

托尼竖起两根手指。奥迪把药片放到他手里，看他就着水吞了下去。

"他不会有事吧？"马克斯问。

"应该不会。"

"或许我们该叫辆救护车。"

"等几分钟再看看。"

托尼睁开眼睛，差不多平静下来了。无论那是什么药，都已经让他的心跳恢复正常，或者把疼痛止住了。他朝马克斯笑了笑，又向他要了一杯水。

"心脏病，"他解释说，眼皮依然睁不太开，"他们说我需要做心脏搭桥手术，但是我没有医疗保险。我女儿一直在存钱，但是手术需要近十六万美元。她现在同时做着两份工作，可我还是会在她存够钱之前二十年就死掉。"

说完，他用一块破布似的手绢擦了擦脸。"那也是我为什么会去钓鱼，为的就是弄一点食物。我想借哈利根家的船来用用，但我没跟他们说。"他抬起头看着奥迪，"我猜他们也不知道你会来这儿吧。"

奥迪没有回答。

"所以你是谁，来这儿做什么？"

他审视着马克斯和奥迪，随后把目光往下移去，看到了马克斯两膝之间绑着的铃鼓。他一下想起了什么，扬起眉毛说："你是警察到处在找的那个男孩。新闻里一直在播。"他朝奥迪皱了皱眉："他们还说你是个杀人犯。"

"他们搞错了。"

"你们打算拿我怎么办？"

"我还在想。"

"我钓不成鱼了。"

"今天肯定不行。你女儿想要你什么时候回家？"

"大概傍晚。"

"你有手机吗？"

马克斯打断了他们："他包里没有。"说完，他看了一眼托尼，向他使了一个眼色。

"我女儿一直叫我把手机带上，"托尼说，"但我从来都学不会怎么用。"

"你现在感觉好点了吗？"奥迪问他。

"我会好起来的。"

"你应该带他去医院。"马克斯说。

"如果他情况恶化，我们就去。"奥迪说着，检查了一下窗户，扣上了霰弹枪的保险。

"那我女儿怎么办？"托尼问，"她会担心我的。"

奥迪看了看表："傍晚以前还不会。"

Chapter 59

第五十九章

　　记者和电视台摄像团队像一群等待喂食的狗一样把德西蕾围在中间。他们的演播车和媒体车把瓦尔德斯家外面的道路挤得水泄不通，也吸引了一批专程跑来围观新闻现场的旁观者和游客。

　　警署的一位家庭联络官打开门，一只手搭在腰间的配枪上。桑迪·瓦尔德斯站在她身后的过道里，睁大了眼睛，怀揣着希望。她穿着一件褪色的 T 恤和一条牛仔裤，赤着双脚，头发蓬乱，脸上没化妆，露出睡眠不足的疲态。他们开始在客厅里说话，那里的窗帘是拉上的，百叶窗也紧闭着。德西蕾坐了下来，谢绝了主人端上来的咖啡。

　　"你丈夫在家吗？"

　　桑迪摇摇头："瑞安那个性子是坐不住的。他会去外面楼顶上大喊大叫。"

　　德西蕾表示理解，虽然桑迪对此很怀疑。

　　"为什么你们之前不告诉我们马克斯是被领养的？"

　　桑迪愣了一下，卫生纸还被她拿在鼻子下面："那有什么要紧的吗？"

　　"你们有没有故意隐瞒这一信息？"

"没有！当然没有！"

"你们什么时候收养的他？"

"在他四岁的时候——这很重要吗？"

德西蕾无视她的问题，继续问道："是通过一家领养机构吗？"

"该走的程序我们都走过了，假如你是问这个的话。"桑迪坐在沙发沿上，膝盖并拢，把那张湿润的餐巾纸捏在手里揉搓着，直到它起毛破损，"瑞安说他是被人抛弃的。有人在树林里发现了迷路的马克斯，当时他又脏又冷。瑞安带他去了医院，寻找他的母亲。后来他一直和得州家庭和保护服务部保持着联系。"

"于是你们就开始抚养他，后来还把他收养了？"

"我们一直都想要个孩子。我们什么方法都尝试过了——打针、取卵子、试管受精——但是全都不管用。本来我们根本没想过收养这回事，直到马克斯出现。他就像上帝送给我们的礼物。"

"马克斯自己知道吗？"

桑迪低头看着自己的双手："我们本来想等他长大了再告诉他的。"

"他已经十五岁了。"

"总是找不到合适的时机。"桑迪说完，换了个话题，"你知道他被找到之后有五个月一句话都没说吗？一句都没有。没人知道他的真实姓名。有很长一段时间我们就管他叫'巴斯特'——就是找到他的那条狗的名字——但是后来他开始说话了，说他的名字叫米格尔。瑞安不想那么叫他，于是我们给他取名叫马克斯，他似乎也不介意。"

德西蕾没有回答："米格尔有没有跟你们说他姓什么？"

"没有。"

"他说没说过自己是从哪里来的？"

"有那么一两次，他会指着照片或说些可能带点什么线索的话，但是瑞安说我们不该给他压力。"桑迪说到这儿，眼睛又眯了起来，"我曾经非常害怕有人会找上门来。每次听到电话铃响或有人敲门，我都觉得是他母亲来了，想把他带回去。瑞安说真是那样也不用害怕，因为从法律上讲马克斯现在已经属于我们了。"

她看着德西蕾，眼里噙满了泪水："为什么上帝要惩罚我们？我们做了一件好事。我们是称职的父母。"

奥迪朝厨房的柜子里看了看，盘算着他们还有多少存粮。他会在食物消耗完之前先把时间消耗完的。托尼正看着他，虽然他的脸色还是很苍白，但已经不再冒汗了。

他很爱说话——老是有意无意地在谈话中穿插一些他自己的事情。也许他是在哪儿读过"人质应该尝试和绑架者建立起感情"这一类的话，不然他就是想用无聊把奥迪逼死。

"你当过兵吗？"他问道。

"没有。"

"我参加过海军——打德国人和韩国人的时候我还太小，而打越南人的时候我又太老了，于是他们让我做了焊工。我原来还会做一些水管工的活儿，或者用石棉把机房隔离这种活儿。麦琪（我妻子）就是因此而死的。他们说我的衣服上沾了石棉，她帮我洗衣服的时候把石棉纤维吸进肺里去了。我的肺没受什么影响，她却被害死了。这或许就是人们常说的世事难料吧？"

"我不这么觉得。"

"可能只是运气不好，我猜。我不是在抱怨什么。"他顿了顿，瘪了瘪嘴巴，"算了，管他呢！我就是在抱怨，但是从来没人想听。"

"你如果是退伍老兵，不是应该有医疗保险吗？"奥迪问道。

"可我没在海外服过役。"

"这听起来不是很合理。"

"知道什么是合理的并不意味着合理的事情就一定会发生。"

托尼退缩了一下，用手捶了捶胸口，仿佛在重启一个并不存在的心脏起搏器。他应该去一趟医院，或者至少找个医生看一下。奥迪不想再背负另一个人的死亡带来的痛苦。他接下来的计划可能会有所改变。当然你也可以说他根本没花心思去想什么全身而退的计划，因为他完全没料到自己能走到现在。现在马克斯已经知道事情的真相了。他或许不相信某些细节，但是他现在有了选择。就像把一个孩子带去教堂和周日学校，给他一个信仰，而他可以选择接受或者拒绝。

奥迪身上还剩一百一十二美元。他把这些钱数了数，然后揣进了上衣的前兜。他又拉开背包拉链，掏出手机，往里面装了一张新的 SIM 卡，然后按下了开机键，看有没有信号。他先给得克萨斯州儿童医院打了个电话，找他姐姐。贝尔纳黛特正在查房，有人跑过去叫她了。

奥迪瞄了一眼托尼。他正在和马克斯说话，不时地点点头。也许他们正在商量什么，不过那很快就不重要了。

"是我。我不能和你说太久。"

"奥迪吗？警察来找过我。"贝尔纳黛特捂住电话低声说。

"我知道。"

"你会伤害那个男孩吗？"

"不会。"

"去自首吧，让他回家。"

"我会的，但是我想让你帮我做件事。你帮我保管的那些文件，它们还在你那儿吗？"

"在。"

"我想让你把它们交给一个人。她的名字叫德西蕾·弗内斯，是一名 FBI 的特工。你要把这些文件直接交到她手上——不要给其他任何人。当面交到她手上。你懂我的意思吗？"

"我要怎么跟她说？"

"让她去追查那笔钱的下落。"

"什么？"

"她看过那份文件就会明白。"

贝尔纳黛特的声音有些颤抖："她一定会问你的下落的。"

"我知道。"

"那我怎么跟她说？"

"跟她说那个男孩没事，我在照顾他。"

"你这样会给我惹出更多麻烦的。我一直跟周围的人说你是个好人，但最后你总是证明我是错的。"

"我会补偿你的。"

"如果你死了还怎么补偿我？放那个男孩回家吧。"

家在哪儿？奥迪想着。不过他还是说："我会的。"

挂掉电话之后，奥迪又给另一个人打了电话。这个人帮他在监狱里活了下来，是他目前唯一可以略微信任的人。他不知道莫斯是怎么从三河监狱里出来的，也不知道他是怎么找到自己的，但是他在树林里挖的那个坑本来是要留给他们两个人的。

一个女人接起了电话："这里是和谐牙科诊所。"

"我要找克里斯特尔·韦伯斯特。"

"我就是。"

"我是奥迪·帕尔默——我们之前见过一两次。"

"我知道你是谁。"克里斯特尔有点紧张地说。

"你有莫斯的消息吗？"

"他经常给我打电话。"

"你知道他们为什么把他从三河监狱里放出来吗？"

"他们让他去找你。"

"然后呢？"

克里斯特尔顿了顿："把你交给他们。他们还说，如果莫斯真能找到那笔钱，钱他可以自己留着。"

"那笔钱早就没了。"

"莫斯知道，但是他之前指望着他们会给他减刑。"

"那他现在怎么想？"

"他现在知道他们在撒谎。"

奥迪向窗外望去，海鸥正扇着翅膀在波浪上空滑翔，嘴里发出奇怪的叫声。它们的叫声有时候听起来就像婴儿的叫喊。

"下次你接到他电话的时候，跟他说我想好了一个计划。我想让他来这里接走那个男孩，他可以以此向警方邀功。把我的地址告诉他，我会在这个地址再待六个小时。"

"他可以给你打电话吗？"

"我一会儿会把这部手机关掉。"

"那个男孩还好吗？"

"他没事。"

"给我一个不马上给警察打电话告诉他们你在哪儿的理由。"

"你可以去问莫斯。如果他同意，你就让他给警察打电话。"

克里斯特尔想了一会儿："如果我们家莫斯有什么三长两短，我会亲自来找你。而且，我向你保证，帕尔默先生，我比他可怕多了。"

"我知道，夫人，他跟我说过。"

Chapter 60
第六十章

　　皮尔金顿抬头看着天上飘过的白云，被阳光照得眯起了眼睛。一阵风吹来，空气里弥漫着潮湿阴郁的味道。他家门前的小路上停着两辆汽车，路边一棵已经死去的树在车上投下稀疏的影子，树枝就像躺在干涸的湖底的森森白骨。

　　"我们这次可不能再出什么差错了。"他说，嘴里叼着一支没有点燃的雪茄，烟嘴已经被口水浸湿，"中途不许有人撤退。"

　　他看了一眼弗兰克·西诺格勒斯，后者闭上了左眼，举起瞄准镜放到右眼上，检查着手里的来复枪。瓦尔德斯"砰"地把汽车后备厢关上，打开了一只黑色的来复枪盒。除了他，现场还有两个穿着黑色拼接口袋工装裤的男人——杰克和斯塔夫。两个人都是雇佣军，"杰克"和"斯塔夫"是假名，在没人主动搭腔的情况下绝对不会跟别人说话。只要有人付钱，他们就给人干活儿。杰克留着长发，脑后扎着马尾，但是发际线却像退潮一样往后退去，只剩下眉毛孤零零地守在额头。斯塔夫更矮也更黑，留着寸头，紧张时习惯用手背去抹嘴巴，脖子上有几道像是烧伤的疤痕。

　　皮尔金顿老是忍不住去看他那块起皱的皮肤。

"你对我的脸有意见吗？"斯塔夫说。

皮尔金顿移开了视线，含糊地道了句歉。他不喜欢被人教训，也不喜欢让事情失去控制。这不是属于他的世界。他父亲曾经因为保险和电信诈骗进过监狱，但没想到他出狱之后对罪犯和恶人报以前所未有的尊重。因为在那个暴力的世界，比起金钱，人们更重视能力。暴力不仅是一种手段，更是目的。抢起更大的棒子，下手更重、更快、更狠。

皮尔金顿把戴着手套的两手一拍，仿佛在为一支联赛球队鼓劲："人人为我，我为人人，是这样吧？"

没有人回答。

西诺格勒斯愤愤地朝瓦尔德斯看了一眼，说："我觉得应该让制造问题的人去解决问题。"

"我朝着他的脑袋开了一枪，"瓦尔德斯反驳说，"你还要我做些什么？"

"朝他再开一枪。"

"别吵了。"皮尔金顿说。

"帕尔默就像一只该死的吸血鬼。"瓦尔德斯说，"你可以拿刀捅他的心脏，用火烧他，把他活埋，但总会有人去把他挖出来，让他死而复生。"

"所以这个刺头很难搞定？"杰克说。

"他不过是个凡夫俗子。"斯塔夫回答，一边把手臂套进一件黑色的防弹背心，扣上了尼龙搭扣。

"万一那个小孩想起以前的事了怎么办？"西诺格勒斯问道。

"他不会的。"瓦尔德斯回答。

"那帕尔默为什么把他带走？他肯定是想让这小子帮他说话。"

"马克斯当时还不到四岁——没有人会相信他的。"

但是西诺格勒斯并没有被说服："那 DNA 测试呢？万一帕尔默能够证明他没有参与那次抢劫怎么办？"

"他证明不了。"

瓦尔德斯把一个弹夹从自动手枪里卸下又装上。西诺格勒斯看着皮尔金顿，想从他那儿得到保证。

"马克斯不会说什么的，他是个乖孩子。"皮尔金顿说。

"他是个不确定因素。"

瓦尔德斯打断了他："你们都不许碰他，听到了吗？我要你们同意这件事。"

"我不会同意任何事，"西诺格勒斯回道，"而且我也不想因为你收养了一个西班牙裔小孩就进监狱。"

瓦尔德斯把他朝卡车那边推去，用手臂抵住了他的喉咙。卡车在冲击之下震了一下。

"他是我儿子！没有人可以动他！"

西诺格勒斯回瞪着瓦尔德斯，两人都没有眨眼，也没有退缩的意思。

"好了好了，都放松点，"皮尔金顿说，"我们还有活儿要干。"

瓦尔德斯和西诺格勒斯又互相瞪了几秒钟，然后才松开了手，推开了对方。

"好吧，弗兰克，跟我们说说现在的情况。"皮尔金顿说。

西诺格勒斯在那辆福特探索者的引擎盖上展开了一卷卫星地图。

"我们认为那栋房子在这儿，在运河路上。那里只有一条路可以出入。一旦我们把路封死，他就被困在那儿了，除非他有船。"

"帕尔默知道我们要去那儿吗？"皮尔金顿说。

"不太可能知道。"

"他有没有武器？"

"我们先假定他有。"

"我们怎么向外人交代？"皮尔金顿又问。

西诺格勒斯回答："我们就说绑匪在向男孩的家人索要赎金，但是瓦尔德斯警长因为担心马克斯的安全，决定自己出面解决。"说完，他又转向其他几个人："我从没在这儿出现过，听明白了吗？如果我们被人拦下来了，由治安官出面交涉。不要带手机，不要带传呼机，不要带 GPS 定位系统，不要带应答机，不要带身份证明——还要把你们的武器都藏起来。"

"我得带着手机，万一马克斯给我打电话呢。"瓦尔德斯说。

"好吧，只有你能带手机。"

现在，瓦尔德斯的脑袋里全是矛盾和怀疑。每个杀人犯都会活在他梦里挥之不去的阴影下——那些刻在他潜意识里的杀人场景永远无法磨灭。有三个晚上，瓦尔德斯都梦见了卡西·布伦南和她的女儿斯嘉丽。开枪杀死她们的时候，这两个人他一个都不认识。他以为厕所里的人是奥迪，但出来的却是那个小姑娘，而她死后瓦尔德斯也只能把她妈妈打死了，他别无选择。

现在，这件事他对谁都不能吐露，即使是他的妻子、同事，或是神父、酒保。要怪就怪奥迪·帕尔默。这和那笔钱没关系——它们早就被花光了。这事现在关系到的是马克斯，这个拯救了他的婚姻、让他的家庭变得完整的男孩。是的，他和桑迪本来可以继续努力，他们可以求助于领养机构和代孕服务，但马克斯是命运送给他们的礼物，是所有偶然事件里最令人幸福的一个，也是上帝对他的祈祷的回应。

现在，那个男生却被奥迪·帕尔默掳走了。眼前最大的问题是，他为什么要这样做？如果他想杀掉马克斯，那他第一次出现在自己家门外的那天就可以那么做。不会的，他一定不会杀掉那个男孩——那才是目前的关键所在——但是万一他把原来发生的事都告诉马克斯，或是帮马克斯想起之前发生过的事怎么办？他会不会让马克斯对养育他的人由爱转恨？

要是奥迪·帕尔默在他该死的时候直接死掉就好了。

第六十一章

在 FBI 大楼的休息室里等候的时候，贝尔纳黛特·帕尔默仍然穿着她的护士服——一件色彩鲜艳的衬衣和一条贴身剪裁的裤子。

去找你看到的最矮的那个人就对了，奥迪这样告诉她。

"那一定就是她了。"看到德西蕾从电梯里出来，贝尔纳黛特在心里说。虽然穿着高跟皮靴，这位特工的头也还不到贝尔纳黛特的胸口。但她的身体比例非常匀称，就像一个缩小版的真人模型。

德西蕾建议她们坐下来谈，于是两人在一张皮沙发的两头坐下。人们朝电梯走过去的时候大都会朝她们看一眼，这让贝尔纳黛特很不自在。看来这事得尽早结束才好。她从自己的挎包里掏出一个牛皮纸文件夹。

"我不知道里面的东西背后的意义，也不知道它为什么重要，但是奥迪让我一定要把它们亲手交给你，不能交给其他任何人。"

"你有他的消息？"

"他给我上班的地方打过电话。"

"什么时候？"

"一小时前。"

"他当时在哪儿？你报警了吗？"

"我现在就在向你汇报。"

德西蕾打开文件夹。第一份文件是一张萨尔瓦多的出生证明，被证明人名叫贝丽塔·希拉·维加，出生于一九八二年四月三十日。她的父母一个是西班牙裔的小商店店主，一个是出生在阿根廷的裁缝。另一份文件是一张结婚证，由拉斯维加斯的一所教堂于二〇〇四年一月签发，也是关于贝丽塔的，新郎的名字则是：奥迪·斯潘塞·帕尔默。

德西蕾抬起头，问贝尔纳黛特："这些东西你是从哪儿得来的？"

贝尔纳黛特想了一会儿这个问题背后的含意，似乎在考虑她会不会因此惹上麻烦。

"是奥迪给我的。我们有一个交流方法。他注册了一个电子邮箱，然后把用户名和密码给了我。每周我都会登进去看一看，他可能会在草稿箱里给我留一些信息，有时还有附件。他让我把这些文件都打印出来，然后把邮箱里的信息全部删掉。我不能把这件事告诉任何人，也不能把这个电子邮箱用在别的事情上。"

德西蕾可以清晰地勾勒出这一切发生的过程。奥迪用监狱图书馆的电脑注册了一个匿名的 Gmail 或 Hotmail 账号。用草稿箱留信息也是恐怖分子和未成年人逃避侦查的惯用伎俩，因为这些邮件没有发送出去，因此在网上留下的痕迹也更少。

文件夹里还有一张照片。照片上，奥迪站在一道粉白相间的鲜花拱门下，手臂揽着一个年轻女人的腰，一个小男孩从女人的裙摆后探出头来。

"你知道你弟弟结婚的事吗？"

贝尔纳黛特摇了摇头。

"你认识这个女人吗？"

"不认识。"

德西蕾又发现了一张圣地亚哥的出生证明。一个男孩出生于二〇〇〇年八月四日，名字是米格尔，姓氏是希拉·维加。"父亲"一栏写着：埃德加·罗伯托·迪亚兹（已故）。

德西蕾快速翻阅了剩下的文档，里面有得克萨斯州的土地记录搜索、房地契的复印件、收据、财务记录、公司收益和杂志文章。这些东西一定是花了好几年的时间整理的。

在这些文档中，有一个名字总是反复出现：维克托·皮尔金顿。对任何在得克萨斯州长大的人来说，这都是一个熟悉的名字。德西蕾还和这个名字有家族渊源。她的曾曾曾祖父威利斯·弗内斯一八五二年出生在皮尔金顿家族的一个种植园，然后在他们家的农场工作了近五十年。他的妻子埃斯米是一个缝纫女工兼奶妈，说不定还给维克托·皮尔金顿的祖父喂过奶或帮他缝补过袜子。

皮尔金顿家族出过两个国会议员，五个州参议员，但那都是二十世纪七十年代中期之前的事了，那之后他们的家族企业就在能源危机中倒闭了。那个时候，他们的家族财富被一扫而空，而且其中一名家族成员——德西蕾记不起来是谁了——还因为保险诈骗和内幕交易进了监狱。

近几年，维克托·皮尔金顿通过房地产生意和企业并购狠赚了一笔，让他们的家族地位逐渐有所回升。剪报里有一张照片就是他站在休斯敦美术馆外面对着镜头微笑的情景，那时他正担任拉丁美洲筹款晚会的主席。照片上的皮尔金顿身着正装，春风满面，头发上打着啫喱，露出一口洁白的牙齿。还有一则剪报，内容是他在得州游骑兵队①的比赛上为他们投掷开场球，身上的棒球服还带着从盒子里刚拿出来的压痕。媒体调侃他是"球场主席"，皮尔金顿也乐于被调侃，经常在拍照的时候拿着一根没点燃的雪茄。他老婆也是一个名门闺秀，一九七六年小布什在缅因州因为醉驾被抓的那晚，他岳父还和小布什一起参加了派对。

---

① 得克萨斯州知名棒球队。

钱可以生钱，德西蕾知道这一点，但是她从来都没羡慕过有钱人，因为他们多半都极其无聊，对他人漠不关心，对自然界的美好也视而不见。她又扫了一遍奥迪的文件夹，其中有的文件提到了空壳公司和海外账户。她需要一个法务会计来帮她解释一下这些东西的含义。

这份文档翻到最后，一张纸从另外两张纸中间滑了出来，像一片飘摇的树叶一样落在了地上。这不是一整张纸，下半张不知道被谁撕掉了。纸上写着：

加利福尼亚机动车辆管理处
权责转让通知

德西蕾花了好一会儿才明白这份文件的重要性。上面提到的庞蒂克6000 和二〇〇四年德莱弗斯县那起劫案中着火并烧死了女司机的车辆在型号、款式和车牌号上都一模一样。这辆车是二〇〇四年一月十五日在加利福尼亚州的圣地亚哥转手的，卖家是一个叫弗兰克·罗夫雷多的人，售价为九百美元。买家给出的名字是奥迪·斯潘塞·帕尔默。

德西蕾把纸翻了个面，看出这是一份复印版文件，但又不像是伪造的。

"你认得这个签名吗？"

"那是奥迪的签名。"

"你知道这代表什么吗？"

"不知道。"

但是德西蕾知道这代表什么。她飞快地把文件收好，把贝尔纳黛特一个人留在休息厅，快步走进了电梯。各个细节正在迅速归于正确的位置，信息量超出了她的能力范围。德西蕾觉得自己就像一个在婚礼上想要接住捧花的伴娘，但是新娘抛来的捧花有几十束之多，让她应接不暇，没法全部接住。那个坐在车里的女人正是贝丽塔·希拉·维加，奥迪的老婆。照片中的那个小男孩多半是她儿子。

德西蕾已经回到她的办公桌旁。她再次打开文件夹,看着那张婚礼照片,仔细打量照片上那个小男孩。他的五官看起来更像西班牙人而不是萨尔瓦多人。贝丽塔的父亲是西班牙人,母亲是阿根廷人。德西蕾又找出一张马克斯·瓦尔德斯小时候的照片,把两者进行对比。除去年龄增长带来的变化,那根本就是同一个男孩。这怎么可能呢?

是瓦尔德斯安排了这个男孩的领养。他认识地方检察官办公室的人,还有律师和法官,这些都是可以帮他铺平道路的人。没有人来认领过米格尔。他父亲在一场地震中死了,母亲死在一辆烧着的汽车里。奥迪当时昏迷不醒,很可能永远都醒不过来。当时的医疗记录显示他是近距离中枪,几乎是直接瞄准,就像是被人处决那样。然而他还是活了下来。他见证了发生的事情。要怎么样才能让这样一个人闭嘴?

"加班吗?"

德西蕾倒吸了一口气,把文件夹"啪"地合上了。她刚才过于专注,都没有听到埃里克·沃纳朝她走过来的声音。

"天哪,你刚才比一个参加监狱牛仔竞技的处女跳得还高。"沃纳说着,从她的办公桌旁走过。

"你吓到我了。"

"你在看什么?"

"一个旧案子的档案资料。"

"有帕尔默的消息吗?"

"没有,长官。"

"我刚才在找西诺格勒斯,他没带电话。"

"我从昨天晚上起就没见过他。"

沃纳从口袋里掏出一管抗酸药,撕掉了外面的纸质包装:"我听说了你家被人非法闯入的事。你还好吧?"

"还好。"

"我还以为西诺格勒斯叫你回家休息了。"

"是的。我能问您一个问题吗？"

沃纳把一粒药片扔进嘴里："那要看是什么问题了。"

"为什么你要让弗兰克来主持这次调查？"

"他资历更高。"

"还有什么别的理由吗？"

沃纳举起双手，做出"就此打住"的手势："我有没有告诉过你我见过肯尼迪？我父亲曾是肯尼迪保安队的成员——不过不是最后那一拨，谢天谢地。如果是的话，我觉得他没办法原谅自己。我那时还是个孩子。我最喜欢肯尼迪说过的一句话，就是他把政治比喻成橄榄球的那句——如果你想见到天光，那就要先穿过狗洞。"

"这和政治有关吗？"

沃纳讥讽的笑容看起来有几分悲哀："有哪件事和政治无关？"

Chapter 62

第六十二章

离开小屋之前，奥迪换了床单，洗了碗碟，还清理了厕所，然后找出一些干净的内裤和一件雨衣，把它们塞进了一个枕套。

"我只是借用一下这些东西，"他对马克斯说，"我会还回来的。"

"你要去哪儿？"

"我还没想好。"

"你到底知不知道你在做什么？"

"我一开始有过一个计划。"

"什么计划？"

"保证你的安全。"

"那你的计划倒是开展得不错啊。"

奥迪笑了，马克斯也跟着笑了。奥迪心里突然升起一阵温暖和慰藉。他在监狱里曾经幻想过这样的场景，但世事无常——生活将最普通的梦想也撕得粉碎。但是这一次，奥迪感觉他的梦想几乎成真了。

"那我接下来怎么办？"马克斯说。

"我的一个朋友会到这里来，他会确保你安全到家的。"

托尼这时正坐在餐桌旁的椅子上看着他们。他的两手被拴在桌前，可以够到一杯水和他的药，拴在他脚踝上的绳子已经被奥迪解开了。

"那我呢？"托尼问道。

"我会送你去医院。"

"我才不想去那该死的医院。他们总是跟我说一些我已经知道的东西。"

奥迪对着越来越浓的夜色陷入了沉思。西方的地平线上飘散着红橙色的晚霞，就像有人划开了一包燃烧的煤炭。他拎起自己的背包和枕套，说："我先把这些东西放进车里再回来接你，托尼。"

"你要开走我的车吗？"

"我会把它停在一个安全的地方。"

马克斯紧张地看着紧闭的窗户。自从给他父亲发过信息之后，他就感觉有什么东西在啃噬他的内心，就像一只饥饿的老鼠正试图逃跑。他不知道自己做得到底对不对。他父亲应该会为他感到骄傲吧，说不定还会跟同事们吹牛，说马克斯时刻保持着清醒的头脑，就像他老爸在那场枪战中一样。

"不要走！"他脱口而出。

奥迪在门口停了一下："莫斯很快就来了。"

"我不想一个人。"

"我可以留下来陪他，"托尼说，"或者这样，你让我带上这个孩子，我会在你离开之后过一段时间再报警。"

奥迪把他的背包放在餐桌上，拉开拉链，从里面拿出一部手机和一张新的 SIM 卡。

"我们走了以后，你可以给你妈妈打电话。"

马克斯没有回答。

"怎么了？"奥迪问他。

"没什么。"

"你确定吗？"

马克斯迟疑地点点头。他能感觉到塞在他内裤里的那部手机，也能想象警察正在赶来的路上。他想告诉奥迪自己都做了什么，但是又不想让他失望。

"别担心，"奥迪说，"一切都会好起来的。"

"你怎么知道？"

"你一直都很幸运。"

Chapter 63

第六十三章

在地下停车场里，德西蕾正朝着自己的车走去，一辆坑坑洼洼、油漆斑驳的蓝色皮卡停在了她旁边。德西蕾转过头，瞥见方向盘后面坐着的人，差点摔倒。

她左右晃了一会儿，想站直身体，但是一只鞋跟却卡在了通风口的格栅里。她想把鞋跟拔出来，但那需要她往后跳一步，她的靴子会被扭到。

"要帮忙吗？"莫斯问道，一只手把着方向盘，一只手搭在副驾驶座的椅背上。

德西蕾想拔枪，但那会让她看起来很狼狈又不专业，因为她还抱着奥迪·帕尔默的文件夹。如果她把这些文件扔掉，它们就会被风吹得到处都是。

"你在这儿干什么？"她问莫斯。

"上车。"

"你是来自首的吗？"

莫斯想了一会儿回答："也可以这么说，但是你得先跟我走一趟。"

"我哪儿都不会跟你去。"

"奥迪需要我们的帮助。"

"我不是来帮助奥迪·帕尔默的。"

"我知道，女士，但是他就一个人在那里，有人想杀他。"

"什么人想杀他？"

"我觉得是真正拿走那笔钱的人。"

德西蕾朝莫斯眨了眨眼睛，感觉他好像偷看过她的邮件："你闯进过我的公寓吗？"

"没有，女士。"

"你带武器了吗？"

"没有。"

德西蕾终于把鞋跟从通风口里拔了出来。她掏出枪，瞄准了打开的副驾驶座那边的车窗。

"下车。"

莫斯没动。

"我会开枪的，如果有必要。"

"我毫不怀疑。"

莫斯抬起眼睛，透过挡风玻璃看了过来，眼神里满是挫败感。

德西蕾没有放下枪："告诉我他在哪儿，接下来你就不用管了。"

"我知道你接下来会做什么。"莫斯说，"你会向你的上级报告，他会召开一个会议，通知特种部队，然后他们会对那个区域进行侦查，研究卫星图像，设置路障，疏散邻里。之后，他们会顺利地找到奥迪·帕尔默的一摊血。如果你不来，我就一个人去了。"

"你不能就这样把车开走。你被捕了。"

"那我猜你不得不向我开枪了。"

德西蕾伸手撩了一下头发，轻轻碰了碰她头上被砸出的那个包。她受过的每一次训练都告诉她要逮捕莫斯·韦伯斯特，而她心里却有着不同的想法。过去的二十四小时里，有人闯进她的公寓，把她打晕，还偷走了她整理的文件。她的上司对她撒谎，从一开始就想让她坐冷板凳，或者故意打发她去做一些毫无意义的跑腿工作。如果她对奥迪·帕尔默的判断是错的，这将是她在 FBI 的职业生涯的终结；如果她是对的，也没人会感谢她。不论如何，她都是输家。

　　德西蕾钻进皮卡，系上安全带，把那把手枪放在大腿上，指着莫斯的裤裆："你要是敢闯一个红灯，我就打掉你的蛋蛋。"

Chapter 64

第六十四章

两辆福特探索者开上一条土路的路肩，在离那栋房子一百米远的一棵矮枯树旁停了下来。天空是洗碗水的颜色，海水则是一片深灰，上面点缀着几溜白沫。下雨了。太阳消失了。时间紧迫。

西诺格勒斯从车里钻了出来，把一把来复枪放在引擎盖上，然后把脸贴在木质枪托上，感受着那冷冰冰的光滑质感。他稳住呼吸，用瞄准镜扫视着房子的几面墙，尤其留意了窗户和大门。这个地方看起来封门闭户，空无人烟。

"你确定是这里吗？"

瓦尔德斯点点头，举起他的望远镜。海岸线看起来一片荒芜，他唯一能看见的一点灯光来自一艘停在运河里的挖泥船和几艘从墨西哥湾驶过的船只。

"我们接下来要怎么做？"他问道。

"首先，我们要确认他们还在不在这儿。"

西诺格勒斯朝另一辆车走去，同时，让杰克和斯塔夫到房子的另一侧去侦查。他们检查了一下对讲机，然后沿着运河河岸往前移动，迅速消失在夜色里。瓦尔德斯和西诺格勒斯留在外面，豆大的雨滴打在他们的头发和防弹背心上。皮尔金顿一直坐在车里，仿佛是他在发号施令，但指挥这次行动的人却是西诺格勒斯。

瓦尔德斯又朝望远镜里看了看。他脖子上的动脉正缓慢地跳动。他还记得那桩劫案发生当晚的情形，以及他们如何等待运钞车的到来：他肛门紧缩，握着方向盘的手心直出汗。他的姨父花了四年时间来创造这个机会，把几个自己人安插进安保公司，然后等着他们进入高层。发现运钞路线和时间表的人是皮尔金顿，但是招徕弗农·凯恩和比利·凯恩这两个蠢蛋的人却是瓦尔德斯。这就是身为执法人员的好处之一——它能让你接触到各种各样的人：讼棍、翻墙入户的窃贼、洗钱犯、保险箱窃贼、军火走私犯、劫车犯、惯偷。

凯恩兄弟劫走那辆运钞车以后，把它停在了一条废弃的公路上。他们本以为会等来一辆接应的车辆，没想到迎来的却是一场伏击。接下来的枪战比任何人预料的都要艰难，只是结果并无不同，只有奥迪·帕尔默是这副牌里的鬼牌——也就是不被允许存在的变牌。他出现在了错误的时间、错误的地点，虽然几乎被灭口，但又没死透。

其他人都怪瓦尔德斯。芬威是个酒鬼，刘易斯是个赌徒，现在他们都死了，因为他们的愚蠢，以及挥霍无度。按计划，他们本来应该通过皮尔金顿的土地买卖把这笔钱洗干净的，但是他们等不及要炫耀。来历不明的巨额财富总是会吸引别人的注意。用来掩人耳目的故事总是有必要的。小心谨慎也是。

"有人出来了。"

西诺格勒斯闭着一只眼睛从来复枪的瞄准镜里往远处望去："是帕尔默。"

"我看不到马克斯。"

"他肯定还在屋里。"

帕尔默正从楼梯上走下来，穿过草坪，走向一辆道奇皮卡，车上还系着一艘拖船。他打开车门，往里面扔了一只袋子，然后在副驾驶座上铺了一张毯子。

"看来他是打算要走了，"西诺格勒斯说，手指扣上了扳机，眼睛圆睁，"我们应该现在就干掉他。"

"等他再走近点。"

帕尔默走到船边，解开了拖船，然后在牛仔裤上擦了擦手。这个位置更利于开枪。西诺格勒斯打开来复枪的保险，把准星对准了帕尔默的眉心，然后又往下移到了他的胸口，想确保万无一失。他吸了口气，把氧气深深地吸进肺里，再慢慢吐了出来，然后又吸了一口，这次吸得浅一点，然后吐掉一半，一边判断着距离和风速，一边盘算着帕尔默走路姿势的晃动。他眨了眨眼，平复了一下思绪，又眨了眨眼，然后扣动了扳机。

奥迪把拖船从车上解开，然后检查了一下轮胎，盘算着汽车油箱里还剩多少汽油。他可不想刚开出一段距离就去加油。毕竟他花了这么多功夫才找到马克斯，把真相告诉了他，在这个时候一走了之似乎不太合情理，但是等莫斯到了之后马克斯就安全了，至少比现在安全。

弗内斯特工现在应该已经拿到那些文件了。她知道该怎么做，除非奥迪看错了她。如果真是那样的话，他也别无选择，只能继续逃亡，直到被他们抓住。如果他们只是想抓他的话倒也还好，但是马克斯现在知道了过去的秘密，瓦尔德斯是把他当儿子一样养大的，那他现在会不会像保护儿子一样保护他呢？

奥迪眼角突然瞥见了一道小小的亮光。就在那一瞬间，一颗子弹穿过了他的左肩，像大锤砸碎西瓜那样打碎了他的锁骨。奥迪只听到一声闷响，然后子弹打中金属拖船的声音就像烟花一般在他耳边炸开了。他扑倒在地上，扶住自己的左臂，那里已经湿了一片。

　　这时枪手改变了火力攻击的方向，开始朝着拖船一阵猛攻，在船身上打出了一片小孔。奥迪爬到拖船底下，继续往前爬去，直到趴在了道奇皮卡的驾驶座门下面。

　　又是一轮来自不同方向的攻击，这次攻击发出的地方距离海滩更近了。他们不会一直打不中的。奥迪的左臂已经废了。他打开车门，把手伸进车里转动钥匙，打开了点火器。引擎被点燃，开始轰鸣。又是两轮子弹射击，驾驶座车门的玻璃被打碎了。奥迪把皮卡调到"驾驶"模式，然后拉动了手刹。皮卡开始向前驶去。奥迪猫着腰跟着皮卡往前跑，把头保持在挡风玻璃以下的位置。忽然，皮卡的前右轮胎发出一声爆响，后轮胎跟着也响了。车速慢了下来。奥迪冲出掩体，三步并作两步奔上房子的楼梯。

　　木质栏杆在奥迪的右手边迸裂。他已经来到了露台上，就要朝房门扑去。如果他们把他锁在外面，他就死定了。门开了，奥迪扑进门里，把马克斯拽倒在地上，然后从地板上滑了过去，剪开了绑在托尼腿上的胶带，让他平躺下来。老人不停地叫着，想知道谁在开枪。

　　"他们有没有打中我的车？那艘船怎么样了？如果他们把船打坏了我的工作就保不住了。"

　　奥迪爬进起居室，背靠着另一头的墙壁。他抬起头透过关上的遮板和窗户之间的缝隙往外看去，在一百米以外的地方看见两辆车像盒子一样的轮廓。外面没有光，只有远处运河里一艘挖泥船上照过来的一点灯光。雨水在灯丝旁边滴落，产生一团团光晕。

　　"你的手臂！"马克斯哭喊道。

　　奥迪使劲压住伤口。子弹打穿了手臂，如果他不及时把血止住的话，失血过多也会要了他的命。

　　"给我找一条床单来。"奥迪说。马克斯听了他的话，弯腰打开存放床上用品的橱柜，拿出一条床单。"把它撕成条状。厕所里有一个急救箱，里面有纱布和绷带。"

　　奥迪把纱布拽在手里，自己包扎子弹打进一侧的伤口，让马克斯包扎子弹穿出那一侧的伤口，然后把撕成条的床单从手臂下面缠到肩膀，又把剩下的一些缠在了胸口。很快，这些床单就被血浸透了。

　　"都是我的错。"马克斯面色苍白，流着泪说道。

　　奥迪盯着他。

　　"是我给爸爸发了条信息，告诉他我在哪儿。"

　　"怎么发的？"

　　"托尼包里有一部手机。"马克斯把手伸进裤裆，把手机掏了出来，"我会跟他说的，我会叫他们不要开枪了。"

　　"已经来不及了。"

　　"他会听我的。"

　　马克斯按下了按钮，但是奥迪抢过了电话。瓦尔德斯接听了。

　　"马克斯？是你吗？"

　　"不是，是我。"

　　"你这个浑蛋，我要和马克斯说话。"

　　"他能听见你说话。"

　　"马克斯，你还好吗？"

　　"爸爸，你得跟他们说让他们别开枪了，这一直是个很大的误会。"

　　"闭嘴！他有没有伤害你？"

　　"没有。求你们别开枪了。"

　　"你给我听好了，别相信他说的任何一个字。他在撒谎。"

　　"我是你们收养的吗？"

　　"闭嘴！听我说！"

　　瓦尔德斯在电话里喊了起来。背景里有模糊的声音，像是有人在争吵。奥迪关掉免提，把电话举到耳边："你用不着朝你儿子吼吧。"

　　瓦尔德斯心底的那一团火被这句话点燃了："他是我儿子，我想对他说什么就说什么。"

"你会对他说谎。"

"你这个蠢货！你会把他害死的。为什么你就不能闭嘴呢？"

"你是说像上次那样吗？"

瓦尔德斯从汽车旁走开了。奥迪能看见警长贴在耳边的手机发出的亮光。

"你听好了，现在你举起双手走到房子外面来。我们一切好商量。"

"事情没那么简单。"

"就是这么简单。"

"我们这儿还有一个人，是本地人。他是来帮那些在冬天把房子锁起来的人照看屋子的。你们刚才把他的车打烂了。"

瓦尔德斯没有说话。

"他心脏有问题，而且情况不太好。如果你们现在冲进来，他可能会死掉。"

"那他的死就算在你头上。"

"你的意思是像卡西和斯嘉丽那样吗？"

奥迪听见了电话那头的吸气声。他不该刺激瓦尔德斯，但是他很恼火自己身边总有无辜的人死去。他透过厨房的窗户向海滩看去，看到了两个人头的轮廓。这两人弯着腰，但又弯得不够低，正在沙丘之间跑来跑去，一点一点靠近房子。他们一身黑衣，戴着面罩，只露出眼睛，一副夜间作战的装备。

"让他出来。"瓦尔德斯说，"我保证会把他送进医院的。"

奥迪看了看托尼，他正背靠着厨房工作台坐着。

"我信不过你。"

"你到底想不想帮他？给你三十秒的时间。"

瓦尔德斯挂断了电话。奥迪看着瓦尔德斯走回车旁，和另外几个人商量着什么。他从地板上朝托尼爬了过去。

"你还好吗？"

"还好。你听见他们说的话了，他们不会向我开枪的。"

"他在撒谎。"

"他们可是警察！"

"不，他们不是。"

"我爸爸是县治安官。"马克斯反驳道。

奥迪想和他争辩，但是他知道托尼在屋里和在外面一样不安全。他们随时可能端着枪冲进来，把所有活着的人都干掉。

托尼往手里倒了两片药，干咽了下去："如果这对你来说无所谓的话，那比起和你在一起，我更愿意和他们在一起。毕竟那边的情况看起来更靠谱。"

Chapter 65

第六十五章

德西蕾坐在莫斯身旁的副驾驶座上，细数着自己违反了哪些法律。她无视程序，违反上级命令，将自己的前程置于险境，然而有关这桩案子的一切都改变了她对"正常"的看法。现在坐在她旁边的男人本来应该蹲在监狱里，戴着手铐，然而他对天发誓说他没有越狱。不论是谁把他放出来的，那个人肯定身居高位，人脉深广。据莫斯说，他们并不想要那笔钱，他们只想干掉帕尔默。

"这辆皮卡是你偷的吗？"德西蕾说。这是他们离开休斯敦郊区以来她第一次开口说话。

"才不是，警官。"莫斯一副被这个问题伤害了的样子，"这是他们给我的。"

德西蕾打开手机，给 FBI 弗吉尼亚州分部打了个电话，问了他们莫斯·韦伯斯特在监狱系统里的最新情况，然后又让他们帮忙查了这辆雪佛兰的来历。

通完电话，她看着莫斯说："你在撒谎。这辆车是你越狱后从一家 DQ 冰激凌店附近的停车场偷的。"

"什么？"

"我现在坐的这辆皮卡就是你偷来的。"

"别瞧不起我好不好，你觉得我会偷一辆这样的破烂吗？说得我像个乡巴佬似的。另外我也没越狱——是他们放我走的！"

"你当然会这么说。"

"要是被人看见我开着一辆雪佛兰，我宁愿去死。"

德西蕾晃了晃手里的枪："那我倒是想验证一下你的说法。"

两人陷入一阵不快的沉默，直到德西蕾换了个话题，问起当年发现那个小男孩的老人。

"西奥·麦卡利斯特住的地方离马路还有一段距离，"莫斯向她解释说，"却足以让他听到那次枪战的交火声，看到那辆着火的汽车。他是在第二天发现那个男孩的。"

莫斯的两手在方向盘上轻轻拍着。德西蕾喜欢手大的男人。

"那也是我开始怀疑的原因：说不定那个男孩是那个女人的儿子，就是那起劫案里身份一直没被确认的那个女人。"

"你是怎么知道她的？"

"我在报纸上看到过。"

"她现在有名字了。"

莫斯看了她一眼。

"贝丽塔·希拉·维加。"

莫斯扬起了眉毛。

"你之前听说过这个名字？"

莫斯回头朝路上看了一眼，说："奥迪在监狱里会做噩梦，不是每天都做，但也够频繁的。他会尖叫着醒来，嘴里喊着一个名字，就是这个：贝丽塔。我曾经问起过他，但他只说他不过是做了个梦。"他又瞥了一眼德西蕾，"你说他会不会是这个男孩真正的父亲？"

"出生证明上说不是。"

德西蕾陷入了沉默，开始往她脑海里形成的画面中添加更多细节。奥迪和贝丽塔在拉斯维加斯的一个小教堂结了婚。五天以后，他们来到得克萨斯。如果奥迪参与了那起抢劫，那他干吗要带上老婆孩子？更有可能的是，他们只是路人，是后来才被卷进去的。也许奥迪和那个男孩被冲击力甩了出去。也许他们当时在路边停了下来，并不在车里。没人认领过贝丽塔的尸体，因为奥迪当时正在昏迷之中，而那个男孩又太小了。

莫斯打破了沉默："为什么奥迪从不对别人说起这个男孩？"

"也许他们威胁过他。也许他们威胁过这个男孩。"

莫斯咻地吐了口气："那这个男孩的命还真是金贵啊。"

"为什么？"

"你是没见过他们在监狱里都对奥迪做了什么。他简直是从屎海里游出来的，换了别人早就恨不得自己已经溺死了。"

德西蕾没有接他的话，继续在脑子里搭建案情的始末。她和莫斯一直在朝同一个目标努力，但各自是从不同的角度去调查。现在他们两人一起拼出了一个很有说服力的故事，但那还不能证明它就是真的。

奥迪·帕尔默看到了那场事故和枪战。他目睹了妻子的死亡。那些作案的人有七百万个理由来打扫战场、铲除证人，那就意味着杀死奥迪或者让他闭嘴。而两种方法他们都试过了。

当时参与枪战的一共有三个外勤警察，其中一个死了，另一个失踪了，还有一个就是瑞安·瓦尔德斯。处理那起案件的地区检察官爱德华·道林现在是新当选的州检察官；最开始调查那起案件的弗兰克·西诺格勒斯现在是负责本案的 FBI 特工。还有谁会牵涉其中？这个阴谋全依赖奥迪·帕尔默的沉默，他们一定是用那个男孩来做筹码，而那也解释了为什么他们会把他留在身边……非常近的地方。

那其他劫匪呢？在最早的口供里，两位外勤警官坚称自己看到一辆深色的 SUV 停在运钞车旁边，劫匪正往那辆车上一袋一袋地搬运现金。随后，那辆 SUV 开走了，后来在康罗湖边被发现的时候已经被烧得精光。可是这些案情的细节是在枪战发生后才加上去的。这几位外勤警官可以轻易地从警务调度员的日志中搜索到车辆被偷以及被烧毁的报告，然后挑选一个出来关联到那起劫案。

从来就没有过关于那名失踪劫匪的描述。没有人提到过自己在劫案现场见过卡尔·帕尔默。从头到尾只有人们的臆测，而警方又通过制造谣言、几经倒手的证词和匿名来源的报告强化了这种猜测。有人把卡尔的名字泄露给了媒体，然后整个故事就如滚雪球般自由展开了。很快，它就被认作事实，还时不时有人声称在墨西哥或菲律宾这样的地方"见到"了卡尔，然而从头到尾都没有出现过任何照片或者指纹作为证据。每次当 FBI 马上就要确认他身份的时候，"卡尔·帕尔默"就会神秘消失。一个像西诺格勒斯这样的人是可以安排出这样的故事的，通过让这个虚构的劫匪活在世上来阻止任何人对那起劫案做更进一步的调查。

德西蕾的思绪回到了当下。太阳在地平线上投下余晖，之前车窗外的农场也被湿地、运河和浅水湖取代。风把地上的矮草吹折了腰，空气中弥漫着雨水和盐的味道。天地辽阔，大海广博。

Chapter 66

第六十六章

"让我把这小子带走吧。"托尼说，两手在头上来回挠着，仿佛他整个头皮都在发痒。

"他待在这里更安全。"奥迪说，声音听起来空洞而脆弱，他从托尼包里拿出一件反光背心，说，"你应该穿上这个。"

托尼摇摇晃晃地站了起来，把背心套在肩膀上。

"他们不会朝你开枪的。"马克斯说，他看着奥迪想寻求认同，"我爸爸在外面，他是治安官。"

托尼看着眼前这个年轻人，笑了："我如果再勇敢些，可能会要求留在这里。"

"你已经够勇敢了。"马克斯说。

奥迪想阻止托尼，但是他并没有什么令人信服的理由。留在这里并不比离开更安全。然而就在刹那间，奥迪想起了那个汽车旅馆房间里的斯嘉丽和卡西。如果他当时没走，结局会不会有所不同？他能保护好她们吗？

托尼朝奥迪的肩膀指了指，那里已经有血渗了出来，正沿着他的胳膊往下流，滴落在光滑的木地板上，就像一颗颗水银。

"我有点搞不明白，你在这儿到底想干吗，年轻人。"

奥迪摊开手掌，盯着他们说："我想保证马克斯的安全，保证你的安全，我也想继续活下去。你有哪一点弄不懂？"

"我想是你说的第三部分。我已经七十二岁了，丧偶，退休，无业，从海军退役。我的心脏有问题，撒泡尿要一个小时。我没有儿子，只有女儿，但我绝不是在抱怨。我的几个女儿对我都很好。我见过你和马克斯相处时的样子，我知道你绝对不想伤害他。"

"谢谢你，托尼。"奥迪说。

"谢我没有用。"托尼回头瞄了一眼马克斯说，"祝你好运，小子。"

托尼穿过露台，在黑暗中沿着楼梯慢慢摸索着往下走去。走到他那辆皮卡旁边的时候，托尼停下来检查了一下车身上的弹孔，压低声音不停地咒骂。然后，他朝马路走去，脚步越发坚定，胸口也越来越疼。

"恐慌是我们的敌人。"他在海军时老教官曾经这样教导他。在恐惧把你的大脑变得毫无用处之后，恐慌就会侵袭你的心智。那些警车都停在哪儿？他们为什么还不出来接他？

就在那一瞬间，一道亮光照得托尼几乎要向后倒退几步。他举起双手挡住眼睛，却还是什么也看不见，除了照在他眼皮上的红色光圈。

"就站在那儿别动。"一个声音说。

"我没有武器。"

"把手放在头上。"

"喂，我的眼睛要瞎了。你们可以把灯关掉吗？"

"跪下。"

"我膝盖上的老骨头可不好使。"

"照我说的做。"

"我只是个看房子的。你们不用折腾我。我不会惹麻烦的，那个男孩很安全。"

"你叫什么名字？"

"托尼·施罗德。"

"你是怎么认识奥迪·帕尔默的？"

"我不认识他，我是刚刚才遇到他的。我来这儿检查这栋房子有没有被暴风雨损坏，你们就把我的车和哈利根家的船打烂了。我希望有人可以赔偿我。"

"你不应该掺和进这事的，老家伙。"

"你什么意思？"

奥迪远远听见一声闷响，然后看见一团血雾在汽车头灯的照射下缓缓升起。托尼倒在了马路上，脑袋像一个想找枕头躺下的人那样歪向一边。

马克斯看见这一幕，尖叫起来，拔腿就向房门冲去。奥迪不得不用自己没中枪的那只手臂抓住奔跑中的马克斯，把他抱了起来。

"他们把他打死了！"马克斯尖叫着说，双目圆睁，看着奥迪，"他们开枪打死了托尼！"

奥迪不知道说什么好。

马克斯哭了起来："为什么？他又没有伤害人，他已经在下跪了。他们朝他头上开了枪。"

奥迪知道那些人是在铲除目击证人，也是在补救他们十一年前搞砸的事情。马克斯跪在地上，像一个被砍断了提线的木偶一样瘫作一团。奥迪为他感到心痛。他想用拇指轻抚男孩的下嘴唇，抹去挂在那里的一滴眼泪。

外面的马路上，汽车的头灯灭了。他们现在应该正朝这里开过来。奥迪坐在马克斯旁边，感觉心里空荡荡的，就像五脏六腑都已经被掏空。虽然眼下情况紧急，但他的身体已经做好了放弃的准备。失血。绝望。前功尽弃。即使他现在想办法到了海边，接下去又该怎么办？他们会放过马克斯吗？

这个年轻人已经止住了哭泣。他坐了起来，背靠着墙壁，拱起膝盖，盯着眼前的手机。

"我记起来了。"他沙哑着嗓子说，"你跪在地上，有人站在你面前，拿着一杆枪指着你的头。你当时看着我……"

"你得马上逃跑了，马克斯。"

"他不会朝我开枪的。"

"这很难说。"

已经有人来到了外面的楼梯上。奥迪从厨房的窗户往外看去，看到露台上出现了一颗脑袋的轮廓。他单膝跪地，把那杆霰弹枪上好膛，架在了窗台上。

"我会尽量吸引他们的火力，我一出去你就赶快跑。"

"跑到哪里去？"

"你可以游到运河对岸。藏起来，别让他们找到。"

"可你不能出去。"

"我没有选择。"

莫斯穿过吊桥，把皮卡开上了运河大道，向东经过了几栋房子，其中大部分因为现在是冬天被封了起来。除了汽车头灯的光亮，他唯一能辨认出的就是白色的沙滩和深色的海洋。

窗外的房屋渐次稀少，最后几乎看不到什么房子了。运河和海岸线交汇在一起，形成了一片窄地，有的地方还不到一百米宽。虽然只比海平面高出大约一米，但那里的沼泽和小丘还是可以藏住一个平躺的人。空气里弥漫着盐味、烧木材的烟味和腐坏的海草的臭味。也许有人在这里点过篝火，也许曾有年轻人在沙滩上喝过酒。

莫斯放慢车速。就在前面一个刚拐过弯就能看见的地方，他注意到了两辆停在路中间的汽车和它们的红色尾灯。他关上头灯，把车慢慢停了下来，熄掉引擎。与此同时，德西蕾转过头。

"你听到了吗？"

枪声。

他们凝神听着。接下来的一枪声音更响，然后就是一连串短促的半自动步枪的枪声，就像一挂鞭炮在一个空油漆桶里炸开。德西蕾打开手机，向FBI申请了支援。莫斯在黑暗中看不清她的表情，却能听见她声音里的颤抖。

莫斯朝挡风玻璃外面望去。每次雨刮器从玻璃上刷过之后，前面的景象就变得更加清晰。要是现在他有一台望远镜就好了。

德西蕾脱下靴子："你就待在这儿。"

"你要去哪儿？"

"出去。"

"你疯了吗？"

德西蕾举起她的手枪："我知道怎么用这玩意。"

"这些人可不是吃素的。"

"我也不是。"

莫斯看着她越走越远。他把手伸到座位底下，摸到了那把用油布包着的左轮手枪，然后把油布放在大腿上，轻轻地把枪从里面拿了出来，放在手里掂量着。他想起了自己第一次拿枪的情形。那时他才十三岁，喜欢把枪拿在手里的感觉——那让他觉得自己比真实的莫斯高了一米八，重了四十磅，不再弱小而无足轻重。枪给了他尊严，给了他勇气，也让他更善于表达。当然，这些都是转瞬即逝的幻觉，莫斯后来在监狱里花了很多年才想明白这一点。

德西蕾现在在他前面三十米的地方，正越走越远。她脚上只穿着长袜，看起来就像个十二岁的少女。莫斯朝左右两边看了看，扫了一圈那些低矮的灌木丛，然后在沙丘当中找到了一条路，他决定沿着海边走。

德西蕾在浅浅的壕沟里爬着向前行进，她又爬上了一个沙丘，感觉自己已经暴露了。她趴在地上，匍匐着爬过坎坷的地面，任凭草叶在她脸上划过，直到她来到距离那两辆福特探索者不到十米的地方。乍一看，这两辆车好像是空的，但是德西蕾注意到其中一辆车车门半开，副驾驶座上坐着一个人，正在抽雪茄。她平趴在地上，小臂埋进沙里，用手枪瞄准了那个人的头，手指扣紧了扳机。

"FBI！把手放在仪表盘上！"

那人猛地扭了一下头，一脸惊讶，仿佛看到圣母马利亚突然降临在他面前。他把一只手举了起来，另一只手往下摸去。

莫斯正从车的对面注视着这一切。他看不清那个男人的脸，但他能感觉到接下来会发生什么。这个男人想碰一碰运气。也许他认为德西蕾不会开枪，也许他相信自己的动作比她更快。

一眨眼的工夫，那人就把一杆自动手枪举到了车窗以上的位置。这杆枪需要用两只手才能握稳，但他只用了一只手。他扣动了扳机，手枪反弹了一下，长满草的沙丘上掠过一串断奏般的声响。德西蕾开了两枪，一枪打在了他腋窝下面，第二枪打中了他的脖子。那个人往旁边倒去，一半身体留在车里，一半倒在了车外。车里的灯光照亮了他的脸。

莫斯从他藏身的地方跳了出来，跃过壕沟。当他来到德西蕾身旁时，德西蕾的上衣已经染红了。

"只是点小伤。"她说，给莫斯看了看她的小臂。她说话的声音很大，但是自己并没有意识到，因为之前的枪声让她的耳朵有点暂时性失聪。

莫斯看了看那具尸体："这个人是谁？"

"一个叫维克托·皮尔金顿的人。"

更多的闪电穿透了黑暗，在夜空中闪着，过了一会儿才传来雷声。莫斯扶德西蕾站了起来。她还不及他的腰那么高。德西蕾指了指莫斯那支点四五手枪："你不是说你没带武器吗？"

"我撒谎了，警官。"

德西蕾摇了摇头："算了吧。"

Chapter 67

第六十七章

奥迪没再看到外面有影子。他们多半正背靠墙壁，等着从窗户或大门冲进来。奥迪的霰弹枪架在窗台上，对准楼梯的顶端。

"准备开跑。"

"我害怕。"马克斯说。

"对不起，我弄出来这么一个烂摊子，我本来不应该去打扰你的。"

他听到远处传来一阵枪响。同时，一个黑影出现在露台上。奥迪扣动了扳机，之后听见有人闷哼一声，然后栽倒在楼梯上。奥迪没有等。他猛地打开房门，奋力冲过露台，用他没有受伤的那只手抓住栏杆，两腿一跃跳了过去。这一跳有四米多高。奥迪重重地落在地上，膝盖顶到了胃。他翻过身，仰面躺着，大口喘着气。

这时，奥迪看见地平线上有两个人影从掩体后面冲了出来，朝那栋房子跑去。另有一个枪手站在海滩上，伸着手臂，准备开火。奥迪挣扎着爬起来，开始往前跑。恐惧在他身体里低鸣。他跑到沙丘那里，一跃从沙丘顶上翻了过去，摔倒在沙丘另一侧。前面海滩的涨潮线上散布着干枯的海草，大海就在八十米开外的地方。海的另一头是哪里？古巴，墨西哥，伯利兹——

他永远没有机会见到的地方。那里有数百万人生活在热浪和光明之中，而他却独自一人，在这海滩上，像一座无法再次被点亮的灯塔。

奥迪看了一眼沙滩，心中充满了一种几乎让人窒息的悲哀和被抛弃的绝望。为什么这个世界如此容不下他的存在？为什么他对这个世界却无法报以同样的感情？

他从喉咙里发出一声低吼，手脚并用地站了起来，开始沿着沙滩往前跑。子弹擦过他耳边，在沙滩上激起一朵朵沙花。他们不是连续不停地开火，每两阵火力之间都有一会儿停顿。这些人不是乌合之众，而是百发百中的职业杀手。他们到这儿来就是要取他的性命。

奥迪左奔右突，一不小心又掉进一个沼泽。他抱着自己不能动弹的那只手臂，抬头望向天空，在心里盘算着他面前的选择——也可能是毫无选择。

放弃吧。

不行。

站起来。

办不到。

他回头望了望自己的来路，看到那几个阴影躲进了草丛里，那里的虫子都不再叫了。他们就像幽灵，像鬼魂，像复仇女神，像不耐烦的神祇。这些人正在上子弹，等着奥迪再次出现。

莫斯和德西蕾已经赶到了房子那里，蹲在露台下面，闻着水泥冷冷的矿物气息和热带蕨类植物的气味。有人躺在楼梯底下，捧着脸呻吟。楼梯上有人在说话，两个人走了下来——一个少年和一个拿着自动手枪的人。

"照我说的去做。"

"可你开枪打了他！"

"闭嘴！"

德西蕾认出了那个老一点的声音。他们下楼的时候莫斯正站在楼梯下面。他从楼梯踏步板间的空当伸出手去，抓住了一只脚踝。瓦尔德斯瞬间往前栽了过去。马克斯跳到旁边。德西蕾从阴影里走了出来，用枪指着瓦尔德斯的头。

"别动！"

"谢天谢地，你在这儿。"他说，"我们找到了帕尔默。他正准备逃跑。"

德西蕾看着那个男孩："你是马克斯？"

男孩点点头。

"你还好吗？"

"你得帮帮奥迪。"他哭着说，不停地央求着，"他们想杀了他！"

德西蕾从未听过如此忧伤绝望同时又如此真实的声音。这声音让她转过身，朝着马克斯手指的地方望去。就在那一瞬间，瓦尔德斯伸手抓过那支自动手枪，回身摸索着扳机。好在莫斯料到了他这个动作。他一把推开马克斯，朝着瓦尔德斯的胸口射出一串子弹。这把点四五手枪没能打穿瓦尔德斯的防弹背心，却足以让他丢下枪，蜷缩成一团，一边呻吟一边轻抚着自己的肋骨。

莫斯再次抬起头的时候，马克斯已经跑开了，正朝着海边一路奔去。

"拦住他。"德西蕾说，"他会把自己害死的。"

莫斯捡起那把自动手枪，在柔软的沙滩上奋力跑着，朝着马克斯追了过去。在过去十五年的绝大部分时间里，他都把自己的脾气控制得很好，但是现在，那个瓶中精灵已经被放了出来。他并不是在满足自己的嗜血欲望，这将决定他后半生是烂在监狱里还是能好好地生活。这关键的一小时比一生的庸常都更有价值。

他听到引擎发动的声音，紧接着就看到一辆沙滩车从沙丘顶端腾空而起，前轮先着地，后轮紧随其后。这些人回去开了一辆车过来。车从沙地上碾过，用一只探照灯搜寻着奥迪的踪影。灯光在沙滩上来回扫射，很快就追踪到一个在沙丘上奔跑的影子，他孤独的身影看着就像一只受伤的鸭子，在草丛中扑扇着翅膀。

霰弹枪就悬挂在奥迪受伤的那只胳膊上。他只剩一个弹夹了。他换了只手，转过身朝身后开了几枪，差点跌倒。子弹打高了。探照灯从他头上扫过，他突然跌进了一处洼地，吃了满口的沙子。看来这些人不打算速战速决了，他们打算围捕他。

前面的海滩上，一道道用来防止海水侵蚀沙滩的栅栏错列矗立着，底部缠着一团团海潮过后留下来的海草。奥迪把它们当作自己的掩护，在每道新栅栏之间跑来跑去。随着他离海水越来越近，奥迪注意到了一个像搁浅的鲸鱼般奇怪的凸起。过了一会儿，他才意识到有人把一艘船拖到了沙滩上，又或者是这艘船挣断了锚缆，被潮水送上了岸。奥迪抱住自己受伤的肩膀，跳到了这艘玻璃纤维的小船后面，那杆霰弹枪还悬挂在他无力的手臂上，奥迪只好把那只手的手指掰开。

沙滩车在远处的海滩上停了下来。那盏探照灯还在沙丘上来回扫射，寻找着奥迪的踪影。

奥迪听见了脚步声……有人正朝他跑来。他抓起那杆霰弹枪依然温热的枪管，准备把它当作一根棍子抡出去。

死也要从你们当中拉一个垫背！

他把霰弹枪用力抡了出去，却在最后一刻让它从手里松脱出去。霰弹枪擦着马克斯的头顶飞过，掉进了海里。马克斯瘫倒在奥迪身旁，大口喘着气。

"你应该往另一头跑。"

"我觉得我爸爸被打死了。"

奥迪没有问他发生了什么。现在他们俩都成了对方的目标，他们不会让他俩任何一个活下来的。

"我来吸引他们的火力，你往运河那边跑。"

"你和我一起跑吧。"

“不。”

“为什么？”

“我不会游泳。”

马克斯看着奥迪的肩膀，又看了看那艘船。他站起身来，想把船拉进水里，但是那艘船离水面太远了，沙滩又太干。马克斯把船身摇晃了一阵，然后又开始拉。奥迪也在后面推着。慢慢地，这艘船沿着沙滩一点点往下滑。就在这时，那辆沙滩车来到了栅栏附近，探照灯也从沙丘一直扫射到水边。

马克斯站在浅滩里，和奥迪一起等着下一次涨潮，并打算做最后一次努力。终于，船向前滑走了，奥迪也迎面摔了下去，喝了满满一口海水。马克斯把他拽起来，推着他跳进了船里，一路蹚着水把船继续往水里拉，直到他再也够不到水底，然后开始用脚蹬水。

奥迪从船舷上往外望去，看见那辆沙滩车停了下来。不一会儿，一道亮光就占据了他的视线，紧接着是一阵枪响。一串子弹打在了船身的玻璃纤维上，在船尾形成了一道蛛网般的裂纹。奥迪朝马克斯大喊，让他低下身去，他自己也趴在船底板上，半身埋在一摊雨水里。更多的子弹朝船舱射了过来。奥迪往后爬去，他叫着马克斯的名字，却没有看到他的人。

忽然，马克斯从船的左舷冒了出来，水从他脸上簌簌地落下来。

“我们离岸边太近了。”他说。

奥迪看了看海岸。那辆沙滩车离他们并没有多远，洋流正在把他们的船往一侧推。一名枪手正沿着沙滩跑过来，另一个人则控制着探照灯。更多子弹朝船身射过来。奥迪面朝下趴在甲板上，衣服已经湿透了，脸颊紧贴着一汪更深的水。水是咸的。船正在往下沉。

忽然，枪击声中断了。奥迪从船舷上翻了下去，用自己没受伤的那只手抓住船舷。他和马克斯都在蹬水，但是船身已经快支撑不住了，开始摇晃颠簸。这时，探照灯不知为什么忽然转向了别处，子弹也开始偏离方向。奥迪朝海滨望去，看到一个人正穿越灌木和草丛，从沙滩上跑了过来，就像橄榄球赛中的四分卫。

莫斯·韦伯斯特正全速奔向前方，就像电影《大地惊雷》里演的那样，老酒鬼警长鲁斯特·科格本把马缰绳衔在嘴里，一手提着来复枪，一手举着手枪，冲进一片枪林弹雨，嘴里喊着："抄家伙，你们这些个狗娘养的。"

莫斯完全无视对面飞来的子弹，像一个怒不可遏又无所顾忌的人。探照灯试图追上他，但是探照灯背后的那个人却突然像玩偶一样跳了起来，因为一串子弹打在了他的胸口。

另一个枪手想要还击，却被探照灯的灯光笼罩住了，就像一个暴露在光明里的人形幽灵。莫斯开火了，直到那把自动手枪里的子弹被打光，然后被他扔到一边。他不停地往前走着，瞄准然后开火，瞄准然后开火。

那个枪手用《谍网》里专家教的一个经典姿势蹲了下去，然而这样做并没有什么用，因为一颗子弹打中了他的喉咙。他踉跄倒地，血染红了沙滩。

接下来是一阵沉默。那艘小船只有船头还露在水面上。奥迪一只手扶住小船，下巴靠在船舷上。水很冷，洋流也拉扯着他的腿，想把他拽下去。

"我们必须游泳。"马克斯说。

"你先走，我留在这儿。"

"海岸不是很远。"

"我的肩膀废了。"

"可你还是可以蹬水。"

"不行。"

"我不会把你一个人留在这儿的。"

奥迪想起他父亲跟他说过的抓住船只残骸的话来。他要像一只帽贝一样牢牢抓住，可他还不知道帽贝是什么。

"想象一个独臂的人在被人挠痒痒的情形下死命扒住峭壁不放。"

"我知道了。"

你要像受惊的小猫咪一样抓住毛衣不放。

你要像正在吃梦露的奶的宝宝那样抓住她不放。

奥迪紧紧抓住那艘小船，直到他的手指失去了知觉，直到他没有受伤的那只胳膊再也支撑不住。他已经筋疲力尽了，意识也模糊不清，以至于他都没有感觉到自己的手指已经松开了，也没有再去摸索一个可以抓牢的地方，甚至没有再多吸一口气。奥迪直接沉入了水里。他已经厌倦了争斗，想沉沉睡去。

奥迪往水下沉去，抬头看着那艘小船，想知道自己能不能从水下看到星空。然后，她就出现了，那个在他从三河监狱里逃出来、游过丘克峡谷水库的晚上出现过的天使。她身穿一件半透明的白袍，裙裾在她周围漂浮，仿佛她是在用慢动作往下沉。

奥迪的心脏一阵猛跳。只要她在这儿，他就不会孤独地死去。贝丽塔用两腿环住他的腰，拉过他的头靠在自己的胸脯上。奥迪能感觉到她身体的温度，能感觉到她柔顺的头发从他脸上拂过。

他们的未来如画卷般在他眼前展开——听着海浪拍打海岸的声音，在棉质床单上醒来，在集市的一家咖啡厅里吃早餐（墨西哥玉米粉圆饼和煎香蕉），在碧波如洗的大海里游泳，或躺在沙滩上，直到被太阳赶进屋，在有百叶窗的凉爽房间里、在旋转的风扇下做爱。

"你得回去了。"她低声说。

"不，求你让我留下来。"

"还不是时候。"

"我遵守了我之前的承诺，他现在很安全。"

"可他仍然需要你。"

"我太孤独了。"

"现在有他陪你了。"

她吻了吻他，然后奥迪往更深的地方沉了下去，希望能够死在她的怀里。这时，一只手抓住他的衬衣衣领，另一只手臂抱住他的脖子，拽着他往上浮去。浮上水面之后，一个年轻人的强壮双腿使劲蹬着水，推着他朝岸边游去。

Epilog

尾 声

    奥迪要在访客记录本上签字,才能进入这个他过往人生的三分之一都耗在里面的监狱,这的确有点奇怪,但更奇怪的是,他还要穿过狭长的访客厅,走过有机玻璃做的屏障——那屏障另一边坐的都是等着和老婆、妈妈、儿子和女儿见面的犯人。

    奥迪找了个座位坐下来,感觉有点紧张。他扫了一眼排队的人群,小孩在母亲的腿间爬上爬下,或者被抱到有机玻璃屏障前,朝那块透明的塑料板献吻。

    莫斯出现了。他拉过一把椅子坐下来,弓着背好让自己的大块头能出现在观察窗里。他拿起电话听筒的样子就像拿着一个儿童玩具。

    "嘿!"

    "近来如何,大块头?"

    莫斯咧嘴笑了:"好得不能再好了。你的肩膀怎么样了?"

    奥迪抬起他还裹在绷带里的左臂:"反正去 NBA 打球是没戏了。"

    "你们这些白人本来就跳不高。"莫斯朝椅背上一靠,把腿跷在面前狭窄的桌子上,"你是怎么过来的?"

"弗内斯特工开车载我来的。"

"她人呢？"

"正在和典狱长说话，但她待会儿会过来跟你打招呼。她认为我俩需要一点时间独处。"

"真希望她别以为我们是一对同性恋。"

"她可能以为你是吧。"

"哼哼，你等我从这里出去之后再说这话试试看？"

"你到底什么时候才能出来？"

"我的律师说我很有可能提前获得假释，尤其是当我在陪审团面前指证了瓦尔德斯和皮尔金顿之后。"

"那你最早什么时候可以出来？"

"在我五十岁之前吧，仔细想想其实也没多久了。"

"说起来，你的克里斯特尔最近怎么样？"

"噢，她很好。你刚刚跟她错过了。她来的时候穿着我最喜欢的裙子——可以突显出她奶头的那条。"

"你待会儿可别在弗内斯特工面前这么说话。"

"当然不会了。"莫斯笑道，"你看电视上的新闻了吗？"

"看了。"

莫斯说的是道林参议员被捕的事。在摄像机和记者的包围下，道林参议员被两名 FBI 特工领着从人行道上走过，其中一位特工身材娇小，从画面上只能看到她的头顶。陪审团刚刚判处道林犯有司法腐败和妨碍司法公正两项罪名。

克莱顿·拉德翻供翻得比电转烤肉架上的烤鸡还快，供出了一大堆道林和瓦尔德斯的犯罪证据。据瓦尔德斯交代，皮尔金顿和西诺格勒斯才是幕后主使，他还向陪审团辩称自己是受他姨父的影响，因为后者威胁他要把事情曝光，还要玉石俱焚，而他在那起劫案里只是一颗跑腿的棋子。"我没有杀过人！"他从法庭被带走的时候对记者喊道。

对他的庭审可能还要等一年的时间。到那个时候，还有多少人会因为这件案子被拉下马？不过政府当局也有可能会采取抱团政策，以减少自己的损失。

马克斯又回去和桑迪生活在了一起，但也只是因为法庭不允许瓦尔德斯申请保释。桑迪说自己对那起劫案及他们所做的掩饰毫不知情，奥迪相信她。

"你会发财的。"莫斯说，"你为自己从未犯下的罪行坐了十年牢——他们会赔给你上百万美元。"

"我不想要他们的钱。"

"什么叫你不想要，浑蛋！你不要给我。"

"看看上次人们觉得我有钱的时候都发生了什么？"

"是，可是这次不一样了。你是无辜的。"

"我一直都是无辜的。"

访客队伍的另一头，一个婴儿开始哭闹。年轻的母亲解开上衣的扣子，开始给婴儿喂奶，但是守卫告诉她必须到别处去喂。于是这位母亲不情愿地和里面的人道了别，抱着婴儿去了等候室，或者公共厕所，又或是她暖洋洋的车里。

"你有没有想过要个小孩？"奥迪说。

"我喜欢制造他们的过程，"莫斯回答，"但是我有点害怕抚养他们。毕竟我不是一个好榜样。"

"你会是个好爸爸，"奥迪说，"比大多数人都好。"说完，他顿了顿，清了清嗓子："我还没有为你做过的事道谢呢。"

"我没有做什么啊。"

"你懂我的意思。我这辈子总是遇到会舍命救我的人，我都不知道我做了什么值得你们这样帮我。"

　　"你做得够多了。"莫斯说，往前探过身，眼睛里有一层亮晶晶的东西在闪动，"我还记得你刚来这里的时候，看起来弱不禁风，我们还打赌你在里面能活多久。"

　　"你赌我能活下来吗？"

　　"你害我输了二十美元和两根巧克力棒。那时没人知道你有多大能耐，但是你向他们展示了你的能力。"

　　奥迪深吸了一口气："我并不是故意……"

　　"你先让我说完。"莫斯打断他，眼睛紧紧地闭了一下，"你知道这里面的生活是什么样子的——每天都是一场考验。一成不变的单调。暴力。痛苦。孤独。这些东西会在一个人的心里慢慢堆积，就像一声尖叫。的确，你时不时能听到几个笑话，收到一份食物包裹、信件或有亲友探视——这些东西能让生活在几个小时里变得可以忍受，但那远远不够。然后你就出现了，奥迪。我知道你并没有刻意表现得高尚或体面，但你就是如此。你经历了很多可怕的事，你反抗了，没有成功，但你并没有因此而沉沦。你让我们有了一个可以仰望的榜样。我们这些蹲过号子的都是内心懦弱的人，被像动物一样对待，但是你向我们证明了我们可以成为更好的人。"

　　奥迪的喉咙里仿佛哽着一团什么东西，他努力想把它咽下去。好在这个时候德西蕾进来了。她经过探视窗口时那些囚犯不停地发出口哨声和嘘声，但她并不理会。她径直走了过来，拿起第二部电话的听筒。

　　"你好像长高了。"莫斯说。

　　"你也比我记忆中胖了。"

　　莫斯吸了口气，收起了肚子："那一定是因为我们这里的伙食太好了。"

　　奥迪把他的椅子让给了德西蕾。"你可以待在这儿。"德西蕾说。

　　"不了，我想出去走走。"他紧张地往四周看了看，"我老是觉得他们很快会觉得把我放出来是个错误，然后再把我关起来。"

　　"没人会把你关起来。"

“开个玩笑。”

奥迪伸开他的右手掌，放在有机玻璃屏上，他等着莫斯也这样做，直到他们的手指隔着玻璃屏重合在一起。

“你保重，大个子。替我向克里斯特尔问好。”

“我会的。”

奥迪沿着窗户往外走去，注意到有些访客回过头来盯着他看。他听到椅子往后推开的声音，听到有人拍手。奥迪转过头，看见“六月虫”站在窗户后面，他旁边是克鲁兹，然后是“凉鞋”和鲍恩，还有小拉里和小猪。他们都是这里的犯人。这些人都站起身来，开始鼓掌。很快，掌声就像浪涛一样传遍了三河监狱，传到了遥远的牢房，那里的犯人们也开始在铁门上敲打易拉罐，一边跺脚一边高喊着奥迪的名字。在奥迪走向监狱外面这段短短的路上，这些声音不停地在他耳边回响，模糊了他的视线，而这一程，他花了十一年才走完。

天空蓝得很清澈，点缀着一朵朵种子球般的白云，似乎一阵风吹来它们就会四下散开，只是空气里没有一丝动静，连人声也没有，只有汽车开过的噪声和林间的鸟鸣。奥迪走下车，感受到柏油马路散发出的热气。眼前，一片公墓延伸向远处，上千块墓碑整齐地排列成行，就像婴儿的牙齿，只是中间的缝隙里填充的不是金子，而是花束。

桑迪·瓦尔德斯从驾驶座上下来，等着马克斯也从车上下来。

“你想一个人去吗？”桑迪问他。

“不。”奥迪看着马克斯。

“我在这儿等你们。”桑迪说完，握了握马克斯的手。

他们在树林间穿行，在树荫下行走，最后来到墓园一角。那里的草坪似乎没什么人打理，旁边的铁丝栅栏紧邻着外面的四车道马路，地上散布着一个个小土包。奥迪打开了一份德莱弗斯县验尸官办公室给他的地图。

"就是这里了。"他说。没有墓碑。没有花束。唯一的标志就是几块方形金属牌，每个金属牌下面连着一支插在土里的细铁棍，即使这样，它们也快要被野草淹没了。这里的每块金属牌上都印着一个数字，奥迪要从里面找出他想找的那个。UJD-02052004。他跪下来，开始把标牌周围的野草拔掉。他应该带些花来的。附近的一块墓碑前放着一个果酱罐，里面插着一束已经枯萎的干花。奥迪把那束干花扔到一边，用衬衣擦了擦果酱罐，然后开始采摘那些离围栏太近而得以逃过除草机修剪的羸弱雏菊。

马克斯也跟着他采花。很快，那只临时花瓶里就放满了鲜花。奥迪用自己没有受伤的那只手挖开泥土，把果酱罐半埋了进去，好让它不会翻倒。他曾经想把一切都献给贝丽塔，然而她最终得到的就是这些——一个没有标记的坟头，一个模具印制的数字和一束装在果酱罐里的雏菊。

"很抱歉我们没能早点来。"他低声说，想象着贝丽塔躺在他脚下，头枕在一个枕头上，"它们是你最喜欢的花，记得吗？"

奥迪抬起头看了一眼马克斯："我把米格尔也带来了。"马克斯似乎有些尴尬，不知道该做什么。他应该跪下吗？还是应该说一段祷告词？

"是他救了我，没有让我淹死，"奥迪继续对贝丽塔说，"这一定是你们家族延续下来的传统。"然后，他开始跟她讲述整个故事，解释马克斯是怎么架着他游到岸边，在警车开到的时候把他拖上海滩，当时还有一架直升机在他们头上盘旋。奥迪那时已经不省人事，但是仍然能记起周围明晃晃的灯光和人们的叫喊声。莫斯正对着周围的人发号施令，但他一直站在奥迪身边，像站岗一般。

奥迪再次睁开眼睛的时候，已经过去了十八个小时。他躺在医院里，手臂用吊带吊了起来，德西蕾·弗内斯特工正站在他床边。

"一个人怎么可以这么倒霉又这么幸运？"她说。

"我猜是因为我在同一天打碎了一面镜子又捡到了一块马蹄铁。"[1] 奥迪回答。止痛剂的药效还没完全消退，他的头还有些晕乎乎的。

是德西蕾帮他找到了贝丽塔。德莱弗斯县这个墓园有一个角落是专门用来埋葬没人认领或者身份不明的尸体的。

"这里为什么没有墓碑？"马克斯边问边在上唇抹了一把汗。

"除了我，没有人知道她的名字……但我那时又不能告诉他们。"奥迪说着把他的脏手在牛仔裤上擦了擦。

"你要说些祷告词吗？"

"我还真不知道怎么说。"

"那就让我来吧。"马克斯说完，在奥迪身旁跪了下来，在身上画了个十字。他恳求上帝保佑贝丽塔，也继续保佑那些爱过她的人。奥迪跟着马克斯说了声"阿门"，他的心此时仿佛在胸腔里漏跳了一拍。他看了看脚下的那方泥土，心里明了，那下面埋葬的故事是这里永远装不下的。

我们的面容是父母给的，奥迪心想，但我们的生活、我们的幸福和不幸却要自己去面对。有些人得到了很多，有些人却只得到很少。还有人会细细品尝他每一点每一滴的生活，吮尽生命的每一丝精华。从淅淅沥沥的雨声中，从修剪后的草地的芬芳中，从陌生人的微笑中，从炎热的一天之后的凉爽中，我们都能感受到幸福。我们从生活中学会一些事情，也会明白有些事情我们永远都学不会。我们像感冒一样坠入爱河，然后又像在暴风雨中抱紧船只残骸一样把它牢牢抓住。

"我们应该给她添置一块像样点的墓碑，"马克斯说着，把奥迪扶了起来，"你觉得上面写什么好呢？"

奥迪想了一会儿，突然意识到他其实一直都知道贝丽塔的墓志铭应该是什么："人生苦短，爱意绵长。去生活吧，就像没有明天一样。"

---

[1] 在西方文化中，据说打碎镜子会招来厄运，而捡到马蹄铁则是好运的象征。

致谢

一如既往，我要感谢一些人：编辑、代理和出版社。有些人跟我是老相识了，比如马克·卢卡斯、厄休拉·麦肯齐、格奥尔格·罗伊希林、戴维·谢利、乔希·肯德尔、露西·马拉戈尼、尼基·肯尼迪、萨姆·伊登伯勒和理查德·派恩。

还有些人是新加入这个行列的，尤其是马克·普赖尔这位出生在利物浦但工作在得克萨斯州的地区检察官兼犯罪小说作家，他在法律事务上给我的建议价值无可估量。

此外，任何以得克萨斯州为背景的写作者都对这一地区之前的巨擘有所耳闻，因此，我要感谢威廉·福克纳、科马克·麦卡锡、詹姆斯·李·伯克、本·方丹和菲利普·迈耶——还有那些将他们的文字化为声音的演员。他们的作品帮助我浸入得克萨斯州的氛围中，我希望，也帮我抓住了这种语言的节奏。

最后，我想感谢我的三个女儿，她们正长大成人，但是幸好没有离我远去。我想把这本书献给贝拉，我最小的女儿，因为她老是觉得自己备受忽视，但我答应过她会把最好的留给她。

她们的母亲，也就是我的妻子，也坚持要我感谢她，即便我已经找不出词语来形容这个跟我一起生活了三十年的女性。她知道我爱她，但我还是要对她说："我爱你。"